新刊校定集注杜詩

四

〔唐〕杜甫　著
〔宋〕郭知達　輯注
聶巧平　點校

上海古籍出版社

新刊校定集注杜詩卷三十一

近體詩

宗武生日

宗武小名驥子。

小子何時見？高秋此日生。自從都邑語，已伴老夫名。禮：自稱曰老夫。詩是吾家事，人傳世上情。熟精文選理，新添：梁昭明太子集古人文詞詩賦爲文選。李善嘗受文選於曹憲，後遂解注文選十六卷〔一〕。休覓綵衣輕。凋瘵筵初秩，小雅：賓之初筵，左右秩秩。箋云：筵，席也。秩，肅敬也。海賦：爲凋爲瘵。欹斜坐不成。流霞分片片，涓滴就徐傾。趙云：王立之詩話云：宗武生日詩載在夔州詩中，非也。當是家在鄜州時，故曰「小子何時見」，自入蜀後未嘗別也。「自從都邑語」，所謂「前年學語時」，蓋老杜與家俱在長安時也。「已伴老夫名」者，老杜既有盛名於時，則人皆知其有是子，故曰「人傳世上情」也。「凋瘵筵初秩」，則以一生喻一筵會也；某年月日時已幾歲，謂之凋瘵之初可也。詩箋云：秩秩，肅敬也。然臨時用之，與此意不同。「流霞分片片，涓滴就徐傾」，雖止是言飲酒，然用項曼去家三十年止日旁事，則其身在行在，家在鄜州決矣。又有示宗武一首，恐非是一時詩也。王立之説如此，而次公以其説未是。此乃公送嚴武至綿已別而少住間，遂有徐知道之叛，單身如梓，則爲不見宗武矣。「前年學語時」，則纔三歲耳。今云「熟精文選理」，則已能誦書。自至德二載至寶應元年，已六年，則宗武九歲矣，宜其能誦書也。詩云：賓之初筵，左右秩秩。今句云「凋瘵筵初秩」，則以凋瘵才始，如筵之初秩，豈謂之臨時用之，與詩句不同邪？東坡詩云：君今秩初筵〔二〕，我已迫旅酬。亦以初筵比事之始矣。都邑字，張平子西京賦云：都邑遊俠，趙、張之倫。故對老夫。「詩是吾家事」，則公之祖審言，已有詩名。公詩嘗曰「續兒誦文選」，則「熟精文選理」者，所以責望於宗武也。公詩使字多出文選，蓋亦前作之菁英，爲不可遺也。公又曰「遞相祖述復先誰」，則公之詩法豈不以有據而後用邪？綵衣事，列女傳曰：老萊子孝養二親，行年七十，妻兒自娛，著五色采衣。此雖孝子悦親之事，而亦僅同戲侮。「休覓綵衣輕」，則公所望其子者，在學而已。末句流霞事，在抱朴子，乃是項曼都自言到天上，過紫府，仙人以流霞一盃飲之，輒不飢渴。以帝前失儀而謫河東，號之爲斥仙人。王立之止云項曼，舊注又誤爲曼卿，故表出之。

【校勘記】

〔一〕「解注文選十」，底本漫滅，據文淵閣本、文津閣本、文瀾閣本、清刻本、排印本補。

〔二〕「君今」旁，底本有匿名批識「百年」二字。

夜 一云秋夜客舍。

露下天高秋水清，江淹別賦：露下地而騰文。宋玉九辯云：泬寥兮天高而氣清。空山獨夜旅魂驚。杜云：王仲宣七哀詩：獨夜不能寐。疎燈自照孤帆宿，新月猶懸雙杵鳴。南菊再逢人卧病，北書不至雁無情。范彥龍：寄書雲間雁，爲我西北飛。步簷一作蟾。倚仗看牛斗，銀漢遥應接鳳城。趙云：疎燈自照孤帆宿，新月猶懸雙杵鳴，句法蓋言疎燈自照之夜，正是孤帆宿；新月未没而猶懸，正是江春之杵雙鳴也。下一對言南國菊花已再逢矣，而人正卧病；北地書問不通，乃雁無情傳至也。北地，以言長安，故末句又有鳳城之語。步簷，舊作步蟾，當以步簷爲正，而字又作櫩、檐。上林賦云：步櫩周流。李善注曰：步櫩，步廊也。謝惠連詩：房櫳引傾月，步櫩結清風。劉孝綽望月詩云：微光垂步檐。庾信詩：步櫩朝未掃。互用此也。

上白帝城 白帝城，公孫述所築，後爲劉備屯兵之地，改名永安。

城峻隨天壁，趙云：天然自立之石壁也。樓高更女墻。徐敬業登琅邪城云：登陴起遐望。注：陴，女墻。增添：崔豹古今注：女墻，城上小墻也，亦名睥睨，言於墻上睥睨人也。江流思夏后，禹貢：岷山導江東別爲沱。左傳：劉子見河洛而思禹功。風至憶襄王。宋玉賦：楚襄王遊於蘭臺之宫，宋玉、景差侍，有風颯然而至，王乃披襟而當之，曰：快哉此風！

老去聞悲角，人扶報夕陽。公孫初恃險，躍馬意何長。左太沖蜀都賦：公孫躍馬而稱帝，劉宗下輦而自王。師云：公孫述恃蜀地險衆附，自立爲王，號成家。

宿江邊閣

暝色延山徑，謝靈運：林壑斂暝色。高齋次水門。薄雲巖際宿，孤月浪中翻。蘇云：何遜入西塞示南府同僚詩云：薄雲巖際出，初月波中上。子美此詩雖因舊而益妍，正類獺髓補痕也。趙云：孤月浪中翻，自是浪湧而月翻也。舊注引舞鶴賦「星翻漢回，曉月將落」，與此義不同。鸛鶴追飛靜，豺狼得食喧。不眠憂戰伐，無力正乾坤。

別崔潩因寄薛據孟雲卿 内弟潩赴湖南幕職。

志士惜妄動，知深難固辭。如何久磨礪，但取不磷緇。語：不曰堅乎，磨而不磷。不曰白乎，涅而不緇。喻君子雖在濁亂不能汙也。謝靈運：緇磷謝清曠，疲薾慚貞堅。

夙夜聽憂主，飛騰急濟時。荆州遇薛孟，爲報欲論詩。趙云：古詩云：志士惜日短。志士本惜妄動，而受知之深，則難固辭。此以言渼赴幕職於湖南也。左傳：磨厲以須。蓋言如何以久磨礲淬礪，便以爲利乎？所貴尚者，取磨不磷，涅不緇而已。選云：羽爵飛騰。魏書：安其濟時。

武侯廟

成都記：諸葛公廟在先主廟故宅，城西復立素像。先主廟西院即武侯廟，前有雙大柏，古峭可愛。人云諸葛手植。内有裴令公所著碑，柳僕射書，相國段公古柏文。

遺廟丹青落，空山草木長。猶聞辭後主，不復卧南陽。趙云：丹青，所以飾廟者也。成都先主廟附以武侯祠堂，其丹青則存。故公於古柏行追言成都先主廟之實，則曰：窈窕丹青户牖空。今此廟中丹青剥落，故云。陶潛云：孟夏草木長。辭後主，則建興五年率諸軍北駐漢中，臨發，上表辭行，而竟死於軍中。今云猶聞，則想望其風采猶在也。亮家於南陽之鄧縣，在襄陽城西二十里，號曰隆中。今云不復卧南陽，傷其已死也。

八陣圖

武侯推演兵法，作八陣圖，咸得其要。桓温傳：初，諸葛亮造八陣圖於魚復平沙之上，壘石爲八行，相去二丈。温見之，謂此常山蛇勢也。文武皆莫能識之。

功蓋三分國，三分，謂吴、魏、蜀。蜀記曰：三分我九鼎。名成八陣圖。江流石不轉，杜補遺云：劉禹錫嘉話録：夔州西市，俯臨江〔〕，沙石下有諸葛亮八陣圖，箕張翼舒，鵝形鸛勢，聚石分布〔二〕，宛然尚存。峽水大時，三蜀雪消之際，澒湧滉瀁，可勝道哉！大木十圍，枯槎百丈，破磑巨石，隨波奔流而下。則聚石爲堆者斷可知也。及乎水落川平，萬物皆失故態。諸葛亮圖，小石之堆，標聚行列，依然如是者。僅六七百年，迨今不動。趙云：功蓋三分國，指言武侯之功蓋覆之也。按桑欽水經云：江又東，逕諸葛圖壘南。酈道元注曰：石磧平曠，望兼川陸，有亮所造八陣圖。東跨故壘，皆累細石爲之。自壘西去，聚石八行，行間相去二丈，因曰八陣。既成，自今行師庶不覆敗。皆圖兵勢行藏之權，自後深識者所不能了。今夏水漂蕩，歲月消損，高處可二三尺，下處磨滅殆盡。酈道元之説如此。今公詩云江流石不轉，則據當時所見者言之。自杜公至今又數百年。行客云：方水落時，於石磧就視，則茫茫然一磧耳。及登高而望，乃隱隱見其行列。然則武侯製作不亦近於神異乎？習鑿齒曰：齊桓一矜其功而叛者九國。曹操暫自驕伐而天下三分。

遺恨失吞吳。

東坡先生云：僕嘗夢見人，云是杜子美，謂僕：世人多誤會吾八陣圖詩云：「江流石不轉，遺恨失吞吳。」世人皆以謂先主、武侯欲與關羽復仇，故恨不能滅吳。非也。我意本謂吳、蜀脣齒之國，不當相圖。晉之所以能取蜀者，以蜀有吞吳之意，以此爲恨耳。此理甚長，然子美死僅四百年，而猶不忘詩，區區自列其意者，此真書生習氣也〔三〕。

【校勘記】

〔一〕「俯臨江」，太平廣記卷三百七十四靈異下「江」下有「岸」字。

〔二〕「聚」，太平廣記卷三百七十四靈異下作「象」。

〔三〕「東坡先生云」至注終，當爲郭知達輯録。案，先後解輯校丁帙卷四，趙次公亦引此注。據補訂。

奉送韋中丞之晉赴湖南

寵渥徵黃漸，權宜借寇頻。趙云：黃霸、寇恂，皆以比韋中丞。前漢循吏傳：黃霸爲潁川太守，戶口歲增，治爲天下第一。徵守京兆尹。今言天子之寵渥，有徵召黃霸之命，漸將至矣。後漢寇恂傳：車駕南征，恂從至潁川。百姓遮道曰：願從陛下復借寇君一年。權宜借寇頻，則事從權宜而如借寇恂者頻數，言民情之不已也。湖南安背水，峽内憶行春。後漢鄭弘傳：太守行春。任彦升詩：涿令行春返，冠蓋溢川坻。謝夷吾傳：行春乘柴車。王室仍多故，蒼生倚大臣。還將徐孺榻，處處待高人。陳蕃爲徐穉下榻。趙云：湖南安背水，言韋之去。峽内憶行春，言韋之離此，而公有所懷憶也。韓信背水而陣。大臣，指中丞也。徐孺子，則比韋以陳蕃，而待高人如孺子也。

謁先主廟

成都記曰：先主廟府南八里，惠陵東七十步，齊高帝夢益州有天子鹵簿，詔刺史傅覃修立而卑小。後至長沙王鍾改更，及構四面壇屋，置守墓戶五百。

慘澹風雲會，古詩：藹藹風雲會，佳人一何繁。劉楨說李軼書曰：以龍虎之姿，遭風雲之時。中興二十八將論曰：咸能感會風雲，奮其智勇。乘時各有人。力侔分社稷，志屈偃經綸。趙云：君臣之遇，每以風雲爲言也。今題是謁先主廟，而云慘澹風雲會，乘時各有人，似泛言吳、魏君臣之相遇，亦各有人矣。故引下句。力侔分社稷，言氣力侔等，則分社稷而爲主。分，乃三分之分。志屈偃經綸，則指言劉、葛之志不得伸，所以偃仆經綸也。復漢留長策，中原仗老臣。復漢，謂欲興劉氏也。老臣，孔明也。蜀志：建安二十五年，魏文帝稱尊號，改年曰黄初。或傳聞漢帝見害，先主乃發喪制服。譙周等上言曰：大王襲先帝軌迹，亦興於漢中。又，大王出自孝景皇帝、中山靖王之胄，宜即帝位。改元章武，以諸葛亮爲丞相。趙云：復漢，言先主欲興劉氏而稱漢。其所留之長策，則留與後主。取中原，仗諸葛老臣也。過秦論：振長策而馭宇内。老臣，在後主言之，爲前朝之老臣。戰國策：左師觸龍，自稱老臣。雜耕心未已，歐血事酸辛。趙云：老臣之下，於是言諸亮五丈原之事。亮本傳言：後主建興十二年春，亮悉大衆由斜谷據武功五丈原，與司馬宣王對於渭南。亮每患糧不繼，使己志不伸，是以分兵屯田爲久駐之基。耕者雜於渭濱居民之間。故曰：雜耕心未已。心未已，則未事了而死也。公之意，以亮未成功而死矣。又遭歐血之謗，故曰：歐血事酸辛。阮嗣宗詠懷詩：對酒不能言，悽愴懷酸辛。按元注：亮與宣王相持百餘日，其年八月，亮病，卒于軍。魏書：亮糧盡勢窮，憂恚歐血，卒。臣松之以爲亮在渭濱，魏人躡跡，勝負之形未可測量，而云歐血，蓋因孔明亡而自誇大也。夫以孔明之略，豈爲仲達歐血乎？及至劉琨喪師，與晉元帝箋亦云：亮軍敗歐血。此則引虚記以爲言。其云入谷而卒，緣蜀人入谷發喪故也。霸氣西南歇，雄圖歷數屯。譙周云：西南數有黄氣。趙云：今葛亮已死，中原莫圖，則霸氣所以歇也。書曰：天之歷數在汝躬。歷數不在，斯爲屯矣。

錦江元過楚，劍閣復通秦。言拓地至秦楚。趙云：錦江、劍閣，蜀國之地也。過楚、通秦，則言其本可以混一而不能焉。則所以傷之也。舊俗存祠廟，空山立一作泣。鬼神。虚簷交一作扶。鳥道，枯木半龍鱗。趙云：此是夔州先主廟，在山中，故云虚簷交鳥道。鳥道，則山中之嶮道也。交字，一作扶，非。枯木半龍鱗，又是眼前實景。謂之枯木，非指一物也。舊注却引成都諸葛廟前古柏，又引習隆、尚充等上表後主，乞與諸葛亮立廟於沔陽事，非徒以諸葛事解先主廟，而地理錯亂，惑於學者矣。又況古柏行亦自是夔州，非成都也。竹送清溪月，苔移玉座春。趙云：清溪亦是廟前實事。玉座，指言先主神座也。謝玄暉銅雀臺詩：玉座猶寂寞，況乃妾身輕。閭閻兒女換，歌舞歲時新。趙云：此言夔州之人所事先主者如此，舊注却引成都記，以四月祀，十二月祈禱事，誤矣。絶域歸舟遠，荒城繫馬頻。如何對摇落，況乃久風塵。宋玉曰：草木摇落而變衰。謝玄暉辭隋王牋：皋壤摇落，對之惆悵；岐路東西，或以嗚唈。晉紀總論：悠悠風塵〔一〕。趙云：自絶域歸舟遠已下，至寂寞灑衣巾，公言其身之流落，而因先主廟乃即諸葛亮之功以自比而感歎也。李陵云出征絶域。歸舟，指言欲歸長安。謝惠連云：天際識歸舟。言遠，則相去之遠。今暫留此，故於荒城之中，頻繫馬而謁此先主廟也。摇落，秋時也。況乃久風塵，則嘆其遭兵戈亂離而對之也。孰與關張並，功臨耿鄧親。趙云：此蓋弔葛亮，於是問其孰與關張並。先主之臣多矣，諸葛之外，亦稱關、張焉。今言諸葛與關羽、張飛之才器孰與並乎？言不可並矣。徵士傅幹曰：劉備寬仁有度，能得人死力；諸葛達治知變，正而有謀，而爲之相；張飛、關羽勇而有義，皆萬人之敵，而爲之將。此三人者，皆人傑。以備之略，三傑佐之，何爲不濟？蓋當時有三傑之稱，然終不可並也。功臨耿鄧親，則公評品以惟與耿鄧親矣。後漢論云：寇鄧之高勳，耿賈之鴻烈。蓋所以佐光武之中興者也。應一作繼。天才不小，蜀志：譙周等上言：臣聞聖王先天而天不違，後天而奉天時，故應際而生，與神合契。願大王應天順民。得士契無鄰。遲暮堪帷幄，張良運籌帷幄。飄零且釣緡。詩：何彼穠矣。其釣維何，維絲伊緡。向來憂國淚，寂寞灑衣巾！謝靈運廬陵王墓下作：灑淚眺連崗。趙云：傳曰：得士者昌，失士者亡。在先主言，所謂士者，專指諸葛亮而已。舊注不省，至引諸葛爲股肱，法正爲謀主，關羽、張飛、馬超爲爪牙，許靖、麋竺、簡雍爲賓友，不亦贅乎？應天，一作繼天，雖有義而非。蓋應天字，乃初起而王者也。兩句之義，蓋公有經綸之心，於是因言先主、諸葛，而思其身之可以佐王矣〔二〕。吐蕃尚熾，兵戈未息，則運籌必有人焉。既不得用，則亦隱於漁釣而已。故接之以遲暮堪帷幄，飄零且釣緡。楚詞云：傷美人之遲暮。末句尤見公之志矣。

【校勘記】

〔一〕「晉紀總論」，原作「晉總紀論」，篇名倒誤，考「悠悠風塵」句，見於文選卷四十九、全晉文卷一百二十七、干寶晉紀總論，據以乙正。

〔二〕「王」，原作「三」，訛，據文淵閣本、文津閣本、文瀾閣本、清刻本、排印本改。

白鹽山

卓立群峰外，蟠根積水邊。趙云：卓立字，熟矣。其亦起於顏淵云：如有所立卓爾。虞詡云：盤根錯節。文子曰：積水成海。魏都賦曰回淵灌，積水深也。他皆任厚地，爾獨近高天。白牓千家邑，清秋萬估一作古。船。詞人取佳句，刻畫竟難傳！趙云：西京賦云跼高天而蹐厚地也。白牓，則言縣額以白爲牌耳。末句蓋言欲以佳句專詠白鹽之狀，雖加刻畫，終難傳播，所以重言於難措辭也。晉庾元規語周伯仁曰：諸人皆以君方樂。周曰：樂毅邪？元規曰：不爾，方樂令。周曰：何乃刻畫無鹽，唐突西施？

灧澦堆

巨石一作積。水中央，蒹葭詩：宛在水中央。江寒出水長。沈牛答雲雨，楚俗，祈石而獲雨，必沈牛以答神貺。如馬戒舟航。坡云：三巴録：灧澦如象，舟船莫上；灧澦如馬，舟船莫下。長年三老常以此候之。張華詩云：象馬誠可驗，波神亦露機。永叔以爲絶唱，有包蓄之法。天意存傾覆，選云：翦焉傾覆。神功接混茫。莊子繕性：古之人，在混茫之中，與一世而得澹漠焉。干戈連解纜，行止憶垂堂。趙云：巨石，言積石之巨者。世言：灧澦如馬。爲其有戒，乃天意之存傾覆也。公論詩曰：篇終接混茫。蓋行語用字，當皆如此。末句用垂堂字，因慮傾覆之戒而及之。史曰：千金之子，坐不垂堂。而干戈之變，解纜之危，二者相連，可不慎乎！

瞿塘懷古

西南萬壑注，勍敵兩崖開。地與山根裂，江從月窟來。削成當白帝，蜀魚復縣，公孫述更名白帝，自後爲重鎮。空曲隱陽臺。疏鑿功雖美，郭景純江賦：巴東之峽，夏后疏鑿。陶鈞力大哉。

白帝城樓

江度寒山閣，城高絶塞樓。翠屏宜晚對，天台賦：搏壁立之翠屏。注：石屏風如壁立。白谷會深遊。急能鳴雁，輕輕不下鷗。夷陵春色起，漸擬放扁舟。趙云：白谷，疑是夔州谷名。公於課伐木云：終朝飯其腹，持斧入白谷。又南極詩亦云西江白谷分也。莊子：主人之雁，其一能鳴，其一不能鳴。不下鷗字，列子：海上之人，有好鷗鳥者。每旦從鷗鳥遊，鷗鳥之至者百往而不止。其父曰：吾聞鷗鳥從汝遊，汝取來，吾玩之。明日之海上，鷗鳥舞而不下也。夷陵，峽州也。公蓋期春時扁舟往矣。

寄杜位 頃者與位同在故嚴尚書幕。

寒日經簷短，窮猿失木悲。晉書：窮猿奔林，豈暇擇木。峽中爲客恨，江上憶君時。天地身何往，風塵病敢辭！封書兩行淚，霑灑裛新詩。趙云：窮猿失木悲，道眼前事，因以興也（一）。峽中多猿。淮南子曰：猿狖顛蹶而失木也。孟浩然云：還將兩行淚，遥寄海西頭。

【校勘記】

〔一〕「道眼前事因以興也」，清刻本、排印本作「以眼前事起興」。

冬深

花葉隨天意，江溪共石根。早霞隨類影，寒水各依一作流。痕。易下楊朱淚，難招楚客魂。風濤暮不穩，捨棹宿誰門？趙云：花葉隨天意，似言冬深矣，其花葉不若春夏之盛，亦隨天意而已。江溪共石根，則江與溪，皆共石根而流也。早霞隨類影，言其變態不常，隨所類之影而呈現也。寒水各依痕，則舊痕有定所而依之也。楊朱泣岐路，謂可以南，可以北。公之流落，困于岐路，故云爾。宋玉哀屈原憂愁山澤，魂魄飛散，其命將落，故作招魂。今云難招楚客魂，則以屈原自比也。末句則公欲南下，以歲暮而未成行。此篇有兩隨字，公必不重用。然皆不可改，以俟明識。

不寐

瞿塘夜未黑，城内改更籌。翳翳月沈霧，輝輝星近樓。張景陽詩：翳翳結繁雲。氣衰甘少寐，心弱恨知愁。一作和愁。多壘滿山谷，曲禮：四郊多壘。桃源無處求。趙云：氣衰則少寐而甘之。心既弱矣，恨其知愁，則恐以愁而尤弱也。晉史云：吾平生不識愁，今始解愁矣。此知愁之義，舊本作和愁，非。是時干戈未息，故云。多壘滿山谷，非若桃源之可以避地，而問桃源何處，則以仙境難造也。桃源在武陵縣〔一〕，今之鼎州。陶淵明集載。此亦公欲南下，故及之。

【校勘記】

〔一〕「陵」，文淵閣本作「俟」，訛。

奉送十七舅下邵桂

絕域三冬暮，東方朔傳：三冬文史足用。浮生一病身。感深辭舅氏，渭陽詩：我送舅氏。別後見何人？縹緲蒼梧帝，檀弓：舜葬於蒼梧之野。謝玄暉：雲去蒼梧野。推遷孟母鄰。昏昏阻雲水，側望苦傷神。張平子四愁詩：側身東望涕霑巾。蜀都賦：望之天迴，即之雲昏。趙云：莊子曰：其生兮若浮。蒼梧，桂州也。虞舜死於蒼梧之野。蒼梧帝，指言虞舜，以述十七舅所往之處也。字出梁吳均酬鮑畿詩：依依望九疑，欲謁蒼梧帝。何平叔景福殿賦曰：

佯孟母之擇鄰也〔一〕。今云「推遷孟母鄰」，則孟母指言十七舅之母。意者，公本與十七舅鄰居，今其去，則孟母所以與鄰之意，推遷而往矣。

【校勘記】

〔一〕「佯」，文選卷十一、全三國文卷三十九何晏景福殿賦作「偉」。

送覃二判官

先帝弓劍遠，小臣餘此生。 黃帝葬於橋山南，空棺無尸，唯劍舄在。前漢郊祀志：黃帝采首山銅，鑄鼎於荆山下。鼎既成，有龍垂胡髯下迎黃帝。帝上騎，餘小臣不得上。趙云：此篇詩意直是送覃判官往長安矣。先帝，言肅宗也。公始以三賦受寵於玄宗，又事肅宗，即今專言肅宗，則以下「不復謁承明」推之，而以先帝上昇比黃帝也，故云弓劍遠。事當如世説曰：王子喬墓在京陵。戰國時，人有盜發之者，都無所見。唯有一劍停在空中。又如異苑曰：晉惠帝元康三年，武庫火，燒孔子履、高祖斬白蛇之劍。咸見此劍穿屋飛去，莫知所向。弓與劍，蓋皆人君服御之物。既以黃帝之弓比先帝之弓，則或以仙人王子喬之劍，或以漢高祖之劍比先帝之劍，亦自爲當體矣。故知弓、劍應是兩事也。前漢郊祀志云：上曰：黃帝不死，有冢何也？或對曰：黃帝以僊上天，群臣葬其衣冠。元無劍字，而舊注乃以弓劍併爲黃帝事，不知何所據邪？

蹉跎病江漢，不復謁承明。 選云：鯨魚失流而蹉跎。前漢嚴助傳：君厭承明之廬。張晏曰：承明之廬在石渠閣外，直宿所止曰廬。曹子建贈白馬王彪詩曰：謁帝承明廬。應休璉百一詩：問我何功德，三人承明廬。趙云：公於肅宗時爲拾遺，則嘗謁帝矣。餞爾白頭日，永懷丹鳳城。趙云：丹鳳城，指言長安帝城也。秦穆公女弄玉吹簫，鳳集其城，因號丹鳳城。李嶠城詩云：獨下仙人鳳，群鶯御史烏。正用此事，而公詩亦屢使。然用於長安，方爲親切，則杜公之詩是也。近世文人作詩作辭，便用京師爲鳳城，亦無謂矣。遲遲戀屈宋，渺渺卧荆衡。屈原、宋玉。魂斷航舸失，天寒沙水清。肺肝若稍愈，亦上赤霄行。七命：掛歸翮於赤霄之表。趙云：戀屈宋、卧荆衡，所以言其在楚地也。屈則屈原，宋則宋玉。荆，則荆渚；衡，則衡山也。魂斷航舸失，言望覃二判官之去航，黯然作别而魂斷也。亦上赤霄行，則有意於歸長安而見君矣。赤霄字，楚辭云載赤霄而淩太清，乃字之祖也。

夜宿西閣曉呈元二十一曹長

城暗更籌急，樓高雨雪微。稍通綃幕霽，遠帶玉繩稀。謝玄暉詩：玉繩低建章。注：玉繩，星名。門鵲晨光起，一作喜。檣烏宿處飛。杜補遺：謝玄暉詩：金波麗鳷鵲，玉繩低建章。鳷鵲，門名也，故曰門鵲。檣掛帆木，而烏泊其上，故子美公安送李二十九詩又有「檣烏相背發」之句，過南嶽入洞庭詩亦曰莫怪啼痕數，危檣逐夜烏也。然子美發潭州詩又云檣燕語留人，則不特檣烏而已〔一〕，故燕子來舟中作，斷句云暫語航檣還永去，穿花落水益霑巾。鳷鵲，又觀殿名。趙云：此篇爲義本明，特公使字有三可疑，而尋繹其義，則明矣。綃幕字，如言天之六幕也。禮樂志：天門歌云：紛紜六幕浮大海。綃幕，則又言天之色，其薄如綃，故云綃幕霽。若言所縣之綃幕，則無義矣，故對玉繩。於天綃幕之霽，而帶星玉繩之色稀微，乃一體事，以言夜深將曉矣。故有下句。門鵲，則門之鵲也，如城鵲之類。義在起字，可以見其爲門前之鵲。字本莊子曰：鵲上高城之絕，而巢於高樹之顛。城壞巢折，淩風而起。故君子之在世也，得時則蟻行，失時則鵲起。鵲以晨光而起，故其義在起字。杜田引謝玄暉詩：金波麗鳷鵲。以鳷鵲門名也，故曰門鵲，大爲非是。蓋鳷鵲本殿名，其所從入之門因亦得名鳷鵲門也。謝玄暉之詩，其言月色之所麗，豈專指門邪？信使杜公用鳷鵲專爲門，乃是天子宮殿事，今夜宿夔州之西閣，豈可用天子宮殿事乎？又鳷鵲爲殿名，特屋上作鳷鵲之形，而門名又因之而已，何至截鳷鵲字便爲門鵲之真者乎？檣而係之以烏，公屢使矣。此烏非真是屋上烏之烏也，特檣竿上刻爲烏形以占風耳。晉令車駕出入，相風在前。正是刻烏於竿上，名之曰相風。晉傅玄相風賦云棲神烏於竿首，俟祥風之來征是已。船之檣竿，其上刻烏，乃相風之義。陳陰鏗廣陵殿送北使詩云：亭嘶背櫪馬，檣轉向風烏。於義尤明。故公有云：「檣烏相背發」「危檣逐夜烏」。而今云「檣烏宿處飛」，杜時可不省，乃云檣掛帆木，而烏泊其上。假使真烏泊檣上，何至背發，與夜相逐，而於宿處飛乎？況公詩又有曰：燕子逐檣烏，逐檣上之刻烏而飛也。寒江流甚細，有意待人歸。

【校勘記】

〔一〕「則」，文淵閣本作「詩」，訛。

西閣口號呈元二十一

山木抱雲稠，寒江繞上頭。雪崖纔變石，風幔不依樓。社稷堪流涕，賈誼上疏陳政事：可爲流涕者。安危在運籌。張良運籌帷幄之中。看君話王室，感動幾銷憂。趙云：上頭、下頭，是方言處所之上下耳，非高上之上也。雪崖纔變石，言雪下漫崖，變其石色爲白也。風幔不依樓，言風吹幔，簸蕩而不待著於樓也〔一〕。東方朔：銷憂者莫若酒。

【校勘記】

〔一〕「待」，文淵閣本、文津閣本、文瀾閣本、清刻本、排印本作「得」。

有歎

傳蜀官軍自圍普遂。

壯心久零落，魏武帝樂府曰：烈士暮年，壯心不已。白首寄人間。天下兵常鬬，江東客未還。窮猿號雨雪，晉書：窮猿奔林。老馬泣關山。管仲曰：老馬之智可用也。武德開元際，蒼生豈重攀。趙云：武德，高祖年號；開元，明皇年號。所以追念祖宗之盛時也。

西閣雨望

樓雨霑雲幔，山寒著水城。逕添沙面出，湍減石稜生。菊蘂淒疎放，松林駐遠情。滂沱朱檻濕，詩：俾滂沱矣。萬慮傍簷楹。沈休文：夕鳥傍簷飛〔一〕。趙云：雲幔，則帶雲之幔，以西閣高故也。逕添沙面出，湍減石稜生，可謂奇語矣。逕之所以添，以水落而沙面出也。湍減則石露，而其稜自生也。簷楹，簷邊之柱。傍倚簷楹，固有所思矣。

【校勘記】

〔一〕「鳥」，文選卷三十、梁詩卷六沈約學省愁卧作「鳥」。

不離西閣二首

江柳非時發，江花冷色頻。地偏應有瘴，陶潛詩：心遠地自偏。臘近已含春。失學從愚子，無家任一作住。老身。傳：何恤乎無家。不知西閣意，肯別定留一作何。人。趙云：疊二江字，即謝靈運「江南倦歷覽，江北曠周旋」之勢也。末句所謂新語，言西閣之意，肯令我別乎？莫定要留人也。一作何人，無義。

右一

西閣從人別，人今亦故亭。江雲飄素練，一作葉。石壁斷空青。杜補遺：空青字，從古詩。人無敵使者，惟子美此詩及李太白使之，而句法又相類。太白詩云：林煙橫積素，山色倒空青〔一〕。滄海先迎日，銀河倒列星。平生耽勝事，吁駭始初經。趙云：從人別，則以成前篇肯別之意。人今亦故亭，西閣所以任從人別之而去者，以人之身亦如一故亭而已。素練，一作素葉，無義。在滄海之先，已迎日矣，以見西閣高，而見日之早。星河未沒而見日出，所以吁嗟駭愕於始初經臨也。

右二

【校勘記】

〔一〕「林煙橫積素」二句，全唐詩卷一百七十三李白早過漆林渡寄萬巨作「水色倒空青林煙橫積素」。

送鮮于萬州遷巴川

杜補遺：按盧東美撰鮮于氏冠冕頌序曰：炅廣德中爲尚書都官郎，出守萬州，轉巴州，皆有理稱。三世爲郎，故冠冕爲海内盛族。

京兆先時傑，杜補遺：鮮于萬州名炅，仲通之子也。仲通天寶末爲京兆尹。弟叔明，字晉，乾元中亦爲京兆尹。長安歌曰：前尹赫赫，具瞻允若；後尹熙熙，具瞻允斯。琳琅照一門。杜補遺：世説：有人詣王太尉，遇王安豐、大將軍、丞相在座。别屋見季胤〔一〕、平子。還，語人曰：今日之行，觸目見琳琅珠玉。朝廷偏注意，天下安，注意相。接近與名藩。祖帳排舟數，疏廣傳：設祖道供帳。寒江觸石喧。看君妙爲政，他日有殊恩。蜀都賦：觸石吐雲。趙云：自萬遷巴，故云。接近，公羊云：太山之雲，觸石而出也。

【校勘記】

〔一〕「季胤」，文淵閣本、文津閣本、文瀾閣本、清刻本、排印本作「季允」，係避諱。

西閣三度期大昌嚴明府同宿不到

趙云：唐地理志：夔州雲安郡，本信州巴東郡，管縣四，大昌其一也。本朝端拱二年，以此縣隸大寧監。

問子能來宿，今疑索故要。趙云：索者，尋索之索。要，如要君之要。問子自能來此宿矣，而不來者，蓋疑以我尋索，故要我也。匣琴虛夜夜，趙云：上句則期之不來，遂廢彈琴，故虛夜夜。下句則言嚴明府自持手板以入官府於朝朝也。手板自朝朝。薛云：按南史：庾道敏善相手板。世説：王子猷以手板拄頰云：西山朝來，致有爽氣。金吼霜鍾徹，花催蠟炬銷。薛云：右按山海經：豐山之鍾，霜降自鳴。豐山，今在鄧州南陽縣北三十里。又梁劉孝威燭詩：浮光燭綺席，凝滴汗垂花。趙云：兩句則以待嚴君至曉也。鍾以曉而霜氣侵之，故謂之霜鍾。古蠟字惟有臘耳，今杜公所用，即非俗字也。早鳧江檻底，雙影謾飄飄。王喬鳧舄。趙云：句言雖以早來已爲謾矣。鳧影事，即後漢王喬爲葉令者也。

曉望白帝城鹽山

徐步移班杖，看山仰白頭。翠深開斷壁，紅一作江。遠結飛樓。日出清江一作寒。望，暄和散旅愁〔一〕。春城見松雪，顔延年詩：山明望松雪。始擬進歸舟。趙云：紅遠對翠深方爲工。又，下句已有清江望矣。日出對暄和，清江望對散旅愁，自是不對，而公詩氣渾成，蓋不拘也。古樂府詩：春城起風色。謝朓云〔二〕：天際識歸舟。而公則以必歸長安爲歸舟矣。

【校勘記】

〔一〕「暄」，原作「喧」，訛，據文淵閣本、文津閣本、文瀾閣本、清刻本、排印本並參二王本杜集卷十六、錢箋卷十四改。

〔二〕「謝朓」，原作「謝惠連」，檢下句「天際識歸舟」，文選卷二十七、齊詩卷三作謝朓之宣城出新林浦向版橋詩，當是誤置，據改。

西閣二首

巫山小搖落，宋玉九辯：草木搖落而變衰。燕歌行：草木搖落露爲霜。趙云：小搖落，則七月也。楚地煖，其搖落也小小而已。碧色是松林。百鳥各相命，杜補遺：周書時訓曰：鵙始鳴。通卦驗曰：鵙，伯勞也。鳴者，相命也。薛云：右按王粲登樓賦：鳥相鳴而舉翼。注：大戴禮夏小正云：鳴也者〔一〕，相命也。孤雲無自心。陶淵明詠貧士詩云：萬族各有托〔二〕，孤雲獨無依。又歸去來詞云：雲無心而出岫。佛書有自心、他心，公乃參合用矣。層軒俯江壁，招魂：高堂邃宇，檻層軒些。要路亦高深。

選：先據要路津。趙云：要路亦高深，則雖要衝之路亦在高深間，此可以見其皆山行而已。趙云：然江壁字對高深，則公詩往往不拘有如此〔三〕。朱紱猶紗帽，新詩近玉琴。趙云：朱紱則朝服，而紗帽則隱者之巾。公官雖省郎，而身則閑曠，故云朱紱猶紗帽。詩與琴俱不廢，故云新詩近玉琴也。張華答何劭云：良朋貽新詩〔四〕。江淹去故都賦：撫玉琴兮何親。功名不早立，衰疾謝知音。趙云：謝靈運詩云：衰疾忽在斯。哀世無王粲，終然學越吟。趙云：爲在西閣，故使登樓事。魏王粲，字仲宣，山陽人。獻帝西遷，粲從至長安。以西京擾亂，乃之荆州，作登樓賦，蓋懷土之作也，故其賦有云：鍾儀幽而楚奏，莊舄顯而越吟。今公自謙，以爲雖不是王粲，而在西閣中，有同粲之登樓；又身爲尚書郎，非不顯矣，於此懷思故鄉，有如舄之吟也。史記曰：陳軫適楚還秦。秦惠王曰：子去寡人之楚，亦思寡人不？陳軫對曰：昔越人莊舄仕楚執珪，有頃而病。楚王曰：舄故越之鄙細人也，今任楚執珪，富貴矣，亦思越不？中射之士對曰：凡人之思故，在其病也。彼思越則越聲，不思越則楚聲。使人往聽之，猶尚越聲也。今臣雖棄逐之楚，豈能無秦聲者哉！

右一

【校勘記】

〔一〕「鳴」，原作「鵙」，訛，據文淵閣本、文津閣本、文瀾閣本、清刻本、排印本作「鳴」。

〔二〕「族」，原作「旅」，訛，據清刻本、排印本改。

〔三〕「不拘有」，文淵閣本作「有不拘」。

〔四〕「朋」下，原奪「貽」，據文選卷二十四、晉詩卷三張華答何劭補。

懶心似江水，日夜向滄洲。謝玄暉詩：既懽懷禄情，復叶滄洲趣。滄洲，乃十洲之處。杜補遺：東方朔十洲記：漢武帝見王母言：八方巨海之中，有祖洲、瀛洲、元洲、炎洲、長洲、充洲、鳳麟洲、聚屋洲〔一〕、流洲、生洲也。不道含香賤，尚書郎含雞舌香，以其奏事答謝，欲使氣芬芳。杜補遺：應劭漢官儀曰：始桓帝時，侍中刁存年老口臭，上出雞舌香與含之。頗辛螫，疑有過賜毒藥，歸舍辭訣家人，哀泣不知其故。僚友取其藥驗之，無不嗤笑。後尚書郎含雞舌香始於此也。其如鑷白休。杜補遺：南史：鬱林王年五歲，戲高帝傍。帝令左右鑷白髮，問王：我誰耶？答曰：太翁。帝笑，謂左右曰：豈有爲人作曾祖而拔白髮乎？即擲鏡鑷。經過凋碧柳，蕭索倚朱樓。趙云：阮籍詩：西遊咸陽中，趙李相經過。舊本作調碧柳，或者遂曰調和也，言見柳之慣而與之和熟也。後之詞人亦有弄柳調花之句。大段費力。師民瞻本作凋碧柳則通。下句一義，蓋言秋時也，況公詩又有曰：清秋凋碧柳。畢娶何時竟，謝靈運謂子尚曰：男娶女嫁畢，勅斷家事，勿復相關。消中得自由。趙云：雖實事，而相如有此疾也。豪華看古往，服食寄冥搜。選：服食求神仙。天台賦：遠寄冥搜。詩盡人間興，兼須入海求。趙云：豪華，一本誤作蒙華，而舊注遂云蒙叟著南華經，大段非是。庾信見遊春人詩云：長安有狹斜，金穴盛豪華。而唐人在公之前則虞世南門有車馬客云：財雄重交結，戚里擅豪華。選詩云：服食求神仙。古往今來熟矣，故對冥搜。末句公方欲南下，故有入海之語。

右二

【校勘記】

〔一〕「屋」，文淵閣本、文津閣本、文瀾閣本、清刻本、排印本作「窟」。

卜居

屈原作卜居一首，原往太卜鄭詹尹家，卜己宜何所居，因述其詞。

歸羡遼東鶴，續搜神記曰：遼東華表柱，有鶴集其上曰：有鳥有鳥丁令威，去家千年今始歸。城郭如故人民非，何不學仙冢壘壘。吟同楚執珪。趙云：歸羡遼東鶴，則嘆其不得歸鄉也。史記曰：莊舄，故越之細鄙人也，爲楚執珪，病而尚猶越聲。本出無吟字，而王粲登樓賦云莊舄顯而越吟也。今云吟同楚執珪，又以言其懷鄉矣。世有名賢詩話，載本朝熙寧初張侍郎掞以二府成，詩賀王文公。公和曰：功謝蕭規慚漢第，恩從隗始詫燕臺。示陸農師。陸曰：蕭規曹隨，高帝論功，蕭何第一，皆摭故實；而從隗始，初無恩字。公笑曰：子善問也。韓退之鬭雞聯句：感恩慚隗始。若無據，豈當對功字邪？次公謂今楚執珪越聲，本無吟字，而公用王粲賦足之。此作詩用字祖法，王文公蓋自得此刀尺耳。未成遊碧海，著處覓丹梯。謝靈運詩：躡步陵丹梯。謝玄暉詩：即此陵丹梯。趙云：按十洲記云：東有碧海，廣狹浩汗，與東海等。水不鹹苦，正作碧色。著處覓丹梯，則常好山遊也。雲障寬江北，春耕破瀼西。趙云：雲障，以言山聳雲而障蔽。寬江北，則夔江之北。其山稍遠，爲寬矣。夔人有江南、江北之稱。今蓋自赤甲而遷此江北，乃瀼西之地。瀼者，水名，音讓。桃紅客若至，定似昔一作晉。人迷。趙云：句使武陵事，見陶淵明集。今則公以其所居爲桃源也。

玉腕騮 江陵節度衛公馬也。

聞説荆南馬，尚書玉腕騮。頓驂飄赤汗，漢天馬歌：天馬下，霑赤汗。跼蹐顧長楸。詩正月注：跼，曲也。蹐，累足也。曹子建名都篇：走馬長楸間。趙云：跼蹐兩字，而對頓驂，豈或頓止，或驂駕，亦是兩字乎？又恐公之不拘也。胡虜三年入，乾坤一戰收。趙云：此言馬之功矣。天寶十五載，安禄山陷京師，至德二載復京師。衛公之馬，豈正於此時得用乎？舉鞭如有問，欲伴習池遊。趙云：襄陽記：峴山南習郁大魚池，山簡每臨此池，飲輒大醉而歸。常曰：此我高陽池也。城中小兒歌之曰：山公去何遠，來至高陽池。日夕倒載歸，酩酊無所知。時時能騎馬，倒著白接䍦。舉鞭向葛强，何如並州兒？强蓋其愛將也。今句所云，蓋用山簡騎馬以比衛公，而身比葛强矣。

見王監兵馬使説近山有白黑二鷹羅者久取竟未能得王以爲毛骨有異它鷹恐臘後春生鶱飛避暖勁翮思秋之甚眇不可見請余賦詩二首

雲飛玉立盡清秋，不惜奇毛恣遠遊。在野只教心力破，千人何事網羅求？趙云：如雲之飛，如玉之立，皆言其白。至清秋之盡，則序所謂臘後春生，騫飛避暖矣。故有下句不惜奇毛恣遠遊也。在野只教心力破，千人何事網羅求，兩句通義。蓋序云羅者竟未能得也。言鷹在野，虛費千人網羅之心力矣。師民瞻本千人何事，則俗所謂干他甚事之義，却成公不許人求之矣。不必泥千人不對在野也。

一生自獵知無敵，百中争能恥下韝。

史滑稽傳注：韝，臂捍也。東觀記：太守桓虞署趙勤爲督郵[一]，貪令自去。虞歎曰：善吏如使良鷹，下韝命中。趙云：鷹，所以用獵也。謂其野鷹，故云自獵。庾信詩：野鷹能自獵[二]，江鷗解獨漁。知無敵，則自人言之，決知其無敵也。今詩句言鷹之百中，自與其類争能，而恥下調縱之韝也，亦以野鷹之故耳。

鵰礙九天須却避，兔經三窟莫深憂。

鵰事，見莊子。馮諼曰：狡兔所以免於死者，有三窟，今爲君一窟矣。趙云：蓋大言之，而亦鷹之實事。孔氏志曰：楚文王少時雅好田獵，天下快狗名鷹畢聚焉。有人獻一鷹，曰：非王鷹之儔。俄而雲際有一物，凝翔飄飄，鮮白而不辨其形。鷹見之，於是竦翮而升，矗若飛電。須臾，物墮如雪，血灑如雨。良久，有一大鳥墮地而死。度其兩翅，廣數十里。喙邊有黄，衆莫能知。時有博物君子曰：此大鵬雛也。始飛焉，故爲鷹所制。文王乃厚賞獻者。鷹之任，正以搦兔。莫深憂，則言如狡兔者，自能免其死，何用憂爲。以喻姦人之幸免歟？抑亦張綱所謂「豺狼當道，安問狐狸」之意邪？

右一

【校勘記】

〔一〕「趙勤」，「勤」原作「勒」，據東觀漢記卷十八趙勤列傳改。

〔二〕「鷹」，北周詩卷四庾信奉和永豐殿下言志詩十首其九作「鶴」。

黑鷹不省人間有，度海疑從北極來。趙云：北極，北方之極也。爾雅有四極，曰：東至於泰遠，西至於邠國，南至於濮鉛，北至於祝栗，謂之四極。北方肅殺之氣，故鷹多生於北。如孫楚云生井陘之巖阻是已。舊注春秋元命苞云：瑶光爲鷹，意以瑶光爲北斗之名。北斗與北極自不同矣。又，星，氣爲之而已。豈得謂之從彼來乎？正翮摶風超紫塞，立冬幾夜宿陽臺。趙云：正翮，則整翮之謂。立冬，則月令：某日立冬。紫塞，北方之塞也。崔豹古今注曰：秦所築長城，土色皆紫，漢塞亦然，故稱紫塞。立冬字，師民瞻本作玄冬，字出梁元帝纂要：冬曰玄冬。然以正翮對之，別無所出處。宋玉朝雲賦：陽臺之下[一]。言鷹在峽中，實道其事。虞羅自各虛施巧，隋魏彦深鷹賦：何虞者之多端？運横羅以羈束。春雁同歸必見猜。萬里寒空秖一日，金眸玉爪不凡材。雁門有紫疆城，草皆色紫，曰紫塞。趙云：虛施巧，則未能得矣。次句又序所謂臘後春生，騫飛避暖，故云與雁同歸北塞，而雁有見猜之理矣。又所以成超紫塞之句也。

右二

【校勘記】

〔一〕「朝雲賦」二句，檢「陽臺之下」句，文選卷十九、全上古三代文卷十作宋玉高唐賦。

鷗

江浦寒鷗戲，無他亦自饒。却思翻玉羽，隨意點春苗。雪暗還須浴，一作落。風生一任飄。幾群滄海上，清影日蕭蕭。趙云：無他，言無他憂虞也。所以亦自饒縱而浮泛。下句又言鷗以浮泛江浦爲未饒縱，又思明年之春田有新苗，翻玉羽而點之，斯爲飛翻之隨意矣。下得點字，不亦奇乎？浴於雪中，固是鷗性之耐寒。風生而飄是一事。南越志曰：江鷗，一名海鷗，在漲海中隨潮上下，常以三月風至〔一〕，乃還洲嶼。頗知風雪，若群飛至岸，渡海者以此爲候，故又有末句滄海之語。

【校勘記】

〔一〕「常」，清刻本、排印本作「當」。

猿

裊裊啼虛一作雲。壁，蕭蕭掛冷枝。艱難人不免，隱見爾如知。慣習元從衆，全生或用奇。前林騰每及，父子莫相離。趙云：宜都山川記：峽中猿鳴至清，諸山谷傳其響，行者歌曰：巴東三峽猿鳴悲，猿鳴三聲淚霑衣。此啼之事也。

張載論：白猨玄豹，藏於欐檻，何以知其接垂條於千仞？此掛之事也，又蕭詮詩：掛藤疑欲飲。艱難人不免兩句似難解，豈言道路艱難，人所不免，而有出有處。是爲隱見。然不知隱見之機，若猨則知之也。蓋猨之便捷，常隱茂林之中。公又曰：猿捷長難見。若莊子有見巧之狙，則猿之可羅者，斯或隱或見，猿蓋如知之乎。若其便捷之慣，衆猿皆如此。次句言其於便捷之中，得以全生，如摶矢避弓之事。末句又申言其意矣。

黄魚

日見巴東峽，（荆州記：巴東三峽巫峽長。）黄魚出浪新。脂膏兼飼犬，（韓愈叉魚詩：飼犬驗今朝。杜補遺：鹽鐵論曰：荆山之下以玉抵鵲；江陵之人以魚飼犬。又王充論衡曰：鐘山之下，以玉抵鵲；彭蠡之濱，以魚食犬。）長大不容身。筒桶相沿久，風雷肯爲神。泥沙卷涎沫，回首怪龍鱗。（筒桶，捕魚器也。趙云：筒桶散布江中以繫餌，觀其没以爲驗，而隨其困以取之也。風雷肯爲神，蓋不肯爲神也。若龍者，則風雷爲之神矣。黄魚徒大似龍鱗，乃不能起風雷，此所以爲可怪也。）

白小

白小群分命，（易曰：物以群分。）天然二寸魚。細微霑水族，風俗當園蔬。入肆銀花亂，傾箱雪片虚。生成猶拾卵，盡取義何如。西京賦：攫胎拾卵，蚳蝝盡取。趙云：取白小生成之物，遂猶拾卵而盡取矣。蓋言白小之微細，所當宥也。

鹿

永與清溪別，蒙將玉饌俱。無才逐仙隱，不敢恨庖廚。亂世輕全物，微聲及禍樞。衣冠兼盜賊，饕餮用斯須。文十八年傳：縉雲氏有不才子，天下之民以比三凶，謂之饕餮。注：貪財爲饕，貪食爲餮。趙云：梁王筠侍宴餞臨川王北伐四言詩曰：玉饌騈羅，瓊漿泛溢。無才逐仙隱，則仙家嘗乘鹿車，或騎鹿也。亂世輕全物，微聲及禍樞。似言聖世猶不至於暴殄天物，而亂世輕全生之物，才聞鹿鳴之微聲，則禍隨之矣。或曰：鹿好其類，聞鳴則聚，故人學爲其鳴以致之。柳子厚所謂楚之南有獵者，爲鹿鳴以感其類。伺其至，發火而射之是已。末句言衣冠之人，行如盜賊，惟知饕餮而已。故使人多害生物，用以充庖，止在斯須之間焉。然則公之仁心於物，又不避忌諱矣。

雞

紀德名標五，史有紀德之碑。韓詩外傳：田饒曰：夫雞平頭戴冠，文也；足傅距，武也；見敵而鬬，勇也；得食相呼，義也；鳴不失時，信也。雞有五德，君猶烹而食之。其所由來近也。初鳴度必三。禮：文王世子：雞初鳴，衣服，至寢門。殊方聽有異，晉祖逖與劉琨同寢，中夜聞雞鳴，蹴琨曰：此非惡聲。因起舞。失次曉無慙。詩：雞鳴：匪雞則鳴，蒼蠅之聲。後漢：應門失守，關雎刺世。趙云：度必三，則史記所謂雞三號也。必三，字出禮記喪服、大傳。公在夔爲殊方，而聽雞鳴有異於中原之它日，則以雞多失鳴之次，而天既曉矣，殊無慙赧也。此失字，乃陳壽國志所謂失旦之雞者矣〔一〕。舊注引詩，非是。問俗人情似，充庖爾輩堪。禮：充君之庖。氣交亭育際，巫峽漏司南。趙云：孔子云：入國而問俗。禮記：何謂人情。爾輩字，出選，蓋言以雞充庖者，皆風俗人情之常爾。又引末句意，言雞之所以充庖，以其生息之繁，蓋一氣之所亭育也。梁劉孝綽謝給藥啓：一物之微，遂留亭育。方氣所交，以亭育萬物之際，其在巫峽之地，爲泄漏其司南之氣，則於此雞之多可以充庖而足也。晉輿服志有司南車，其用之於義理，如梁劉勰文心雕龍體性篇有云：文之司南，用此道也。則言文之指迷，如司南車焉。今公又借字以言氣之司於南方耳。所見如此，更俟明識。然味公此篇已上數篇〔二〕，大率皆作惱語以含深意耳。

【校勘記】

〔一〕「國志」，清刻本、排印本作「三國志」。

〔二〕「味」，原作「今」，據清刻本、排印本改。

別蘇徯赴湖南幕。

故人有遊子，棄擲傍天隅。李陵詩：遊子暮何之。又：各在天一涯。他日憐才命，居然屈壯圖。十年猶塌翼，陳琳檄：忠義之佐，垂頭塌翼。絶倒爲驚呼。昔琅琊王澄每聞衛玠言，輒歎息絶倒。故時人爲之語曰：衛玠談道，平子絶倒。趙云：他日，前日也。前日嘗憐愛蘇之才命，以爲必超騰矣，而今居然猶壯圖之屈也。尹文子曰：形之與名，居然別矣。絶倒義，蓋氣絶而欲倒也。故笑亦謂之絶倒。消渴今如此，司馬相如常有消渴病。提攜媿老夫。禮：長者與之提攜。豈知臺閣舊，洗拂鳳凰雛。蜀龐統，號鳳雛。易林：鸞者鳳之雛。得實翻蒼竹，棲枝把翠梧。趙云：公自言其有消渴之病不能提攜。蘇徯爲媿也。下四句遞相接，惟其以不能提攜爲媿，故豈更知其能以臺閣之舊而先獎拂鳳之雛也。公曾爲左拾遺，是爲臺閣舊。古有鳳將雛之曲。蘇乃公故人之子，故目之爲鳳凰雛。莊子曰：鳳凰非梧桐不栖，非練實不食。謂竹實之白如練也。北辰當宇宙，南岳據江湖。國帶煙塵色，兵張虎豹符。杜詩傳：發兵，皆以虎符。數論封内事，揮發府中趨。趙云：上句言帝都。語曰「北辰居其所而衆星共之」是已。次句言湖南。據者，以蘇徯往爲幕客，故指其地而言。是時干戈未息，故云國帶煙塵色〔一〕。三字蓋如庾信詠懷詩云馬有風塵氣，人多關塞衣也〔二〕。虎符、豹符，則所以發兵也。惟其如此，而蘇徯往爲幕客，則數論其湖南封内之事，於府趨之間發揮之也。古樂府陌上桑曰：盈盈公府步，冉冉府中趨。贈汝秦人策，文十三年傳：秦伯使士會行。繞朝贈之以策，曰：子無謂秦無人，吾謀適不用也〔三〕。莫鞭轅下駒。灌夫傳：上怒内史曰：今日廷論，局促效轅下駒。趙云：夫策所以檛馬，贈爾秦人策，則勸之以必行。駒所以駕轅，莫鞭轅下駒，則戒之以無妄舉矣。

【校勘記】

〔一〕「煙」，原作「風」，訛，據文淵閣本、文津閣本、文瀾閣本、清刻本、排印本改。

〔二〕「多」，文淵閣本作「有」。

〔三〕「適不」，文淵閣本作「不適」。

月圓

孤月當樓滿，寒江動夜扉。委波金不定，前漢樂志云：月穆穆以金波。照席綺逾依。江淹詩：綺席生浮埃。趙云：委於波中，則蕩漾而金色不定；照席上，則與綺繡相依。委字與照字，皆月身上字。月賦云：委照而吳業昌。此所謂委照，委下其照也。波金字，金波之倒也。席綺字，綺席之倒也。六韜曰：紂時婦人以文綺爲席。未缺空山靜，高懸列宿稀。古詩：千里共明月。又，清輝溢天門。趙云：未缺，言月之尚圓。記云：三五而盈，三五而缺。高懸，言月之著象。列宿稀，則月明星稀也。故園松桂一作菊。發，萬里共清輝。謝莊月賦：隔千里兮共明月。沈約望秋月云：清輝懸洞房。松桂，一作松菊，非。

中宵

西閣百尋餘，西京賦：巨獸百尋。八尺曰尋。中宵步綺疏。天台賦：皦日炯晃於綺疏。陸機：振風薄綺疏。選賦云：照文虹於綺疏〔一〕。注，窗也。飛星過水白，落月動沙虛。擇木知幽鳥，家語曰：鳥能擇木，木豈能擇鳥。詩：鳥鳴嚶嚶。出自幽谷。趙云：動字，公屢使，如「星臨萬户動」「寒江動夜扉」，今云「落月動沙虛」，只一動字，爲有精神矣。潛波想巨魚。古詩：潛虯思餘波。漢書：巨魚縱大壑。親朋滿天地，兵甲少來書。

【校勘記】

〔一〕「照」，文選卷四十六、全齊文卷十三王融三月三日曲水詩序作「鏡」。

白帝樓

漠漠虛無裏，陸機詩：街巷紛漠漠。連連睥睨侵。見本卷上白帝城詩〔一〕。樓光去日遠，峽影入江深。臘破思端綺，古詩：客從遠方來，遺我一端綺。春歸待一金。去年梅柳意，還欲攪邊心。詩：祇攪我心。趙云：睥睨，城上女墻也。侵，則侵虛無之裏，言其高也。韓子云：世有百金之馬，無一金之鹿也。臘破思端綺，所以禦寒，且爲新服。春歸待一金，所以充費，且以爲賞，故有末句梅柳之興。

【校勘記】

〔一〕「城」，底本漫滅，據文淵閣本、文津閣本、文瀾閣本、清刻本、排印本補。

送王十六判官

客下荊南盡，君今復入舟。買薪猶白帝，鳴櫓已一作少。沙頭。江陵吴船至，泊於郭外沙頭。衡霍生春早，瀟湘共海浮。荒林庾信宅，爲仗主人留。趙云：頷聯蓋言舟未行，尚在白帝城下買薪，而沙頭猶欠此舟鳴櫓而泊也。師民瞻本作已沙頭〔一〕。句及衡霍、瀟湘，則王判官所經往之地，當以郴、衡爲止乎？衡霍，以公之時言之，則一山而受二名。厥後皮日休作霍山賦，上之朝廷，以正霍之本地乃在壽州，故其縣邑曰霍山。其賦中云：自漢之後，乃易我號，而歸於衡公。今所謂衡霍，則當時言衡山猶曰衡霍。故對瀟湘。瀟湘，則湘江也。衡霍、瀟湘，其處自江陵而往，則王判官者，豈非將往彼而後止乎？於衡霍言生春早，則送之之日，探言之也。庾信，南陽新野人，父肩吾，文學獨步江南。信仕梁，值侯景之亂，奔於江陵，則於江陵有舊宅焉。主人，則王所至江陵之處主人也。

【校勘記】

〔一〕「本」，文淵閣本、文津閣本、文瀾閣本、清刻本、排印本無。

奉送卿二翁統節度鎮軍還江陵

火旗還錦纜，龍旂九旒，以象大火。諸侯所建。鳥旟七旒，以象鶉火。州里所建〔一〕。吴甘寧以錦維舟。白馬出江城。趙云：火旗，朱旗也。還錦纜，則軍從舟中歸矣。隋煬帝爲錦纜龍舟，乃天子事，而甘寧亦嘗爲錦纜，則富貴家事而已。龐德好騎白馬，號白馬將軍。以比卿二翁也。嘹唳吟笳發，蕭條別浦清。寒空巫峽曙，落日渭陽明。趙云：吟笳，軍中之所吹也。別浦，則舟經之處也。寒空巫峽曙，説夔州，公之所在也。落日渭陽明，説長安，所以懷鄉，又暗有卿二翁者，乃公舅翁之義也。師民瞻作渭陽情，不必如此。留滯嗟衰病，何時見息兵！嘆其留滯於夔而懷望長安也。

【校勘記】

〔一〕「所建」，文淵閣本無；又，「所」文津閣本作「吴」，訛。

閣夜

歲暮陰陽催短景，謝靈運雪賦：歲將暮，時既昏。鮑明遠鶴賦〔一〕：歲崢嶸而催暮〔二〕。又：窮陰殺節，急景凋年。天涯霜雪霽寒宵。五更鼓角聲悲壯，三峽星河影動搖。顔氏家訓：問一夜何故五更？曰更，歷也，經也。杜補遺：西清詩話云：作詩用事，要如釋語：水中著鹽，飲水乃知鹽味。此說，詩家秘密藏也。如子美「五更鼓角聲悲壯，三峽星河影動搖」，人徒見陵轢造化之工，不知乃用故事也。禰衡撾漁陽摻，其聲悲壯。漢武故事：星辰影動搖，東方朔謂民勞之應。則善用故事，如繫風捕影，豈有迹邪？野哭幾家聞戰伐，夫子惡野哭者。非其所而哭，曰野哭。夷歌是一作數。處起漁樵。蜀都賦曰：陪以白狼，夷歌成章。卧龍躍馬終黄土，卧龍，謂孔明也。郭外有孔明廟。躍馬，謂公孫述也。城上有白帝祠〔三〕，此二人蜀之英雄，言不免歸於土。人事音書一作依依。漫寂寥。蜀都賦：公孫躍馬而稱帝。趙云：英雄皆不免於死，人事依依，何至漫自寂寥乎？一云人事音塵，無義。

【校勘記】

〔一〕「鮑明遠鶴賦」，文淵閣本、文津閣本、文瀾閣本、清刻本、排印本作「鮑照舞鶴賦」，是。

〔二〕「催」，文選卷十四、全宋文卷四十六鮑照舞鶴賦作「愁」。

〔一〕「上」，文淵閣本奪。

白帝城最高樓

城尖徑仄一作翼。旌旆愁，獨立縹緲之飛樓。海賦：神仙縹緲。峽坼雲霾龍虎睡，江清日抱黿鼉遊。扶桑西枝對斷石，日出暘谷，浴於咸池，拂於扶桑。山海經云：大荒之中，暘谷上有扶桑，十日所浴。九日居下枝，一日居上枝，皆戴烏。弱水東影隨長流。薛云：淮南子：弱水出自窮石。注，窮石在張掖北，其水弱不能勝羽。杖藜歎世者誰子？泣血迸空回白頭。趙云：徑仄，舊作徑昃，已誤。又作徑翼，無義。旌旆愁，則城上屯戍之旗也。縹緲，高遠不明之皃。魯靈光殿賦云：忽縹緲以響像。公所用主此，頷聯言峽壁開坼，而雲氣霾龍虎之睡；江水澄清，而日光抱黿鼉之遊。腹聯則爲張大之語，以見樓之最高也。扶桑在東，故望見其向西之枝，且與斷石相對隔也。道書言蓬萊隔弱水三十萬里。以弱水在東，所以言東影，非禹貢之弱水。此與朱崖著毛髮，碧海吹衣裳之格相類。莊子云：原憲杖藜應門。誰子，蓋誰氏子之省文也〔一〕。

【校勘記】

〔一〕「子之」，文淵閣本、文津閣本、文瀾閣本、清刻本、排印本作「之子」。

覽鏡呈柏中丞

渭水流關内，（西都賦：帶以洪河、涇、渭之川。）終南在日邊。（詩曰：終南何有。毛萇曰：終南，周之名山。西都賦：表以太華、終南之山。是也。）膽銷豺虎窟，（南都賦：豺虎肆虐。）淚入犬羊天。起晚堪從事，行遲更覺仙。鏡中衰謝色，萬一故人憐。（趙云：首兩句則懷望長安。頷聯兩句則傷逢時之艱。腹聯兩句，則傷其衰老。而下兩句則求憐於柏中丞也。渭水、終南，言長安也。晉明帝云：只聞人從長安來，不聞人從日邊來。故凡言帝都者，以日邊言之。吐蕃以犬羊之資，輒犯中原，爲盜賊窟穴，於此所以膽銷。其爲豺虎之地，而恨其不安本國犬羊之天也。凡仕有官守者，必早起。起晚矣，可堪從事乎？仙者身輕步疾，老而行遲矣，那更覺爲仙乎。豈因覽鏡見衰而遂嘆其終不能仙矣乎？）

西閣夜

恍惚寒空暮〔一〕，逶迤白露昏〔二〕。山虚風落石，樓静月侵門。擊柝可憐子，無衣何處村。時危關百慮，盜賊爾猶存。（趙云：舊本作寒山暮，師民瞻本作寒空暮，是。蓋下有山字也。老子曰：恍兮惚，其中有物。寒空暮上着恍惚字，亦新矣。逶迤字，多矣，如紆餘逶迤也。白帝上有屯戍，則每夜有擊柝之役。列子楊朱篇載公孫朝謂子産曰：若欲以辭説亂我之心，不亦鄙而可憐哉！隋江總南還尋草市宅詩云：無人訪語默，何處叙寒温。易云：一致而百慮。）

【校勘記】

〔一〕「寒空暮」，二王本杜集卷十六作「寒山暮」。

〔二〕「白露昏」，二王本杜集卷十六作「白霧昏」。

瀼西寒望

水色含群動，朝光切太虚。年侵頻悵望，興遠一蕭疎。猿挂時相學，鷗行炯自如。瞿塘春欲至，定卜瀼西居。趙云：朝，音陟遥切，言晨朝之光也。陶潛云：日入群動息。故對太虚。天台賦云太虚寥廓也。年侵字，陸機豫章行云：前路既已多，後塗隨年侵。末句公雖有是言，而次年之春初猶在西閣。其遷居，則先在赤甲，方移瀼西。

陪柏中丞觀宴將士二首

極樂三軍士，誰知百戰場。無私齊綺饌，久坐密金章。趙云：言其安樂而無戰也。梁何遜輕薄篇曰：象牀沓繡被，玉盤傳綺食。金章，銅印也。銅章墨綬，縣令之章飾。而公今所言，則指將士之金帶耳。鮑明遠詩云：開壤襲朱紱，左右佩金章。此乃言金帶也。醉客霑鸚鵡，佳人指鳳皇。幾時來翠節，特地引紅粧。趙云：上兩句是宴中之事。杜田云：鸚鵡，杯名。雕刻海蠡而爲之，像鸚鵡形。昔人以之勸酒，並爲罰爵。且又引南海異物志云：鸚鵡螺，狀如覆杯，形如鳥頭，向其腹視之似鸚鵡，故以爲名。又引酉陽雜俎云：梁宴魏使，酒至鸚鵡杯。徐君房飲不盡，屬魏肇師曰：海蠡蜿蜒，尾翅皆張。非以爲玩，亦以爲罰，今日直不得辭。田以爲酒杯名，是矣。既引南海異物志之説，則螺自名鸚鵡，又却先自云雕刻海螺爲之，像鸚鵡形〔一〕，自爲矛盾。大率以其螺爲貴，其次刻像之耳，而田不能斷也。佳人指鳳皇，則筵上或畫圖，或繡帳之上有之，而佳人共指而言説也。杜田云：佳人指鳳皇，疑是秦女弄玉吹簫乘鳳皇飛去事，不敢强釋之。又非是。筵乃柏中丞宴將士使妓耳，豈有弄玉之事邪〔二〕。末句使紅粧字尤可見矣。梁簡文帝從軍行曰：紅粧來起迎。

右一

【校勘記】

〔一〕「像」，文淵閣本、文津閣本、文瀾閣本、清刻本、排印本作「象」。

〔二〕「邪」，文淵閣本、文津閣本、文瀾閣本、清刻本、排印本作「耶」。

繡段裝簷額，金花帖鼓腰。一夫先舞劍，百戲後歌樵。趙云：上句則樂工之飾，下句則工所擊之鼓。歌樵，則戲爲夔峽樵歌之音也。公閣夜詩曰夷歌是處起漁樵，是已。舊本作歌鐎，乃引李廣傳注刁斗曰：以銅作鐎。然考之韻書，音焦，温器也，三足而有柄。别無歌義。今校定歌鐎是，蓋軍中之樂。江樹城孤遠，雲臺使寂寥。漢朝頻選將，應拜霍嫖姚。趙云：謝朓詩：雲中辨江樹。雲臺使寂寥，豈久無使命之來乎？且引末句而以霍比中丞也。

右一

漢中王報韋侍御蕭尊師亡

秋日蕭韋逝，淮王報峽中。少年疑柱史，多術怪仙公。趙云：淮王，則漢淮南王安。其人賢，以比漢中王也。柱史以言韋侍御，老聃爲周柱下史，而韋以少年爲之，故疑其不似聃也。仙公，以言蕭尊師。仙公宜有多術以延生，而死，故怪之也。神仙傳有葛仙公。不但時人惜，祇應吾道窮。一哀侵疾病，相識自兒童。處處鄰家笛，飄飄客子蓬。趙云：左傳序云：反袂拭面，稱吾道窮也。鄰家笛，使向秀聞笛事。秀思舊賦序：于時日薄虞淵，寒冰淒然。鄰人有吹笛者，發聲寥亮。追想曩昔遊讌之好，感音而歎，故作賦也。客子蓬，則公自嘆其飄零也。强吟懷舊賦，已作白頭翁。趙云：懷舊賦，潘安仁所作，以懷惕肇父子。蓋懷二人也，公今所懷韋、蕭二人，可藉用矣。壺關三老上書。車千秋云：白頭翁教臣也[一]。

【校勘記】

〔一〕「車千秋」，原無，參本集卷十七投贈哥舒開府翰二十韻校勘記〔四〕訂補。

南極

南極青山衆，西江白谷分。古城疎落木，荒戍密寒雲。歲月蚍常見，風飆虎或聞。趙云：按晉天文志：南極在井、柳之中，正是南方之星，故公於夔州詩可用矣。西江，指蜀江。蓋楚人以蜀江爲西江也。近身皆鳥道，殊俗自人群。趙云：南中八志曰：交趾郡治龍編縣，自興古鳥道四百里。蓋以其險絶，獸猶無蹊，人所莫由，特上有飛鳥之道耳。而用鳥道字，則沈約愍塗賦依雲邊以知國，極鳥道以瞻家也。莊子：以馭人群。睥睨登哀柝，蝥弧照夕曛。趙云：睥睨，城上小城也。於此可以瞻視。言白帝城上有屯戍故也。舊本矛弧，善本作蝥弧，是。左傳取蝥弧以登，乃鄭之旗名也，方可對睥睨。若作矛弧，即是兩物。必不以對睥睨之一名矣。言照夕曛，則旗爲日所照。謝靈運詩：夕曛嵐氣陰。亂離多醉尉，愁殺李將軍。趙云：公以李將軍自比。李廣飲，還至亭，霸陵尉醉，呵止。廣傳中言霸陵尉醉，則已可使醉尉字。而杜田又引南史何敬容傳：謝郁作書戒之，其説亦是，但不細看廣傳耳。

搖落

搖落巫山暮，寒江東北流。煙塵多戰鼓，風浪少行舟。趙云：此大曆二年詩。是年九月，吐蕃寇雲川，又寇邠州，郭子儀屯于涇陽；又桂州山獠反，則爲煙塵多戰鼓矣。孫子荊書：煙塵俱起，震天駭地。鵝費羲之墨，貂餘季子裘。長懷報明主，卧病復高秋。趙云：公以羲之自比。羲之性愛鵝〔一〕，山陰道士養好鵝，因求市之。道士云〔二〕：爲寫道德經，當舉群相贈耳。羲之欣然寫畢〔三〕，籠鵝而歸。然公不解書，於題於羲爲不切，學者頗疑之。豈適會見鵝而起句，或有此事而公紀實耶？抑嘆其貧，於鵝則必以字换之，於衣則止餘弊裘而已耶？戰國策：蘇秦仕趙，趙王資貂裘、黄金，使説秦。書十上而説不行，黑貂之裘弊。今云貂餘季子裘，言貧如蘇子矣。

【校勘記】

〔一〕「鵝」，底本漫滅，據清刻本補。

〔二〕「士」，底本漫滅，據清刻本補。

〔三〕「然」，底本漫滅，據清刻本補。

季秋江村

喬木村墟古，疎籬野蔓懸。素琴將暇日，趙云：言將琴往江村，當暇日也。白首望霜天。登俎黄柑重，支牀錦石圓。支牀，出史記龜筴傳。遠遊雖寂寞，難見此山川。

新刊校定集注杜詩卷三十二

近體詩

季秋蘇五弟纓江樓夜宴崔十二評事韋少府姪三首

峽險江驚急，樓高月迥明。一時今夕會，萬里故鄉情。星落黃姑渚，秋辭白帝城。老人因酒病，堅坐看君傾。趙云：黃姑渚，天河之別名也。

右一

明月生長好，浮雲薄漸遮。宋玉九辯云：何氾濫之浮雲兮，猋壅蔽此明月。悠悠照邊塞，月賦：升素質之悠悠[一]。悄悄憶京華。清動杯中物，鮑云：陶淵明詩：天運苟如此，且進杯中物。高隨海上查。事見「查上覓張騫」注。不眠瞻白兔，劉孝綽月詩：攢柯半玉蟾，植叢映金兔〔二〕。百過落烏紗。烏紗，帽也。趙云：月中有兔，其傳尚矣。楚辭天問曰：夜光何德，死則又育；厥利維何，而顧兔在腹。烏紗，帽也。杜佑通典帽門載矣。

右二

【校勘記】

〔一〕「素」，文選卷十三、全宋文卷三十四謝莊月賦作「清」。

〔二〕「植叢映金兔」，梁詩卷十六劉孝綽月詩作「裛葉彰金兔」。

對月那無酒，登樓況有江。聽歌驚白鬢，笑舞拓秋窗。樽蟻添相續，子建七啓：盛以翠樽，酌以彫觴。浮蟻鼎沸，酷烈馨香。沙鷗並一雙。盡憐君醉倒，更覺片一作我。心降。詩：我心則降。趙云：選有白髮生鬢。公詩又云：百年雙合鬢。張協玄武館賦云〔一〕：春牖左開，秋窗右豁。樽蟻，言酒之浮蟻也。末句當以片心爲正，方有功矣。

右三

【校勘記】

〔一〕「玄武館賦」，「玄」原作「元」，係避諱，此改。

送孟十二倉曹赴東京選

君行別老親，此去苦家貧。藻鏡留連客，江山憔悴人〔一〕。杜補遺：藻鏡，猶藻鑒也。故子美上韋左相詩又有持衡留藻鑒之句。晉太康四年制曰：藻鑑銓衡。又唐舊史：許子儒長壽中爲天官侍郎，居選部，不以藻鏡爲意。趙云：題送赴東京選，故用藻鏡事。既是赴選，則須等候，藻鏡之所取，非旬日之事，故云留連客也。江山憔悴人，則客遊所歷，雖江山之勝，亦爲憔悴人。秋風楚竹冷，夜雪鞏梅春。朝夕高堂念，應宜綵服新。趙云：秋風楚竹冷，言孟倉曹所起發之地在夔也。夜雪鞏梅春，言孟倉曹所往之時，逢雪于鞏也。鞏縣，今西京屬縣。西京，則唐所謂東京也。末句又申言其別親老，思之也。列女傳曰：老萊子孝養二親，行年七十，嬰兒自娛，著五色采衣。楚竹冷、鞏梅春，謂之雙紀格。

【校勘記】

〔一〕「人」，原奪，據文淵閣本、文津閣本、文瀾閣本、清刻本、排印本補。

憑孟倉曹將書覓土婁舊莊

平居喪亂後，不到洛陽岑。爲歷雲山問，無辭荆棘深。北風黄葉下，南浦白頭吟。文君作白頭吟。薛云：楚詞：予交手兮東行〔一〕，送美人兮南浦。十載江湖客，茫茫遲暮心。趙云：前四句托孟倉曹往問莊居之荒葺何如。後四句則公言其在夔時候與處所也。黄葉下，變用木葉下。白頭吟雖是文君以相如晚年置妾而有此作，其後爲樂府，則言君臣、朋友顧遇之不終。而公今所用，又止以其老年白頭所吟詠耳。楚詞云：傷美人之遲暮。

【校勘記】

〔一〕「予」，文淵閣本、文瀾閣本、文津閣本作「余」，清刻本、排印本作「子」。

耳聾

生年鶡冠子，杜補遺：後漢輿服志：武冠，加雙鶡尾，在左右，謂之鶡冠。五官、虎賁、羽林，皆冠之。鶡者，勇雉也。其鬭無已，一死乃止。故趙武靈王爲冠以表武士，是詩所謂鶡冠子者，楚人，隱居深山中，衣敝履穿，以鶡爲冠，莫測其名，因服成號，著書言道家事。馮諼嘗師事之，後顯於趙，鶡冠子懼其薦己，遂與之絶。歎世鹿皮翁。趙云：前漢書藝文志有稱鶡冠子一篇。師古云：以鶡鳥羽爲冠也。列仙傳：鹿皮翁者，菑川人也。少爲府小吏，工巧，舉手能成器械。岑山上有神泉，人不能至。小吏白府君，請木工斧斤三十人作轉輪懸閣，意思樸至。數十日，梯道四門成。上其顛，作茅舍，留止其旁。眼復幾時暗，耳從前月聾。猿鳴秋淚缺，雀噪晚愁空。黄落驚山樹，呼兒問朔風。趙云：猿鳴秋淚缺，雀噪晚愁空，以耳聾之故，而幸其不聞也。末句，但見山木葉黄落而不聞風聲，所以呼兒而問。宋玉九辯云：悲哉！秋之爲氣也。蕭瑟兮，草木黄落而變衰。曹子建有朔風篇。

小園

由來巫峽水，本自楚人家。客病留因藥，春深買爲花。秋庭風落果，瀼岸雨頹沙。問俗營寒事，將詩待物華。趙云：此篇蓋須水以爲用之詩也。楚城居高而下，取江水，最爲艱得，故以爲詠矣。客病留因藥，則藥須水以洗濯，故留水者因藥也。春深買爲花，則花須以水灌沃，故買水者爲花也。後兩句則縱言眼前之秋景矣。末句又營人家備冬寒之俗事，而不廢吟詠也。

自瀼西荆扉且移居東屯茅屋四首

白鹽危嶠北，赤甲古城東。平地一川穩，高山四面同。趙云：首兩句以引下句耳。平地一川，蓋在白鹽山之北，而赤甲城之東故也。謝靈運詩序有云：石門新營所住，四面高山。煙霜凄野日，秔稻熟天風。趙云：周王褒送葬詩云：寒近邊雲黑〔一〕，塵昏野日黃。公嘗使云野日荒荒白也。周勃領北軍誅諸呂，是日天風大起。而古詩枯桑知天風也。人事傷蓬轉，吾將守桂叢。劉安招隱：桂樹叢兮山之幽。趙云：曹植雜詩曰：轉蓬離本根。

右一

【校勘記】

〔一〕「寒」，北周詩卷一王褒送劉中書葬詩作「塞」。

東屯復瀼西，一種住青溪。來往皆茅屋，淹留爲稻畦。市喧宜近利，西居近市。易巽：爲近市利三倍。林僻此無蹊。趙云：青溪，非名也，水色之青而已。謝莊詩曰：青溪如委黛。公於成都浣花詩亦曰青溪，可見矣。若訪衰翁語，須令賸客迷。馬季長長笛賦有云〔一〕：間介無蹊，人迹罕到。此無蹊，此字則指東屯與瀼西也。如曹子建云置酒此河陽之北。須令賸客迷，則承無蹊之下言賸添客迷也。

右二

【校勘記】

〔一〕「馬季長」，「長」原奪，據清刻本、排印本補。又，「馬季長」清刻本、排印作「馬融」。案，馬融，字季長，東漢經學家。

道北馮都使，高齋見一川。子能渠細石，吾亦沼清泉。枕帶一作席。還相似，柴荆即有焉。趙云：渠字、沼字，此以字之重字爲輕字，以體爲用者也。枕帶還相似，言枕山帶水也。一作枕席，淺矣。柴荆亦是。兩字蓋言荆扉、柴扉之義。而字則謝靈運初去郡云促裝反柴荆，即有焉，又言馮都使與己俱有柴荆以居也。斫畬應費日，解纜不知年。杜補遺：楚俗燒榛種田曰畬先，以刀芟治林木曰斫畬。其刀以木爲柄，刃向曲，謂之畬刀[一]。畬音式車反。趙云：言方移居東屯爲農夫之事，而從事於斫畬，則欲扁舟儘南下之意，且輟止矣。故解纜未知其在幾何時也[二]。斫畬兩字，是楚人語。又農書云：按，荆楚多畬田。先縱火熂爐，候經雨下種。歷三歲，土脉竭，不可復樹藝，但生草木。復熂旁山。劉禹錫適連州，畬田行云：何處好畬田，團團漫山腹。鑽龜得雨卦，上山燒卧木。又云：下種暖灰中，乘陽拆牙蘖。蒼蒼一雨後，苕穎如雲發。白居易子規歌云：畬田有粟何不啄。燒榛，種田也。爾雅：一歲曰菑，二歲曰新，三歲曰畬。易曰：不菑畬，皆音餘。畬田凡三歲方可復種[三]，蓋取畬之義也。熂音餼，燹火燎草也。爐音盧，火燒山界也。

右三

【校勘記】

〔一〕「謂」，原作「爲」，據文淵閣本、文津閣本、文瀾閣本、清刻本、排印本改。

〔二〕「在」，文淵閣本、文津閣本、文瀾閣本、清刻本、排印本無。

〔三〕「畬」，文淵閣本、文津閣本、文瀾閣本、清刻本、排印本作「菑」。

牢落西江外，參差北户間。久遊巴子宅，卧病楚人山。幽獨移佳境，謝靈運：幽獨賴鳴琴。顧愷之云：漸入佳境。清深隔遠關。寒空見鴛鷺，回首憶朝班。趙云：吴都賦云：開北户以嚮日，齊南冥於幽都。注：言日南，人開北户向日以就明，則以南爲幽都，亦如中國之見北也。公居於夔，乃楚地，與荆渚、吴越相近矣，故得言西江外、北户間也。公詩又云東望西江永，南遊北户開矣。隔遠關，則指言白帝城之關。末句公嘗爲左拾遺，通籍而朝，故見鴛鷺而憶朝班也。

右四

題栢大兄弟山居屋壁二首

叔父朱門貴，郭景純：朱門何足榮。郎君玉樹高。趙云：謝道藴云：一門叔父，則有阿大中郎。魏宋以來，貴人之子曰郎君。叔姪則亦父子，故可使郎君。朱門字，雖是常語，祖出東方朔十洲記曰：臣故韜迹而赴王庭，藏養生而待朱門矣。謝安嘗戒約子姪，因曰：子弟亦何豫人事，而正欲使其佳？玄答曰：譬如芝蘭玉樹，欲使其生於庭階耳。山居精典籍，文雅涉風騷。江漢終吾老，雲林得爾曹。趙云：書序云：秦滅三代典籍。選有云：同祖風騷。詩云：美化行乎江漢之域。又云：滔滔江漢，南國之紀。公欲適荊楚而南，故云終吾老也。哀絃繞白雪，未與俗人操。杜補遺：哀絃，琴也。記曰：哀以立廉，廉以立志。君子聽琴瑟之聲，則思志義之臣。又枚乘七發：龍門之桐，高百尺而無枝。使班爾斫斬以爲琴，野繭之絲以爲絃，孤子之鉤以爲隱，九寡之珥以爲⿰弓勺〔一〕。師堂操張，伯牙爲之歌，此亦天下之至悲也，子能强起而聽之乎？注：⿰弓勺，音的。鉤、珥，皆寶也。隱、⿰弓勺，皆琴上飾，取孤子寡婦之寶而用之，欲其聲多悲哀。九寡，九度寡也。琴録曰：琴曲有幽蘭白雪風入松烏夜啼。俗人非知音者，故未可與之操。趙云：宋玉曰：陽春白雪之曲，唱彌高而和彌寡。於哀絃之中，所彈者白雪，非俗人所能也。薛云：右按宋玉對楚襄王問曰：客有歌郢中者，其始下里巴人，國中屬而和者數千人；其爲陽春白雪，國中屬而和者數十人而已。又文選鮑照詩：蜀琴抽白雪，郢曲繞陽春。

右一

【校勘記】

〔一〕「⿰弓勺」，文選卷三十四、全漢文卷二十枚乘七發作「約」。以下均同。

野屋流寒水，山籬帶薄雲。靜應連虎穴，喧已去人群。筆架霑窻雨，書籤映隙曛。蕭蕭千里馬，箇箇五花文。趙云：末句以駿馬比栢之兄弟矣。公嘗曰：五花散作雲滿身。詩云：蕭蕭馬鳴。箇箇，指言五花文之箇箇，非謂馬一匹爲一箇也。

郭隗曰：古之人君有以千金使涓人求千里馬者〔一〕。又漢文帝時，有獻千里馬者。

右二

【校勘記】

〔一〕「涓」，清刻本、排印本無。

暝

日下四山陰，山庭嵐氣侵。謝靈運：夕曛嵐氣陰〔一〕。牛羊歸徑險，詩：羊牛下來。北征賦：日晻晻其將暮，覩牛羊之下來。鳥雀聚枝深。正枕當星劍，收書動玉琴。半扉開燭影，欲掩見清砧。星劍，劍上有星文也。玉琴，以玉爲琴徽也。趙云：星劍，則劍上有七星之像也，非是氣衝牛斗之謂。江淹去故鄉賦：撫玉琴兮何親。末句，扉欲掩見清砧，則欲更掩其半扉之時見己家之清砧。蓋時秋矣。

【校勘記】

〔一〕「陰」，文淵閣本、文津閣本、文瀾閣本、清刻本、排印本作「侵」，訛。文選卷二十二、宋詩卷二謝靈運晚出西射堂詩作「陰」，可證。

茅堂檢校收稻二首

香稻三秋末，平田百頃間。喜無多屋宇，幸不礙雲山。御裌侵寒氣，秋興賦：藉莞蒻，御裌衣。嘗新破旅顔。禮：天子以嘗新。紅鮮終日有，玉粒未吾慳。趙云：御裌侵寒氣，言雖御裌衣矣，而寒氣猶侵之，則山居故也。紅鮮，似言魚也。玉粒，則春稻爲米，其白如玉矣。亦不必泥蘇秦米貴於玉事。

右一

稻米炊能白，秋葵煑復新。誰云滑易飽，老藉軟俱勻。種幸房州熟，苗同伊闕春。無勞映渠盌，自有色如銀。杜補遺：魏文車渠椀賦：車渠，玉屬也。多纖理縟文，生于西國，其俗寶之。惟二儀之普育，何萬物之殊形？料珍怪之上美，無兹椀之獨清。苞華文之光麗，發符彩而揚榮。理交錯以連屬，似將離而復并。又梁陸倕蠡杯銘曰：用邁羽杯，珍逾渠椀〔一〕。實同蠡測，形均樸滿。又廣雅曰：車渠，石，次玉也。趙云：滑字，與滑流匙同義。老藉軟俱勻，與軟炊香飯緣老翁同義。房州熟，伊闕春，蓋稻名也。末句言不必用渠椀盛之〔二〕，此飯其色自如銀矣。

右二

【校勘記】

〔一〕「渠」，文淵閣本作「梁」，訛。

〔二〕「渠」，文淵閣本作「梁」，訛。

朝二首

清旭楚宮南，霜空萬嶺含。野人時獨往，雲木曉相參。俊鶻無聲過，飢烏下食貪。病身終不動，搖落任江潭。陸士衡：戢翼江潭。趙云：清旭，清朝也。江賦云：視氛祲於清旭〔一〕。楚宮，則楚王之宮也。霜空，言帶霜之空也。朝未甚有行人，故野人時獨往耳。末句，蓋公欲南下而未能也。易云：寂然不動。屈原既放於江潭。或云蘇東坡謂子美詩外尚有事在，故其病身曾不搖蕩而不隨草木之搖落也。

右一

【校勘記】

〔一〕「視」，文選卷十二、全晉文卷一百二十郭璞江賦作「督」。

浦帆晨初發，郊扉冷未開。村疎黄葉墜，野静白鷗來。礎潤休全濕，雲晴欲半回。淮南子云：山雲蒸，柱礎潤。江淹：山雲潤柱礎。巫山冬可怪，昨夜有奔雷。趙云：浦帆，帆音去聲，今官韻亦收矣。師民瞻本疑之，乙其字爲帆浦，非是。然夔州詩而云浦帆，何也？蓋題是朝，詩句云：浦帆晨初發，郊扉冷未開。兩句通義，言方此晨朝之際，想江浦之中，其帆起發；而郊居之家，以冷而未開其扉也。顔延年贈王太常詩曰：郊扉嘗晝閉。礎者，柱下之磉石也〔一〕。礎潤休全濕，休者，罷也。言礎石之潤，經夜稍乾而半濕矣。雲晴欲半回，言朝既晴霽，其宿雲半斂而回去也。奔雷，公兩使矣。出三都賦。

右二

【校勘記】

〔一〕「磉」，文淵閣本作「磔」，文瀾閣本作「礎」，均訛。

晚

杖藜尋晚巷，炙背近墻暄。嵇康書：野人有快炙背而美芹子者，欲獻之至尊。雖有區區之意，亦已疎矣。公又嘗有句云：炙背可以見天子。人貝幽居僻，吾知拙養尊。朝廷問府主，耕稼學山村。趙云：此句法難解，蓋言朝廷以務農重穀之事問府主，故亦化而學山村耕稼也。然此等句法，學者不可傚之也。舜自耕稼陶漁以至爲帝。歸翼飛棲定，寒燈亦閉門。曹子建：歸鳥赴喬林，翩翩厲羽翼。陸士衡：願假歸鴻翼，翻飛游江汜。趙云：棲鳥以枝定爲安，故詩人每用定字。如公今云：歸翼飛栖定。如白樂天：風枝未定鳥難棲。如李商隱：栖鳥定寒枝。然三定優劣，必有能辨者。原其所出，則周庾信云鳥寒栖不定也。

夜二首

白夜月休弦，燈花半委眠。號山無定鹿，落樹有驚蟬。暫憶江東鱠，張翰憶鱸鱠。兼懷雪下船。王子猷訪戴安道。蠻歌犯星起，重覺在天邊。趙云：當此白夜，於月休隱，其所見者弦之狀與燈花半委落之際，眠卧也。重覺在天邊，言其遠也。

右一

城郭悲笳暮，村墟過翼稀。甲兵年數久，賦斂夜深歸。暗樹依巖落，明河繞塞微。斗斜人更望，月細鵲休飛。樂府：月明星稀，烏鵲南飛。趙云：賦斂夜深歸，言村落之民，入市供官賦斂，以夜深而後歸也。暗樹依巖落，言葉也。傳曰：木落糞本。亦遂以言葉矣。天漢謂之明河，故宋之問有明河篇也。繞塞微，則夜深矣。故末句又有斗斜、月細之語。鵲休飛者，休停其飛也。月細而不甚明，此鵲飛之所以休也。

右二

東屯月夜

抱疾漂萍老，防邊舊穀屯。趙云：東屯所以得名者，防邊而屯戍之地也。言抱疾病而如漂萍之者，在屯積舊穀以防邊之處也。古詩云：泛泛江漢萍，漂蕩水無根。論語曰：舊穀既没。春農親異俗，歲月在衡門。禮記王制：民生其間者異俗。然公所用，乃如匡衡云成湯所以化異俗而懷鬼方者。蓋公中原人，而遠客於夔，故稱之爲異俗。公於俳諧體詩又云異俗吁可怪。詩：衡門之下。青女霜楓重，曉霜楓葉丹。青女，霜神名。黄牛峽水喧。泥留虎鬬跡，月挂客愁村。喬木澄稀影，輕雲倚細根。趙云：淮南子曰：青女出以降霜。盛弘之荆州記曰：宜都西陵峽中有黄牛山，江湍迂回，塗經信宿，猶望見之。行者語曰：朝發黄牛，暮宿黄牛；三日三暮，黄牛如故。後兩句當秋木葉落，故謂之稀影。輕雲倚細根，則山中有雲，故倚喬木之細根也。數驚聞雀噪，暫睡想猿蹲。趙云：皆以月明之故也。月照樹白，則雀驚而噪；猿以有照，不得久睡，故暫而已。日轉東方白，風來北斗昏。天寒不成寐，無夢有歸魂。趙云：上兩句可謂奇矣。

東屯北崦

盜賊浮生困，誅求異俗貧。空村惟見鳥，落日未一作不。逢人。登樓賦：白日忽其西匿，鳥相鳴而舉翼。原野闃其無人，征夫行而未息。步壑風吹面，看松露滴身。遠山回白首，戰地有黃塵。趙云：人之所以爲盜賊者，以浮生之困也。管子曰：衣食足而知榮辱。諺云：盜賊起於貧窮。觀下句則所以招盜之因也。公豈不知政哉！莊子：其生若浮。其後鮑照詩：浮生旅昭代。戰塵謂之黃塵者，以其塵起之多，茫茫然黃也。曹子建云：大風隱其四起，揚黃塵之冥冥。

雲

龍自一作以。瞿唐會，江依白帝深。終年常起峽，每夜必通林。收穫辭霜渚，分明在夕岑。高齋非一處，秀氣豁煩襟。趙云：公自言其見雲之處。句謂初在霜渚中，收獲至，辭出時乃見雲在岑分明也。高齋非一處，則人家皆有高齋可以登覽。謝玄暉有郡內高齋閑坐答呂法曹詩。

月

趙云：四更所見之月，而有開鏡之句，則乃月滿之狀，必十五夜也。豈九月之望夜乎？於一更、二更、三更爲雲遮，如塵匣之鏡。至四更在樓上忽見之，所以有作。既在夔州群山之中，故謂之山吐月。

四更山吐月，殘夜水明樓。趙云：此篇首兩句古今絕唱。東坡先生深曉吐字之義，故取下句爲五韻，以賦五詩，自一更至五更，皆曰山吐月。又有句云明月翳復吐。月言吐字，出費昶省中夜聞擣衣詩云：閶闔下重關，丹墀吐明月。蓋吐露其光之謂。殘夜水明樓，言夜將盡矣，登樓看月，其明照於水，而水光照樓。句法如此，不亦奇乎？塵匣元開鏡，風簾自上鈎。古詩：纖纖似玉鈎，娟娟若娥眉。謝玄暉：風簾入雙燕。趙云：上句說月。古詩有云：破鏡飛上天。又梁簡文帝云：形同七子鏡。則鏡以比月矣。塵匣字，則取鏡以言之。鮑明遠擬古詩有云明鏡塵匣中，寶琴生網絲也。若全句之勢，則又庾信鏡詩云玉匣聊開鏡，輕灰暫拭塵也。信直用之於鏡，而公則以比月爲工矣。謂之元開鏡，則驚喜之詞也。下一元字，可以見一更、二更、三更雖有月而雲遮之也。下句言樓上之簾已自掛起，則可以分明看月也。陳蕭詮詩珠簾半上珊瑚鈎也。兔應疑鶴髮，蟾亦戀貂裘。趙云：上句則公自言其老，下句言其貧。鶴髮，老者之狀。庾信竹杖賦云：子老矣，鶴髮雞皮。貂裘，使蘇季子黑貂裘也。斟酌姮娥寡，天寒耐九秋。見九秋驚雁序注。杜補遺：後漢天文志注：張昭載靈憲之言曰：月，陰精之宗。有憑焉者，羿請不死之藥於西王母。其妻姮娥竊之以犇月，是名蟾蠩。又阮嗣宗詠懷詩：悦懌若九春。李善注云：春秋元命苞曰：陽氣成於三，故一時三月。陽氣終於九，故三月一時凡九十日。宋衷曰：四時皆象此，不獨春也，九秋，以九十日言之。趙云：斟酌者，想料之也。鮑明遠和王丞詩：斟酌高代賢。玉臺後集載董思恭王昭君詩：斟酌紅顔盡，何勞鏡裏看。公於舟中出江陵云：經過憶鄭驛，斟酌旅情孤。皆爲想料之義。以九秋言之，則秋之三箇月將盡矣，所以知其爲九月之望夜尤明。李商隱云：姮娥却悔偷靈藥，碧海蒼天夜夜心。亦有誚姮娥寡之意。

獨坐二首

竟日雨冥冥，楚詞：雲容容兮雨冥冥。雙崖洗更青。水花寒落岸，山鳥暮過庭。煖老須燕玉，唐寧王有煖玉鞍[一]。又有煖玉盃，以爲飲器，不煖而自熱。充饑憶楚萍。家語：楚昭王渡江，有一物大如斗，圓而赤。取之以問孔子，曰：此萍實也。吾昔過陳，聞童謡曰：楚王渡江得萍實，大如斗，赤如日，剖而食之，甜如蜜。胡笳在樓上，哀怨不堪聽。趙云：燕玉，以言婦人也。古詩云：燕趙多佳人，美者顔如玉。故摘燕玉兩字以對楚萍。待燕玉之人而煖，則孟子所謂七十非人不煖是也。觀題云獨坐，則又可見矣。舊注引煖玉事於燕玉字，何所據乎？又煖老之義安在也？末句蓋言白帝城樓上有鳴笳矣，其聲哀怨，所以不堪聽也。舊注至引劉琨事爲冗。

右一

【校勘記】

〔一〕「寧王」，開元天寶遺事卷四「煖玉鞍」條作「岐王」。

白狗斜臨北，黃牛更在東。杜補遺：水經注：秭歸白狗峽，蜀江中流，兩面如削。絶壁之際，隱出白石如狗，形狀具足，故以名焉。又，黃牛山在縣北四十五里，周回五十里，高二十一里。盛弘之荆州記曰：黃牛山有重嶺疊起，其最大高崖間，有石色如人負刀牽牛，人黑牛黃，其狀分明。此崖加之江湍迂回，行經信宿，猶尚望見。行者歌曰：朝發黃牛，暮宿黃牛。一朝一暮〔一〕，黃牛如故。今黃牛峽山下有廟曰洺川王。土人云：黃牛神也。仇池翁有碑載歐陽文忠公事云。峽雲常照夜，江日會兼風。曬藥安垂老，應門試小童。薛：莊子：原憲杖藜而應門。晉夏統詣洛市藥，會三月上巳，統時在船中曝所市藥，諸貴人車乘來者如雲，統並不顧。蜀志李密陳情表云：内無應門五尺之僮，煢煢孑立，形影相弔。亦知行不逮，苦恨耳多聾。趙云：白狗、黃牛，皆峽名。臨北，在東，則公以所居言之。江日會兼風，師民瞻本作江月，是。蓋上句言夜也。末句行不逮，蓋獨坐則不復有行矣。

右二

【校勘記】

〔一〕「一朝一暮」，本卷東屯月夜「黃牛峽水喧」句下引趙注以及藝文類聚卷七山部引録荆州記皆作「三日三暮」。

雨四首

微雨不滑道，斷雲疎復行。紫崖奔處黑，白鳥去邊明。秋日新霑影，寒江舊落聲。趙云：紫崖奔處黑，白鳥去邊明。不勞彫刻而雨景自見。陰鏗詩有云：水隨雲度黑，山帶日歸紅。今公詩可與之敵也。秋日新霑影，則以雨之故。其日影朦朧，爲霑洒矣。謂之野碓，則無庇覆，故搗秔至於帶微雨之半濕也。柴扉臨野碓，半濕搗香秔。

右一

江雨舊無時，天晴忽散絲。趙云：晉張協雜詩云：密雨如散絲。暮秋霑物冷，今日過雲遲。上馬回休出，看鷗坐不辭。高軒當灔澦，潤色靜書帷。

右二

物色歲將宴，天隅人未歸。朔風鳴淅淅，謝靈運：淅淅就衰林〔一〕。謝惠連：淅淅振條風。李陵與蘇武詩云：風波一失所，各在天一隅。

寒雨下霏霏。多病久加飯，衰容新授衣。時危覺凋喪，故舊短書稀。趙云：詩：雨雪霏霏。古詩云：上言加飡飯。詩：九月授衣。

右三

【校勘記】

〔一〕「謝靈運」，原作「謝玄暉」，檢謝玄暉詩無「淅淅就衰林」句，考文選卷二十、宋詩卷二謝靈運鄰裏相送方山詩有此句，當是誤置，據改。又「謝玄暉」，文瀾閣本、清刻本、排印本作「謝元暉」，係避諱。

楚雨石苔滋，京華消息遲。山寒青兕叫，江晚白鷗飢。神女花鈿落，宋玉有神女賦。按唐志：命婦之服飾，以寶鈿金花也。蛟一作鮫。人織杼悲。吳都賦：泉客潛織而卷綃。注：泉客，鮫人也。織輕綃於泉室，出以賣之。繁憂不自整，終日灑如絲。趙云：宋玉招魂曰：君王親發兮憚青兕。何遜云：可憐雙白鷗，朝夕水上遊。神女廟在巫山。蛟人，則江中所有。巫山中花，即神女之所以爲鈿者，被雨而落，故云。江賦：鮫人構館于懸流。此皆巫、楚之事也。沈約詩「非煙復非雲，如絲復如霧」中摘兩字也。

右四

戲寄崔評事表姪蘇五表弟韋大少府諸姪

隱豹深愁雨，潛龍故起雲。謝玄暉詩：雖無玄豹姿，終隱南山霧。杜補遺云：劉向列女傳：陶答妻謂其夫曰：妾聞南山有玄豹，霧雨七日不下食者，何也？欲以澤其衣毛而成其文章，故藏以除害也。易曰：潛龍勿用。又曰：雲從龍。因言雲雨，故以豹與龍形容之爾。泥多仍徑曲，心醉阻賢群。趙云：列子曰：見巫季咸而心醉。曲徑而倒用徑曲，群賢而倒用賢群，義自足也。忍待江山麗，還披鮑謝文。高樓憶疎豁，秋興坐氛氳。趙云：江山麗，則春景也。公嘗曰遲日江山麗，今言忍待，則忍以待之也。所以傷雨之故矣。鮑謝文，鮑則鮑照，謝則謝靈運。豈以比諸公乎？坐氛氳，言坐秋氣之中也。

有感五首

趙云：詩意當是廣德元年史朝義正月已滅之後，吐蕃十月未陷京師之前。句有言胡滅，則指史朝義也。新交戰，則指吐蕃也。覓張騫，則指奉使吐蕃者也。餘虵豕，則指河北叛將也。虎狼、盜賊，則以指袁晁也。不臣朝，又以指河北叛將也。親賢，則指雍王适與郭子儀也。將自疑，則指僕固懷恩也。

將帥蒙恩澤，兵戈有歲年。至今勞聖主，何以報皇天？白骨新交戰，雲臺舊拓邊。趙云：言新戰之兵方橫白骨，將帥必有意於拓邊而功未立，其在雲臺畫像議功者，則是舊拓邊之功也。乘槎斷消息，無處覓張騫。趙云：此言遣使和吐蕃未還，所以用張騫乘槎爲喻。乘槎本是前漢末事，而公多用作張騫使西域尋河源所乘之槎，豈承用之熟耶？見張華博物志。新添：案騫本傳：騫以郎應募，使月氏。爲匈奴單于所留十餘歲得還，騫所至者，大宛、大月氏、大夏、康居，而所聞其旁大國五六，具爲天子言其地形所有。並無乘槎至天河之説。博物志又不言張騫，而宗懍乃傳會直以爲張騫。杜公因承用荆楚歲時記所引，而趙次公所以屢疑公也。

右一

幽薊餘虵豕，爲史思明未平也。乾坤尚虎狼。盗賊充斥也。趙云：左傳曰：吴爲封豕長虵，薦食上國〔一〕。史朝義雖滅，而有未臣服者。餘虵豕，指河北叛將，尚虎狼則盗賊猶自充斥也。按編年通載於前歲寶應元年載台州賊袁晁乘亂據浙東。諸侯春不貢，藩鎮擅命基兆於此。使者日相望。董仲舒傳：漢家使者冠蓋相望。慎勿呑青海，見君不見青海頭注。無勞問越裳。見越裳翡翠無消息注。趙云：慎勿呑青海，戒以無有事於西羌。無勞問越裳，戒以無有事於東夷。大君先息戰，歸馬華山陽。易曰：大君有命。書武成：歸馬于華山之陽。

右二

【校勘記】

〔一〕「薦」，原作「若」，訛，據文淵閣本、文津閣本、文瀾閣本、清刻本、排印本改。

洛下舟車入，天中貢賦均。周禮天官：惟王建國。注：周公營邑於土中，使居雒邑治天下，謂之地中，天地之所合也，四時之所交也，風雨之所會也，陰陽之所和也，然則百物阜安乃建王國焉。趙云：應是史朝義既滅，道路亦不阻絶矣，故舟車入而貢賦均。此指言長安，特用洛陽爲天地之中爲譬也。言此以責河朔諸將有不貢者。莊子云：舟車之所至。日聞紅粟腐，太倉之粟，紅腐而不可食。寒待翠華春。翠華，天子車蓋。莫取金湯固，賈誼：金城湯池，萬世帝王之業。王元長：策金湯，非粟不守。長令宇宙新。不過行儉德，盜賊本王臣。趙云：日聞紅粟腐，則言其儲蓄之多。寒待翠華春，翠華之春，和氣所及也。上林賦曰：建翠華之旗。蓋天子之旗也。莫取金湯固，長令宇宙新，又以戒之。莊子疏云：揭天地以趨新，負山岳而捨故。宇宙新則一洗乾坤，而其命惟新矣。盜賊，則又指袁晁者矣。書：慎乃儉德。詩：率土之濱，莫非王臣。

右三

丹桂風霜急，青梧日夜凋。由來强幹地，西都賦[一]：强幹弱枝，隆上都而觀萬國。未有不臣朝。趙云：首兩句蓋以爲譬也。丹桂，耐風霜之物，楚辭云麗桂樹之冬榮是已。青梧，易凋之物，楚詞又云白露下衆草兮，奄凋此梧楸是已。彼丹桂而值風霜之急，所以青梧日夜凋落矣。以引下句。若幹之强壯，則枝無勝幹之理，猶主强則臣自歸服而朝也。强幹地，則指言長安之尊崇也。未有不臣朝，則如上句諸侯春不貢事，今反言以期之也。受鉞親賢往，分茅列土，親賢並建，親賢同姓也。時代宗爲元帥。卑宮制詔遥。禹卑宮室。漢以所降勑命爲制詔。趙云：去歲寶應元年，代宗既即位，五月以雍王爲天下兵馬元帥，郭子儀副之，此親與賢之往也。舊注云：時代宗爲帥，却是肅宗時矣。終依古封建，封爵建國，漢光武紀：太常奏議曰[二]：古者封建諸侯，以藩屏京師。豈獨聽簫韶。書：簫韶九成。趙云：蓋勸朝廷非特任元帥、副帥而已，終以封建之制待夫親賢。而爲天子者，豈獨聽簫韶之樂宴樂而已！意者代宗猶奏霓裳羽衣之曲乎？

右四

【校勘記】

〔一〕「西」，文淵閣本作「兩」。

〔二〕「奏」，原作「矣」，訛，據清刻本、排印本並參後漢書卷一下光武帝紀改。

胡滅人還亂，兵殘將自疑。此詩言安史既平，而僕固懷恩反側也。登壇名絶假，高祖曰：大丈夫定諸侯，即爲真王耳，何以假爲！報主一作執玉。爾何遲。領郡輒無色，之官皆有詞。願聞哀痛詔，見「忽聞哀痛詔」注。端拱問瘡痍。時縉紳皆重内官，而不樂外任，故子美有無色有詞之譏也。趙云：安禄山營州柳城胡，史思明寧夷州突厥種，皆胡也。癸卯廣德元年正月，史朝義自縊死。自天寶十四載至是凡九年，而安史滅矣。將自疑，則如僕固懷恩以疑而叛，李光弼以疑而沮者矣。登壇字，高祖以韓信爲大將，登壇而拜之。名絶假，則真拜之，非特假節而已。舊注自是假王、真王，何干登壇時事邪？諸將蒙寵如此，故責以下句之報主矣。末句又以望主上之卹民也。漢武帝末年，嘗發哀痛之詔。瘡痍，則言民之傷也。季布傳：瘡痍未瘳。

右五

夜

絶岸風威動，寒房燭影微。嶺猿霜外宿，江鳥夜深飛。獨坐親雄劍，鮑明遠云：擢雄劍而長歎。烈士傳曰：眉間尺者，楚人鏌鋣之子。楚王夫人常於夏納凉而抱鐵柱，心有所感，遂懷孕，後産一鐵。楚王命鏌鋣鑄爲雙劍，一雌一雄。鏌鋣乃留雄，而以雌進王。劍在匣中常有悲鳴。王問群臣，對曰：劍有雌雄，鳴者雌，憶其雄也。王大怒，即收鏌鋣殺之，眉間尺乃爲父殺楚王。哀歌嘆短衣。淮南子曰：齊桓公郊迎客，夜開門，甯戚飯牛車下，擊牛角而爲商歌曰：南山粲，白石爛，短褐單衣適止骭〔一〕。生不逢堯與舜禪，終日飼牛至夜半，長夜漫漫何時旦。桓公聞之曰：異哉？歌者非常人也。命後車載之。短衣字，暗用莊子「短後之衣也」。煙塵繞閶闔，趙云：閶闔者，天門也，指言帝都。白首壯心違。

【校勘記】

〔一〕「單」，文淵閣本、文津閣本、文灡閣本、清刻本、排印本作「禪」；又，「適」，太平御覽卷五百七十二樂部作「長」。

遠遊

江闊浮高棟，雲長出斷山。塵沙連越嶲，按唐地理志：劍南道，蓋古梁州之域，蜀郡、廣漢、犍爲、越嶲、益州、牂柯〔一〕、巴郡之地，總爲蜀土。風雨暗荆蠻。雁矯銜蘆内，淮南子曰：雁從風而飛，以愛氣力；銜蘆而翔，以避矰繳。張華賦：又矯翼而增逝〔二〕。徒銜蘆以避繳，終爲戮於此世。猿啼失木間。見六卷哀哀失木狖。弊裘蘇季子，歷國未知還。趙云：塵沙連越嶲，則吐蕃之兵未息也。風雨暗荆蠻，則言當日在楚之景。詩：蠢爾荆蠻。則荆州是也。淮南子云：猿狖顛蹶而失木。末句以蘇秦自比。蘇秦往秦，書十上而説不行，貂裘色弊也。歷國，乃蘇秦實事。其字則仲尼歷聘諸國也。

【校勘記】

〔一〕「牂柯」，文淵閣本、文津閣本、文瀾閣本、清刻本、排印本作「牂牁」。

〔二〕「逝」，原作「遂」，訛，據清刻本、排印本並參文選卷十三、全晉文卷五十八張華鷦鷯賦並序改。

從驛次草堂復至東屯茅屋二首

峽内歸田客，江邊借馬騎。非尋戴安道，似向習家池。趙云：張平子作歸田賦，其略曰：超塵埃以遐遊〔一〕，與世事乎長辭。又曰：苟縱心於物外，安知榮辱之所如。蓋以歸在田間爲樂之意也。舊注引恨賦敬通見抵，罷歸田里，却是得罪矣。承騎馬之下，故言非尋戴安道。蓋訪戴，則乘舟而已。似向習家池，則以言騎馬似之。事出襄陽記曰：峴山南，習郁大魚池。山簡每醉於此，曰：此我高陽池也。地險風煙僻，江淹：風煙有鳥道。天寒橘柚垂。莊子云：相梨橘柚。蜀都賦：户有橘柚之園。公又有云：荒庭垂橘柚。築場看斂積，豳詩：九月築場圃。一學楚人爲。家語：楚恭王曰：楚王失弓，楚人得之。甫時寓夔也。

右一

【校勘記】

〔一〕「遊」，文選卷十五、全後漢文卷五十三張衡歸田賦作「逝」。

短景難高卧，秋興賦：何微陽之短晷。陶淵明云：夏月虚閑，高卧北牕之下。此反而用之，言短景不如〔二〕夏月可以高卧。非用高卧南陽、高卧東山之出處。衰年强此身。山家蒸栗暖，野飯射麋新。世路知交薄，門庭畏客頻。牧童斯在眼，田父實爲鄰。

趙云：强，音去聲。蒸粟、射麋，皆是實事。而蒸粟字，則王逸玉部論：黄如蒸粟。左傳：射麋麗龜〔二〕。世路、門庭，兩句通義，惟其徒爲面交而不心，所以畏客來之多，徒爲紛紛也。謝靈運詩：薜蘿若在眼。傳云：與天爲鄰。

右二

【校勘記】

〔一〕「如」，原作「同」，據文淵閣本、文津閣本、文瀾閣本、清刻本、排印本改。

〔二〕「射麋麗龜」，「射」下原衍「左」，據清刻本、排印本删。

暫往白帝復還東屯

復作歸田去，猶殘穫稻功。築場憐穴蟻，拾穗許村童。落杵光輝白，除芒子粒紅。趙云：言自白帝歸田也。詩云十月獲稻。林類拾穗行歌。其意則詩云遺秉、滯穗，伊寡婦之利也。憐穴蟻〔一〕，則見公之不殘。許村童，則見公之不吝。加飡可扶老，倉庾慰飄蓬。古詩云：上言加飡飯。扶老者，扶吾身之老也。舊注引扶老攜幼，非。商君書曰：夫飛蓬遇飄風而行千里，乘風之勢也。曹子建又云：風飄蓬飛，載離寒暑。

【校勘記】

〔一〕「穴蟻」，原作「蟻穴」，據文淵閣本、文津閣本、文瀾閣本、清刻本、排印本並參詩中正文改。

晨雨

小雨晨光内，初來葉上聞。霧交纔灑地，風逆旋隨雲。暫起柴荆色，輕霑鳥獸群。語：鳥獸不可與同群。麝香山一半，師云：麝香山，屬夔州奉節縣界。亭午未全分。天台賦：羲和亭午。趙云：雨色不久，柴荆之中，暫起見之而已。此其爲微雨也。按夔州圖經：麝香山〔一〕，州東南一百二十五里，山出麝香，故以名之。公於入宅詩曰：水生魚復浦，雲暖麝香山。今則雨氣昏之，其一半明而一半未分也。梁元帝纂要曰：日在午，曰亭午也。

【校勘記】

〔一〕「麝」，文淵閣本作「麋」，訛。

天池

天池馬不到，天池，山上之池。嵐壁鳥纔通。百頃青雲杪，曾波白石中。楚詞：眇視目曾波。詩：白石磷磷。鬱紆騰秀氣，蕭瑟浸寒空。直對巫山峽，一作出。兼疑夏禹功。趙云：道險絶，故馬不到而鳥纔通也。巫山峽三字，方對夏禹功。舊本峽作出字，非。魚龍開闢有，菱芡古今同。趙云：此亦言其所有之最遠[一]。吳主嘗見呂岱說步隲，言北欲以沙囊塞江。每讀其表，輒獨失笑：江自開闢以來，寧可以囊塞之乎？故公詩句嘗曰：岸疏開闢水。又，因孔稚圭詩云：草雜今古色，巖留冬夏霜。故公詩句嘗曰：木雜今古樹。而今又生出開闢有者，魚龍；古今同者，菱芡也。聞道奔雷黑，初看浴日紅。日出於暘谷，浴於咸池。飄零神女雨，高唐賦。斷續楚王風。宋玉風賦云。趙云：神女雨、楚王風，皆是楚地當體事，則池上有此景也。欲問支機石，見二十九卷查上似張騫。如臨獻寶宮。趙云：上句則比之爲天河。荆楚歲時記曰：張騫尋河源，得一石，示東方朔。朔曰：此是天上織女支機石。下句則指之爲龍宮。沈佺期詩曰：河宗來獻寶。而公詩嘗曰：自從獻寶朝河宗。今蓋言獻寶之宮闕也。九秋驚雁序，萬里狎漁翁。更是無人處，誅茅任薄躬。趙云：上兩句公自言其身，以引末句。雖無人之處，可以卜居。其誅鉏草茅之勞任，責於微薄之躬也。

【校勘記】

〔一〕「亦」，文淵閣本、文津閣本、文瀾閣本、清刻本、排印本無。

反照

反照開巫峽，寒空半有無。已低魚復暗，魚復，縣名。不盡白鹽孤。白鹽，山名。荻岸如秋水，松門似畫圖。牛羊識童僕，既夕應傳呼。松門，地名。趙云：按梁元帝纂要曰：日西落〔一〕，光反照於東，謂之反景。開巫峽，則巫峽在東故也。開，則開豁之義。荻岸如秋水，豈荻花密布，如秋水之翻波乎？詩：日之夕矣，牛羊下來。

【校勘記】

〔一〕「西落」，文淵閣本、文津閣本作「落西」。

向夕

畎畝孤城外，江村亂水中。深山催短景，喬木易高風。鶴下雲汀近，雞栖草屋同。琴書散明燭，長夜始堪終。趙云：畎遂溝洫，田水之名也。畎畝，則畎之畝也。新添：西京雜記：始元元年，黄鶴下太液池，上爲歌曰：黄鶴飛兮下建章云云。

潘岳寡婦賦：雀群飛而赴楹兮，雞登栖而斂翼。詩：雞栖于塒。

曉望

白帝更聲盡，陽臺曉色分。高峰寒上日，疊嶺宿霾雲。師云：一作高峰初上日，疊嶺未收雲。地坼江帆隱，天清木葉聞。荆扉對麋鹿，應共爾爲群。趙云：白帝者，白帝城也。陽臺，則宋玉所謂陽臺之下是已。地坼，言江闊也，故江帆隱於其中耳。陽臺在下流之左邊，帆則出峽。所用題云曉望，則皆遠望之，想其如此也。沈休文宿東園詩：荆扉新且故。史云：貔虎爲群也。

覃山人隱居

南極老人自有星，見三十三卷「甘作老人星」注。北山移文誰勒銘？趙云：老人星，一名南極，在井柳之中，乃南方之星。今言覃山人本隱居此地〔一〕，蓋自是南極之老人星矣，而乃捨所隱以去，爲可罪也。乃用北山移文事譏之。齊書：孔稚圭字德璋。周彥倫隱鍾山，後應詔而出。德璋作北山移文，其文云：馳煙驛路，勒銘山庭。南極老人貼以有星，天文志每云：有星大如某物。北山移文貼以勒銘，張載劍閣銘尾曰：勒銘山阿。徵君已去獨松菊，陶潛爲徵君也。歸去來云：松菊猶存。此言徵君，指覃山人。漢韓康：桓帝備玄纁之禮，以安車聘之〔二〕。康不得已，許諾。辭安車，自乘柴車先發。至亭，亭長以韓徵君當過，方修道橋。見康乘柴車幅巾，以爲田叟也，使奪其牛。康即釋駕與之。有頃，使者至，奪牛翁乃徵君也。哀壑無光留户庭。殷仲文詩：哀壑叩虛牝。趙云：明言覃山人也。漢魏以來，起隱士名之曰徵君。獨松菊，則松菊徒在而人不在也。哀壑無光，乃北山移文所謂誘我松竹，欺我雲壑之意。予見亂離不得已，子知出處必須經。趙云：以己微諷之也，言我所以不仕而流落於外，正亂離之故耳，而覃山人者何事而出哉？故又以能經出處譏之。高車駟馬帶傾覆，揚雄解嘲云：客徒欲朱丹吾轂，不知一跌赤吾之族。于定國云：少高大閭門，令容駟馬高蓋車。悵望秋天虛翠屏。天台賦：搏壁立之翠屏。趙云：句則戒之深矣，恨之切矣。北山移文曰：澗户摧絶無與歸，石徑荒涼徒延佇。所謂悵望秋天虛翠屏也。

【校勘記】

〔一〕「居此地」，文淵閣本無「居」字，而衍「地」字。

〔二〕「漢韓康」二句，檢「桓帝備玄纁之禮」以下注文，見於後漢書卷八十三韓康傳。

柏學士茅屋

碧山學士焚銀魚，北山移文云：焚芰製而裂荷衣。白馬卻走身巖居。趙云：柏君既爲學士矣，乃焚銀魚而居於茅屋之下讀書。末句又方言及富貴，豈唐有別科目而柏君將應之邪？次公嘗觀國史補云：搢紳雖位極人臣，不由進士者，終不爲美。又觀盧氏瑣雜記云：杜昇自拾遺賜緋，却應舉及第，又拜拾遺，時號着緋進士。則柏學士者，焚銀魚而別讀書，其所圖類此矣。焚銀魚三字，又倣所謂酌醴焚枯魚。史有巖居穴處之士。古人已用三冬足，東方朔：三冬文史足用。年少今開萬卷餘。趙云：南史：齊陸少玄家有父證書萬餘卷，張率盡讀其書。北史：魏穆士儒，其子容，少好學。求天下書，逢即寫録，所得萬餘卷也。公於仄聲用破字，故詩云讀書破萬卷，則願乘長風破萬里浪之破。今於平聲當用開字，則如庾子嵩讀莊子，開卷一尺便止曰：正與人意合。晴雲滿户團傾蓋，鄒陽：傾蓋如故。冠蓋若浮雲。秋水浮階溜決渠。張景陽：階下伏泉通，階上水衣生〔一〕。陸士衡：豐注溢脩霤，黄潦侵階除。雲陰結不解〔二〕，通衢化爲渠。趙云：用傾蓋字，因以見與柏君初相見也。家語曰：孔子之郯，遭程先生於塗。傾蓋而語，終日盡歡。秋水浮階溜決渠，則正道其事。史記：荷揷如雲，決渠如雨。富貴必從勤苦得，男兒須讀五車書。莊子天下篇云：惠施多方，其書五車。

【校勘記】

〔一〕「階下伏泉通」二句，文選卷二十九、晉詩卷七張協雜詩其十作：「階下伏泉湧，堂上水衣生。」

〔二〕「雲」，文選卷二十四、晉詩卷五陸機贈尚書郎顧彦先其二作「停」。

大曆二年九月三十日

爲客無時了，悲秋向夕終。瘴餘夔子國，魚復，古夔子國。霜薄楚王宫。蘭臺宫。草敵虚嵐翠，花禁冷葉紅。年年小摇落，不與故園同。趙云：陸機云：吾將老而爲客。題是九月三十日，則秋之可悲者，向今夕而終盡也。夔州，古夔子國。按寰宇記：巫山縣有楚宫，云襄王所遊也。草敵虚嵐翠，言草色之翠與嵐光相敵也。花禁冷葉紅，言花之紅，與葉俱耐冷也。如敵字、禁字，可謂奇矣。末句蓋言楚地多暖，雖秋而草木不甚衰，特小小摇落耳。此其所以異故園也。

十月一日

有瘴非全歇，爲冬不亦難。左傳：晉侯謂里克曰：爲子君者，不亦難乎？夜郎溪日暖，夜郎西，南夷也。犍爲有夜郎溪。白帝峽風寒。蒸裹如千室，峽俗以蒸裹爲節物。焦糟一作糖。幸一柈。薛云：右按元微之詩：雜蓴多剖鱔，和黍半蒸菰。此與蒸裹無異。柈，與盤同。又抱朴子曰：土柈瓦胾，無救朝飢。玆辰南國重，舊俗自相歡。趙云：時已十月矣，而瘴尚未全歇，所以爲冬候之難〔一〕。蒸裹、焦糖，皆夔州十月一日之事，如此也。論語：千室之邑。

一柈，按字書，乃俗盤字之真者也。夔人以十月旦爲初冬節，以飲食相饋遺云。

【校勘記】

〔一〕「爲」，文淵閣本作「謂」。

戲作俳諧體遣悶二首

枚皋自言：爲賦乃俳，見親如倡。東方朔：應諧以倡，依隱玩世。

異俗吁可怪，斯人難竝居。禮記：廣谷大川異制，民生其間異俗。家家養烏鬼，頓頓食黄魚。杜云：元稹詩曰：病賽烏稱鬼，巫占瓦代龜。注：南人染病，競賽烏鬼；楚巫列肆，悉賣瓦卜。夢符之説是。趙云：詩蓋非美之者。魯靈光賦：吁其可畏。烏鬼，頗有衆説。舊注云：峽俗養烏頭鬼，祭之以人。則養又當讀爲供養之養。沈存中云：峽人謂鸕鷀爲烏鬼。薛夢符云：楚人信巫，以烏爲鬼耳。杜時可引元稹詩，其説是。蓋此在元稹長慶小集。所謂注，則稹自注也。稹與杜公同是唐人，聞見如此，豈不足證邪？或云烏蠻之鬼。舊識難爲態，新知已暗疎。左傳襄二十九年：季札聘於鄭，見子產，如舊識。舊唐書：隰城尉房玄齡，謁世民於軍門，世民一見如舊識。治生且耕鑿，只有不關渠。趙云：態字即一貴一賤，乃知交態之態也〔一〕。難與之爲態，則其人之薄矣。楚詞曰：樂莫樂於新相知。而至於已暗疎，則其人之薄又可知，故有末句之激憤也。莊子云：鑿井而飲，耕田而食。耕鑿自給，不復與薄俗相關也。

右一

【校勘記】

〔一〕「知」，文淵閣本作「見」。

西歷青羌坂，南留白帝城。於菟侵客恨，楚人謂虎爲於菟。粔籹作人情。薛補遺曰：按宋玉招魂云：粔籹蜜餌，有餦餭些。注：粔籹，以蜜和米煎作之粔。音，奇舉切，籹音女。瓦卜傳神語，巫俗，擊瓦觀其文理分析〔一〕，以定吉凶，謂之瓦卜。畬田費火耕。一作聲。史記：火耕水耨。是非何處定，高枕笑浮生。頃歲自秦涉隴，從同谷縣出遊蜀，留滯於巫山。趙云：元稹詩兩句，一句是公前篇烏鬼一事，一句是今篇瓦卜之事。豈因變俗如此，而句出於杜公乎？畬，燒田也。舊本作費火聲，師民瞻取一作火耕，是。末句言風俗處處不同，孰是孰非，烏有定乎？但付之一睡，而於此自笑其流徙之多也。呂后紀：酈寄說呂禄曰：足下高枕而王千里，此萬世之利也。

右二

【校勘記】

〔一〕「析」，原作「柝」，據文津閣本、文瀾閣本、清刻本、排印本改；又，文淵閣本作「折」，訛。

刈稻了詠懷

稻穫空雲水，川平對石門。蜀都賦〔一〕：緣以劍閣，阻以石門。寒風疎草木，旭日散雞豚。詩：旭日始旦。孟子：雞豚狗彘。野哭初聞戰，樵歌稍出村。無家問消息，作客信乾坤。趙云：按寰宇記：歸州巴東縣有石門山，則亦去之遠矣，豈眼前所見之石門者邪？舊注：石門在漢中之西，褒中之北，豈干夔州事哉？

【校勘記】

〔一〕「蜀都賦」，原作「南都賦」，檢南都賦無「緣以劍閣」二句，考文選卷四、全晉文卷七十四左思蜀都賦有此二句，當是誤置，據改。

瞿塘兩崖

三峽傳何處，雙崖壯此門。入天猶石色，穿水忽雲根。猱玃鬚髯古，蛟龍窟宅尊。江賦：瑰奇之所窟宅。羲和冬一作駿。馭近，天台賦：羲和亭午。愁畏日車翻。趙云：言三峽之中何處有雙崖之壯乎？乃壯於此門也。非直謂瞿唐便是三峽之處矣，兩面壁立而高揷天，故云入天猶石色。雲根，亦以言石。傳云：五岳之雲，觸石而出。故石謂之雲根。張孟陽詩曰雲根臨八極，雨足散四溟是也。其後唐人多使雲根字以名石。公詩又曰井邑聚雲根也。王維傳：維善爲石色。淮南子注云：日乘車，駕以六龍，羲和爲之馭。故末句云：羲和冬馭近，愁畏日車翻。以山之高，故日去之近。然冬日景短，故畏其車翻去。日車翻字，李尤歌曰：安得猛士翻日車。尤之言翻，則翻之使回；今公言翻，則日翻而去也。

舊本一作駿馭近，非。

柳司馬至

此詩言中原用兵，民未安定也。

有使歸三峽，相過問兩京。兩京，雍洛。函關猶出將，渭水更屯兵。設備邯鄲道，漢文帝謂愼夫人曰：此北走邯鄲道。和親邏沙一作些。城。薛云：右按邏沙，作邏娑。薛仁貴爲邏娑道行軍總管。杜補遺云：邏些，吐蕃都城名也。唐舊史：吐蕃本南京禿髮之後，語訛謂之吐蕃。其國都城號爲邏些城。新唐史云：吐蕃贊普居跋布川，或邏娑川。幽燕唯鳥去，商洛少人行。趙云：函關出將，渭水屯兵。和親與商洛少人，皆因吐蕃而然矣。其云設備邯鄲道，則在趙州。又云幽燕唯鳥去，則北地猶不通。豈以安史雖滅，而藩鎮相繼跋扈耶？衰謝身何補，蕭條病轉嬰。劉公幹：余嬰沈痼疾。霜天到宮闕，戀主寸心明。

孟冬

殊俗還多事，方冬變所爲。破柑霜落爪，嘗稻雪翻匙。巫岫寒都薄，烏蠻一作黔溪。瘴遠隨。終然減灘瀨，暫喜息蛟螭。南都賦：憚夔龍兮怖蛟螭。趙云：在中原時，固應接多事矣。雖在殊俗，却還多事也。方冬變所爲，則破柑嘗稻，方是變所爲矣。寒薄，則楚地煖故也。故老言施州無瘴，黔州有瘴。黔州在夔之南，則其瘴殆及夔矣。

悶

瘴癘浮三蜀，風雲暗百蠻。卷簾唯白水，隱几亦青山。猿捷長難見，蜀都賦：猿狖騰希而競捷。鷗輕故不還。無錢從滯客，有鏡巧催顏。趙云：夔州詩而言三蜀之下，百蠻之北，廣言之也。西清詩話曰：人之好惡，固自不同，子美在蜀作悶詩，乃云：卷簾唯白水，隱几亦青山。若使余居此，應從王逸少語，吾當卒以樂死，豈復更有悶邪？次公以此乃騃男女之語。方流落蠻裔[一]，寂寞之中，雖白水青山，日日對之，亦豈不悶邪？

【校勘記】

〔一〕「啇」，文淵閣本作「商」，訛。

雷

巫峽中宵動，滄江十月雷。陸士衡：迅雷中宵激，驚電光夜舒。龍虵不成蟄，易：龍虵之蟄以存身。天地劃争迴。却碾空山過，深蟠絶壁來。何須妬雲雨，霹靂楚王臺。趙云：十月雷，非其時矣，故驚起龍虵之蟄而變易天地之常也。雷之不時，若妬神女之爲雲雨，而霹靂以震之也。

冬至

年年至日長爲客，忽忽窮愁泥殺人。江上形容吾獨老，屈原放於江潭，形容枯槁。天涯風俗自相親。杖藜雪後臨丹壑，鳴玉朝來散紫宸。西征賦：飛翠緌，拖鳴玉，以出入禁門者衆矣。心折此時無一寸，別賦：使人意奪神駭，心折骨驚。路迷何處是三秦？趙云：紫宸，殿名，在東内大明宫。心方寸之地，故曰寸心。今句言一寸，可謂巧矣。

小至〔一〕

天時人事日相催，冬至陽生春又來。孝經援神契曰：冬至陽氣萌。刺繡五紋添弱線，吹葭六琯動浮灰。師云：言刺繡之工，以添線準日晷之長短耳。續漢書以葭莩灰實律之端，候之。氣至，則灰飛而管通。六琯，六律也。師云：物理志：以十二律候氣，先於平地作三重，室爲三重壁。揚子所謂九閉之中也。以河内葭灰實其端。氣至，吹灰也。岸容待臘將舒柳，山意衝寒欲放梅。雲物不殊鄉國異，左傳：分、至、啓、閉，必書雲物。教兒且覆掌中杯。趙云：史記曰：刺繡文，不如倚市門。世説載：過江諸人暇日出新亭飲宴。周侯中坐而歎曰：風景不殊，舉目有江河之異。掌中杯，則飲者之掌中也。豈以感傷鄉國異之故，雖父子之間，亦教令且盡飲酒也。鮑明遠三日詩云：臨流競覆杯。又秋夜詩云：願君翦衆念，且共覆前觴。

【校勘記】

〔一〕詩題上有匿名批識「分字起應」四字，諸校本無。

舍弟觀赴藍田取妻子到江陵喜寄三首

汝迎妻子達荊州，消息眞傳解我憂。鴻雁影來連峽内，古詩：弟兄鴻雁序。鶺鴒飛急到沙頭。詩：鶺鴒在原，載飛載鳴。嶢關險路今虛遠，杜正謬：燒關，當作嶢關，音堯，在峽右〔一〕。漢書言秦兵拒嶢關，注：在上洛北藍田南武關之西。禹鑿寒江正穩流。江賦云：巴東之峽，夏禹疏鑿。朱紱即當隨綵鷁，青春不假報黄牛。趙云：險路今虛遠，言觀所已經之地，故今虛遠矣。公爲尚書工部員外郎，賜緋魚袋，故屢言朱紱。綵鷁，舟也。淮南子曰：龍舟鷁首。高誘注曰：鷁，大鳥也，畫其像著船首。黄牛者，峽名，在宜都西陵峽中。青春不假報黄牛，言不須預報之，青春之時船定行而經過也。

右一

【校勘記】

〔一〕「峽右」，先後解輯校戊帙卷十此詩引趙次公原注〔二〕作「陝右」，當是。

客心。馬度一作瘦。秦山雪正深，北來肌骨苦寒侵。他鄉就我生春色，故國移居見客心。歡劇提攜如意舞，一云王戎好作如意舞。喜多行坐白頭吟。巡簷索共梅花笑，冷蘂疎枝半不禁。趙云：弟觀移居來楚，乃所以就公一處也。春色生之時，蓋公自峽往荆，卜以春時矣。故國，人情之所不忍離也。以不得已而來。兄弟相聚，則客心可見矣。白頭吟，雖是文君有此作，其後爲樂府則言君臣朋友之不終。今公所用，但以老而吟詠耳。

右二

庾信羅含俱有宅，春來秋去作誰家？杜補遺：庾信宅即宋玉故宅也，見送李功曹之荆州詩注。余知古渚宮故事：羅含字君章，爲桓温别駕。於江陵城西三里小洲上，立茅屋而居。後安成王在鎮以其宅借録事劉朗之。見一丈夫衣冠甚偉，朗之驚問，忽然失之。朗之後以罪見黜，人謂君章有神也。短墻若在從殘草，喬木如存可假花。卜築應同蔣詡徑，三輔決録：蔣詡舍中竹下惟開三徑，羊仲、求仲從與之遊。爲園須似邵平瓜。比年病酒開涓滴，弟勸兄酬何怨嗟。趙云：庾信哀江南賦云：誅茅宋玉之宅。喬木如存可假花〔一〕，則宅既古矣，所餘喬木可種柔蔓之花，假於其上，蓋如金沙、荼蘼之屬乎？蕭何傳：邵平，故秦東陵侯。秦破爲布衣，種瓜長安城東。瓜美，世俗謂之東陵瓜。比年病酒開涓滴，則前此江樓夜宴云：老人因酒病，堅坐看君傾。至此方欲開酒矣。

右三

【校勘記】

〔一〕「如」，文淵閣本、文津閣本、文瀾閣本、清刻本、排印本作「猶」。

夔州歌十絶句

中巴之東巴東山，江水開闢流其間。白帝高爲三峽鎮，三峽：瞿塘、巫山、黄牛。夔州險過百牢關。杜補遺：圖經云：百牢關，孔明所建，故基在今興元西縣。兩壁山相對，六十里。緣江乃入金牛、益昌。路爲入川之隘口。此瞿唐兩崖壁立，大江中流，無路可行，非舟莫濟，固有間矣。趙云：巴本春秋之國，其地今閬州。按水經載劉璋分三巴，有中巴，有巴西，有巴東。今綿州曰巴西郡，歸州曰巴東郡，而夔州則中巴矣。吴主嘗見吕岱説步隲，言北欲以沙囊塞江，每讀其表，輒獨失笑：此江自開闢以來，寧可以囊塞之乎。三峽者，明月峽、巫峽、歸鄉峽也。忠州詩下，峽固有三，而白帝城極高山之上，故爲之鎮。

右一

白帝夔州各異城，公孫述自稱白帝，故夔有白帝城。蜀江楚峽混殊名。英雄割據非天意，霸主并吞在物情。趙云：上兩句通義。白帝以言公孫述之城，夔州以言劉備之城，蓋永安宫所在也。白帝城在瀼之東，夔州城在瀼之西，此所以爲異城。上流而爲蜀江，下流而爲楚峽。雖楚、蜀之名不同，而二人之城皆臨之。以公孫述言之，其國號成；以劉備言之，其國號漢。二城既臨江與峽，則無復分蜀江、楚峽之名矣，故言混殊名。英雄割據非天意，則言天豈容其割據乎？在物情，則人必有順不順焉[一]。王字，去聲。范彦龍詩：物情棄疵賤。

阮籍曰：時無英雄。陸士衡辨亡論：故遂割據山川。賈誼過秦論云：有并吞八荒之心。

右二

【校勘記】

〔一〕「有」，文淵閣本作「曰」，訛。

群雄競起向前朝，王者無外見今朝。公羊傳曰：天王出居于鄭。王者無外，此其言出何？不能于母弟也。東都賦：子徒識函谷之可閉，不知王者之無外。比訝漁陽結怨恨，漁陽，禄山舊鎮。元聽舜日舊簫韶。趙云：師民瞻本作聞前朝，極是。蓋聞者，對見之辭也。陸機辨亡論云：群雄鋒駭〔一〕。又選有：群妖競逐。今參用之。聞前朝者，乃指言已前之代也。王者無外，見今朝，所以美當日唐朝之時也。舊簫韶，則比霓裳舞衣之新曲。此句又含蓄美中有刺如此。

右三

【校勘記】

〔一〕「鋒」，文津閣本作「風」，文選卷五十三、全晉文卷九十八陸士衡辨亡論作「蜂」。

赤甲白鹽俱刺天，南都賦：森蓴蓴而刺天。閭閻繚繞接山巔。楓林橘樹丹青合，西京雜記：中南山有樹。長安謂之丹青樹也。趙云：楓青而橘丹也。複道重樓錦繡懸。

右四

瀼東瀼西一萬家，江北江南春冬花。背飛鶴子遺瓊蘂，相趁鳧雛入蔣牙。其草則蔣蒲葭。趙云：按酈道元水經注云：白帝山東傍東瀼溪，即以爲隍。今所謂瀼東、瀼西，則一東瀼溪，而其溪之左右分之曰瀼東、瀼西耳。李陵贈蘇武別詩曰：雙鳧相背飛，相遠日已長。又劉孝綽詩：持此連枝樹，暫作背飛鴻。楚辭云：屑瓊蘂以爲糧。西京賦屑瓊蘂以朝餐，指言玉英。而陸士衡擬古詩云：上山采瓊蘂，空谷饒芳蘭。則花之白者爲瓊蘂矣。蔣字，韻書在於平聲之下，亦通上聲。西京雜記曰：太液池，其間鳧雛、鶴子布滿充積。又木玄虛海賦鳧雛離褷，鶴子淋滲也。

右五

東屯稻畦一百頃，北有澗水通青苗。晴浴狎鷗分處處，張綽詩：物我俱忘懷，可以狎鷗鳥〔一〕。雨隨神女下朝朝。高唐賦：朝朝暮暮，陽臺之下。趙云：列子：海上有人狎鷗者。

右六

【校勘記】

〔一〕「張綽詩」三句，「張綽」原作「孫綽」，檢「物我俱忘懷」二句，文選卷三十一江淹雜體詩三十首之十八作張廷尉綽，據改。

蜀麻吴鹽自古通，萬斛之舟行若風。長年三老長謌裏，峽人以船頭把篙相水道者曰長年，正梢者曰三老。白晝攤錢高浪中。杜補遺：梁冀傳：能意錢之戲。注：何承天纂文曰：詭億一曰射意，一曰射數，即攤錢也。趙云：攤錢，則蜀人賭錢之名也。

右七

憶昔咸陽都市合，山水之圖張賣時。巫峽曾經寶屏見，楚宫猶對碧峰疑。趙云：咸陽，指言長安也。楚宫猶對碧峰疑，言昔畫圖上見楚宫，今對碧峰猶疑是舊所見之畫也。

右八

武侯祠堂不可忘，中有松柏參天長。干戈滿地客愁破，雲日如火炎天涼。

趙云：松柏參天長，則夔州武侯廟有之也，正與古詩古柏行黛色參天二千尺同。今詩兼言松柏，則又據眼前所見矣。古本孟子云：泰山之高，參天入雲。而曹子建詩：荆棘上參天。干戈雖滿地，而見此松柏可以使客愁破，雲日雖如火，而見此松柏可以使炎天涼。此其所以不可忘也。

右九

閬風玄圃與蓬壺，中有高堂天下無。南都賦：崑崙無以侈，閬風不能踰。借問夔州壓何處，峽門江腹擁城隅。

趙云：葛仙公傳曰：崑崙一曰玄圃，一曰積石瑶房，一曰閬風臺，一曰華蓋，一曰天柱，皆神仙所居也。列子曰：渤海之東，有大壑焉。中有五山，一曰岱輿，二曰員嶠，三曰方壺，四曰瀛洲，五曰蓬萊。末句稱美夔則直以崑崙之閬風、玄圃，海山之蓬萊、方壺比之矣。

右十

雨

冥冥甲子雨，楚辭：雷填填兮雨冥冥。已度立春時。輕箑煩相向，秋興賦：於時乃屏輕箑。纖絺恐自疑。秋興賦：釋纖絺。注：絺葛也。趙云：兩句憂之之辭也。與人日詩云：元日到人日，未有不陰時。其用意同。何以言之？唐諺云：春雨甲子，赤地千里。言春甲子而雨，旱之祥也。按資治通鑑：大曆二年正月辛亥朔至十三日甲子。但不知立春在前，相去幾日，以無長曆考之也。扇可用，絺可著，則是日雖雨而氣暄，固憂其爲旱矣。煙添纔有色，風引更如絲。張景陽：騰雲似湧煙，密雨如散絲。直覺巫山暮，兼催宋玉悲。趙云：兼催宋玉悲，催，則不必待秋至，而此雨已可催之也。

奉送蜀州柏二別駕將中丞命赴江陵起居衛尚書太夫人因示從弟行軍司馬位

中丞問俗畫熊頻，愛弟傳書綵鷁新。漢制，刺史車畫熊於軾。遷轉五州防禦使，起居八座太夫人。後漢以六曹尚書并令僕二人謂之八座。魏以五曹尚書、二僕射一令爲八座。宋與魏同。隋以六尚書、左右僕射合爲八座。唐與同。漢文紀注：列侯妻稱夫人，子復爲列侯，稱太夫人[二]。子不爲列侯，則否。

楚宮臘送荆門水，白帝雲偷碧海春。與報惠連詩不惜，謝惠連乃靈運之弟。知吾斑鬢總如銀。秋興賦：斑鬢彪以承弁，素髮颯以垂領。趙云：杜位宅守歲云守歲阿咸家，則阿咸乃位之小名耳，非姪也。夔州刺史謂中丞者也。愛弟傳書綵鷁新一句，言蜀州柏二別駕，應是中丞之親。綵鷁新，則新其舟而往也。五州防禦使，必是中丞者如此。蔡伯世以此篇爲大曆元年冬之作。稱按唐史方鎮年表，夔州兼峽、忠、歸、萬五州防禦使，隸荆南節度。故其詩曰：還轉五州防禦使。今取方鎮年表觀之，乃乾元二年，以夔、峽、忠、歸、萬五州隸夔州；廣德二年，置夔、忠、涪都防禦使，於大曆未嘗有載。楚宮臘送荆門水，指言荆州，而楚宮臘送其水，則自夔州而往故也。白帝雲偷碧海春，却以言時當白帝之春耳。東方朔十洲記曰：東有碧海。惠連，以言弟行軍司馬也。

【校勘記】

〔一〕「稱」，底本漫滅，據清刻本補。

新刊校定集注杜詩卷三十三

近體詩

太歲日

趙云：元日，謂之太歲日，蓋當年太歲之始日也。

楚岸行將老，巫山坐復春。巫山屬夔州，楚置巫山郡。秦昭三十年伐楚，取黔中、巫郡是也。漢爲巫郡，今縣北有巫山，即楚詞所謂巫山之陽，高丘之阻。病多猶是客，謀拙竟何人。顏延年：存没竟何人，炯介在明淑。閶闔開黄道，丘希範侍宴樂遊苑：詰旦開閶闔，馳道聞鳳吹。離騷：吾令帝閽開關兮，倚閶闔而望予。曹植：閶闔天衢通。前漢：遊閶闔，觀坐臺，天門開，恢蕩蕩。大人賦：排閶闔而入帝居。楊炯賦：閶闔開兮凉風嫋。庾肩吾：閶闔九門通。衣冠拜紫宸。唐韓臯爲中丞，常有所陳，必於紫宸殿對百寮而請，未嘗詣便殿。卞伯玉中書郎詩曰：躍鱗龍鳳池，揮翰紫宸裏。榮光懸日月，中候曰：榮光出河，休氣四塞。榮光即五色也。易係曰：懸象著明，莫大乎日月。南史王擒傳：齊永明八年，天忽黄色照地。王融上金天頌贊曰：是非金天，所謂榮光，武帝大悅。前漢：翼奉奏封事曰：天地設位，懸日月，布星辰。賜與出金銀。蜀先主傳：取蜀城中金銀錢，分賜將士。趙云：陸機：吾將老而爲客，竟何人而下。言朝見賀正矣。閶闔，上帝門也。天子門，亦謂之閶闔。黃道，日所行之道，而天子之道布黃土於上，亦謂之黃道。衣冠，指言百官。紫宸，正殿名。榮光懸日月，則瞻天顏故也。周禮：以待賜予。與，與予同。了虛賦云：錫碧金銀。愁寂鴛行斷，選：鴛鷺之行。參差虎穴鄰。班超曰：不入虎穴，不得虎子。劉安招隱士：憭兮慄，虎豹穴。吳呂蒙曰：不探虎穴，安得虎子。西江元下蜀，北斗故臨秦。散地逾高枕，王弼曰：投戈散地。生涯脫要津。天邊梅柳樹，相見幾回新。趙云：公嘗爲左拾遺，通籍朝見。今流落於外，故云鴛行斷。虎穴鄰，則言其在夔州，乃與虎豹之穴相近也。公由蜀而欲往荊渚，今尚在夔，故曰：西江元下蜀，則可以乘舟而往矣。北斗故臨秦，則可以往而不能，故自嘆也。長安謂北斗城。一說，又有南斗城，蓋以像南斗、北斗之形。一說，長安上直北斗，蓋廣雅云：北斗樞爲雍州。今公所用句意，蓋上直北斗者也。散地，指言居夔州是閑散之地也。逾高枕，則恣意逾越而高枕，言止就此一睡耳。脫要津，則不在鴛鷺之列也。天邊，又指夔州。公在夔亦三年矣，故云幾回新。

元日示宗武

汝啼吾手戰，吾笑汝身長。處處逢正月，迢迢滯遠方。飄零還柏酒，庾信正旦蒙趙王賚酒詩：正旦辟惡酒，新年長命杯。柏葉隨銘至，椒花逐頌來。梁庾肩吾歲盡詩云：聊用柏葉酒，且奠五辛盤。集注：崔寔四民月令曰：元日進椒柏酒。椒是玉衡星精，服之令人身輕能走，柏是仙藥。進酒，次第以年少者爲先。衰病只藜牀。管寧家貧，坐黎牀欲穿，爲學不倦。趙云：上兩句，在元日於父子言之，可謂當體而有情矣。手戰，則老病也。身長，則長大也。啼笑之事，豈非換年而激父子之感乎？訓喻青衿子，鄭國風：青青子衿。毛注：青領也，學子之所服。箋云：禮：父母在，衣純以青。名慙白首郎。前漢：馮唐以孝著，爲郎中。左太沖詠史詩曰：馮公豈不偉，白首不見招。賦詩猶落筆，吴質牋曰：置酒樂飲，賦詩稱觴〔一〕。獻壽更稱觴。潘安仁：稱萬壽以獻觴。不見江東弟，高歌淚數行。公自注：第五弟豐漂泊江左，近無消息。趙云：青衿子，指言宗武。詩曰青青子衿，蓋童子之服也。白首郎，公自謂也。馮唐老而爲郎，顔駟亦老而爲郎，張平子賦云「蔚厖眉而郎潛」是也。

【校勘記】

〔一〕「觴」，文選卷四十、全三國文卷三十吴質答魏太子箋作「壽」。

遠懷舍弟穎觀等〔一〕

陽翟空知處，陽翟〔二〕，屬潁川郡。夏禹所受封地。荊南近得書。積年仍遠別，多難不安居。江漢春風起，冰霜昨夜除。雲天猶錯莫，花萼尚蕭疎。對酒都疑夢，吟詩正憶渠。舊時元日會，鄉黨羡吾廬。陶潛詩：吾亦愛吾廬。趙云：荆南，則觀新所遷居也。雲天猶錯莫，言若鴻雁之飛而失序。花蕚尚蕭疎，若言棠棣之花不相並，皆以興兄弟之離隔也。江、漢二水，在荆南而會。

【校勘記】

〔一〕「等」，中華訂補本作「寺」，訛。

〔二〕「陽翟」旁，底本有匿名批識「今許州」三字。

續得觀書迎就當陽居止正月中旬定出三峽

自汝到荆府，書來數唤吾。頌椒添諷詠，周庾信正旦詩：椒花逐頌來。禁火卜歡娱。荆楚歲時記：去冬節一百五日，即有疾風甚雨，謂之寒食，禁火三日。琴操：晉文公與介子綏俱遁，文公復國，子綏無所得。作龍蛇之歌而隱，文公求之，不得，乃焚山。子綏抱木而死，文公哀之，令人三月五日不得舉火。又周舉移書及魏武明罰令、陸翽鄴中記並云寒食斷火起於子推。琴操所云子綏即子推也。又云五月五日，與今有異，皆因流俗所傳。據左傳、史記，並無介子推被火焚之事。案周禮司烜氏：仲春以木鐸脩火，禁于國中。注云：爲季春將出火也。今寒食節氣是春之末，三月之極，然則禁火蓋周之舊制也。舟楫因人動，形骸用杖扶。天旋夔子峽，魚復〔一〕，古夔子峽也。春近岳陽湖。岳陽湖在巴陵。趙云：晉劉臻妻元日獻椒花頌。禁火卜歡娱，則於寒食必相聚矣。發日排南喜，傷神散北吁。飛鳴還接翅，詩棠棣：鶺鴒在原。又，小宛：題彼鶺鴒，載飛載鳴。行序密銜蘆。春秋繁露雁有行列。傳云：兄弟之齒雁行。淮南子曰：雁從風而飛，以愛氣力。銜蘆而飛，以避繒繳〔二〕。俗薄江山好，時危草木蘇。馮唐雖晚達，終覿在皇都。趙云：上句言起發之日，安排往南而喜。次句則神情所傷者，北望長安而不得歸也。何遜詩云：昏鴉接翅飛。序，以雁言之也。古詩：兄弟鴻雁行。銜蘆，又以言防患難也。馮唐，公以自比其白首爲郎。

【校勘記】

〔一〕「復」，排印本作「腹」，訛。

〔二〕「繳」，淮南子卷十九修務訓作「弋」。

將別巫峽贈南卿兄瀼西果園四十畝〔一〕

趙云：舊本作南鄉兄，唯師民瞻本作南卿，或南宅，南位之卿也。

苔竹素所好，萍蓬無定居。木玄虛海賦〔二〕：萍流而蓬轉。遠遊長兒子，幾地別林廬。論語：父母在，不遠遊。列子言穆王肆意遠遊，命駕八駿之乘。雜蘂紅相對，他時錦不如。具舟將出峽，巡圃念攜鋤。正月喧鶯未，茲辰放鷁初。司馬相如賦：浮文鷁，揚桂枻。注：鷁，水鳥，畫其象於舟首，以厭水神。淮南子曰：龍舟鷁首，天子之乘也。雪籬梅可折，風榭柳微舒。

托贈鄉一作卿。家有，因歌野興疎〔三〕。殘生逗江漢，何處狎樵漁？趙云：果園四十畝，而公直舉以贈人，此一段美事而古今未嘗揚揄。杜公之氣義良可歎也！卿家字，公於馬詩云卿家舊賜公有之。蓋亦取晉書云卿家自有卿家法之語。末句殘生逗江漢，則又將透過江漢而去矣。

【校勘記】

〔一〕「鄉」，清刻本、排印本、中華訂補本作「卿」。案，二王本杜集卷十七作「鄉」。

〔二〕「木玄虛」，原作「木元虛」，係避諱，此改。

〔三〕「興」，中華訂補本作「性」，訛。案，二王本杜集卷十七、錢箋卷十七作「興」，可證。

送大理封主簿五郎親事不合却赴通州主簿前閬州賢子余與主簿平章鄭氏女子垂欲納采鄭氏伯父京書至女子已許他族親事遂停

禁臠去東牀，晉謝混。孝武帝爲晉陵公主求婿，謂王珣曰：主婿但如劉真長、王子敬便足。珣對曰：謝混雖不及真長，不減子敬。未幾，帝崩。袁山松欲以女妻之。珣曰：卿莫近禁臠。初，元帝始鎮建鄴，公私窘罄。每得一豚，以爲珍膳。項下一臠尤美，輒以薦帝，群臣未嘗敢食，于時呼爲禁臠，故珣因爲戲。王羲之傳：太尉郗鑒使門生求女婿於王導，導令就東廂徧觀子弟。門生歸，謂鑒曰：王氏諸少並佳，然聞信至，咸自矜持。惟一人在東床坦腹食，獨若不聞。鑒曰：正此佳婿邪。訪之，乃羲之，遂以其女妻之。**趨庭赴北堂。**語〔一〕：鯉趨而過庭。鄘詩伯兮〔二〕：焉得諼草，言樹之背。注：背，北堂也。疏背者，向背之義。婦人所常處者，堂也。士昏禮云：婦洗在北堂。注：房半。趙云：北堂，則母之堂也。**風波空遠涉，琴瑟幾**自注：音洎。**虛張。**詩常棣：妻子好合，如鼓琴瑟。董仲舒：琴瑟不調，必解而更張之。**渥水出騏驥，**漢武元鼎四年，馬生渥洼水中。**崑山生鳳凰。**東京賦：舞丹穴之鳳凰。趙云：葛仙公傳曰：崑崙一名積石瑶房。古本莊子載老子曰：吾聞南方有鳥，其名爲鳳。所居積石千里。則崑山可以言生鳳凰矣。舊注却是丹穴也。**兩家誠欵欵，中道許蒼蒼。頗爲秦晉匹，**襄二十七年傳：趙孟曰：晉、楚、齊、秦匹也。又，秦、晉匹也，何以卑我〔三〕。**從來王謝郎。**晉江左以王謝爲胄族，嘗通婚。**青春動才調，白首缺輝光。玉潤終孤立，**晉樂廣，人謂之水鏡；女婿衛玠，時號玉人，故時語曰婦翁冰清，女婿玉潤。**珠明得闇藏。**漢鄒陽云：明月之珠，以暗投人於道，衆莫不按劍相眄。**餘寒折花卉〔四〕，恨別滿江鄉。**趙云：禁臠去東床，言親事不合也。趨庭赴北堂，言往通州也。珠明得闇藏，又以紀封君之美而不投合也，末句則所以紀別也。

【校勘記】

〔一〕「語」，清刻本、排印本作「論語」。

〔二〕「鄘」，清刻本、排印本無。

〔三〕「秦晉匹也何以卑我」，見於僖公二十三年。

〔四〕「折」，清刻本、排印本、中華訂補本作「拆」，訛。案，二王本杜集卷十七、錢箋卷十七作「折」，可證。

人日兩篇

前五後七，董勛問俗禮曰：正月一日爲雞，二日爲狗，三日爲猪，四日爲羊，五日爲牛，六日爲馬，七日爲人。則正旦畫雞於門，七日鏤人户上，良以此也。

元日到人日，未有不陰時。趙云：西清詩話云：都人劉克窮該典籍。嘗與客論云：元日至人日，未有不陰時。人知其一，不知其二。四百年惟子美與克會斗。起就架上取書示客曰：此東方朔占書也。歲後八日：一日爲雞，二日爲犬，三日爲豕，四日爲羊，五日爲牛，六日爲馬，七日爲人，八日爲穀。其日晴，主所生之物育；陰則災。少陵意謂天寶罹亂，四方雲擾幅裂，人物歲歲俱災。此春秋書王正月意耶？深得古人用心。次公謂歲八日之名，董勛問俗禮之書所云，載初學記。其專指東方朔占書，雖亦是矣，必謂天寶罹亂，歲歲俱災則非。蓋公作此詩在今歲大曆三年〔一〕，自天寶十四載禄山之亂，抵此凡十三次見春矣。豈有歲歲正月不晴八日者乎？

冰雪鶯難至，春寒花較遲。趙云：鶯以冰雪而未至，花以春寒而開遲，此所以成上兩句之言陰也。未有不陰時，止言見今所逢之歲，自一日至七日，無一日而不陰爾。

雲隨白水落，風振紫山悲。趙云：白水蓋水之白色。如晉文公云：所不與舅氏同心〔二〕，有如白水。紫山，則公前篇云「紫崖奔處黑」也。莊子云：風振海而不能驚也。

蓬鬢稀疎久，無勞比素絲。趙云：以其稀疎，則欲比素絲而不得，所以重自傷也。

右一

【校勘記】

〔一〕「大曆」，文淵閣本、文津閣本、清刻本作「大歷」，中華訂補本、排印本作「大歷」，皆訛。

〔二〕「不與舅氏同心」，中華訂補本「心」字奪。

此日此時人共得，一談一笑俗相看。罇前柏葉休隨酒，見元日示宗武注。勝裏金花巧耐寒。人日造花勝相遺，起於晉代，見賈充李夫人曲云：像瑞圖金勝之形。又像西王母戴勝也。歲時記：人日以七種菜爲羹〔一〕，剪綵爲花勝以相遺，或縷金薄爲人勝，以像瑞圖之形。趙云：休隨酒，則元日過矣，故休止柏葉之隨酒也。佩劍衝星聊暫拔，晉輿服志：漢自天子至百官，無不佩劍，其後唯朝帶劍。匣琴流水自須彈。早春重引江湖興，直道無憂行路難。趙云：拔佩劍，彈匣琴，則所以寄其愁也。晉書：斗牛之間，有紫氣。雷煥曰：寶劍之精，上徹於天。流水，則伯牙志在流水，而鍾子期曰湯湯哉者也。引江湖興，則將出峽而往也。行路難，古曲名〔二〕，言以直道行之，無地而不可往，故路難爲不足憂也已〔三〕。

右二

【校勘記】

〔一〕「菜」，中華訂補本作「葉」，訛。

〔二〕「曲」，中華訂補本作「典」，訛。
〔三〕「行路難」，諸校本作「行路」。

江梅

梅蘂臘前破，梅花年後多。絶知春意好，最奈客愁何。雪樹元同色，江風亦自波。故園不可見，巫岫鬱嵯峨。陸機樂府：雲山鬱嵯峨。潘安仁：崇崗鬱嵯峨。陸士衡：崇山鬱嵯峨。趙云：江梅者，江邊之梅也。如在嶺則曰嶺梅，在山則曰山梅，在野則曰野梅，官中所種則曰官梅。而後之學者，凡見梅便謂之江梅，誤矣〔一〕。雪樹，則雪中之樹木也。

【校勘記】

〔一〕「誤」，中華訂補本奪。

庭草

趙云：隋煬帝善屬文，而不欲人出其右。爲燕歌行，群臣皆以爲莫及。王冑獨不下帝，因以被害。帝誦其佳句曰：庭草無人隨意緑，能復道耶？故公取庭草以名題。

楚草經寒碧，庭春入眼濃。舊低收葉舉，新掩卷牙重。步履宜輕過〔一〕，開筵得屢供。看花隨節序，不敢强爲容。趙云：舊低收葉舉，言舊低俯而收斂之葉，以春而舉也。新掩卷牙重，言新掩蔽而韜卷之牙，以春而重也。句可謂新奇矣。開筵得屢供，古人以芳草爲樂，故公詩又曰開筵上日當芳草也。然不若春花之尤佳，故有末句。看花則隨節序而樂之，不敢於芳草强爲容以爲好也。

【校勘記】

〔一〕「輕」，清刻本、排印本、中華訂補本作「經」，訛。

大曆三年春白帝城放船出瞿唐峽久居夔府將適江陵漂泊有詩凡四十韻

老向巴人裏，傳：莊十八年，巴人伐楚。今辭楚塞隅。入舟翻不樂，解纜獨長吁。江文通詩：奉義至江漢，始知楚塞長。謝靈運：解纜乃流潮〔一〕。又，入舟陽已微。趙云：巴人，則劉璋分三巴，以夔爲中巴地也。不樂長吁，則有萍梗流離之傷矣。窄轉深啼狖，虛隨亂浴鳧。石苔凌几杖，空翠撲肌膚。疊壁排霜劍，奔泉濺水珠。杳冥藤上下，濃淡樹榮枯。趙云：上句則舟轉於峽中之窄處，其聞啼狖愈在深處矣。次句則舟虛隨泛浴之鳧，謂之亂浴，則非止一二鳧耳。疊壁排霜劍，指言巫山也。神女峰娟妙，昭君宅有無。曲留明怨惜，一作別。夢盡失歡娛。趙云：神女峰，巫山十二峰中之一〔二〕。言娟妙，則以神女之故矣。宅有無，蓋年歲久遠，不知何在也。樂府有昭君怨。石季倫所賦明君辭是也。夢，則楚襄王之夢。神女賦曰：寐而夢之，寤不自識。罔兮不樂，悵爾失志。則失懽娛之謂也。擺闔盤渦沸，郭璞江賦：盤渦谷轉〔三〕。欹斜激浪輸。賈誼：水激則悍。南都賦：川瀆則箭馳風疾，長輪遠逝。風雷纏地脉，江賦：流風蒸雷。海賦：驚浪雷奔。冰雪曜天衢。易：何天之衢，亨。趙云：言風雷起於其間。冰雪，言波浪之色。地脉字，出蒙恬傳。用天衢字，則龍躍天衢、飛翼天衢、坐見天衢也。鹿角真走險，文十七年傳：鄭子家曰：小國之事大國也，德，則其人也；不德，則其鹿也。鋌而走險，急何能擇。狼頭如跋胡。詩：狼跋其胡，載疐其尾。注：跋，躐也，進則躐其胡，退則跋其尾。一本公自注云：鹿角、狼頭，二灘名。惡灘寧變色，高卧負微軀。書史全傾撓，裝囊半壓濡。生涯臨臬兀，困於臲卼。死地脱斯須。趙云：語曰：變色而作。高卧，則事有不測，爲負微軀矣。又似言於高卧有妨，斯乃微軀之負也。記云：禮不可斯須去身。韓信云：置之死地。不有平川決，焉知衆壑趨？乾坤霾漲海，雨露洗春蕪。鷗鳥牽絲颺，驪龍濯錦紆。趙云：川決，一作快決字，是。蓋孟子云：沛然若決江河也。乾坤霾漲海，則水之渺茫濶遠矣。雨露洗春蕪，以紀其時。鷗鳥牽絲颺，羽如絲也。驪龍濯錦紆，言龍體如錦也。驪龍，取莊子之語。濯錦，則成都之江。落霞沈緑綺，謝玄暉晚望詩：餘霞散成綺。張景陽詩：佳人贈我緑綺琴。取此兩字貼之耳。殘月壞金樞。木玄虛海賦：大明鑣轡於金樞之穴。注：大明，月也；金樞，西方月没之處。穴，窟也。趙云：言殘月狀如户樞之脱壞也。泥筍苞初荻，沙茸出小蒲。謝靈運詩：新蒲含紫茸，初篁苞緑籜。雁兒争水馬，燕子逐檣烏。薛云：本草：水馬生水中，善行如馬，亦謂之海馬。杜補遺：水馬，蝦類也。趙云：船檣上刻爲烏形，取烏之識風。燕如逐之，此詩人著句之巧也。絶島容烟霧，環洲納曉晡。謝靈運詩：側徑既窈窕，環洲亦玲瓏。趙云：曉晡，早晚也。前聞辨陶牧，轉眄拂宜都。杜補遺：王粲登樓賦：北彌陶牧，西接昭丘。注：陶，鄉名，郊外曰牧。趙云：宜都，峽州也。劉備改夷陵爲宜都。縣郭南畿好，津亭北望孤。路入松滋縣。勞心依憩息，朗詠劃昭蘇。趙云：北望，則又懷長安矣。禮記：蟄蟲昭蘇。劃字，開豁之意。鮑照詩有怯與君劃期。公詩又云：劃見公子面也。意遣樂還笑，衰迷賢與愚。飄蕭將素髮，秋興賦：素髮颯以垂領。汩没聽洪鑪。王粲傳：鼓洪爐以燎毛髮。趙云：人情歷艱險則悲憂，逢平曠則笑樂。當是時，雖身之老，志之衰矣，豈復論賢愚哉！聽於造物而已。禪伯云：洪鑪上一點雪。丘壑曾忘返，謝靈運詩：昔余遊京華，未嘗廢丘壑。山林之士，往而不能返。文章敢自誣。此生遭聖代，誰分哭窮途。顔延年詩：途窮能無慟。卧疾淹爲客，蒙恩早厠儒。廷争酬造化，王陵面折廷争〔四〕。樸直乞去聲。

江湖。趙云：次句則公以文自任也。阮籍每行至路窮處，輒慟哭而返。公以其尚可遇合，所以言今者卧疾，雖淹留於爲客，而往日蒙恩，得廁儒列也。廷爭酬造化，則又言其爲左拾遺時，嘗論房琯不宜廢免，是謂廷爭；以酬君王顧遇之恩。樸直乞江湖，則肅宗怒，貶琯邠州刺史，出甫爲華州司功，屬關輔饑亂，棄官之秦州。又在同谷，遂入蜀。今在夔，且欲之楚而南，是爲乞之以江湖矣。從人求取曰乞，入聲。人惠遺之曰乞，去聲。

灩澦險相迫，滄浪深可逾。浮名尋已已，嬾計却區區。趙云：既有江湖之行，經過灩澦，其險相迫而下矣。次句滄浪之水，見禹貢，漁父歌則在楚地矣。舟儘南下，故彼雖深而可逾也。

喜近天皇寺，先披古畫圖。薛云：按渚宮故事云：張僧繇避侯景之亂，來奔湘東王繹，承制拜右將軍。僧繇善畫，嘗於天皇寺柏堂圖佛像，夜有奇光，發自屋壁。又於堂内圖孔子十哲像。湘東記室鮑澗岳謂曰：釋門之内，寫素王之容，雖神異無方，豈可夷、夏同貫？僧繇笑曰：吾誠偶然，安知不利於後？聞者莫曉其意。及後滅三教，荆、楚祠宇莫不毁撤，惟天皇寺有宣尼聖像，遂爲國庠，時人嘆其先覺。則公所謂古畫圖者。

應經帝子渚，謝玄暉：瀟湘帝子遊。江淹王徵君詩：北渚有帝子，蕩瀁不可期〔五〕。帝子見楚詞。同泣舜蒼梧。禮：舜葬蒼梧之野。謝玄暉：雲去蒼梧野。趙云：楚詞云：帝子降兮北渚。帝子，謂堯女娥皇、女英也。

朝士兼戎服，君王按湛盧。吴越春秋：越王允常使歐冶子作名劍五。秦客薛燭善相劍，越王取湛盧示之〔六〕，曰：善哉！銜金鐵之英，吐銀錫之精，奇氣托靈〔七〕，服此劍，可以折衝伐敵。人君有逆謀，則去之它國。允常乃以湛盧獻吴。吴公子光弑吴王僚，湛盧去如楚。趙云：夫虞、舜不得而見之，於是感時世衰亂，武士得勢而儒道不行也。鮑明遠詩：天子按劍怒。公詩意以代宗欲自討吐蕃耳。

旄頭初俶擾〔八〕，漢官儀曰：舊選羽林爲旄頭，被髮先驅。晉天文志：昴爲旄頭，胡星也，言胡始亂也。鶉首麗泥塗。晉志：自東井十六度，至柳八度爲鶉首，秦之分野，屬雍州。趙云：禄山之叛，在天寶十四載。書：俶擾天紀。鶉首麗泥塗，此言廣德元年長安陷也。左傳：使吾子辱在泥塗。甲卒身雖貴，書生道固殊。出塵皆野鶴，晉嵇紹若野鶴之在雞群。歷塊匪轅駒。王褒云：過都越國，蹶如歷塊。趙云：言遭喪亂，則甲卒雖貴矣，而書生之道自殊也。彼書生者，其出塵則如野鶴，其歷塊則非轅駒。伊呂終難降，韓彭不易呼。趙云：伊尹、呂望，此書生之善用兵者。終難降則不肯降志於甲卒之徒也。或曰：降，則人之降才，維岳降神。既已死矣，終難降生也。韓信、彭越，皆以武夫負氣，跋扈難制，所以不易呼。呼，蓋折簡可呼之呼。五雲高太甲，六月曠摶扶。莊子：摶扶搖而上者九萬里，去以六月息。回首黎元病，爭權將帥誅。山林托疲薾，未必免崎嶇。莊子齊物篇：薾然疲役，而不知其所歸，可不哀邪！趙云：上兩句難解，然以意逆志承上句之下，則言文人不來。武人得勢，此賢者之所以隱也。京房易飛候曰：視四方常有大雲，五色具，其下賢人隱。高太甲，則言雲高於六甲之上。但太甲字未見明出。摶者，摶聚其風也。扶搖者，風名也。今云摶扶則無義。然起於沈佺期移禁司刑詩云：散材仍葺厦，弱羽遽摶扶。而公又取用也。言賢材之不得用，但回首觀黎元之病而已。彼所謂將帥者，則爭權而不免於誅。皆所以傷之也。末句則公之自傷尤深矣。謝靈運詩云：疲薾慙貞堅。

【校勘記】

〔一〕「乃」，文選卷二十、宋詩卷二謝靈運鄰里相送方山詩作「及」。

〔二〕「中」，中華訂補本無。

〔三〕「渦」，清刻本、排印本、中華訂補本作「泥」，訛。

〔四〕「面」，中華訂補本作「而」，訛。
〔五〕「王徵君」，中華訂補本作「王微君」，訛。
〔六〕「越王」，原作「楚王」，參先後解輯校己帙卷一此詩趙次公原注〔二九〕改。
〔七〕「奇」，原作「寄」，訛，據諸校本改。
〔八〕「擾」，中華訂補本作「櫌」，訛。

巫山縣汾州唐使君十八弟宴別兼諸公攜酒樂相送率題小詩留于屋壁

卧病巴東久，今年强作歸。故人猶遠謫，兹日倍多違。接宴身兼杖，聽歌淚滿衣。諸公不相棄，擁別借光輝。趙云：謝玄暉有在郡卧病詩。巴東郡今雖是歸州，而實夔州一帶也。古歌云：巴東三峽巫峽長。郭璞江賦云：巴東之峽，夏后疏鑿。今年强作歸，則公之南下必出陸歸長安也。故人猶遠謫，指言汾州唐使君矣。

春夜峽州田侍御長史津亭留宴得筵字

北斗三更席，西江萬里船。杖藜登水榭，揮翰宿春天。白髮煩多酒，明星惜此筵。始知雲雨峽，忽盡下牢邊。趙云：西江，指蜀江之盡處，荆渚是也。明星惜此筵，言夜將盡而曉，則明星行暗矣，於是筵終爲可惜也。高唐賦云：巫山之陽，高丘之阻。旦爲朝雲，暮爲行雨。此所以謂之雲雨峽。峽至下牢而盡，則實録也。

泊松滋江亭

紗帽隨鷗鳥，扁舟繫此亭。江湖深更白，松竹遠還一作微。青。一柱全應近，高唐莫再經。今宵南極外，甘作老人星。前志：狼星北地有六星，曰南極老人，老人星在弧南。趙云：一柱，觀名。渚宮故事：宋臨川王義慶代江夏王鎮江陵，於羅公洲上立觀，甚大，而唯一柱。老人星，晉天文志曰：老人一星，常以秋分之旦見于丙，春分之夕没于丁。公將盡楚而往，故云南極外也。徐堅初學記載蘇味道在廣州，聞崔、馬二御史並拜臺郎，作詩，尾句云：遠從南極外，遥仰列星文。

行次古城店泛江作不揆鄙拙奉呈江陵幕府諸公

老年常道路，遲日復山川。白屋花開裏，王莽傳：延士下及白屋。師古曰：白屋，謂庶人以白茅覆屋也。沈約：開花已匝樹。孤城麥秀邊。宋世家：箕子朝周，過故殷墟。城毀壞，生禾黍，乃作麥秀之詩。濟江元自闊，下水不勞牽。風蝶勤依槳，春鷗懶避船。王門高德業，鄒陽曰：何王之門不可曳長裾乎！陸韓卿：王門所以貴，自古多俊人。幕府盛材賢。蔡邕薦邊讓於何進曰：伏惟幕府初開，博選清英。行色兼多病，莊子云：孔子説柳盗跖而歸遇柳下季曰：今者車馬有行色。蒼茫泛愛前。語：泛愛衆。趙云：公次古城，蓋春時也。馬汧督固守孤城。「濟江元自闊」，濟者，濟涉之濟，至江陵則江闊矣。元者，本來如此之謂。槳，所以隱櫂者。風蝶勤依槳，則蝶有欲泊槳上之理。王門，指言江陵知府乃宗室之王也。泛愛，言朋友也。

乘雨入行軍六弟宅

曙角凌雲罷，春城帶雨長。水花分塹弱，巢燕得泥忙。令弟雄軍佐，凡才汚省郎。萍漂忍流涕，衰颯近中堂。趙云：「凡材汚省郎」，公爲尚書工部員外郎，而自謙之辭也。李尋云：汙玉堂之署。

安胡侍御書堂李尚書之芳鄭秘監審同集歸字韻

江湖春欲暮，墻宇日猶微。闇闇春籍滿，輕輕花絮飛。翰林名有素，墨客興無違。揚雄作長楊賦，藉翰林以爲主人，子墨爲客卿以諷。今夜文星動，吾儕醉不歸。漢，荀陳德星聚。左傳云：吾儕小人。趙云：翰林、墨客，併言李尚書、鄭秘監、胡侍御也。詩云不醉無歸，則醉而猶歸也。今云醉不歸，則又新語矣。

書堂飲既夜復邀李尚書下馬月下賦絶句

湖水林風相與清，殘罇下馬復同傾。久拚野鶴如雙鬢，遮莫鄰雞下五更。趙典傳云：大儀鶴髮。注：白髮，顔氏家訓：或問：一夜五更，何所訓？答曰：漢魏以來謂爲甲夜、乙夜、丙夜、丁夜、戊夜。更，經也，至四更而已矣。趙云：庾信竹杖賦云：今子老矣，鶴髮雞皮，蓬頭歷齒。野鶴字，出嵇紹傳。庾肩吾冬曉詩：鄰雞聲已傳，愁人竟不眠。遮莫，則唐人語。遮莫鼕鼕鼓，須傾灩灩杯，唐人詩也。

上巳日徐司録林園宴集

鬢毛垂領白，潘安仁秋興賦：班鬢彪以承弁，素髮颯以垂領。花蘂亞枝紅。欹倒衰年廢，招尋令節同。薄衣臨積水，吹面受和風。有喜留攀桂，劉安招隱士云：攀援桂枝聊淹留。無勞問轉蓬。曹植詩：轉蓬離本根。袁陽源：迺知古時人，所以悲轉蓬。趙云：文子曰：積水成海。而魏都賦曰：回淵漼，積水深。東都賦云：習習和風。轉蓬，則以喻飄零。而攀桂事，非在南地則不可用，蓋南方多桂故也。

奉送蘇州李二十五長史丈之任

星拆台衡地〔一〕，中台星拆，張華見誅。曾爲人所憐。前漢五行志：成帝時歌謠曰：故爲人所羨，今爲人所憐。趙云：星拆台衡地，則李二十五丈父必是台輔貴人，而有此事，惜乎無所考。公侯終必復，左傳：公侯之子孫，必復其始。經術竟相傳。韋賢少子玄成，復以明經，歷位至丞相。食德見從事，克家何妙年。易：食舊德。或從王事。蒙：九二，子克家。曹植表曰：終軍以妙年使越。潘岳：楊仲武誄：子以妙年之秀。趙云：下句言其自妙年已克家矣。一毛生鳳穴，南史：謝鳳子超宗有文辭，作殷淑儀誄，帝大嗟賞，謂謝莊曰：超宗殊有鳳毛。梁鍾嶸詩品曰：何晏、孫楚、張翰、潘尼詩，並得蛇龍片甲，鳳凰一毛。三尺獻龍泉。漢高祖提三尺取天下。師古曰：三尺，劍也。越絶書：楚王問：何謂龍泉？對曰：龍泉，狀如登高山，臨深淵。晉鄭聞此劍，求之不得。後漢：肅宗賜諸尚書劍，特以寶劍自爲名，以尚書韓稜，淵深有謀，故得楚龍泉。趙云：兩句所以比二十五丈也。曹子建云舜重瞳子，項羽亦重瞳子。是鶖得驥一毛，又如云九牛亡一毛。

山海經云：丹穴之山，有鳥名鳳皇。赤壁浮春暮，周瑜敗曹操於烏林赤壁。姑蘇落海邊。越絶書曰：闔廬起姑蘇臺，三年聚材，五年乃成。高見三百里。客間頭最白，惆悵此離筵。趙云：上句則李丈船所經之地。赤壁，在黄州，即吴將周瑜敗曹公於此也。次句則李丈往任蘇州矣。有姑蘇臺，故州以得名。落海邊，則東北去海一百八十里矣。

【校勘記】

〔一〕「拆」，文淵閣本、文津閣本作「折」，訛。案，二王本杜集卷十八、錢箋卷十七作「坼」。

暮春江陵送馬大卿公恩命追赴闕下

自古求忠孝，名家信有之。後漢：韋彪議曰：求忠臣必於孝子之門。注：孝，經緯之文也。晉卞壼拒蘇峻，戰死。三子見父没，相隨赴賊，同時見害。徵士翟湯聞之，歎曰：臣死於君，子死於父，忠孝之道，萃於一門。趙云：大卿之父子必有忠孝事跡，惜無所考也〔一〕。吾賢富才術，此道未磷緇。論語：磨而不磷，涅而不緇。趙云：吾賢，指言馬大卿也。未磷緇，言道之不消亡也。謝靈運云：磷緇謝清曠，疲薾慙貞堅。玉府標孤映，北山移文：高霞孤映。霜蹄去不疑。趙云：穆天子傳：群玉之府。莊子云：馬蹄可以踐霜雪。激揚音韻徹，文選：神氣激揚。又，音聲悽以激揚〔一〕。籍甚衆多推。陸賈遊漢庭，名聲籍甚。注：言狼籍甚也。梁彥升云：客遊梁朝，則聲華籍甚。

潘陸應同調，謝靈運詩：誰謂古今殊，異代可同調。晉陽秋曰：潘陸之徒，有文質而宗師不異。孫吴亦異時。孫武、吴起。趙云：潘，則潘岳；陸，則陸機。梁張纘別離賦云：在百代而奚殊，雖千年而同調。言馬大卿之文。孫吴亦異時，言特異時而已，又相同也。言馬大卿之武。北宸徵事業，南紀赴恩私。詩：滔滔江漢，南國之紀。

卿月昇金掌，洪範：卿士惟月。注：卿士各有所掌，如月之有別。上官儀詩：班籍始燕歸，金掌露初晞〔二〕。王春度玉墀。春秋之文王次春。趙云：北宸，天子所居曰紫宸，而坐北也。南紀者，南方之地總名。卿月以指言馬大卿也。昇金掌，則以譬其近於顯要。金掌者，金銅仙人捧露盤之掌也。王春度玉墀，則言馬大卿春時在天子之玉墀也。薰風行應律，舜歌：南風之薰兮。禮：八風從律。湛露即歌詩。詩湛露，天子燕諸侯。趙云：既於玉墀度過春矣，方夏之初，即有殊恩之命也。天意高難問，人情老易悲。樽前江漢闊，後會且深期。趙云：天意高難問，學者疑其送行紀贈之詩，不應有此句。蓋公自嘆其身之老，而起此句也。後會字，孔叢子載：子高遊趙，其徒曰：未知後會何期。屈原有天問。

【校勘記】

〔一〕「考」，中華訂補本作「孝」，訛。

〔二〕「悽」，中華訂補本作「泣」，文瀾閣本作「棲」，均訛。

〔三〕「班籍始燕歸」二句，全唐詩卷四十上官儀八詠應制其一作「瑶笙燕始歸金堂露初晞」。

暮春陪李尚書李中丞過鄭監湖亭泛舟得過字

海内文章伯，湖邊意緒多。玉樽移晚興，古歌辭曰：上金殿，酌玉樽。桂楫帶酣歌。春日繁魚鳥，江天足芰荷。鄭莊賓客地，衰白遠來過。鄭莊字當時，置驛馬長安諸郊，請謝賓客，夜以繼日。趙云：文章伯，言文章之宗伯也。起於王充論衡，有云：文詞之伯。其後唐文藝傳云：文章三變，而王楊爲之伯，則併言李尚書、李中丞、鄭秘監矣。曹子建仙人篇曰：玉樽盈桂酒。梁元帝烏栖曲曰：沙棠作船桂爲楫。湖是鄭監之湖，故用鄭莊比之。

夏日楊長寧宅送崔侍御常正字入京得深字

醉酒揚雄宅，揚雄有宅一區，雄家素貧，嗜酒，人希至門。時有好事者，載酒肴從遊學。升堂子賤琴。宓子賤治單父，彈琴，不下堂而自治。不堪垂老鬢，還對欲分襟。天地西江遠，星辰北斗深。烏臺俯麟閣，御史府中列柏樹，常有野烏棲宿其上。麟閣正字所居，陳子昂爲麟臺正字。長夏白頭吟。趙云：以飲於揚長寧宅，故用揚雄宅事。長寧者，縣名。以揚君爲長寧宰，故用子賤琴事。天地西江遠，言江陵送別之處。星辰北斗深，言長安。漢朱博爲御史大夫，其府中列柏樹，常有野烏數十栖宿其上。晨去暮來，號曰朝夕烏，故御史謂之烏臺。漢西京未央宮中有麟閣，亦藏秘書，即揚雄校書之處。其後改秘書爲麟臺，因此也。今所謂烏臺，指言崔侍御；所謂麟閣，指言常正字。二人者同往，故得言烏臺、麟閣之相俯矣。長夏白頭吟，則言二公之間暇，而爲此吟耳。若以爲公自言，則語脉不接也。

和江陵宋大少府暮春雨後同諸公及舍弟宴書齋

渥洼汗血種，漢武元鼎四年秋，馬生渥洼水中，作天馬之歌。歌曰：太一況，天馬下。霑朱汗，沫流赭。注：大宛馬汗血。言汗從前肩髆出如血。天上麒麟兒。徐陵年數歲，家人攜見寶誌上人，誌以手摩頂曰：天上石麒麟也。趙云：二句普美相會諸公也。才士得神秀，孫綽賦：天台，山岳之神秀。書齋聞爾爲。陸機文賦序云：觀才士之所作。棣華晴雨好，常棣之華，宴兄弟之詩。綵服暮春宜。老萊子班衣。朋酒日歡會，豳七月：朋酒斯饗。注：兩樽曰朋。老夫今始知。趙云：兩句，公之真率，欲預後會矣。然公之意若言朋會之酒而已。

宇文晁尚書之甥崔彧司業之孫尚書之子重泛鄭監審前湖 趙云：尚書指言李之芳，不著姓尊之也。

郊扉俗遠長幽寂，野水春來更接連。趙云：顏延年贈王太常詩曰：郊扉常晝閉。錦席淹留還出浦，葛巾欹側未迴船。樽當霞綺輕初散，棹拂荷珠碎却圓。趙云：謝玄暉：餘霞散成綺。梁元帝登江州百花亭詩：荷珠漾水銀。不但習池歸酩酊，君看鄭谷去寅緣。鄭子真耕於谷口。趙云：習池事，襄陽記。不但習池歸酩酊，則所以引下句鄭谷也。今是鄭監之湖，故用鄭谷字比之。酩酊字，晉書作茗艼。寅緣字，未見。韓退之亦云：青壁無路難寅緣。

夏夜李尚書筵送宇文石首赴縣聯句一首 趙云：公與李尚書之芳〔一〕、崔司業孫彧，送石首知縣宇文晁之作。李、崔之句，亦可預公之社矣。

愛客尚書重，之官宅相賢。子美。宇文石首，李尚書之外甥也，故使宅相。晉魏舒少孤，爲外家甯氏所養。甯氏起宅，相宅者云：當出貴甥。舒曰：當爲外氏成此宅，相後爲公。**酒香傾坐側，帆影駐江邊。**之芳。趙云：題言李尚書筵，而句下標之芳字，則李尚書固是李之芳矣。公於後篇又有多病執熱奉懷李尚書，而小注之芳兩字，尤審矣。帆影駐江邊，亦自佳句。**翟表郎官瑞，鳧看令宰仙。**或。趙云：崔司業之孫也。漢顯宗曰：郎官出宰百里。蕭廣濟孝子傳：蕭芝至孝，除尚書郎，有雉數十，飛鳴車前。**雨稀雲葉斷，夜久燭花偏。**子美。趙云：公此兩句蓋新奇矣。斷者，以言葉之斷落也。偏者，以言燭銷而花偏也。**數語欹紗帽，高文擲彩箋，**之芳。趙云：紗帽大率，如今之頭巾也。**興饒行處樂，離惜醉中眠。**或。趙云：此等句，蓋亦語熟而白道之矣，然亦不惡也，故可預杜公之社。**單父長多暇，河陽實少年。**子美。趙云：公之句使縣宰事二：單父則宓子賤爲單父宰，彈琴，不下堂而治，此所以爲長多暇；河陽，則潘安仁爲河陽宰，本傳云：岳少以才穎見稱，早辟司空太尉府，栖遲十年，出爲河陽令，此所以爲實少年。**客居逢自出，爲別幾悽然。**之芳。趙云：爾雅曰：男子謂姊妹之子爲出。公羊云：蓋舅出者是也。

【校勘記】

〔一〕「公與李尚書」，中華訂補本作「公與尚書」。

新刊校定集注杜詩卷三十四

近體詩

多病執熱奉懷李尚書之芳

衰年正苦病侵凌，首夏何須氣鬱蒸。謝靈運：首夏猶清和。應璩書曰：處凉臺而有鬱蒸之煩。大水淼茫炎海接，奇峰硉兀火雲昇。陶詩：夏雲多奇峰。淮南子：旱雲煙火。趙云：書：若涉大水。隋盧思道納涼賦云：火雲赫而四舉。選賦有云：狀滔天以淼茫。舊本硉兀，注云：山崖也。硉音洛骨切，矹音五骨切。郭璞江賦云：巨石硉矹以前却。思霑道暍黃梅雨，史記：禹扇暍。音謁，傷暑也。增添：周處風土記[一]：夏至前雨名黃梅雨，沾衣服皆敗黦。敢望宮恩玉井冰？後漢書：琅琊有冰井厚丈餘。魚豢魏略：明帝九龍殿前，玉井綺欄。趙云：暑病曰暍。思道暍之人以黃梅一雨霑之，此武王扇暍之意。公之爲仁可見矣[二]。玉井者，天子之事也。唐制，百官賜冰，而公嘗爲左拾遺，當預賜冰之列。今既遠矣，故曰敢望也。**不是尚書期不顧，**前漢陳遵傳：嗜酒，每飲，賓客滿堂，輒閉門，取客車轄投井中，雖有急，終不得去〔三〕。時北部刺史奏事，過遵，值其方飲，刺史大窮，候遵霑醉時突入見遵母，叩頭自白當對尚書有期會狀，母乃令從後閤出去。應休璉與滿公琰書曰：當此之時，仲孺不辭同産之服，孟公不顧尚書之期。**山陰野雪興難乘。**王徽之嘗居山陰，夜雪初霽，月色清朗，四望皓然，獨酌酒詠左思招隱詩。忽憶戴逵。逵時在剡，便夜乘小船詣之，造門不前而返。曰：本乘興而來，興盡而返，何必見安道。趙云：題是多病執熱奉懷李尚書，而云「不是尚書期不顧，山陰野雪興難乘」，蓋言不是不顧尚書之期，但欲比山陰野雪之乘興爲難也。在執熱中翻使雪事，又爲奇矣。或云此直是打諢之語，則亦韓退之以詩爲戲之義。

【校勘記】

〔一〕「添周」，底本漫滅，據文淵閣本、文津閣本、文瀾閣本、清刻本、排印本補。

〔二〕「仁」，文淵閣本作「人」，訛。

〔三〕「得」，文淵閣本作「能」。

水宿遣興奉呈群公

趙云：謝靈運次南城詩：雖未登雲峰，且以歡水宿。此詩二十韻，分爲兩段，每段十韻。上段蓋叙其行色，下段則有所求於群公矣。

魯鈍仍多病，語：參也魯。新添：王僧祐傳：非敢自同高人，直是愛閑多病耳。漢書：張良多病。趙云：張良性多疾，非病也。**逢迎遠復迷。耳聾**

須晝字，髮短不勝篦。老子云：五音令人耳聾。左傳：髮短而心甚長也。澤國雖勤雨，杜補遺：穀梁傳：正月不雨。言不雨者，勤雨也。注：思雨之勤也。夏四月不雨。言不雨者，閔雨也。六月雨者，喜雨也。炎天竟淺泥。小江還積浪，弱纜且長隄。歸路非關北，行舟却向西。趙云：弱纜且長隄，言且繫之於長隄也。歸路非關北，言長安之不可得而歸也。暮年漂泊恨，今夕亂離啼。童稚頻書札，曹孟德云：烈士暮年。古詩云：遺我一書札。趙云：鄧禹傳曰：父老童稚，垂髮戴白。盤飧詎糝藜。左傳：盤飧寘璧。孔子陳蔡間七日不食，藜藿不糝。我行何到此，物理直難齊。莊子有齊物篇。高枕翻星月，嚴城疊鼓鞞。張景陽：此郭非吾城，入聞鞞鼓聲。杜云：禮記：鼓鼙之聲讙。風號聞虎豹，蕪城賦：風嘷雨嘯。苦寒詩：虎豹夾路啼。水宿伴鳧鷖。蜀都賦：晨鳧旦至，候雁銜蘆；雲飛水宿，哢吭清渠。趙云：嘷與號，字異而音同。論語：虎豹之鞹。鳧鷖，則詩篇名也。異縣驚虛往，古樂府：他鄉各異縣。同人惜解攜。易：出門同人。蹉跎長泛鷁，展轉屢鳴鷄。阮籍：娛樂未終極，白日忽蹉跎。詩：展轉反側。嶷嶷瑚璉器，子貢，瑚璉器。薛云：右按，世說：謝琨問羊孚〔一〕：何以器舉瑚璉？羊曰：汝當以爲接神之器〔二〕。陰陰桃李蹊。李廣傳：桃李不言，下自成蹊。趙云：相如子虛賦曰〔三〕：泛文鷁。瑚璉器、桃李蹊，皆所以言群公也。瑚璉者，宗廟之器。禮記明堂位云：有虞氏之兩敦，夏后氏之四璉，殷之六瑚，周之八簋是已。謝玄暉：桃李成蹊徑，桑榆陰道周。餘波期救涸，僖二十三年傳：其波及晉國者，君之餘也。莊子外篇：車轍中有鮒，曰：吾得斗升水，可以活矣。費日苦輕齎。支策門闌邃，肩輿羽翮低。

自傷甘賤役，誰愍强幽棲。趙云：書：餘波及于流沙。救涸，則以彼之盈，及此之涸耳。費日苦輕齎，則言爲客之次，消費時日，其所輕齎，苦於貿易而罄盡矣。文策、肩輿，則言出謁於人矣。巨海能無鈞，任公子投竿東海。浮雲亦有梯。勳庸思樹立，語默可端倪。贈粟囷應指，魯肅，字子敬，家富於財。時廬江周瑜爲居巢長，聞之，往求資糧。肅時有米二囷，各三千斛，直指一囷與瑜，瑜益奇之，乃結僑、札之交。登橋柱必題。成都記：昇僊橋，司馬相如初西去，題其柱曰：不乘赤車駟馬，不過此橋。後果以傳車至其處。橋在望鄉臺東南一里，管華陽縣。趙云：上四句則公之懷抱所負如此，蓋不以有求於人而遂屈也。於是群公必有知之者，則贈粟囷應指矣。觀公果園四十畝，乃委以與人，則群公之指囷，在公亦以爲受之而無嫌矣。丹心老未折，薛云：右按文選謝玄暉詩：既秉丹石心，寧流素絲涕。又古樂府：制賜文犀節，驛報紫泥書。皇恩空已重，丹心悵不紓。別賦：心折骨驚。時訪武陵溪。武陵溪，秦人避亂之處。趙云：句又因所經之地，去武陵爲近矣。

【校勘記】

〔一〕「謝琨」，世說新語箋疏言語第一百五條作「謝混」。參見卷本集十三秋行官張望督促東渚耗稻校勘記〔七〕。

〔二〕「汝」，世說新語箋疏言語第一百五條作「故」。

〔三〕「子虛賦」，原作「上林賦」，檢「泛文鷁」句，史記卷一百一十七司馬相如列傳、文選卷七、全梁文卷二十一作司馬相如子虛賦，當是誤置，據改。

奉賀陽城郡王太夫人恩命加鄧國太夫人 陽城王衛伯玉也

衛幕銜恩重，杜正謬云：衛幕，乃衛青之幕府也。舊注引左氏燕幕，非是。潘輿送喜頻。潘安閑居賦：太夫人乃御板輿，升輕軒。遠覽王畿，近周家園〔一〕。趙云：送喜頻，則王之母又有恩命之加，爲送喜事之頻矣。濟時瞻上將，錫號戴慈親。富貴當如此，尊榮邁等倫。趙云：王節度江陵，是爲上將。如此字，多矣。禮云：好仁如此。傳言難乎等倫也。郡依封土舊，國與大名新。紫誥鸞迴紙，新添：隴右記：武都紫水有泥，貢之用封璽書，故詔誥有紫泥之美。王子年拾遺：元狩初，浮忻國貢蘭金之泥，如紫磨色，常以此封詔函，鬼魅不敢干。清朝燕賀人。大厦成而燕雀來賀。趙云：郡封雖仍是陽城郡，而夫人之國加爲鄧國，是爲新矣。紫誥，紫錦之誥。鸞回紙，則紙上之字，有回鸞之勢也。清朝，則朝旦之朝。甯戚歌云：清朝飯牛至夜半。遠傳冬笋味，更覺綵衣春。趙云：又以言郡王亦已高年，尤見尊親之壽。孟宗後母好笋，令宗冬月求之。宗入竹林慟哭，笋爲之出。奕葉班姑史，班姑，扶風曹世叔妻，彪之女，名昭，字惠姬，博學高才。世叔早卒，有節行。兄固著漢書，其八表及天文志未及竟而卒，和帝詔昭就東觀藏書閣踵而成之。芬芳孟母鄰。潘安仁閑居賦：此里仁以爲美，孟母所以三徙。義方兼有訓，左傳：教子以義方。詞翰兩如神。趙云：班姑史，則王之太夫人蓋能翰墨矣。何平叔景福殿賦曰：偉孟母之擇鄰。尚書云：皇祖有訓。禮記云：至誠如神。委曲承顏體，鶱飛報主身。可憐忠與孝，雙美畫麒麟。麒麟，閣名也，上畫忠臣像。趙云：事母則孝，事君則忠。其美畫麒麟，則非特畫郡王之像，而亦畫夫人之像也。麒麟，前漢閣名也。前漢蘇武傳，乃麒麟字。今云雙美之畫，則又用金日磾母事：教誨兩子，甚有法度，上聞而嘉之。病死，圖畫於甘泉宮，署曰休屠王閼氏。

【校勘記】

〔一〕「園」，文淵閣本、文瀾閣本作「國」，訛。

江陵望幸

望車駕臨幸也。時大駕在蜀。

雄都元壯麗，曹子建：壯哉，佳麗殊百城。漢高帝見宮室壯麗，怒。蕭何曰：非壯麗不足重威。望幸欻威神。靈光殿賦：又似乎帝室之威神。又云：彰聖主之威神。甘泉賦：配帝宮之懸圃兮，象太一之威神。趙云：雄都，指言江陵也。司馬相如封禪文云：泰山、梁父設壇望幸。地利西通蜀，天文北照秦。趙云：孟子曰：天時不如地利。易曰：觀乎天文。而漢有天文志。西通蜀，則江自西而來，舟船之所通。秦，言長安。長安在荆渚之北也。風煙含越鳥，謝玄暉詩：風煙有鳥路，江漢限無梁。古詩：越鳥巢南枝。舟楫控吴人。未枉周王駕，顔延年車駕幸京口詩：虞風載帝狩，夏諺頌王遊。春方動宸駕，望幸傾五州。又，周御窮轍迹，夏載歷山川。周王駕，謂穆王滿也。趙云：列子載：穆王命駕八駿之乘，馳驅千里。終期漢武巡。漢武行幸雍。幸汾陰、滎陽。還至洛陽，瞻望河、洛。又南巡狩。甲兵分聖旨，居守付宗臣。蕭何，漢之宗臣。左傳：君行則居守。趙云：上句言車駕之出，禁兵隨衛也。分，則分其半以出，留其半於京矣。下句言有人爲留守也。早發雲臺仗，恩波起涸鱗。哀江南賦：猶有雲臺之仗。涸鱗，見「餘波期救涸」注。莊子：車轍中有鮒魚。趙云：雲臺，在後漢之南宮。梁丘遲侍宴餞徐州刺史應詔詩曰：肅穆恩波被。

江邊星月二首

驟雨清秋夜，金波耿玉繩。謝玄暉：金波麗鳷鵲，玉繩低建章。趙云：金波，以言月；玉繩，以言星。漢志：月穆穆以金波。天河元自白，江浦向來澄。趙云：元自、向來之字，公嘗使矣。蓋云：眉毛元自白，淚點向來垂。又曰：鑠石藤梢元自落，倚天松骨見來枯。映物連珠斷，史：五星如連珠。緣空一鏡升。古詩：破鏡飛上天。餘光隱更漏，況乃露華凝。謝莊詩：露華識猿音。趙云：末句言更漏之聲隱於星月餘光之中也。此則將曉，故言況乃露華凝也。露華凝墜，其客況可知矣。

右一

江月辭風纜，江星別霧船。雞鳴還曙色，鷺浴自清川。趙云：四句言曉見星月，當船行之時也。纜言風纜，船言霧船，則曉之景物也。歷歷竟誰種，謝惠連詩：亭亭映江月。古詩：天上何所有，歷歷種白榆。悠悠何處圓？沈休文詠月：清光信悠悠。謝莊月賦云：升清質之悠悠，降澄暉之藹藹。客愁殊未已，他夕始相鮮。趙云：四句有感而問星月也。他夕始相鮮，則又併言星與月於他夕見之，若客愁既止，則始悦其鮮明矣。

右二

舟月對驛近寺

更深不假燭，月朗自明船。陶潛：叩枻親月船。趙云：明字，與「殘夜水明樓」之法相似。金刹青楓外，朱樓白水邊。西京雜記：以黄金爲刹。杜補遺：釋氏要覽釋音云：梵言刹瑟，至唐言竿，今略言刹，即幡柱也。趙云：青楓外，則其刹之高矣。用青楓，則南方所有之木。朱樓，蓋驛樓也。馮衍顯志賦云：伏朱樓而四望。城烏啼眇眇，野鷺宿娟娟。皓首江湖客，鉤簾獨未眠。

舟中

風餐江柳下，雨卧驛樓邊。鮑照：風餐弄松宿，雲卧恣天行。結纜排魚網，連檣並米船。檣，船上帆竿也。今朝雲細薄，昨夜月清圓。飄泊南庭老，秖應學水仙。趙云：宋鮑照用風飡對雲卧，唐柳明獻用霞飡對雲卧。詩曰：魚網之設。世説：王脩齡曰：脩齡若飢〔一〕，自當問謝仁祖索食，不須陶胡奴米船也。南庭老，公自謂也。南庭者，南方之庭，猶北地謂之北庭耳。

【校勘記】

〔一〕「若」，原作「爲」，訛，據清刻本、排印本並參世説新語箋疏方正第五十二條改。

遣悶

地闊平沙岸，舟虚小洞房。沈休文：洞房殊未曉〔一〕。使塵來驛道，城日避烏檣。趙云：泊船之處近城，日爲城所障〔二〕，不照及檣，故云避烏檣。此公之巧句也。暑雨留蒸濕，江風借夕凉。行雲星隱見，趙云：雲合則星隱，雲過則星見也。疊浪月光芒。趙云：前浪後浪，月光皆照也。螢鑒緣帷徹，螢光可以照物，故曰螢鑒。蛛絲罥鬢長。哀箏猶憑几，嗚笛竟霑裳。趙云：初聞哀箏，猶忍淚憑几聽之而已。至聞嗚笛，則情不禁矣。於是乎淚竟霑裳也。魏文帝與吳質書有云：高談娛心〔三〕，哀箏順耳。倚著如秦贅，過逢類楚狂。賈誼傳：秦人家富子壯則出分，家貧子壯則出贅。注曰：亦猶人身體之有贅，非應所有也。楚狂接輿。氣衝看劍匣，任彥升：劍氣凌雲。又張華見劍氣衝斗。穎脫撫錐囊。平原君傳曰〔四〕：夫賢士之處世也，譬如錐之處囊中，其末立見。毛遂曰：使遂蚤得處囊中，乃穎脫而出，非特末見而已也。妖孽關東臭，兵戈隴右瘡。時清疑武略，世亂跼文場。餘力浮于海，語：道不行，乘桴浮于海。端憂問彼蒼。月賦：端憂多暇。詩云：彼蒼者天。百年從萬事，故國耿難忘。趙云：妖孽兩句，是吐蕃與盜賊耳〔五〕。蓋言當時之清，則以武略爲疑而不用；及世之亂，則文場跼而不展矣。兵書有黃石公三略。杜預贊曰：元凱文場，稱爲武庫。論語云：行有餘力。屈原有天問篇。從萬事，則言百年之內，任從事緒之多而惟有懷鄉不能已也。

【校勘記】

〔一〕「沈休文」，原作「謝玄暉」，檢「洞房殊未曉」句，文選卷二十七、梁詩卷七作沈約應王中丞思遠詠月，當是誤置，據改。

〔二〕「障」，文淵閣本作「倖」，訛。

〔三〕「娱」，原作「悟」，訛，據清刻本、排印本並參全三國文卷七曹丕與吴質書改。

〔四〕「平原君傳」，「平」字原奪，據文津閣本、文瀾閣本、清刻本、排印本並參史記卷七十六平原君傳補。

〔五〕「耳」，文淵閣本作「而」，訛。

江陵節度陽城郡王新樓成王請嚴侍御判官賦七字句同作

樓上炎天冰雪生，高飛燕雀賀新成。淮南子：大厦成而燕雀來賀。碧窗宿霧濛濛濕，朱栱浮雲細細輕。趙云：淮南子曰：南方曰炎天。高誘注曰：南方五月建午，火之中也，火性炎上，故曰炎天。顔延年夏夜詩云：炎天方埃鬱。當炎天而樓上生冰雪，則其高可知矣。窗含宿霧，拱帶浮雲，皆言其高。杖鉞褰帷瞻具美，賈琮爲冀州刺史。之部，升車言曰：刺史當遠視廣聽，糾察美惡，何有反垂帷裳以自掩塞乎？乃命御者褰之。投壺散帙有餘清。祭遵投壺雅歌。趙云：許靖與曹孟德書曰：昔營丘翼周〔一〕，杖鉞專征。謝靈運酬從弟惠連詩云：散帙問所知。自公多暇延參佐，江漢風流萬古情。庾亮鎮武昌，佐吏乘月登樓，不覺亮至，將避，亮曰：諸君少住，老子於此興復不淺。陶侃曰：亮非獨風流，兼有爲政之實。趙云：詩：自公退食。荀子云：其爲人也而多暇日，則其出入不遠。

【校勘記】

〔一〕「昔」，文淵閣本作「曹」，訛。

又作此奉衛王

西北樓成雄楚都，遠開山岳散江湖。二儀清濁還高下，陽清爲天，陰濁爲地，見照略。三伏炎蒸定有無。趙云：古詩云：西北有高樓。今樓恰在西北，故用之爲宜。遠開山岳散江湖，則樓之所臨者高，所望者遠矣。樓在楚都，故言山岳、言江湖。岳，則衡岳也。「二儀清濁還高下，三伏炎蒸定有無」，此雄健之語。皆樓之高，所見之大，而其氣之清也。梁元帝纂要曰：天地曰二儀。禮記云：天高地下。推轂幾年唯鎮静，馮唐傳：推轂遣將。趙云：推轂，以言衛王，奉命爲將。曳裾終日盛文儒。鄒陽：何王之門不可曳長裾！白頭授簡焉能賦，雪賦：授簡於司馬大夫。藝文志：登高能賦，可爲大夫。媿似相如爲大夫。

舟中出江陵南浦奉寄鄭少尹審

更欲投何處，飄然去此都。賈誼：何必懷此都。趙云：周庾信烏夜啼曲曰：御史府中何處宿。故對此都。成公綏嘯賦云：心滌蕩而無累，志離俗而飄然。形骸元上木，土木形骸。舟楫復江湖。社稷纏妖氣，左太沖：兵纏紫微。干戈送老儒。百年同棄物，萬國盡窮途。趙云：老子云：常善救物，故無棄物。萬國盡窮途，則多難之世，無適而不爲窮途也〔一〕。雨洗平沙淨，天銜闊岸紆。鳴螿隨泛梗，別燕起秋菰。宋玉：燕翩翩其辭歸。趙云：上兩句道景雄健，其下句尤奇矣。惟其闊，所以縈紆。周禮：冀州之澤藪曰揚紆。義蓋取此。螿音將，蟬也。螿得梗而托之，故隨泛梗而鳴。菰，雛胡也。燕集於菰叢之間，時當秋，則別之而起去矣。皆言時也。棲托難高臥，孔明高臥南陽。趙云：言其身方有所棲托，難於高臥以自安也。飢寒迫向隅。寂寥相呴沫，莊子云：魚相呴以濕，相濡以沫，孰若相忘於江湖。浩蕩報恩珠。趙云：前漢刑法志：滿堂飲酒，一人向隅而悲泣，皆爲之不樂。寂寥相呴沫，則無有相賙給之者〔二〕，故報恩之珠，亦浩蕩而無施也。報珠傳記所載凡三事。三輔決録曰：昆明池有魚，絶綸而去。夢於漢武帝求去鈎。帝明見大魚銜索。帝取放之。後三日，池邊得明珠一雙〔三〕。帝曰：魚之報也。又，搜神記曰：隋侯行見大蛇傷，因救治之。其後，蛇銜珠以報焉。其徑盈寸，夜光可燭堂，故歷世稱隋珠。又，噲參養母至孝。曾有玄鶴爲戈人所射，窮而歸參。參收養療治，瘡愈而放之。後鶴雌雄雙至，各銜明月珠報參。而報恩珠三字，則沈佺期云：漢皇靈沼上〔四〕，容有報恩珠。公之所用，當以魚事爲切。溟漲鯨波動，謝靈運：溟漲無端倪。衡陽雁影徂。蜀都賦云：候雁銜蘆。木落南翔，冰泮北徂。南征問懸榻，陳蕃爲樂安太守，禮郡人周璆。字而不名，特爲置一榻，去則懸之。東逝想乘桴。語：乘桴浮于海。趙云：溟漲鯨波動，所以引東逝想乘桴；衡陽雁影徂，所以引南征問懸榻。南征，南往也。出楚詞。懸榻，有兩事。陳蕃禮周璆，及其禮徐孺子亦然。濫竊商歌聽，北山移文：竊吹草堂〔五〕，濫巾北岳。七啓云：此甯子商歌之秋也。時憂卞泣誅。楚人卞和以玉璞三獻，不遇楚王，遂再刖其足。**經過憶鄭驛，**鄭莊置驛。**斟酌旅情孤。**趙云：琴操曰：卞和者，楚野民。得玉，獻懷王。王使樂正子占之，言石。王以爲欺謾，斬其一足。懷王死，子平王立，和復獻之。平王又以爲欺，斬其一足。平王死，子立爲荊王。和復欲獻之，恐復見害，乃抱其玉而哭，晝夜不止，涕盡續之以血。荊王遣問之。於是和隨使獻玉。王使剖之，中果有玉。乃封爲陵陽侯。卞和不就而去，作退怨之歌曰：悠悠沂水經荊山，精氣鬱泱谷巖巖。中有神寶灼明明，穴山采玉難爲功。於何獻之楚先王，遇其闇昧信讒言。斷截兩足離余身，俛仰嗟嘆心摧傷！紫之亂朱粉墨同，空山歔欷涕龍鐘。天鑒孔明竟以彰，沂水滂沛流于汶。進寶得刑足離分，斷者不續豈不怨！斟酌旅情孤，言鄭監必測度我旅情之孤也。鮑照和王丞詩：斟酌高代賢。

【校勘記】

〔一〕「則」，文淵閣本脱。

〔二〕「有」，文淵閣本作「以」。

〔三〕「雙」，文淵閣本作「隻」，訛。

〔四〕「靈沼」，全唐詩卷九十七沈佺期移禁司刑作「虚詔」。

〔五〕「竊」，文選卷四十三、全齊文卷十九孔稚圭北山移文作「偶」。

江南逢李龜年

自注：崔九，即殿中監崔滌，中書令湜之弟。

岐王宅裏尋常見，崔九堂前幾度聞。正是江南好風景，落花時節又逢君。明皇雜録云：上素曉音律。時有馬仙期、李龜年、賀懷智，皆洞知律度。龜年特承顧遇，後流廢江南，每遇良晨勝景，常爲人歌數闋。座上聞之，莫不掩泣罷酒。趙云：南史：沈約謂王筠曰：不謂疲暮，復逢於君。

官庭夕坐戲簡顏十少府

南國調寒杵，西江浸日車。客愁連蟋蟀，亭古帶蒹葭。趙云：南國，楚地也。詩：滔滔江漢，南國之紀。杵謂之調，庾信夜聽擣衣詩云：調聲不用琴。又畫屏風詩曰：擣衣明月下，静夜秋風飄。錦石平砧面，蓮房接杵腰。急節迎秋韻，新聲入手調。寒衣須及早，將寄霍嫖姚。日車字，則淮南子曰：日乘車，駕以六龍，羲和爲馭。而李尤云安得猛士翻日車也。蟋蟀字，見於毛詩七月篇，以爲歲候。此所以客愁連之矣，故對蒹葭。其字則亦出詩也[一]。不返青絲鞚，虛燒夜燭花。老翁須地主，細酌流霞。趙云：鞚，馬勒也。青絲爲之耳。古詩所謂青絲絡頭是已。吳書孫奂傳：黄武五年，權攻石陽。奂以地主，使所部將軍鮮于丹帥五千人先斷淮道。抱朴子載：項曼都言到天上，仙人以流霞一杯飲之。鮑明遠詩：細酌對春風。公嘗用云：細酌老江干。

【校勘記】

〔一〕「則」，文淵閣本作「而」。

秋日荊南述懷三十韻

昔承推奬分，媿匪挺生材。左思蜀都賦：揚雄含章而挺生。遲暮宮臣忝，陸機詩：矯迹厠宮臣。艱危衮職陪。詩：衮職有闕。趙云：拾遺通籍於朝，斯爲宮臣。在肅宗行在拜之，則艱危之時也。杜補遺：唐六典注云：補闕拾遺，武后垂拱中置，取山甫補衮闕名官。子美肅宗時爲左拾遺，故云。揚鑣隨日馭，折檻出雲臺。朱雲折檻。顯宗畫二十八將於雲臺。趙云：上句言其扈從也。拾遺補闕之職，皆得扈從。日馭，以言乘輿也〔一〕。下句言其諫諍不合而出也。房琯以陳陶斜之敗，公上疏論琯不宜廢免。肅宗出甫爲華州功曹。出雲臺，則離雲臺而出官也。罪戾寬猶活，干戈塞未開。趙云：上句則上初欲誅甫，賴張鎬救之而得免也。星霜玄鳥變，古詩：秋蟬鳴樹間，玄鳥逝安適。身世白駒催。莊子知北遊：人生天地之間，若白駒之過隙。何自苦如此。又酈生説魏豹，豹謝曰：人生一世間，如白駒過隙。趙云：玄鳥，燕也。玄鳥變，則言燕之或來或去爲變也。星霜之中見玄鳥變，則不一其年矣。白駒，以譬光陰之超忽，如其馳去。伏枕因超忽，扁舟任往來。九鑽巴噀火，語：鑽燧改火。欒巴噀酒，以救蜀火。三蟄楚祠雷。鮑云：山谷簡王觀復曰：子美入蜀下峽年月，詩中可見。其曰：九鑽巴噀火，三蟄楚祠雷。則往來蜀中凡十二年也。趙云：兩句止通言九年中事，非謂十二年也。公乾元二年歲在己亥，十二月一日，自隴右赴劍南，十二月末到成都。自庚子至今歲大曆三年之清明，歲在戊申，是爲九年。公前有月詩云：二十四回明，次公定爲二月望夜詩，而續有大曆三年白帝放船出瞿唐峽詩，則猶在夔州。可見是年清明矣。使鑽火字，則見其爲清明也。巴噀火，則欒巴所噀之火，以形容其在成都及東川及夔州，皆爲蜀地也。公以大曆三年春，方離夔州，發白帝下峽，泊舟江陵，秋晚寓公安縣，歲暮發公安至岳州，則二年之秋八月，元年之秋八月，通三年之秋八月，在夔，在江陵。是爲雷之三蟄矣。雷以二月而奮，以八月而蟄。謂之楚祠雷，則楚人所祠之雷，蓋楚人好祠祭也。夔以寒食言之，則係之蜀；又以祠雷言之，則係之楚。蓋以夔在六國爲楚地，初不相妨也。若不如此解，則九與三之義難考矣。所見如此，以俟博聞。

望帝傳應實，見杜鵑詩注。昭王問不回。僖四年傳：齊侯伐楚，曰：昭王南征而不復，寡人是問。趙云：上句以言成都之所聞。按成都記：杜宇既禪位於鱉靈，遂升西山隱。時適二月，杜鵑方鳴。民俗思宇，因號爲杜鵑，以誌其隱去之期。或曰：杜鵑即望帝精魂所化也。

蛟螭深作横，豺虎亂雄猜。趙云：兩句雖以言水宿山行之所有，而因托以興焉。蓋是時有跋扈之强臣、賊盜之巨猾故也。

素業行已矣，浮名安在哉！趙云：史云：家承素業。安在哉三字，公通此凡七使。蓋阮籍詠懷云：梁王安在哉。

琴烏曲怨憤，庭鶴舞摧頹。琴烏曲，烏夜啼也，吴人舞白鶴於市。補遺：琴曲有長清、短清、幽蘭、白雪、風入松、烏夜啼。吴兢古樂府解題云：烏夜啼，宋臨川王義慶造也。鮑明遠舞鶴賦：始連軒以鳳蹌，終宛轉而龍躍。躑躅徘徊，振迅騰摧。趙云：其所怨憤，寄之琴曲，則烏夜啼也，而庭鶴爲之舞矣。

秋水漫湘竹，湘妃揮淚灑竹，竹皆班。陰風過嶺梅。大庾嶺多梅，人號梅嶺。趙云：句則因所往之地，而言其時也。張華博物志曰：舜死，二妃淚下，染竹即班。妃死，爲湘水神，故曰湘妃竹。秋水漫湘竹，則預言秋時過湘潭也。大庾嶺多梅，當陰風時，經過於嶺上之梅，則公預言其冬時至嶺上也。

苦搖求食尾，司馬子長報任少卿書曰：猛虎在深山，百獸震恐，及在檻穽之中，搖尾而求食，積威約之漸也。常曝報恩腮。三秦記：江海集龍門，魚登者化龍，不登者點額曝腮。結舌前漢：博士結舌而不談。又，鉗口結舌。防讒柄，探腸有禍胎。枚乘：福有基，禍有胎。趙云：既爲客矣，求食所不得已。報恩所不能忘[二]，而又結舌探腸，則以防患焉。齊武帝謂臨賀王曰：汝包藏禍胎。蒼茫步兵哭，阮籍爲步兵，哭途窮。展轉仲宣哀。王粲流離，作七哀詩。飢藉家家米，愁徵處處杯。休爲貧士嘆，任受衆人咍。得喪初難識，榮枯劃易該。趙云：兩句所以起論世人之榮枯，可以該了也。差池分組冕，合沓起蒿萊。不必伊周地，皆登屈宋才。以言其榮。漢庭和異域，晉史拆中台。霸業尋常體，宗臣忌諱災。以言其枯也。差池分組冕，合沓起蒿萊。不必伊周地，皆登屈宋才。伊尹、周公、屈原、宋玉。趙云：詩言：燕燕于飛，差池其羽。以飛譬之也。而分組綬、冠冕之貴，其重沓而來，則特起於蓬蒿草萊之間耳。伊尹，周公之所任，則宰輔之地。今也不必於宰輔，所登用者，皆如屈原、宋玉之才也。漢庭和異域，前漢匈奴傳贊：和親之論，發於劉敬。晉史拆中台。晉中台拆而張華誅。霸業尋常體，宗臣忌諱災。趙云：上句以比當時遣使和吐蕃而不即歸者矣。次句則又必有以罪誅者。晉史，則晉之太史以天文爲告也，非史籍之史。中國之於夷狄[三]，甘心於和親，此霸業尋常之體也。而大臣充使，或留或誅，則宗臣以爲忌諱矣。群公紛戮力，聖慮窅徘徊。趙云：自此而下，論所以致太平之事矣。羽獵賦云：群公常伯，陽朱墨翟之徒也。群公之戮力，至於紛然，又煩聖慮之軫及，而窅然徘徊，則吐蕃之所因如此。數見銘鍾鼎，季武子作林鐘之銘，銘魯功。衛孔悝鼎銘。真宜法斗魁。隋志：北斗一至四爲魁，五至七爲杓也。趙云：上句則群公功成，而鐘鼎之可銘；下句則聖慮之號令，當法之北斗。晉天文志：斗杓，人君之象，號令之主也。願聞鋒鏑鑄，賈誼過秦論：銷鋒鏑，鑄以爲金人十二。莫使棟梁摧。衛玠卒，謝鯤哭之曰：梁棟折，不覺哀。杜補遺：願聞鋒鏑鑄，若家語顔回云：願鑄劍戟以爲農器是也。晉陸玩拜司空，謂賓客曰：以我爲三公，是天下無人矣。索酒酹柱間地，祝曰：當今乏才，以爾爲柱石之臣，莫傾人棟梁！

盤石圭多翦，漢高帝封子弟，曰盤石之宗〔四〕。成王封唐叔〔五〕，翦桐葉爲圭。凶門轂少推。杜補遺：李衛公對唐太宗曰：古者出師命將，齋三日，授之以鉞，推其轂。又曰：古者命將授鉞推轂，鑿凶門而出。趙云：轂少推，望其息兵而不崇將臣也。

垂旒資穆穆，禮：天子穆穆。祝網但恢恢。成湯祝網。老子：天網恢恢。趙云：傳曰：天子垂旒，所以蔽明也；黈纊塞耳，所以蔽聰也。蓋言垂拱無事者如此。成湯出見羅者，方祝曰：從天下者，從地出者，四方來者，皆入吾羅。湯曰：嘻！盡之矣，非桀，其孰能爲此哉！乃命解其三面而置其一面。更教之祝曰：欲左者左，欲右者右，欲高者高，欲下者下，吾取其犯命者〔六〕。諸侯聞之，咸曰：湯之德，至矣！澤及禽獸，況於人乎！

赤雀翻然至，黃龍不假媒。春秋孔演圖曰：鳥化爲書，孔子奉以告天，赤雀集書上，化爲黃玉。後漢：黃龍見于譙。趙云：赤雀、黃龍，則言祥瑞之至矣。遁甲曰：赤雀不見則國無賢。白雀不降則無後嗣。注：赤雀主銜書，陽精也。白雀主銜錢，陰精也。在王者言之，則尚書中候曰：赤雀銜丹書入豐，止於昌前。昌則文王之名也。瑞應圖曰：黃龍者，四龍之長。王者不漉池而漁，則應和氣而遊於池沼。在帝王言之，則龍魚河圖曰：黃龍負圖，從河中出付黃帝。帝令侍臣寫以示天下。又曰：黃龍從洛水出，詣虞舜，鱗甲成字。令左右寫文竟，龍去。其後漢文帝時，見成紀；宣帝時，見新豐；光武時，見於河；章帝時，四見；安帝時，見歷城；哀帝時，見潁川；魏時，見不一。至，則如孔子之鳳鳥不至之至。媒，則前漢樂歌曰：天馬徠，龍之媒。

賢非夢傅野，高宗夢得説于傅巖之野。隱類鑿顔坏。揚雄傳：或鑿壞以遁。莊子：魯君聞顔闔賢，欲以爲相。使者往聘，因鑿後垣而亡。坏，壁也。自古江湖客，冥心若死灰。莊子曰：心若死灰。趙云：四句則公自言也。

【校勘記】

〔一〕「以」，文淵閣本無。

〔二〕「能忘」，文淵閣本作「得忌」，訛。

〔三〕「夷狄」，文淵閣本作「外裔」。案，「外裔」二字爲文淵閣本所改，先後解輯校已帙卷二此詩引趙次公原注〔一九〕作「夷狄」，可證。

〔四〕「漢高帝」，原作「漢文帝」，據史記卷十孝文本紀、漢書卷四文帝紀載宋昌進言改。

〔五〕「唐叔」，原作「康叔」，文津閣本作「庸叔」，均訛，據史記卷三十九晉世家、初學記卷十帝戚部「晉桐葉」條改。

〔六〕「者」，文淵閣本無。

哭李尚書之芳

漳濱與蒿里，逝水竟同年。劉公幹詩云：竄身清漳濱。李延年分送喪歌爲二等，薤露送王公貴人，蒿里送士大夫庶人。使挽柩者歌之，爲挽歌也。趙云：首兩句言病而即死也。逝水之義〔一〕，起於論語：子在川上曰：逝者如斯夫。而劉公幹詩有云：逝者如流水，哀此遂離分。欲挂留徐劍，見把劍覓徐君句注。猶迴憶戴船。見應尋戴安道注。趙云：史記曰：吴季札之初使，北過徐。徐君好季札劍，口不敢言。季札方爲使上國，未獻。還至徐，徐君已死，乃解其寶劍，繫徐君冢樹而去。語林曰：王子猷居山陰，大雪夜，開室命酌，四望皎然，因詠招隱詩，忽憶戴安道，時在剡，乘興棹舟，經宿方至，既造門而返。或問之，對曰：乘興而來，興盡而返，何必見戴安道耶？**相知成白首，此别間黄泉。**左傳：不及黄泉，無相見也。**風雨嗟何及，江湖涕泫然。**風雨何嗟及矣。趙云：成白首字，潘安仁詩投分寄石友，白首同所歸也。嗟何及字，出詩：何嗟及矣。涕泫然字，文中子云：泫然流涕。**修文將管輅，奉使失張騫。**趙云：王隱晉書載：鬼蘇韶見其弟，謂曰：顔淵、卜商，今爲地下修文郎〔二〕。有八人，韶自言其一也。貼之以將管輅，則李尚書之有奇才，應如魏之管輅也。前漢：張騫以郎應募，使月氏，至大夏而竟。歸漢，拜太中大夫。劉孝標辨命論曰：臣觀管輅英偉，珪璋特秀，實海内之名傑，豈日者卜祝之流乎！將管輅，則修文郎有八人，將如管輅者，亦預之矣。或曰：將，攜之而去。亦通。奉使失張騫，李尚書充使而死也。**史閣行人在，**周禮：大行人，小行人。**詩家秀句傳。**趙云：行人，又申言其奉使。閣，則言其書之史册也。**客亭鞍馬絶，旅櫬網蟲懸。**沈休文詩云：網蟲垂户織。**復魄昭丘遠，**登樓賦云：西接昭丘。昭丘，楚昭王之墓。**歸魂素滻偏。**宋玉：魂兮歸來。趙云：此言其死於道路矣。鮑照詩：鞍馬光照地。儀禮喪禮有復。注：復者〔三〕，有司招魂復魄也〔四〕。昭丘，按荆州圖經，在當陽東南七十里。復魄昭丘遠，則李尚書寄居荆南，其櫬歸而復，則所以爲遠。素滻，長安之水也。潘安仁西征賦云：南有玄灞素滻。歸魂素滻偏，則李尚書乃長安人也。**樵蘇封葬地，喉舌罷朝天。**李固云：陛下之有尚書，猶天之有北斗。斗爲天之喉舌，尚書亦猶陛下之喉舌。趙云：上句則大臣之墓，其前後左右禁樵牧也。喉舌罷朝天，則已死矣，不復以是任而見天子也。**秋色凋春草，王孫若箇邊。**劉安招隱：芳草兮萋萋，王孫兮不歸。

【校勘記】

〔一〕「逝」，文淵閣本作「遊」，訛。

〔二〕「修文郎」三字，文淵閣本無。

〔三〕「者」，文淵閣本作「也」。

〔四〕「招魂復魄」，「魄」諸校本作「魂」。

重題

涕泗不能收，哭君餘白頭。兒童相顧盡，宇宙此生浮。江雨銘旌濕，檀弓：銘，明旌也。湖風井逕秋。鮑明遠蕪城賦云：邊風急兮城上寒，井逕滅兮丘隴殘。還瞻魏太子，賓客減應劉。趙云：兒童相顧盡，一作相識盡，則言自兒童時與李尚書相識〔一〕。若作相顧盡，則言與李尚書之諸子更相顧視，一一已盡而無説矣。末句公自注：外應劉字，應，則應瑒，字德璉；劉，則劉楨，字公幹。曹丕與吴質書曰：徐、陳、應、劉，一時俱逝。蓋皆當丕爲太子時相從之客也。公前有寄薛尚書云：曾是接應徐。亦此四子中之二者。

【校勘記】

〔一〕「童」，文淵閣本作「重」，訛。

獨坐

悲愁迴白首，倚杖背孤城。江斂洲渚出，天虛風物清。趙云：舊本悲愁，師民瞻本作悲秋，是。蓋悲愁字，雖出楚詞余萎約而悲愁，然是兩字。惟宋玉之悲秋，故對倚杖。鮑明遠云：倚杖牧雞豚。以江之斂，故洲渚出。謝惠連蕭條洲渚際也，故對風物，其字熟矣，如宋儋亦云：秋盡野外，草木變衰。長郊蕭條，風物淒緊。今於法帖中可見。滄溟服一作恨。衰謝，朱紱負平生。趙云：在滄溟之中，甘服衰謝。此亦「乾坤一腐儒」之勢也。負平生，言其無所用於時也。平生，祖出論語久要不忘平生之言。仰羨黃昏鳥，投林羽翮輕。

暮歸

霜黃碧梧白鶴棲，城上擊柝復烏啼。客子入門月皎皎，誰家擣練風淒淒。詩：風雨凄凄。南渡桂水闕舟楫，北歸秦一作洛。川多鼓鞞。年過半百不稱意，明日看雲還杖藜。趙云：梧之碧葉爲霜所黄也。城上，白帝城也。易：重門擊柝。烏啼，則後漢謡所謂城上烏，而樂府有烏夜啼之曲也。客子，公自謂也。選詩：客子常畏人。古詩：明月何皎皎，照我羅床幃。「秦川多鼓鞞」，則時吐蕃之兵未息。秦川，一作洛川，非，洛未嘗言川也。

移居公安敬贈衛大郎鈞

衛侯不易得，余病汝知之。雅量涵高遠，清襟照等夷。趙云：不易得字，公嘗用曰「神仙之人不易得」。南史：袁憲字德章，幼聰明好學有雅量。袁粲於王儉詩云：老夫亦何寄，之子照清襟。平生感意氣，少小愛文辭。河海由來合，風雲若有期。趙云：「河海由來合」，所以言意氣之感也。書曰：北播爲九河，同爲逆河，入於海，風雲若有期，所以言其文辭之必效也。形容勞宇宙，質朴謝軒墀。自古幽人泣，流年壯士悲。趙云：此則公自言也。上句以言其憔悴而空老於世，下句以言無復入仕於朝廷。易：幽人貞吉〔一〕。項羽目樊噲云：壯士！水煙通徑草，秋露接園葵。入邑豺狼鬬，傷弓鳥雀飢。趙云：上兩句述其移居公安之地也。選詩云：輕風摧勁草〔二〕。史記云：公儀休，拔其園葵。舊注引陸士衡園葵詩，在後矣。豺狼、鳥雀，以比賊盜、窮困之民。白頭供宴語，烏几伴棲遲。交態遭輕薄，今朝豁所思。趙云：白頭，公自言也。供宴語，言可以供衛之語。烏几，烏皮几也。伴棲遲，則遷於公安，惟有烏几爲伴耳。翟公題門云：一貧一富，乃知交態。古詩：五陵輕薄兒。「今朝豁所思」，則以美衛鈞也。

【校勘記】

〔一〕「貞」，原作「正」，係避諱，此改。

〔二〕「勁」，原作「徑」，訛，據文選卷二十九、晉詩卷七張協雜詩十首其四改。

公安送韋二少府匡贊

逍遥公後世多賢，送爾維舟惜此筵。趙云：逍遥公，杜補遺引北史：韋夐字敬遠，孝寬之兄。志尚夷簡，淡於榮利。所居之宅，枕帶林泉。對玩琴書，蕭然自適，時人號爲居士。周明帝以詩貽之曰：誰能同四隱，來參予萬機。夐願時朝謁。帝大説，勅有司日給河東酒一斗，號曰逍遥公。又引唐史云：韋嗣立爲中書門下三品，嘗於驪山建營别業，中宗親往幸焉，自製詩序，令從官賦詩，因封嗣立爲逍遥公，名其所居爲清虚原、幽棲谷。且云以二史考之，子美稱逍遥公，乃韋夐，非嗣立也，故世系表爲韋氏九房，以夐之後爲逍遥公房，嗣立之後爲小逍遥公房，蓋以别之也。念我常能數字至，將詩不必萬人傳。趙云：頷聯言思念我則寄將我之詩去，則不必傳之萬人也。時危兵甲黄塵裏，日短江湖白髮前。腹聯兩句，其句法不同。上句言當時危之際，與韋二皆在兵甲黄塵之裏。蓋有兵甲則有黄塵，此時危之事也。黄塵字，曹子建感節賦：大風隱其四起，揚黄塵之冥冥。下句則言髪已白矣，而短景中之江湖在其前，蓋指相聚之地也。

古往今來皆涕淚，斷腸分手各風煙。趙云：斷腸字，多矣。如謝靈運憶山中詩云：楚人心苦絶〔一〕，越客腸今斷。鮑照東門行曰：野風吹秋木，行子心腸斷。而别賦云行子腸斷也。謝宣遠送王撫軍詩：分手東城闉。謝玄暉八公山詩「風煙四時犯〔二〕，霜雨朝夜沐」也。

【校勘記】

〔一〕「苦」，文選卷二十六、宋詩卷三謝靈運道路憶山中詩作「昔」。

〔二〕「謝玄暉八公山詩」二句，「謝玄暉」原作「劉玄暉」，文瀾閣本、清刻本、排印本作「劉元暉」，檢「風煙四時犯」二句，文選卷三十、齊詩卷三作謝玄暉和王著作融八公山詩，當是誤置，據改。

贈虞十五司馬

遠師虞祕監，今喜識玄孫。形象丹青逼，家聲器宇存。凄凉憐筆勢，浩蕩問詞源。爽氣金天豁，清談玉露繁。佇鳴南岳鳳，欲化北溟鯤。趙云：虞祕監者，世南也。陸雲傳云：爲浚儀令去官，百姓圖畫形象。太史公云：李陵頹其家聲。王徽之云：西山朝來，致有爽氣[一]。此借用於人耳。晉書：終日清談而已。露繁字韻，董仲舒有繁露之書也。劉公幹詩：鳳皇集南岳，徘徊孤竹根。故對北溟鯤。其字，則北溟有魚，其名爲鯤也。交態知浮俗，儒流不異門。趙云：交態字，鄭莊傳：翟公題門曰：一貧一富，乃知交態。故對儒流。其字則儒家者流也。史記云同門而異户也。過逢連客位，日夜倒芳樽。沙岸風吹葉，雲江月上軒。百年嗟已半，四座敢辭喧。趙云：客位字，沈休文云：客位紫苔生。別賦云：月上軒而飛光。古詩香爐詩云：四座且莫喧，願聽歌一言。今云敢辭喧，豈言敢辭去喧譁，而拘拘喑默，此所以終倒芳樽之歡也。書籍終相與，青山隔故園。趙云：此暗用蔡邕盡舉其家所有之書以與王粲。又，南史：王筠，字元禮。沈約見筠文，咨嗟而歎曰：昔蔡伯喈見王仲宣，稱曰王公之孫，吾家書悉當相與。僕雖不敏，請附斯言。今公所云，正欲以書籍相與，但故園隔在青山之外耳。

【校勘記】

〔一〕「王徽之」三句，「王徽之」原作「王獻之」，檢「西山朝來」二句，世説新語箋疏簡傲第十三條作王徽之之語，據改。

公安縣懷古

野曠吕蒙營，江深劉備城。寒天催日短，風浪與雲平。灑落君臣契，飛騰戰伐名。維舟倚前浦，長嘯一含情。趙云：吳將呂蒙營於公安，劉備曾爲荆州牧，故今句及之。「灑落君臣契」，則又言先主之與諸葛也。「飛騰戰伐名」，則以言呂蒙之爲將也。含情，則亦弔古之意也。

公安送李二十九弟晉肅入蜀余下沔鄂

趙云：晉肅乃李賀之父也。當時以賀父名晉肅，不得令舉進士。韓退之有辯，在韓集。

正解柴桑纜，仍看蜀道行。檣烏相背發，塞雁一行鳴。趙云：上句公將下沔鄂。次句送晉肅入蜀。檣烏，則船檣上刻爲烏形，取占風之義。一往南，一往蜀，此所以爲背發也。「塞雁一行鳴」，則言其別之時也。南紀連銅柱，西江接錦城。憑將百錢卜，飄泊問君平。趙云：南紀字，唐天文志云〔一〕：東循嶺徼，達甌閩，是謂南紀，所以限蠻夷也。非是。詩云：湯湯江漢〔二〕，南國之紀。銅柱，馬援所建，在驩州之東南極角也。「南紀連銅柱」一句，又公自言其下沔鄂而儘南往矣。自西江而上泝，是爲接錦城。末句因晉肅入蜀，故有君平之問。

【校勘記】

〔一〕「唐」，原作「廣」，參本集卷十三後苦寒二首其一校勘記〔二〕。

〔二〕「湯湯」，清刻本、排印本作「滔滔」。

宴王使君宅二首

漢主追韓信，蒼生起謝安。吾徒自漂泊，世事各艱難。趙云：首兩句取古二人功名之事言之，引下句也。逆旅招邀近，他鄉意緒寬。不才甘朽質，高卧豈泥蟠。趙云：上兩句言皆在逆旅之中，以相招邀，可以寬意緒也。莊子：逆旅者有二妻。古樂府：他鄉各異縣。「不才甘朽質」，所以自處之語。「高卧豈泥蟠」，則所以自謙也。左傳有言才子不才子。

右一

泛愛容霜鬢，留歡上夜闌。一作卜夜閑。自吟詩送老，相勸酒開顔。趙云：舊本霜髮，師民瞻本作霜鬢，是。孔子曰：泛愛衆而親仁。其後遂以泛愛爲朋友，則殷仲文南州桓公九井作云「廣筵散泛愛」是已。舊本正作卜夜閑。卜夜字，左傳云：臣卜其晝，未卜其夜也。一作上夜闌，蓋以公父諱閑，當避閑字也。殊不知公有云：雙雙戲蝶過閑慢〔一〕，則亦臨文不諱矣。然今句當以上夜闌爲正，蓋首兩句便對，而夜闌字方對霜鬢也。又於留歡爲相應，蓋如陳遵閉門投轄者矣。戎馬今何地，鄉園獨舊山。江湖墮清月，酩酊任扶還。趙云：老子云：戎馬生於郊。末句，月使墮字，奇矣。李白亦云：更看江月墮清波。

右二

【校勘記】

〔一〕「雙雙戲蝶過閑幔」，「雙雙」本集卷三十六小寒食舟中作詩作「娟娟」，「慢」小寒食舟中作詩作「幔」。

留別公安太易沙門

隱居欲就廬山遠，麗藻初逢休上人。數問舟航留製作，長開篋笥擬心神。趙云：廬山遠，謂惠遠大師。休上人，則詩僧湯惠休也。「數問舟航留製作」，言來問公而留公之製作也。長開篋笥擬心神，言爲太易而開篋笥，於是心神擬議合與其何篇也。沙村白雪仍含凍，江縣紅梅已放春。先踏鑪峰置蘭若，徐飛錫杖出風塵。趙云：上林賦云：其北則含凍裂地，涉冰揭河。末句，公蓋言先往廬山路香鑪峰求置蘭若之地，請太易師飛錫而來也。孫綽天台山賦：應真飛錫以躡虛。

秋日荊南送石首薛明府辭滿告別奉寄薛尚書頌德叙懷斐然之作三十韻

趙云：石首縣，江陵屬縣也，以山得名。頌德叙懷四字，今世所謂紀德陳情也。

南征爲客久，西候別君初。歲滿歸鳧舄，趙云：西候，屬西之時候，乃秋日也。鳧舄，以言薛明府之爲縣令，即王喬之乘鳧，乃尚方舄事也。秋來把雁書。趙云：秋來把雁書，應是得其兄尚書之書也。雁書事，蘇武〔一〕。荊門留美化，唐蕭銑屯軍荊門，號荊門軍，在夷陵。趙云：上句指言其自石首替也。江陵府在唐管縣八，而石首其一也。荊門於唐亦是江陵府縣名。今石首替罷，而謂之荊門留美化，其取江陵府，古謂之荊州也。姜被就離居。續漢書：姜肱兄弟三人，皆以孝行著名。肱年長，與二弟共被卧〔二〕，親友如此。趙云：下句則言兄弟相見也。詩云：美化行乎江漢之域。書云：用蕩析離居也。聞道和親入，見「肯慮白登圍」注。趙云：此言薛尚書之充使也。垂名報國餘。趙云：唐之於吐蕃，初妻以金城公主，而叛服不常。至永泰、大曆間，再遣使者來聘，於是户部尚書薛景仙往報。新書所載如此，則薛尚書者，乃薛景仙乎？連枝不日並，八座幾時除。見「起居八座太夫人」注。景帝紀注：凡言除者，除故官，就新官。趙云：言尚書之與薛石首不日相並連枝，則如木之連理枝也。往者胡星孛，胡星，旄頭也。孛星光芒短，其光四出，蓬蓬孛孛然。趙云：上句指言安禄山也。天文志：旄頭，胡星也。凡星之妖所躔曰孛。恭惟漢網疎。漢刑法志：禁網疎闊〔三〕。趙云：下句指言明皇之寬大也。風塵相澒洞，洞簫賦：風洪洞而不絶。澒洞，相連貌。趙云：凡兵之地謂之風塵。如隋顔之推古意詩云：歌舞未終曲，風塵闇天地。澒洞字，出淮南子曰：未有天地之時，鴻濛澒洞，莫知其門。而文選止使洪洞字，其音亦從去聲。天地一丘墟。王粲詩：崤函復丘墟〔四〕。趙云：一丘墟，則人民寡而城郭荒矣。殿瓦鴛鴦坼，鄴都銅雀臺，皆鴛鴦瓦。庾信賦：昔爲一雙瓦，飛入魏王宮。趙云：鴛鴦瓦事，魏志：文帝問周宣曰：吾夢殿屋兩瓦墜地，化爲鴛鴦，何也？宣對曰：後宮當有暴死者。帝曰：吾詐卿耳。宣曰：夫夢者，意耳。苟以形言，便占吉凶。言未卒，黃門令奏宮人相殺。宮簾翡翠虛。西京雜記有翡翠簾。鉤陳摧徼道，西都賦：周以鉤陳之位，衛以嚴更之署。又云：周廬千列，徼道綺錯。趙云：鉤陳，星名，主天子後營。摧徼道，則鉤陳之營，摧頹於徼道中也。槍纍失儲胥。長楊賦：木擁槍纍，以爲儲胥。注：槍纍，作木槍，相纍爲栅也。儲胥注：武帝先作迎風館於甘泉山，後加露寒、儲胥二館。趙云：木槍，相纍爲栅。擁禽獸使不得出。此文選張銑所注。其在揚雄本傳。師古云：言有儲畜以待所須也。公詩句直用揚雄賦而已。蓋言槍纍之壞，所以於儲胥爲失也。舊注却是言甘泉宮中事，不知上四句以言京師之陷，而宮殿之毀也。文物陪巡狩，親賢病拮据。公時呵猰貐，猰貐，摩牙而食人。杜云：爾雅：猰貐，類貙，虎牙，食人。趙云：巡狩，指言肅宗之在鳳翔也。文物陪，則言衣冠集於此也。鴟鴞之詩曰：予手拮据。注云：拮据，撠挶也。言爲巢之至苦，其手病也。親與賢皆病，則勞於討賊之事也。猰貐，惡獸。首唱却鯨魚。見上「京觀且僵尸」注云。趙云：鯨魚，大魚。勢愜宗蕭相，蕭何也。趙云：蕭相，而自注云郭令公。漢書云：蕭何，國之宗臣也。勢愜，言討賊之勢愜順也。材非一范睢。史記載：范睢逃魏齊之辱，入秦爲相，終復魏齊之讎。趙云：自注云：諸名將，蓋秦拜范睢爲客卿，謀兵事，卒聽其謀，使五大夫綰伐魏伐韓，大破趙於長平。此皆范睢之謀，有益於秦者，故以比諸名將。屍填太行道，血走浚儀渠。太行山，在河北。浚儀渠，汴河也。趙云：太行，在幽、燕；浚儀，在梁。滏口師仍會，趙云：滏水，光、黃之間。函關憤已攄。趙云：函關，則函谷關是已。於是復京師矣，下四句是也。紫微臨大角，隋天文志：紫微，大帝之座也。又，大角一星在攝提間，天王座也。又名天棟。趙云：言肅宗還長安也。「紫微臨大角」，則帝星臨王座也。皇極正乘輿。皇極乘輿，天子輦屬。趙云：洪範曰：建用皇極。史曰：乘輿返正。「皇極正乘輿」，則大中之道復正也。賞從頻峨冕，殊私再直廬。僖二十四年傳：晉侯賞從亡者。趙云：公嘗曰：峩冕耿金鍾。今對直廬，則直宿殿廬也。豈惟高衛霍，曾是接應徐。衛青、霍去病。趙云：衛、霍，漢之大將。「曾是接應徐」，此薛公又加太子賓客之職故耶？徐、陳、應、劉，蓋皆曹丕爲太子時所從之人也。觀後篇哭李尚書而云：還瞻魏太子，賓客減應劉。公自注云：李公歷禮部尚書，薨于太子賓客，可見矣。降集翻翔鳳，賈誼賦：鳳凰翔于千仞兮，覽德輝而下之。趙云：於降集之間，如翔鳳之翻。言兄弟之翱翔也。追攀絶衆狙。莊子云：朝三暮四，衆狙皆怒。趙云：相與追攀而絶衆姦之喜怒，故以狙譬焉。侍臣雙宋玉，宋玉，楚襄王大夫也。戰策兩穰苴。穰苴有司馬兵法。趙云：蓋當時亦必有妬熱者矣。宋玉，楚襄王大夫，有文章。今以侍臣言之，則文才如雙宋玉。穰苴善用兵，有司馬兵法。今以戰策言之，則武略如兩穰苴。乃所以美薛之兄弟也。鑒澈勞懸鏡，荒蕪已荷鋤。嚮來披述作，自注：石首處見公新文一卷。重此憶吹噓。白髮甘凋喪，青雲亦卷舒。趙云：上句言蒙尚書之鑒照，澄澈如鏡之懸。此樂廣謂之水鑒之意。淮南萬畢術云：高懸大鏡，坐見四鄰。陶淵明詩：帶月荷鋤歸。「荒蕪已荷鋤」，言昔從事於翰墨，今則以荒蕪而乃從事於耕種矣。青雲卷舒，言青雲之志，昔舒而今卷也。經綸功不朽，跋涉體何如？自注：公頃奉使和蕃，已見上。應訏耽湖橘，潭州有橘洲。常餐占野蔬。十年嬰藥餌，見下「藥餌扶吾隨所之」注[五]。萬里狎樵漁。趙云：「經綸功不朽」，則又以言薛尚書。易曰：君子以經綸。詩云：大夫跋涉。「應訏耽湖橘，常餐占野蔬」，兩句則又言薛公之相念也。

揚子淹投閣，見「子雲識字終投閣」注。鄒生惜曳裾。鄒陽書：何王之門不可曳長裾乎？趙云：揚子、鄒生，公以自況也。曳長裾，則不欲干謁諸侯也。但驚飛熠燿，東山詩：熠燿宵行。注：熠燿，燐也。燐，螢火也。不記改蟾蜍。張景陽：下車如昨日，蟾蜍四五圓〔六〕。趙云：飛熠燿、改蟾蜍，皆以記時之變易也。煙雨封巫峽，江淮略孟諸。孟諸，九澤名云。趙云：「煙雨封巫峽」，則追言其舊居。「江淮略孟諸」，則指前塗之所經矣。爾雅曰：宋有孟諸。注：今在梁園睢陽縣東北〔七〕。此郭璞之言，而今日則南京也。湯池雖險固，金城湯池。遼海尚闐淤。努力輸肝膽，休煩獨起予。語：起予者，商也。趙云：湯池，普言眼前州郡。選云：實有險固。「遼海尚闐淤」，則時幽、燕猶有不順命者矣。前漢溝洫志云：填淤反壤之害。顔師古曰：填淤，謂壅泥也。上又有填閼字。師古云：閼讀與於同，音於據切。而公今押平聲，義同耳。末句所以激之也。吳越春秋：越人之歌曰：行行各努力。莊子云：肝膽楚越。

【校勘記】

〔一〕「蘇武」，清刻本、排印本作「蘇武事」。案，此句文義不通，據先後解輯校己帙卷二引趙次公原注〔二〕，當作「漢書蘇武傳」。

〔二〕「二」，原作「三」，訛，據清刻本、排印本並參初學記卷十七人部上、太平御覽卷五百一十五宗親部五改。

〔三〕「刑法志」二句，檢「禁網疎闊」句，漢書刑法志無此句，考漢書卷九十二遊俠傳有此句，或是誤置。
〔四〕「王粲詩」，檢「崤函復丘墟」句，文選卷三十一作江文通雜體詩三十首其七王侍中粲。
〔五〕「見下」句，「下」原作「上」，檢「藥餌扶吾隨所之」，見于下卷曉發公安數月憩息此縣詩，據改。
〔六〕「蟾蜍」，文選卷二十九、晉詩卷七張景陽雜詩十首其八作「望舒」。
〔七〕「梁園」，文瀾閣本作「梁國」，訛。

新刊校定集注杜詩卷三十五

近體詩

曉發公安數月憩息此縣

趙云：此篇蓋吴體矣。

北城擊柝復欲罷，易：重門擊柝。孟子：抱關擊柝。哀七年傳：魯擊柝聞於邾。東方明星亦不遲。晉傅玄云：東方大明星，光影照千里〔一〕。詩云：東有啓明。趙云：不遲者，乃遲暮之遲，言未失曉也〔二〕。鄰雞野哭如昨日，物色生態能幾時。顏延年：日暮行采歸〔三〕，物色桑榆時。趙云：庾肩吾詩云：鄰鷄聲已傳，愁人竟不眠。野哭字，未見。張景陽雜詩曰：下車如昨日。江文通古別離曰：送君如昨日。檀弓曰：孔子惡野哭者。舟楫眇然自此去，江湖遠適無前期。趙云：無前期，謂不知所止泊，無向前之斯程也。出門轉眄已陳迹〔四〕，王羲之云：俛仰之間，已爲陳跡。藥餌扶吾隨所之。謝靈運遊南亭：藥餌情所止，衰疾忽在斯。趙云：此門之義未曉。豈指石門者乎？

【校勘記】

〔一〕「晉傳云」三句，「玄」字原奪，「東方」上原衍「時」字，檢「東方大明星」二句，藝文類聚卷一天部上、晉詩卷一衆星詩二首其二作傅玄詩，據以補訂。

〔二〕「乃」，文淵閣本無。

〔三〕「采」，原作「樂」，據玉臺新詠卷四、文選卷二十一、宋詩卷五顔延年秋胡詩改。

〔四〕「出」，文淵閣本、文津閣本、文瀾閣本均作「此」。

泊岳陽城下

江國踰千里，山城僅百層。顔延年賦：臨廣望，坐百層。岸風翻夕浪，舟雪灑寒燈。謝惠連遇風詩：落雪灑林丘。趙云：選賦云：井幹疊而百層。留滯才難盡〔二〕，史：太史公留滯周南。艱危氣益增。漢馬援曰：大丈夫窮當益堅，老當益壯。趙云：才雖盡，使才盡字爲意也。才盡，有三事：鮑照爲鄙言累句。時人以爲才盡，其實不然。又，江淹夢丈夫自稱郭璞，曰：吾有筆在卿處多年，可以見還。淹乃探懷中五色筆授之。自是爲詩絶無好句，人謂之才盡。又，任昉晚節著詩欲傾沈約，用事過多，辭不得流便，於是有才盡之嘆也。史云：懦夫增氣。又云：勇夫增氣。舊注於才雖盡之下，引管輅云：酒不可極，才不可盡。吾欲持酒以禮，持才以愚，何患之有也？此乃字同義異。於氣益增之下引馬援語，又爲旁似矣。圖南未可料，變化有鯤鵬。莊子：北溟有魚，其名爲鯤。化而爲鳥，其名爲鵬。又云：背負青天而莫之夭閼焉，而後乃今將圖南也。趙云：公方儘南而往，所以及圖南之義矣。

【校勘記】

〔一〕「雖」，文瀾閣本作「難」。

纜船苦風戲題四韻奉簡鄭十三判官 泛

楚岸朔風疾，天寒鶬鴰呼。西都賦：鳥則鶬鴰，沈浮往來。漲沙霾草樹，丘希範：析析寒沙漲。舞雪渡江湖。古詩：扁舟載風雪，半夜渡江湖。趙云：爾雅云：鶬，麋鴰。注：今呼鶬鴰。雪言舞字，則鮑照敷劉公幹體云：胡風吹朔雪，千里度龍山。集君瑤臺下，飛舞兩楹間。吹帽時時落，孟嘉爲桓温參軍。九日，温遊龍山，參僚畢集。風吹嘉帽落。維舟日日孤。詩云：泛泛楊舟，紼纚維之。爾雅：諸侯維舟。趙云：吹帽，雖非九日，而取其事也。因聲置驛外，爲覓酒家壚。師古曰：賣酒之處，累土爲壚，以居酒甕。四邊隆起，其一面高，形如鍛爐，故名壚耳。趙云：題是簡鄭十三判官，使鄭莊置驛也。

登岳陽樓

范元實詩眼云：望岳詩云：「齊魯青未了。」洞庭詩云：「吳楚東南坼，乾坤日夜浮。」語既高妙有力，而言東岳與洞庭之大，無過於此。後來文士，極力道之，終有限量，益知其不可及。孟浩然岳陽樓詩云：「氣蒸雲夢澤，波撼岳陽城。」然氣蒸者，雲夢澤而已；杜云「吳楚東南坼」，則子虛賦所謂吞若雲夢者八九，而不芥蔕也。且學者之所指爲佳句者，以「吳楚東南坼，乾坤日夜浮」而已。殊不知「親朋無一字，老病有孤舟」兩句，尤是含蓄有意之對。邵溥澤民侍郎云：晁以道以此爲俯仰格〔一〕。次公探其說，蓋若桔槔之勢相引也。其義以既在洞庭之際，親朋相去之遠，雖無一字見及，然於老病中尚賴有孤舟可以浮泛，而生涯自如也〔二〕。

昔聞洞庭水，今上岳陽樓。趙云：戰國策：吳起對魏武侯曰：昔者三苗之居，左彭蠡之波，右洞庭之水。而周庾信有詠雁詩云：南思洞庭水，北想雁門關。故對岳陽樓三字乃真實呼稱之名也。其言昔聞洞庭水，則以吳起有昔者三苗之居之言，此所以爲昔聞歟。若兩句之勢，則又似庾信矣。吳楚東南坼，乾坤日夜浮。趙云：吳與楚，地境相接。吳楚東南坼，實道洞庭闊遠之狀。乾坤日夜浮，句法蓋言在乾坤之內，其水日夜浮也。與乾坤一腐儒、乾坤水上萍之勢同。或者便用宋何承天論渾天象體之説，有曰：天形正圓，而水居其半。地中高外卑，水周其下，乃謂水浮乾坤。而公之詩句似云乾坤於日夜之間，在洞庭水中浮謬矣。何承天之説，自是渾天。其言天地之外都是水，則用言四海可也，豈於洞庭而可言乎〔三〕？蘇東坡云乾坤浮水水浮空，則乃杜公之義。又如東南與日夜字，若論出處，則周禮職方氏：東南曰揚州。吕氏春秋云：水泉東流，日夜不休。而謝玄暉詩有云大江流日夜也。又若東南坼、日夜浮之語，亦自有所依傍。秦始皇十六年，地坼東西百三十步，故又可挨傍爲東南坼也。其日夜浮，則如親友日夜疎，左太沖綠葉日夜黄之勢。此頷聯兩句非止雄健，而字字典實如此。親朋無一字，老病有孤舟。趙云：宋謝瞻謂弟晦曰：交游不過親朋，而汝遂勢傾朝野，豈門户之福邪？前漢有云以老病罷、以老病乞骸骨。一字出處，則如褒之一字、貶之一字也。孤舟出處，則陶潛云或棹孤舟也。不謂之無一字無來處乎？**戎馬關山北，憑軒涕泗流。**趙云：關山北，則言在長安一帶也。而關山字，則古樂府有關山月篇矣。老子云：戎馬生於郊。王仲宣登樓賦：憑軒檻以遠望，向北風而開襟。張孟陽云：登崖遠望涕泗流。

【校勘記】

〔一〕「晁以道」，先後解輯校己帙卷三登岳陽樓題下注作「晁之道」。

〔二〕題下注「孟浩然岳陽樓詩」以下全部注文，參本條注「次公探其説」云云及先後解輯校己帙卷三，當作「趙云」注。

〔三〕「可」，文瀾閣本作「言」，訛。

陪裴使君登岳陽樓

湖闊兼雲霧，樓孤屬晚晴。趙云：上句蓋言非特水闊而雲霧與之俱闊也。下句蓋言恰當晚晴則樓上所見之遠也。**禮加徐孺子，**徐穉，字孺子，豫章南昌人。時陳蕃爲太守，以禮請署功曹。穉不免之，既謁而退〔一〕。蕃在郡不接賓客，唯穉來特設一榻，去則懸之。後舉有道。趙云：公自比也。**詩接謝宣城。**謝朓，字玄暉，爲宣城郡太守，有云：江路西南永，歸流東北騖。天際識歸舟〔二〕，雲中辨江樹。**雪岸叢梅發，春泥百草生。**趙云：實道眼前景物也。叢梅發，則新春盛發之梅〔三〕。莊子云：春氣至而百草生。**敢違漁父問，從此更南征。**史記屈原傳：令尹子蘭怒屈原，使上官大夫短原於頃襄王，怒而遷之。原至於江濱，被髮行吟澤畔。顔色憔悴，形容枯槁。漁父見而問之曰：非三閭大夫歟？何故至此？原曰：舉世混濁而我獨清，衆人皆醉而我獨醒，是以見放。宋玉作招魂辭曰：獻歲發春兮，汨吾南征些。趙云：今云敢違漁父問，則不欲效屈原之死，所以遵漁父之語，且混世而南征矣。南征者，征往南方也。屈原云：濟沅湘以南征。梁張纘有南征賦〔四〕。

【校勘記】

〔一〕「既謁」句，句前原衍「郡」字，據後漢書卷五十三徐穉傳刪。

〔二〕「歸」，文淵閣本作「舟」，訛。

〔三〕「新春盛發」下，原衍一「發」字，據文淵閣本、文津閣本、文瀾閣本、清刻本、排印本刪。

〔四〕「張纘」，原作「張績」，檢「南征賦」句，梁書卷三十四張纘傳作張纘文，誤，據改。

過南嶽入洞庭湖

趙云：南嶽，衡山也。在潭州之西南。今題蓋言欲過往南嶽而入洞庭湖以去也。

洪波忽争道，岸轉異江湖。趙云：吳王濞之子與太子博，争道。僕嘗愛此争道字，却用於洪波之下，可謂奇矣。鄂渚分雲樹，衡山引舳艫。屈原九章：乘鄂渚而返顧。漢武紀：舳艫千里。李斐曰：舳，船後持拖處也；艫，船頭刺櫂處也。言其船多，前後相銜，千里不絶。趙云：郭璞江賦曰：舳艫相接，萬里連檣。説文曰：舳，舟尾也；艫，船頭也。以對雲樹，則謝朓云雲中辨江樹也。洞庭在岳州，以順流言之，則由岳而至鄂；以泝流言之，則由潭而至衡山，故今句所以云然。翠牙穿裛蔣，碧節上寒蒲。趙云：舊本作裛槳，槳字在韻書音獎，云所以隱船曰槳。今詳其義，乃菰蔣之蔣耳。蓋蒲有節而蔣有牙也。病渴身何去，春生力更無。趙云：病渴，公實道其身，而字則司馬相如有消渴病。其對春生，則如文子云若春氣而生，蓋夏、秋、冬則未嘗言生也。吳均與柳惲相贈答云：日映昆明水，春生鳷鵲樓[一]。先使此春生字也。壤童犂雨雪，漁屋架泥塗。趙云：犂字、架字，可謂奇矣。此以實字爲虚字使也。欹側風帆滿，微冥水驛孤。悠悠迴赤壁，浩浩略蒼梧。帝子留遺恨，曹公屈壯圖。屈平九歌湘君云：帝子降兮北渚，目眇眇兮愁予[二]。史記：舜南巡狩，崩於蒼梧之野。葬於江南九疑，是爲零陵。禮記曰：舜葬蒼梧，二妃不從。後漢獻帝紀：建安十三年，曹操自爲丞相，南征劉表。表卒，少子琮立，以荆州降操。以舟師伐孫權，權將周瑜敗之於烏林、赤壁。趙云：赤壁在夏口之東，武昌之西。東坡先生謫居黄州，有赤壁賦。所謂西望夏口，東望武昌也。蒼梧，則在洞庭西南之地，乃永州也。謹按桑欽水經：湘水出零陵始安縣陽海山西。酈道元注其經歷有名營水，其水下流注于湘。而營水上流經九疑山下蒼梧之野。大舜葬九疑之陽。自洞庭而過往南嶽，則泝湘水而上，故得遠言蒼梧。聖朝光御極，殘孽駐艱虞。才淑隨廝養，名賢隱鍛鑪。前漢蒯通傳：隨廝養之役者，失萬乘之權；守擔石之禄者，闕卿相之位。張耳傳：廝養卒。蘇林曰：廝，取薪者。晉嵇康鍛於大樹之下。鍾會造康，康鍛不輟。趙云：此所以言當時事而及其身也。蓋時上雖復長安已七八年矣，而吐蕃之孽未息，是爲駐留艱虞。於此才淑之人，有隨廝養者；名士之賢，有隱鍛鑪者。邵平元入漢，前漢蕭何傳：邵平者，故秦東陵侯。秦破，爲布衣，種瓜長安城東。瓜美，故世謂東陵瓜。趙云：邵平，則公自嘆其不如也。張翰後歸吴。晉書文苑傳：張翰字季鷹，吴郡吴人。齊王冏辟爲大司馬東曹掾。翰因見秋風起，乃思吴中菰菜、蓴羹、鱸魚鱠，曰：人生貴得適志，何能羈宦數千里以要名爵乎！遂命駕而歸。趙云：公以其南下之遲，無張翰知幾之明，此所以比其歸晚也。莫怪啼痕數，危檣逐夜烏。檣，掛帆木也。郭璞賦：萬里連檣。趙云：夜烏，言檣上之烏夜宿也。謂之逐，則相逐同行之船矣。檣上爲刻烏以占風，乃天子駕前相風之義。陰鏗廣陵岸送北使詩：亭嘶背櫪馬，檣轉向風烏〔三〕。

【校勘記】

〔一〕「吴均與柳惲相贈答」三句，「吴均」原作「謝惠連」，檢謝惠連詩無「日映昆明水」二句，考玉臺新詠卷六、梁詩卷十吴均與柳惲相贈答六首其一有此二句，當是誤置，據改。

〔二〕「目」，原作「曰」，訛，據文淵閣本、文津閣本、文瀾閣本、清刻本、排印本改。

〔三〕「轉向」，原作「向轉」，訛，據文淵閣本、文津閣本、文瀾閣本、清刻本、排印本改。

長沙送李十一 銜

與子避地西康州，洞庭相逢十二秋。趙云：初同避地於西康州，凡十二年，秋而復相逢於洞庭也。西康州，成州同谷縣也。唐地理志：武德元年以同谷縣置西康州，貞觀元年州廢，來屬成州。其後懿宗咸通十三年復置〔一〕。公所用者，指武德之名言之也。遠媿尚方曾賜履，見上真賜還宜出尚方注〔二〕。境非吾土倦登樓。王粲登樓賦：雖信美而非吾土兮，曾何足以少留。師云：潘安仁：信美非吾土，秖攪懷歸志。久存膠漆應難並，見上「天下朋友皆膠漆」注〔三〕。趙云：言雖有膠漆之好，而才器相遠爲難比並，蓋公自謙也。一辱泥塗遂晚秋。見上「甲子混泥塗」注。李杜齊名真忝竊，後漢杜密傳：黨事既起，密免歸本郡。與李膺俱坐，而名行相次，故時人亦稱李杜焉。前有李固、杜喬，故言亦也。范滂傳：滂詣獄，與母訣。母曰：汝今得與李、杜齊名，死亦何恨！謂李膺與杜密。朔雲寒菊倍離憂。

【校勘記】

〔一〕「三」，原作「二」，訛，據文淵閣本並參新唐書卷四十地理志「成州同谷郡」條改。

〔二〕「宜」，本集卷二十九七月一日題終明府水樓二首其一作「疑」。

〔三〕「下」，文津閣本作「上」，訛。

宿青草湖

洞庭猶在目，青草續爲名。杜補遺云：見第十四卷寄薛三郎中。宿槳依農事，郵籤報水程。趙云：上言楚人於湖中種田，故船槳所宿之處依之也。下言舟中所用以知時者也。漏籌謂之郵籤，古詩云：鷄人司漏傳更籤。是已。寒冰争倚薄，雲月遞微明。趙云：倚薄〔一〕，言依倚著泊也。謝靈運詩：拙疾相倚薄。老子云：是爲微明。湖雁雙雙起，人來故北征。九歌云：駕飛龍兮北征，邅吾道兮洞庭。趙云：蓋有念鄉之意。雁乃北征人之不如也。班叔皮有北征賦。

【校勘記】

〔一〕「倚」，原作「依」，據文淵閣本、文津閣本、文瀾閣本、清刻本、排印本並參正文「寒冰争倚薄」中「倚」字改。

宿白沙驛 初過湖南五里。

水宿仍餘照，謝靈運入彭蠡湖口作云：客游倦水宿，風湖難具論〔二〕。人煙復此亭。趙云：曹子建詩：千里無人烟。驛邊沙舊白，湖外草新青。萬象皆春氣，孤槎自客星。博物志：仙查犯牛斗客星於蜀郡。問嚴君平。釋語有森羅萬象。隨波無限月，的的近南溟。的的者，月色之明的也。梁簡文帝傷離新體詩：朧朧月色上，的的夜螢飛。

【校勘記】

〔一〕「湖」，宋詩卷三謝靈運入彭蠡湖口詩作「潮」。

湘夫人祠

屈原九歌有湘夫人。韓愈黄陵廟碑云：湘旁有廟曰黄陵，自前古立以祠堯之二女舜二妃者。庭有石碑，斷裂分散在地，其文剥缺。考圖記，言：漢荆州牧劉表景升立〔二〕，題其額虞帝二妃之碑，非景升之立者。秦博士對始皇帝云：湘君者，堯之二女，舜妃也。劉向、鄭玄亦皆以二妃爲湘君。離騷九歌既有湘君，又有湘夫人。王逸之解，以爲湘君者，自爲水神；而謂湘夫人乃二妃也。從舜南征三苗不返，道死沅、湘之間。山海經曰：洞庭之山，帝之二女居之。郭璞疑二女者，帝舜之后，不當降小君爲其夫人，因以二女爲天帝之女。以予考之，璞與王逸俱失也。堯之長女娥皇，爲舜正妃，故曰君；其二女女英，自宜降曰夫人也，故九歌辭謂娥皇爲君，謂女英爲帝子，各以其盛者推言之也。禮有小君、君母，名其正自得稱君也。

肅肅湘妃廟，詩思齊：肅肅在廟。空牆碧水春。蟲書玉佩蘚，燕舞翠帷塵。晚泊登汀樹，微馨借渚蘋。蒼梧恨不淺，染淚在叢筠。趙云：張華博物志云：舜死，二妃淚下，染竹即斑。

【校勘記】

〔一〕「劉表景升」，「景升」上原衍「兄注」二字，文淵閣本、文瀾閣本「景升」上衍「兄字」二字、文津閣本「景升」上衍「兄劉」二字，均訛，據全唐文卷五百六十一韓愈黄陵廟碑删。

祠南夕望

百丈牽江色，海賦：揭百丈，以牽船連竹爲之〔一〕。孤舟泛日斜。興來猶杖屨，目斷更雲沙。山鬼迷春竹，屈平九歌有山鬼辭。湘娥倚暮花。湘娥，屈平所謂湘君也。楚詞湘君云：援薜荔兮水中，搴芙蓉兮木末。趙云：雖所謂湘夫人，則郭璞江賦協靈爽於湘娥也。鬼迷竹而娥倚花，亦是詩家當然。舊注所引非是。湖南清絶地，萬古一長嗟！

【校勘記】

〔一〕「揭百丈」，文選卷十二木華海賦注引録東方朔十洲記作「冥海洪波百丈」。

登白馬潭〔一〕

水生春纜没，吴志孫權傳注：權爲牋與曹公，説：春水方生，公宜速去。又諸葛瑾傳注：吴録曰：曹真圍朱然於江陵，瑾以大兵救之。及春水生，潘璋等作水城於上流。瑾進攻浮橋，真等退走，瑾乃全師。日出野船開。宿鳥行猶去，花叢笑不來。人人傷白首，處處接金杯。莫道新知要，南征且未回。宋玉招魂曰：汨吾南征。屈平離騷曰：濟沅湘以南征，就重華而陳辭。趙云：楚詞云：樂莫樂兮新相知。南征且未回，則公遂南征，得不爲新知所要而留耳。

【校勘記】

〔一〕「潭」，文津閣本作「驛」。

歸雁

聞道今春雁，南歸自廣州。見花辭漲海，趙云：言其去時也。漲海是海名。按：南海、大海之别有漲海。謝承後漢書：交阯七郡貢獻，皆從漲海入〔一〕。避雪到羅浮。趙云：此追本其所以來時也。記曰：本一羅山、浮山，自蓬萊之峰浮來而合焉。二山隱天，惟石樓一路可登。有洞通勾曲，有璇房、瑶臺七十二所。是物關兵氣，何時免客愁！年年霜露隔，不過五湖秋。趙云：五湖霜雪之多，雁之不宜，故隔而秋不過也。

【校勘記】

〔一〕「皆從漲海入」，後漢書卷三十三鄭弘列傳作「皆從東冶泛海而至」。

野望

納納乾坤大，行行郡國遥。古樂府：行行重行行。趙云：楚辭劉向九歎有曰：裳襜襜而含風兮，衣納納而掩露。雖言納身於衣之中，所以掩蔽霜露，而公今取以對行行，則公之意以納身於天地之內，猶納身於衣中之義耳。雲山兼五嶺，陸機贈顧交阯詩：伐鼓五嶺表。張耳傳：南有五嶺之戍。師古曰：嶺者，西自衡山之南，東窮于海，一山之限耳。而標名，有五焉。薛云：按秦始皇畧定揚越，謫戍五方，南守五嶺。塞上嶺一也，騎歸嶺二也〔一〕，都龐嶺三也，畧緒嶺四也〔二〕，越城嶺五也〔三〕。自北徂南〔四〕，入越之道，必由嶺焉。杜補遺：裴氏廣州記曰：大庾、始安、臨賀、桂陽、揭陽，是爲五嶺。鄧德明南康記曰：大庾嶺一也，桂陽甲騎嶺二也〔五〕，九真都龐嶺三也，臨賀萌渚嶺四也，始安越城嶺五也。風壤帶三苗。舜典：竄三苗于三危。注：三苗，國名。縉雲氏之後。左洞庭右彭蠡，止是潭州一帶之地。野樹侵江闊，春蒲長雪消。趙公言樹侵於江闊之旁，蒲長於雪消之後〔六〕。扁舟空老去，無補聖明朝。

【校勘記】

〔一〕「騎歸嶺」，通典卷一百八十四州郡十四作「騎田嶺」。

〔二〕「畧緒嶺」，通典卷一百八十四州郡十四作「甿渚嶺」。

〔三〕「越城嶺五也」，文津閣本作：「畧緒五嶺鄧德明康康記曰。」訛，「康康記」當作「南康記」。

〔四〕「自」，文津閣本脱。

〔五〕「桂陽甲騎嶺」，文津閣本「桂陽」下衍一「陽」字；又案，「甲騎嶺」，漢書卷三十二陳餘傳作「騎田嶺」。

〔六〕「趙公言」二句，蓋爲郭知達等輯校者所引之語。

入喬口長沙北界。

漠漠舊京遠，陸機樂府：街巷紛漠漠。盧諶詩：南望舊京路。遲遲歸路賒。孟子曰：孔子去魯，遲遲也。陶淵明歸去來：問征夫以前路。殘年傍水國，周禮：水國用龍節。顔延年詩：水國周地險。落日對春華。文選云：摛藻掞春華。樹蜜早蜂亂，杜補遺：樹蜜，椇也，或作枸，高大似白楊，多枝。自飛鳥喜巢其上，所謂止椇來巢是也。有花有實，其實則枅栱。古今注：椇，一名樹蜜，一名木餳。實形拳曲，核在實外。荆湘多此木，子美以記土地之所有也。趙云：説者謂蜜作密，非也。若望兜率寺詩：樹密當山徑〔一〕，自當作密。次公謂豈有樹密對江泥邪？江泥輕燕斜。賈生骨已朽，悽惻近長沙。賈誼傳：天子議以誼任公卿之位。絳、灌、東陽侯、馮敬之屬盡害之。以誼爲長沙王傅。後梁王勝墮馬死，誼自傷爲傅亡狀，常哭泣，後歲餘，亦死。老子曰：其人與骨皆已朽。

【校勘記】

〔一〕「山」，原作「此」，訛，據本集卷二十四望兜率寺詩改。

銅官渚守風

趙云：潭州長沙縣有銅官山，云楚鑄錢處，則此渚乃以是得名乎？

不夜楚帆落，趙云：言未至侵夜而落帆。避風湘渚間。水耕先浸草，春火更燒山。漢武帝詔：火耕水耨。應劭曰：燒草，下水種稻。益生，高七八寸，因悉芟去，復下水灌之，草死，獨稻長，所謂水耕。早泊雲物晦，逆行波浪慳。飛來雙白鶴，過去杳難攀。杜補遺：吳兢樂府古題要解曰：艷歌何嘗行亦曰飛鶴行〔一〕。古詞云：飛來雙白鶴，乃從西南來〔二〕。又古樂府載飛來雙白鶴二篇〔三〕。梁元帝云：時從洛浦渡，飛向遼東城。吳邁遠云：可憐雙白鶴，雙雙絕塵氛。虞世南：飛來雙白鶴，奮翼遠凌煙。俱棲集此地〔四〕，一舉背青田。皆過去難攀之意也。趙云：過去杳難攀，則以阻風而羨其飛矣。

【校勘記】

〔一〕「何嘗行」，文津閣本作「何嘗嘗」，訛；案，樂府古體要解卷上作「何當行」。

〔二〕「西南來」，文津閣本作「西來來」，訛；案，樂府古體要解卷上作「西北來」。

〔三〕「鶴」，樂府詩集卷三十九相和歌辭作「鵠」。

〔四〕「此地」，樂府詩集卷三十九相和歌辭作「紫蓋」。

北風 新康江口，信宿方行。

春生南國瘴，氣待北風蘇。向晚霾殘日，詩：終風且霾。釋文云：風而雨土爲霾。初宵鼓大鑪。莊子大宗師：以天地爲大鑪。王粲進傳〔一〕：鼓洪鑪以燎毛髮。所以成春生南國瘴之句。霾，實言昏曀之狀也。趙云：兩句言日晚之後蒸鬱也，如大爐之火，則蒸鬱甚矣〔二〕。爽攜卑濕地，前漢長沙定王發，以其母唐兒微，無寵，故王卑濕貧國。賈誼傳：誼既以謫居，長沙卑濕，誼自傷悼〔三〕，乃爲賦也。聲拔洞庭湖。趙云：兩句言風之清爽雄大如此也。攜者，若提攜之而去。拔者，若拔木之拔〔四〕。句勢雖如孟浩然言洞庭湖云：氣蒸雲夢澤，波撼岳陽城。而句法雄健，用言潭州之風，范元實所謂雖聖人生不可改矣。萬里魚龍伏，三更鳥獸呼。滌除貪破浪，愁絶付摧枯。趙云：皆以言風。魚龍懼而藏伏，鳥獸驚而呼鳴，則風之勢可知矣。南史宗慤云：願乘長風破萬里浪。史云：若摧枯拉朽。喜於滌除煩鬱，則貪其破浪，然其所可愁絶，但付之摧枯耳，無害於事也。執熱沈沈在，凌寒往往須。桑柔詩：誰能執熱，逝不以濯。趙云：又尚苦熱，反須凌寒也。且知寛疾肺，不敢恨危塗。再宿煩舟子，莊三年傳：再宿爲信。郭璞江賦：舟子於是搦棹，涉人於是䑺榜。趙云：詩：招招舟子。衰容問僕夫。今晨非盛怒，便道即長驅。薛云：左傳：楚子以馹至於羅汭。吴子使其弟犒師。楚子執之〔五〕，將以釁鼓。對曰：今君奮焉，震電憑怒。注：杜預曰：憑，盛也。趙云：宋玉風賦：盛怒於土囊之口。詩：召彼僕夫。史云：便道之官。漢書：擁篲長驅。隱几看帆席，海賦：挂帆席。莊子：南郭子綦隱几而坐。隱，憑也。雲山湧坐隅。言浪若雲山也。賈誼賦：止于坐隅。

【校勘記】

〔一〕「傳」，文淵閣作「賦」，訛。

〔二〕「鬱」，文淵閣本、文津閣本、文瀾閣本、清刻本、排印本作「熱」。

〔三〕「自」，中華訂補本作「目」，訛。

〔四〕「若拔木之拔」，文淵閣本作「若木木之拔」，文津閣本作「若拔之拔拔」，均有衍訛。

〔五〕「楚子執之」，「楚子」春秋左傳注卷四十三昭公五年作「楚人」。又，「執」文津閣本作「熱」，訛。

發潭州

夜醉長沙酒，謝惠連雪賦：酌湘吴之醇酎。曉行湘水春。岸花飛送客，檣燕語留人。賈傅才未有，褚公書絶倫。自注：褚永徽末放此州。賈傅，賈誼。爲長沙王太傅。唐褚遂良博涉文史，尤工隸書，父友歐陽詢甚重之。太宗嘗謂侍中魏徵曰：虞世南死後，無人可論書。徵曰：褚遂良下筆遒勁，甚得王逸少體。太宗即日召令侍書。桓譚以揚雄爲絶倫。名高前後事，回首一傷神。

雙楓浦

輟棹青楓浦，雙楓舊已摧。招魂云：湛湛江水兮，上有楓樹林〔一〕。自驚衰謝力，不道棟梁材。趙云：兩句言楓也，蓋直以楓爲人而自比以爲言矣。樹老而摧，如自驚駭其力衰謝，却不道材可充棟梁也。王褒與周弘讓書：頃年事遒盡，容髮衰謝〔二〕。棟梁，如榮棁之材，不荷棟梁之任。浪足浮紗帽，皮須截錦苔。趙云：上句以言浦水之浪，下句以言楓樹之皮。兩句用引末句之意，蓋雙楓雖摧而在浦旁〔三〕，今欲乘此楓泛江而上天。於此戴紗帽而浮其上，則浦水之浪自足浮之。楓皮上有苔蘚，不能不滑，故須截去錦苔而後可乘也。江邊地有主，暫借上天迴。趙云：地主，見吴書孫奂傳；下句又用乘槎事。

【校勘記】

〔一〕注「上有楓樹林」下，清刻本、排印本「楓」下無「林」字，有「阮籍詩云湛湛長江水上有楓樹林」十四字，它本皆無。

〔二〕「王褒與周弘讓書」，原作「劉孝標答郭峙書」，檢「頃年事遒盡」二句，劉孝標詩文無此句，考全後周文卷七王褒與周弘讓書有此句，當是誤置，據改。

〔三〕「摧」，文淵閣本作「推」，訛。

回棹

趙云：此公厭衡州之熱，懷峴山之涼，欲回棹而往。公襄陽人也。

宿昔世安命，自私猶畏天。趙云：宿昔，言往者也；世安命，言自往世已然。自私猶畏天，則又言雖欲私己自便，而終不若小人之不畏天也。馮衍答任武達書曰：敢不陳露宿昔之意。其後承用如曹子建白馬篇云：宿昔秉良弓。莊子云：既知其不可奈何而安之若命。又云：小智自私。論語云：君子畏天命。勞生繫一物，爲客費多年。趙云：既知安命畏天，則一任其所適。蓋人之勞生不免繫著一物，若利、若名、若行、若止，皆是一物耳。如北史：王晞謂盧思道云：卿輩亦是留連之一物〔一〕。而況其他乎！惟不免繫著一物，故爲客費多年之久也。莊子：勞我以生。衡岳江湖大，蒸池疫癘偏。趙云：衡岳指言衡山，按寰宇記，山係之潭州湘潭縣。蒸池，按衡州衡陽縣云吴之臨蒸，以蒸水名。蒸水者，其氣如蒸也。散才嬰薄俗，有跡負前賢。趙云：散才者，閑散之才。嬰薄俗，則爲薄俗所嬰繞。此同乎流俗之意，賢者每以跡爲累，故以絶跡爲貴。今有留滯之跡，所以負媿於前賢矣。巾拂那關眼，瓶罍易滿船。趙云：巾拂，所以莊肅形容之物。那關眼，則舟中放曠而不用矣。瓶罍滿船，則飲之多，故也。火雲滋垢膩，凍雨裛沈一作塵。綿。淮南子曰：旱雲烟火。思玄賦〔一〕：凍雨霈其洒途。注：暴雨也。趙云：火雲字，雖出淮南子，而用字則隋盧思道納涼賦云：火雲赫而四舉〔二〕。凍雨字，楚詞云：凍雨兮灑塵。强飯蓴添滑，蓴，見「張翰後歸吴」注。端居茗續煎。薛云：按茶録：潭邵之間渠江中有茶而多毒蛇猛獸。鄉人每年採擷不過十五六斤。其色如鐵，芳芬異常，煎之無脚。彼人所餉渠江者，乃東平所出。趙云：漢書：行矣！强飯勉之。孟浩然岳陽樓詩：欲濟無舟檝，端居耻聖明。清思漢水上，凉憶峴山巔。漢水、峴山，皆襄陽也。趙云：此在湘潭之詩，最爲卑濕蒸鬱之處，故清思漢水，而凉憶峴山也。順浪翻堪倚，迴帆又省牽。江賦：冰夷倚浪以傲睨。吾家碑不昧，王氏井依然。杜預沈碑峴山之下。王粲宅有井。几杖將衰齒，茅茨寄短椽。趙云：几杖以將扶衰暮之年齒，結茅茨之廬而寄身短椽之下，皆欲往漢上之事。灌園曾取適，遊寺可終焉。趙云：謂曾，則往嘗如此矣。自此而至彼，以遊寺爲終焉之計也。遂性同漁父，成名異魯連。屈原、莊子皆有漁父篇。史記：田單屠聊城。歸而言魯連，欲爵之。魯連逃隱於海上，曰：吾與富貴而詘於人，寧貧賤而輕世肆志焉。趙云：於此遂其性，如滄浪之漁父不求名聞。翻異魯仲連，蓋仲連能却秦軍，下燕城，雖不受封，猶爲取名也。篙師煩爾送，朱夏及寒泉。趙云：此句蓋以語篙師，云煩爾送我一去，猶於朱夏之際，趁及寒泉之爲可挹也。梁元帝纂要：夏曰朱明，又曰朱夏。此乃公一時之興，自是且往耒陽矣，豈却仍往峴也。

【校勘記】

〔一〕「北史」，原作「南史」，檢南史無「王晞謂盧思道」句，考北史卷二十四王憲傳有此句，當誤，據改。

〔二〕「思玄賦」，「玄」原作「元」，係避諱，此改。

〔三〕「四」，原作「日」，據文淵閣本、文津閣本、文瀾閣本，並參初學記卷三歲時部盧思道納涼賦，以及先後解輯校已帙卷八此詩引趙次公原注〔六〕改。

奉送王信州崟北歸

趙云：信州，今之夔州也。見樂史寰宇記，亦見唐志。

朝廷防盜賊，供給愍誅求。下詔選郎署，傳聲典信州。趙云：此篇王信州替罷而北歸也。四句言其初來作守時也。蒼生今日困，天子嚮時憂。井屋有烟起，瘡痍無血流。趙云：上兩句追言天子前時以蒼生之困而選王君爲守。其效至於井邑有烟，則逃亡復業矣；瘡痍無血，則誅求不再矣。壤歌唯海甸，畫角自山樓。趙云：壤歌，則擊壤之歌也。唯海甸，則時淮海獨無虞也。畫角自山樓，則專指夔州郡樓之上，畫角以時而鳴，蓋亦無事之所致也。白髮寐常早，荒榛農復秋。趙云：上句公自言也，下句言荒年之後，又復有秋，亦見王守之政矣。解龜踰卧轍，謝靈運初去永嘉：牽絲及元興，解龜在景平。侯霸爲臨淮太守，被徵，百姓攀轅卧轍不許去。趙云：此言王守之替罷。卧轍，侯霸事。踰卧轍，則踰越之而過也。

遣騎覓扁舟。劉真長遣騎覓張孝廉船，見晉書。趙云：公言王守之覓其船，以張憑自比也。

徐榻不知倦，潁川何以酬。陳蕃爲徐孺子下榻，去則懸之。趙云：公以徐穉自比，而指王崟爲陳蕃也。言崟相待如陳蕃之見徐穉，其解榻、懸榻，未嘗厭倦，則穉之於潁川，將何以酬之乎？潁川，則陳氏之郡號也。

塵生彤管筆，寒膩黑貂裘。詩：貽我彤管。蘇秦有黑貂裘。言弊裘以垢膩而寒。

高義終焉在，斯文去矣休。趙云：高義、斯文，皆指言王信州也。言王君待我之高義終在，乃却以文章之身而別去，故云去矣休。莊子載孔子曰：聞將軍高義。論語：天之未喪斯文。史云：有終焉之志。

別離同雨散，行止各雲浮。王仲宣：風流雲散，一別如雨〔一〕。劉孝標：煙飛雨散〔二〕。劉越石詩：功業未及建，夕陽忽西流〔三〕。時哉不我與，去矣若雲浮。楚詞：悲莫悲兮生別離。孟子：行止非人之所能爲也。

林熱鳥開口，江渾魚掉頭。趙云：止道離時之景。

尉佗雖北拜，陸賈傳：時，中國初定。尉佗魋髻箕倨見賈。賈因說佗：君王宜郊迎，北面稱臣。於是佗迺蹶然起坐，謝賈。卒拜佗南越王。趙云：以言叛者之既服，豈吐蕃之稍息乎？蓋大曆元年二月，遣使來朝，雖九月復陷原州，然不得如前日之熾也。

太史尚南留。趙云：公自比也。太史公自叙曰：留滯周南。

軍旅應都息，寰區要盡收。九重思諫諍，八極念懷柔。徙倚瞻王室，從容仰廟謀。趙云：正言息干戈而思治安之策矣。潘安仁詩：徙倚步踟躕。

故人持雅論，絶塞豁窮愁。趙云：故人，指王信州也。言聞王信州之論，則可以豁其旅寓之愁也。絶塞，指言夔州白帝城。

復見陶唐理，甘爲汗漫遊。神仙傳：盧敖見一士曰：吾與汗漫期於九垓之外。杜補遺：張景陽七命曰：爾乃踰天垠，越地隔，過汗漫之不遊，躡章亥之末跡。注：汗漫能遊天者也。李善曰：淮南子云：若士曰：吾汗漫，遊於九垓之上。若士舉臂竦身而遂入雲中。趙云：蓋言既見復帝堯之化，則無心從宦而甘爲方外之士也。

【校勘記】

〔一〕「王仲宣」，原作「曹子建」，檢曹子建詩無「風流雲散」二句，考文選卷二十三、魏詩卷二王仲宣贈蔡子篤詩有二句，當是誤置，據改。

〔二〕「飛」，全梁文卷五十七劉孝標廣絶交論作「霏」。

〔三〕「夕」，文淵閣本作「斜」。

江閣卧病走筆寄呈崔盧兩侍御

客子庖厨薄，江樓枕席清。衰年病秪瘦，長夏想爲情。滑憶一作喜。彫胡飯，沈休文：彫胡方自炊。西京雜記：太液池邊皆是彫胡緑節之類。菰之有米者，長安人謂彫胡。菰之無米者，謂之緑節。又會稽人顧翱少失父，事母至孝〔一〕。母好食彫胡飯，常躬自採擷。家近太湖，湖後自生彫胡，無復餘草。香聞錦帶羹。薛云：荆湘間有花名錦帶，春末方開，紅白如錦，其苗脆嫩可食。王彦輔云：錦帶，此綬鷄也。其食脆美堪作臛，亦名錦雞。溜匙兼暖腹，誰欲致杯毘。趙云：宋玉云：主人之女，爲臣炊彫胡之飯。溜匙，以言彫胡之滑。暖腹，以言錦帶之美，可以理推也。

【校勘記】

〔一〕「事母至孝」，文淵閣本作「母母至孝」，訛。

潭州送韋員外迢牧韶州 或云韋適

炎海韶州牧，風流漢署郎。分符先令望，同舍有輝光。鮑明遠：將以分符竹。趙云：公亦是員外郎，故於韋員外可謂之同舍矣。白首多年疾，秋天昨夜涼。洞庭無過雁，書疏莫相忘。趙云：言自洞庭而往彼，雖無過雁以寄書去，而彼中音信却不可忘也。

韋迢潭州留别 附載

江畔長沙驛，相逢纜客船。大名詩獨步，小郡海西偏。趙云：言子美獨步。曹子建與楊德祖書曰：仲宣獨步于漢南。小郡，則韋君自謂韶州也。地濕愁飛鵬，賈誼爲長沙王太傅。以長沙卑濕，但自傷悼。見鵬鳥入室，迺爲鵬賦。天炎畏跕鳶。馬援曰：吾在浪泊、西里間，虜未滅時，下潦上霧，毒氣薰蒸，仰視飛鳶跕跕墮水中。趙云：廣雅云：南方曰炎天。故倒用之曰天炎，以對地濕。去留俱失意，把臂共潸然。趙云：此詩韶州刺史韋迢作，其詩類杜公，宜編之集中矣。

江閣對雨有懷行營裴二端公

趙云：裴端公應在廣南，觀詩中使「南紀」并「銅柱」可見矣。

南紀風濤壯，陰晴屢不分。杜田云：詩曰：滔滔江漢，南國之紀。非也。蓋南紀乃分野名。唐天文志云〔一〕：東循嶺徼，達甌閩，是謂南紀，所以限蠻夷也。顏延年詩：春江壯風濤。野流行地日，江入度山雲。趙云：行地日、度山雲，可謂新語矣。層閣憑雷殷，長空面水文。趙云：層閣憑雷殷〔二〕，言當雷殷之際，在層閣憑欄之時也，合對長空面水文矣。舊正作水面文，非。雨來銅柱北，應洗伏波軍。趙云：銅柱，在驩州之東南極角處，馬援所建。今有雨之地，宜尚在其北也。昔武王伐紂，大雨，太公謂之洗兵雨；故魏武兵援要曰：大將將行，雨濡衣冠，是謂洗兵。今因雨自銅柱而來，引起馬援，則遂有洗伏波軍之句。

【校勘記】

〔一〕「唐天文志」，「唐」原作「廣」，誤，參本集卷十三後苦寒二首其一校勘記〔一〕，據改。

〔二〕「憑雷殷」，文淵閣本作「雷殷殷」。

酬韋韶州見寄

養拙江湖外，朝廷記憶疎。深慚長者轍，長者轍，見陳平傳。趙云：言見過之無人也。重得故人書。趙云：言書問之不至也。白髮絲難理，新詩錦不如。雖無南過雁，二十五卷「書成無過雁」注。看取北來魚。古詩：呼童烹鯉魚，中有尺素書。趙云：今公答韋迢無南雁之語，故以北來魚復戲之也。

韋迢早發湘潭見寄〔一〕附載

北風昨夜雨，江上早來涼。楚岫千峰翠，湘潭一葉黃。故人湖外客，白首尚爲郎。相憶無南雁，何時有報章？趙云：此篇格律渾似杜公，但不使事，亦不使字所出。白首尚爲郎，言杜公晚爲員外郎也，馮唐、顔駟事。古云：雁不過衡陽。衡陽有回雁峰，故言無南雁也。報章，雖出詩終日七襄、不成報章，義且説織女雖從旦至暮七辰一移而不如人織，相反報成文章。而此報章字，則顔延年和謝靈運詩云：盡言非報章，聊用攄所懷〔二〕。學者請觀此篇，氣格有類杜公，宜公愛而載於集也。

【校勘記】

〔一〕此詩，文津閣本闕。

〔二〕「擴」，初學記卷十二職官部下、宋詩卷五顏延年和謝監靈運詩作「布」。

千秋節有感二首

自罷千秋節，頻傷八月來。唐玄宗紀：上以降誕日，讌百僚於花蕚樓下。百僚表請以每年八月五日爲千秋節，三公以下獻鏡及承露囊。先朝常宴會，壯觀已塵埃。鳳紀編生日，龍池塹劫灰。武帝穿昆明池，悉是灰墨。有外國胡道人云：此是天地劫火之餘。杜補遺：鳳紀，見「鳳曆軒轅紀」注。八典注：興慶宮池，即元宗龍潛舊宅。初居此宅，東有舊井，忽湧爲小池。常有雲氣，或黄龍見其中。至景龍中，其池浸廣，遂瀕洞爲龍池焉。蓋符命之兆也。湘川新涕淚，秦樹遠樓臺。二妃涕淚，灑竹成斑。謝玄暉銅雀臺詩：總帷飄井幹，樽酒若平生。鬱鬱西陵樹，詎聞歌吹聲。井幹，樓也。趙云〔一〕：上句公自言其身之所在而感泣者也。下句公自言去長安之遠，遥望其樹與樓臺俱不見也。寶鏡群臣得，金吾萬國回。趙云：舊唐書：千秋節群臣，皆獻寶鏡。今公千秋節有感之句而云寶鏡群臣得，追憶寶鏡，每至此節，於群臣得之也。唐百官志：十六衛，謂金吾職巡警。今公詩云金吾萬國回，蓋以萬國入京獻壽，而金吾實伺察之。自玄宗升遐，罷千秋節。而金吾所伺，獻壽之萬國各回而不來，蓋傷之也。衢樽不重飲，白首獨餘哀。淮南子：聖人之道，其猶中衢而致樽耶？趙云：當時賜宴之酒，群臣皆得霑飲，正如衢樽也。

右一

【校勘記】

〔一〕「趙」，文淵閣本作「起」，訛。

御氣雲樓敞，含風綵仗高。仙人張内樂，王母獻宮桃。宮桃，見上「九重春色醉仙桃」注。杜正謬：宣室志云：唐玄宗夢仙子十餘輩，御卿雲而下列於廷，各執樂器而奏之。其度曲清越，殆非人世。及樂闋，有一仙子前曰：陛下知此樂乎？此神仙紫雲曲。今傳陛下爲唐正始音。玄宗甚喜，即傳授焉。又鄭棨開天傳信紀〔一〕：玄宗謂高力士曰：吾昨夜夢遊月宮，月宮諸仙娱予以上清之樂〔二〕。寥亮清越之音，非人間所聞也。酣飲久之，合奏諸樂，以送吾歸。其曲悽楚動人，杳杳在耳。吾遂以玉笛尋之，盡得其聲。力士請曲名。上曰紫雲曲，遂載于樂篇。今太常刻石存焉。二説大同小異，故並載之。漢武帝故事曰：西王母齎仙桃七枚獻帝，帝欲留核種之。王母笑曰：此桃一千年生花，一千年結實，人壽幾何？遂指東方朔曰：仙桃三熟，此兒已三偷矣。羅襪紅蕖艷，洛神賦：凌波微步，羅襪生塵。又：迫而察之，若芙蕖出緑波。趙云：言宮人也。紅蕖艷，比其襪之如蓮。金羈白雪毛。曹子建：白馬飾金羈，連翩西北馳。趙云：以言馬也，比其毛之鮮潔。舞階銜壽酒，舜舞干羽于兩階。劉伶：銜盃漱醪。詩云：爲此春酒，以介眉壽。趙云：舊唐書：初，上皇每酺宴，先設太常雅樂，繼以鼓吹、胡樂、教坊、府縣散樂、雜戲云云；又教舞馬百匹，銜盃上壽〔三〕。走索背秋毫。西京賦：跳丸劍之揮霍，走止索而相逢〔四〕。明皇雜録載：上每賜宴，酺。大陳尋橦、走索、丸劍，爲角觝戲。聖主他年貴，邊心此日勞。趙云：上句追言明皇之昔日，下句公自言其今日在邊遠之地而感望也。桂江流向北，滿眼送波濤。趙云：末句桂江，即是潭州之水所從來也。流向北，又見北望長安之切矣。

右二

【校勘記】

〔一〕「天」，原作「元」，訛，據文淵閣本、文津閣本、文瀾閣本並參太平廣記卷二百四樂二改。

〔二〕「諸」，文淵閣本作「諸」，訛。

〔三〕檢「初上皇每酺宴」以下三十八字，不見於舊唐書，而於見資治通鑑卷二百一十八「唐肅宗至德元年」條。

〔四〕「止索」，全後漢文卷五十二張衡西京賦作「索上」。

晚秋長沙蔡五侍御飲筵送殷六參軍歸灃州覲省

佳士欣相識，慈顏望遠遊。潘安賦：壽觴舉，慈顏和。論語：父母在，不遠遊。趙云：佳士，指言殷六也。慈顏，則殷之母也。言望其遠遊而歸也。甘從投轄飲，陳遵嗜酒，每大飲，賓客滿座，輒關門，取客車轄投井中，雖有急，終不得去。趙云：言甘從蔡五之飲也。肯作置一作致。書郵！殷羨，字洪喬，爲豫章太守。都下士人因羨致書者百餘函。行次石頭，皆棄水中。曰：沈者自沈，浮者自浮。殷洪喬不爲致書郵。趙云：言殷不苟爲人攜書也。此姓殷事於殷六尤切矣。高鳥黃雲暮，寒蟬碧樹秋。趙云：韓信云：高鳥盡，良弓藏。禮記月令：孟秋之月，寒蟬鳴。淮南子云：黃泉之埃上爲黃雲。碧樹字，祖出列子，而江淹兩使，一云碧樹先秋落，一云碧樹雲芊芊。湖南冬不雪，吾病得淹留。趙云：言荊渚尚雪而可以留也。

湖中送敬十使君適廣陵

趙云：舊本作湖中，師民瞻作湖南，是。蓋此潭州詩，潭州在湖之南也，前後篇皆是長沙，可見矣。

相見各頭白，其如離別何。幾年一會面，今日復悲歌。趙云：古詩云：會面安可知。故對悲歌。其字則撫節悲歌也。少壯樂難得，歲寒心匪他。趙云：古詩云少壯不努力，故對歲寒。其字即論語：歲寒然後知松柏之後彫也。氣纏霜匣滿，冰置玉壺多。樂府：清如玉壺冰。趙云：上句言在匣中而氣騰矣，下句言心之清也。遭亂實漂泊，濟時曾琢磨。形容吾校老，膽力爾誰過。秋晚岳增翠，風高湖湧波。趙云：魏文帝浮淮賦云：驚風泛，湧波駭〔一〕。騫騰訪知己，淮海莫蹉跎。趙云：言敬君之往廣陵者，訪求知己也，應謂揚州節度矣。書曰：淮海惟揚州。故用淮海字。

【校勘記】

〔一〕「駭」字，原奪，上下文意不貫，據全三國文卷四魏文帝浮淮賦並參先後解輯校已帙卷五此詩引趙次公原注〔五〕補。

新刊校定集注杜詩卷三十六

近體詩

重送劉十弟判官

分源豕韋派，韋賢傳詩曰：肅肅我祖，國自豕韋。應邵曰：在商爲豕韋氏。趙云：言劉與杜同出也。別浦雁賓秋。月令：鴻雁來賓。年事推兄忝，張釋之兄事袁盎。趙云：公自言也。劉孝標答郭峙書云：頃年事遒盡，容髮衰謝。蓋言年歲之事也。人才覺弟優。經過辨酆劍，雷次宗豫章記。意氣逐吴鈎。吴鈎，見第五卷後出塞詩「含笑看吴鈎」注。垂翅徒衰老，馮異傳：始雖垂翅回谿，終能奮翼澠池。可謂失之東隅，收之桑榆。先鞭不滯留。劉琨曰：常恐祖生先吾著鞭耳。謂祖逖也。本枝凌歲晚，高義豁窮愁。他日臨江待，長沙舊驛樓。趙云：劉與杜同出，是爲本枝。莊子載孔子曰：聞將軍高義。越語：越王於九月問范蠡曰：今歲晚矣，子將奈何？虞卿因窮愁而著書。

奉贈盧五丈參謀琚

時丈人使自江陵，在長沙待恩旨，先支率錢米。

恭惟同自出，妙選異高標。趙云：恭惟者，恭恪而思惟之也。如杜佑郊天説有曰：恭惟國章，並行二禮。成十三年，晉吕相絶秦有曰：康公我之自出。注：晉外甥也。盧與公蓋同舅氏矣。戰國策曰：舉標甚高。而左太沖蜀都賦云：陽烏回翼乎高標。雖以言山，而實起於戰國策。入幕知孫楚，披襟得鄭僑。孫楚，字子荆。石苞都督揚州事，孫楚爲參軍。鄭僑，子産也。孔子與爲友。趙云：上句言盧丈之爲參謀也。貼以入幕字，則謝安謂郄超曰：卿可謂入幕之賓矣。下句言江陵節度與之爲友，如季札也。左傳襄公二十九年云：季札聘於鄭，見子産，如舊相識。與之縞帶，子産獻紵衣焉。舊注云：孔子與爲友。是何夢語！貼以披襟字，則宋玉風賦云：乃披襟而當之。丈人藉才地，門閥冠雲霄。杜補遺：前漢朱博傳：齎伐閲詣府。師古注曰：伐，功勞也。閲，所經歷也。車千秋傳曰：千秋無伐閲勞。注：伐，積功也。閲，所經也。營造法式曰：唐六品以上通用烏頭大門，又曰表揭，又曰閥閲。義訓云：表揭，閥閲是也。俗呼爲欞星門，是詩所謂門閥冠雲霄者，蓋言盧氏積日累功，而致表揭高於雲霄。趙云：傳云：明其等曰閥。如後漢有云：聲榮無暉於門閥〔一〕。又有史自序門閥也〔二〕。南史王僧達傳云：僧達自負才地。又王勱傳云：王生才地，豈可遊外府乎？老矣逢迎拙，相於契托饒。趙云：公自謂也。言雖衰老，拙於逢迎，而與盧丈相於，所以契托繞縱也。相於字，出選。賜錢傾府待，争米駐船遥。趙云：題注所謂支率錢米也。鄰好艱難薄，氓心杼軸焦。薛云：揚雄方言：土作謂之杼，木作謂之柚。大東小東，杼軸其空。軸當作柚。又後漢：劉騊駼書曰：杼柚空於公私之求〔三〕。趙云：上句言鄰國之好，以艱難而薄，則盧丈使自江陵所持之好也。下句又以成好薄之句，蓋當艱難之際，杼柚空而民心焦熬，則不可多斂以爲鄰好之奉矣。客星空伴使，寒水不成潮。趙云：客星，則公自謂也。伴使，以言其伴盧之爲使星也。舊注引嚴陵事，雖是客星兩字，而惑亂其義矣，況博物志載嚴君平曰：客星犯牽牛。亦豈無客星字耶？下句言相伴之時如此。素髮乾垂領，銀章破在腰。秋興賦：素髮颯以垂領。下句見霧雨銀章濕注〔四〕。趙云：素髮，公自言其老。下句又自言其不達，時爲尚書工部員外郎賜緋魚袋而流落故也。說詩能累夜，醉酒或連朝。中山有酒，一醉千日。趙云：說詩、醉酒，皆公自言耳。孟子云：說詩者不以文害辭。匡衡傳：匡說詩，解人頤。藻翰惟牽率，湖山合動搖。左傳：牽率老夫。趙云：此方言及盧丈，蓋謂華藻詞翰，其所牽率者惟盧丈耳。可以動搖湖山，則文章之妙也。漢志：星影動搖。時清非造次，興盡却蕭條。趙云：言逢時之清爲難得，故曰非造次。當是時相見而興盡，自却蕭條也。天子多恩澤，蒼生轉寂寥。趙云：皆言當時如此。公題下注云：待恩旨，先支率錢米。此豈亦恩澤之謂耶〔五〕？休傳鹿是馬，莫信鵩爲鴞。趙高指鹿爲馬。鵩鳥事，見上留別杜員外注。趙云：當是時，魚朝恩用事，與元載不協，則鹿是馬者，公有激而云矣。未解依依袂，還斟泛泛瓢。流年疲蟋蟀，詩：蟋蟀在堂，歲聿云暮。古詩：四時更變化，歲暮一何速。晨風懷苦心，蟋蟀傷局促。趙云：所以誌時。流年疲勞蟋蟀之轉徙，則嘆晚也。體物幸鷦鷯。莊子：鷦鷯巢林，不過一枝。文賦云：賦體物而瀏亮。張茂先作鷦鷯賦。辜負滄洲願，誰云晚見招。謝玄暉詩：復叶滄洲趣。趙云：此末句感激之言，涵蓄深遠。蓋揚雄檄靈賦曰：世有黄公者，起於滄洲。精神養性，與道漂遊。故謝玄暉之宣城詩云：既懽懷禄情，復協滄洲趣。公今詩以爲離去朝廷，本以爲滄洲之願，而徒然流落，既孤負矣，而又非晚得見招者，此其所以感也。左太沖詠史詩曰：馮公豈不偉，白首不見招。則見招者，朝廷也。李陵云：陵雖孤恩，漢亦負德。孤負字，本是孤獨之孤字，而俗作辜負。舊本乃流傳之誤矣。

【校勘記】

〔一〕「閥」，原作「閲」，據文淵閣本、文津閣本、文瀾閣本、清刻本、排印本改。

〔二〕「閥」，原作「閲」，據文淵閣本、文津閣本、文瀾閣本、清刻本、排印本改。

〔三〕「劉騊駼書曰」二句，檢「杼柚空於公私之求」句，「劉騊駼」後漢書卷五十七劉陶傳作「劉陶」，晉書卷二十六食貨志、太平御覽卷四百五十二人事部録此句亦作「劉陶」；藝文類聚卷六十六産業部下作「劉騊駼」。又，漢詩卷八順陽吏民爲劉陶歌「何時復來安此下民」句下注云：「劉陶，作劉騊駼或劉陶駼。」疑此條宋注出自藝文類聚，將「劉陶」訛作「劉騊駼」，以俟博聞。

〔四〕「濕」，本集卷二十九秋日夔府詠懷寄鄭監李賓客一百韻作「溼」。

〔五〕「邪」，文淵閣本作「耶」，文津閣本、文瀾閣本、清刻本、排印本作「邪」。

登舟將適漢陽

春宅棄汝去，秋帆催客歸。趙云：公二月到潭州，因居焉，則自春所有之宅名之曰春宅。催客歸，公將歸秦也。庭蔬尚在眼，浦浪已吹衣〔一〕。趙云：庭蔬，則時所寓居之庭前蔬也。謝靈運詩：薜蘿若在眼。陶淵明：風飄飄而吹衣。生理飄蕩拙，有心遲暮違。薛云：南華真經：莊子之楚，見髑髏，髐然有形，因而問之曰：夫子貪生失理，而爲此乎？趙云：楚詞云：傷美人之遲暮。詩：中心有違。左傳：王心不違。張茂先鷦鷯賦序云：生生之理足矣。中原戎馬盛，遠道素書稀。趙云：老子云：戎馬生於郊。古詩云：呼兒烹鯉魚，中有尺素書。塞雁與時集，檣烏終歲飛。趙云：自塞飛來之雁也。盛弘之荊州記曰〔二〕：雁塞北接梁州汶陽郡，其間東、西嶺屬天無際。雲飛風翥，望崖迴翼，唯一處爲下。朔雁違塞，矯翮裁度，故名雁塞，同於雁門也。故公今云塞雁。其對檣烏，則帆檣之上，刻爲烏形，取其占風，猶相風之上爲烏也。鹿門自此往，永息漢陰機。趙云：公或欲歸，或欲往滄洲，或欲隱鹿門，然則，不得志而流落者，行止其茫然哉！

【校勘記】

〔一〕「吹」，原奪，據文淵閣本、文津閣本、文瀾閣本、清刻本、排印本訂補。

〔二〕「盛弘之」，原作「盛宏之」，係避諱，此改。

暮秋將歸秦留別湖南幕府親友

趙云：前篇登舟將適漢陽云：春宅棄汝去，秋帆催客歸。則秋初時也。今是次篇却云暮秋將歸秦，則九月時也。謂之湖南幕府，則是潭州也。由是觀之，則公雖欲往漢陽，而元未行，今又有欲歸秦之興，然相續其下等篇，皆只在潭州，亦言之而不行也。

水闊蒼梧野，謝玄暉云：雲去蒼梧野，水還江漢流。天高白帝秋。趙云：廣言湖南上下之景也。白帝城，在夔州。公自夔而來，故言及之。途窮那免哭，顏延年：途窮能無慟。身老不禁愁。大府才能會，諸公德業優。北歸衝雨雪，誰憫敝貂裘！見前季子貂裘敝注。趙云：公以蘇秦自比也。

送盧十四弟侍御護韋尚書靈櫬歸上都二十韻

趙云：此詩三段。自「素幕渡江遠」至「臺迎獬豸威」，言韋尚書靈櫬至上都，而送之者盧侍御也；自「深衷見士則」至「風流後代希」，言盧侍御之登對所論事也；自「對颺期特達」至「故就別時飛」，則轉入以言己身與盧爲別也。

素幕渡江遠，朱幡登陸微。漢二千石，朱幡兩輪。趙云：朱幡，則丹旐也。舊注云：漢二千石，朱兩幡。誤矣。幡字從車，自是車轓。幡字從巾，自是幡旐也。登陸微，則以其登陸，故微見之也。悲鳴駟馬顧，失涕萬人揮。陸士衡詩：揮淚廣川陰。趙云：駟馬顧，則有戀主之意。士文伯死，其母謂衆妾曰：無揮淚。參佐哭辭畢，門闌誰送歸！見上「門闌多喜色」注。趙云：門闌，貴人之家也。後漢明帝紀：勞賜元氏門闌走卒。注引續漢志云：五伯、鈴下、侍閤、門闌部署、街里走卒，皆有程品，多少隨所典領。則門闌之品，貴家方有之。從公伏事久，之子俊才稀。長路更執紼，此心猶倒衣。詩：自公召之，顛倒裳衣〔一〕。趙云：禮：助葬者執紼也〔二〕。下句言若公之猶在，蚤起而趨之也。詩：之子于歸。感恩義不小，懷舊禮無違。潘安仁有懷舊賦。張平子南都賦云：獻酬既交，率禮無違。墓待龍驤詔，臺迎獬豸威。漢獻加魏武九錫曰：龍驤虎視，旁眺八方。杜正謬：唐史遺事：武后幸洛陽至閿鄉縣，車騎不進，召巫問之。巫曰：晉龍驤將軍王濬云：臣墓在縣南，每爲樵採所苦。聞大駕至，故來哀求。后遂詔：去墓百步不得樵採。子美八哀詩贈鄭國公嚴武曰：虛無馬融笛，悵望龍驤塋。元注謂王濬卒，以龍驤名墓。本傳止云：濬，龍驤將軍，卒，葬柏谷中。大營塋域葬，垣周四十五里。不載詔龍驤名墓事。趙云：言盧尚書之墓，大營塋域如王濬者〔三〕，當俟詔也。獬豸威，言韋侍御之還朝，則還從其班序也。獬豸者，冠名。胡廣漢官儀曰：侍御史四人持書，皆法冠，一名柱後，一名獬豸。乃獸名，一角，知人曲直而觸不直者，故執法者冠之。此自無威字，益見上句詔字，出公自云爾。深衷見士則，雅論在兵機。趙云：世說：鄧艾年十二，至潁川，讀陳太邱碑文曰：言爲世範，行爲士則。遂自名範，字士則。後宗族有同者，乃改今名。戎狄乘妖氣，塵沙落禁闈。趙云：禁闈，天子之内也。此言吐蕃陷京師也〔四〕。往年朝謁斷，他日掃除非。趙云：上句言去上都之久，而斷朝謁也。下句言除掃吐蕃不得上策，所以爲非也。但促一作整。銅壺箭，漏刻銘：金箭方圓之制〔五〕。注：金謂壺。又云：銅史司刻，金徒抱箭。趙云：欲上之末明求衣而早朝也。休添玉帳旂。見上「空留玉帳旂」注。趙云：言不必添兵也。玉帳，將軍之帳也。動詢黃閣老，見上「扈聖登黃閣」注。肯慮白登圍！漢高帝伐匈奴，至平城，冒頓以兵三十餘萬圍白登。趙云：言天子雖屢詢大臣，而莫知以白登之圍爲慮者。此豈勸親征之徒歟？黃閣老，言三公也。宋忠曰：三公黃閣，前史無有此義。按禮記：士韠與天子同，公侯大夫則異。鄭玄云：士賤，與君同不嫌。夫朱門洞啓，當陽之正色。三公之與天子禮秩相亞，故黃其閣以示謙，不敢斥天子，宜是漢舊制也。萬姓瘡痍合，群凶嗜慾肥。趙云：上句言其困於誅求役使也，下句言將帥乘此爲驕也。刺規多諫諍，端拱自光輝。趙云：上句所以望於盧侍御也，下句言天子聞其諫諍，自可以垂衣拱手而治也。孟子：充實而有光輝。孝經：諫諍章。儉約前王體，風流後代希。趙云：此已上言盧侍御之登對所論事如此。詩：前王不忘。對敭期特達，衰朽再芳菲。趙云：對敭期特達，用結上所以言對敭天子之前，當在特達而勿委靡，則衰朽之人再獲芳菲，言同受其榮也。書：敢對揚天子休命。空裏愁書字，山中疾採薇。上句見「咄咄正書空」注，下句伯夷傳：登彼首陽，采其薇矣。趙云：既有再芳菲之望，亦嫌疾采薇之太清也。撥盃要忽罷，抱被宿何依。趙云：撥盃者，揮盃也。既別矣，撥盃之相要忽罷。平昔抱被就宿，今又何依也。顧愷之：魚鳥將何依？眼冷看征蓋，兒扶立釣磯。清霜洞庭葉，故就別時飛。楚辭湘夫人：洞庭波兮木葉下。謝莊月賦：洞庭始波，木葉微脱。

【校勘記】

〔一〕「自公召之顛倒裳衣」二句，毛詩正義卷五東方未明作：「東方未明，顛倒衣裳。顛之倒之，自公召之。」

〔二〕「者」，禮記曲禮上作「必」。

〔三〕「域」，文淵閣本作「城」，訛。

〔四〕「京」，文津閣本作「於」，訛。

〔五〕「漏刻銘」，文淵閣本「漏」訛作「渴」。檢「金箭方圓之制」句，文選卷五十六、全梁文卷五十三作陸倕「新刻漏銘」；又，「箭」，文選、全梁文作「筒」。

哭李常侍嶧二首

一代風流盡，修文地下深。下句見聞高常侍亡注。趙云：南史：張緒死，其從弟融齎酒於緒靈前酌飲慟哭曰：阿兄風流頓盡。斯人不重見，將老失知音〔一〕。伯牙以鍾期爲知音，期死，而牙絕絃。趙云：斯人字，起於孔子言伯牛之疾曰〔二〕：斯人也，而有斯疾也。蓋嗟其人賢也。陸機云：吾將老而爲客。指李常侍如鍾子期也。曹丕與吳質書曰〔三〕：昔伯牙絕絃於鍾期，仲尼覆醢於子路；痛知音之難遇，傷門人之莫逮也。左傳：吾將老焉。短日行梅嶺，寒山一作江。〔四〕落桂林。趙云〔五〕：李常侍之櫬，應自廣南來也。大庾嶺上多梅，故又謂之梅嶺。山海經曰：桂木八樹在賁禺東。注云：八樹成嶺林，言其大也。賁禺在廣州。又廣志曰：桂生於高山之嶺，其類自爲林，間無雜樹。而桂林兩字，則郤詵曰桂林一枝也〔六〕。長安若箇畔，猶想映貂金。侍中冠貂蟬，阮修以貂蟬換酒。趙云：末句，必歸長安。貂金字，則侍中事。漢官儀曰：侍中冠武弁大冠〔七〕，亦曰惠文冠。加金璫，附蟬爲文，貂尾爲飾，謂之貂蟬。侍中服之則左貂，常侍服之則右貂。董巴輿服志云：金取堅剛，百鍊不耗；蟬取居高飲清；貂取内勁悍，外温潤。本趙武靈王朝服之制，秦始皇破趙，得其冠，賜侍中。

右一

【校勘記】

〔一〕「音」，文津閣本作「首」，訛。

〔二〕「曰」，文淵閣本作「也」。

〔三〕「李常侍如鍾子期也曹丕與吴質書曰」十五字，文津閣本作「指曰」云云，錯簡。又，「曹丕」原作「曹否」，據文淵閣本、文津閣本、文瀾閣本、清刻本、排印本改。又，「吴質」，文瀾閣本作「季質」，訛。

〔四〕「一作江」，文津閣本作「也曹子路」，錯簡。

〔五〕「趙云」，文津閣本作：「質書之難遇傷門人之莫逮李常侍如鍾子期也曹丕與季。　趙云也左傳吾將老馬期仲尼覆醢于於子路痛知音之」。錯簡。

〔六〕「嶺」，文淵閣本、文津閣本、文瀾閣本、清刻本、排印本無。又，「八樹成嶺林」下四十三字，文淵閣本作「八樹而桂林兩字則郄詵曰林言其大也賁禺在廣州又廣志曰桂住於高山之嶺其類自爲林間無雜樹而桂林兩字則郄詵曰桂林一枝也」，錯簡。其中，「郄詵」，文津閣本作「郄詭」，訛。

〔七〕「大」，原作「文」，訛，據初學記卷十二職官部下、文獻通考卷五十職官考四並參先後解輯校已帙卷二此詩引趙次公原注〔三〕改。

青鎖陪雙入，銅梁阻一辭。見「通籍踰青瑣」注。左蜀有銅梁縣。趙云：此篇追言李之平生，與悼其既死，皆是實事。青瑣，漢殿門名。陪雙入，則公昔爲左拾遺，時與常侍同通籍而入也。阻一辭，則追恨不得一别也。風塵逢我地，江漢哭君時。趙云：言當風塵之際，相逢於江漢，而今又在江漢聞其喪而哭也。晉華覈上疏曰：卒有風塵不虞之變。詩：滔滔江漢。次第尋書札，呼兒檢贈詩。古詩：遺我一書札。又：呼兒烹鯉魚。文選有贈答詩。發揮王子表，不愧史臣詞。趙云：常侍者，宗室之子也，故用王子表字，前漢書有王子侯表。

右二

哭韋大夫之晉

悽愴郇瑕邑，左傳：晉謀去故絳，諸大夫曰：必居郇瑕氏之地。差池弱冠年。曲禮：二十曰弱冠。丈人叨禮數，文律早周旋。左傳：與君周旋。臺閣黄圖裏，簪裾紫蓋邊。三輔黄圖。又漢宮闕詔。沈休文碑：陪龍駕於伊洛，侍紫蓋於咸陽。尊榮真不忝，端雅獨翛然。貢喜音容間，見竊效貢公喜注。馮招病疾纏。左太沖：馮公豈不偉，白首不見招。南過駭蒼卒，北思悄聯綿。洞簫賦：吟氣遺響，聯綿飄撇。鵩鳥長沙諱，見賈誼傳。犀牛蜀郡憐。見石犀牛行注。素車猶慟哭，寶劍欲高懸。上句後漢：范式，字巨卿，與汝南張元伯爲友。元伯尋卒。夢范式曰：巨卿，吾以某日死，以某時葬。子不我忘，豈能相及？式馳往赴之，喪已發引，將窆，而柩不肯進。其母撫之曰：元伯豈有望邪？停柩移時，乃見有素車白馬，號哭而來，其母曰：必范巨卿也。下句見把劍覓徐君注。漢道中興盛，韋經亞相傳。上句言建武中興之美，下句言韋賢教子一經。沖融標世業，磊落映時賢。城府深朱夏，江湖眇霽天。倚樓關樹頂，古詩：西北有高樓，交疏結綺窗。飛旐泛堂前。寡婦賦：飛旐翩以啓路。帟幕旋風燕，帟幕霄懸，謝玄暉詩：風簾入雙燕。笳簫急暮蟬。興殘虚白室，莊子：虚室生白。跡斷孝廉船。世説：張憑舉孝廉，負其才，自謂必參時彦。初欲詣劉真長，鄉里及同舉者共笑之。張遂往詣，真長延之上坐，清言彌日，因留宿至曉。張退，劉曰：卿且前去，當取卿共詣撫軍。張還船，同旅問何處宿，張笑而不答。須臾，真長遣傳教覓張孝廉船，同旅詫愕〔一〕。即同載詣撫軍。至門，劉進曰：下官今日與公得一太常博士。撫軍與之言，咨嗟稱善，即用爲太常博士。童孺交遊盡，喧卑俗事牽。老來多涕淚，情在强詩篇。誰繼方隅理，朝難將帥權。春秋褒貶例，名器重雙全。

【校勘記】

〔一〕「詑」，文淵閣本、文津閣本、文瀾閣本作「宛」。

舟中夜雪有懷盧十四侍御弟

朔風吹桂水，大雪夜紛紛。暗度南樓月〔一〕，寒深北渚雲。江淹詩：苕亭南樓期〔二〕。趙云：南樓、北渚，潭州實有之。屈原云：帝子降兮北渚。燭斜初近見，舟重竟無聞。不識山陰道，聽雞更憶君。趙云：語林曰：王子猷居山陰，大雪夜，開室命酌。四望皎然，因詠招隱詩，忽憶戴安道。戴時在剡，乘興棹舟，造門而返。今句則又反言之，言身不能去，止有思憶而已。

【校勘記】

〔一〕「樓」，原奪，據文淵閣本、文津閣本、文瀾閣本、清刻本、排印本訂補。

〔二〕「江淹」，原作「謝惠連」，檢謝惠連詩無「苕亭南樓期」句，考文選卷三十一、梁詩卷四江淹謝法曹惠連贈别有此句，當是誤置，據改。

對雪

北雪犯長沙，胡雲冷萬家。隨風且開一作間。葉，趙云：當作開，言雪隨風灑於葉上而開之也。帶雨不成花。趙云：爲雨所融混，而六出花之狀不明也。今世有鄭獬者，詩云雨作雪花開不成，蓋本於此也。金錯囊徒罄，張平子：美人贈我金錯刀。趙壹詩曰：文籍徒滿腹，不如一囊錢〔一〕。趙云：專指言錢也，非金錯佩刀者。漢書曰：王莽鑄大錢，又造錯刀，以金錯其文。此錢形之如刀，而金錯之之證。續漢書曰：佩刀，諸侯王黄金錯鐶。謝承後漢書曰：詔賜應奉金錯把刀。此所用之刀以金錯爲飾之證。張平子四愁詩曰：美人贈我金錯刀。則主所用刀而言之。銀壺酒易賒。無人竭浮蟻，趙云：浮蟻，酒也。蓋本釋名曰：酒有泛齊，浮蟻在上。而張衡南都賦云：浮蟻若萍。有待至昏鴉。公自注：何遜詩云：城陰度塹黑，昏鴉接翅歸。趙云：王立之詩話云：頗嘗怪昏鴉亦常語，何必引遜句耶？甫後作絶句，却云「昏鴉接翅稀」。立之之説如此。次公考杜集「接翅稀」絶句，在此對雪詩前〔二〕。立之既失前後之次，又不原公之心，於第二次用昏鴉，方獨引注。蓋公時露消息，要見其詩所謂無一字無來處。

【校勘記】

〔一〕「囊」，文淵閣本作「裳」。

〔二〕「對雪詩前」句，句前原奪「次公考杜集接翅稀絶句在此」十二字，上下文意不貫，參先後解輯校己帙卷六對雪引趙次公原注〔三〕補訂。

冬晚送長孫漸舍人歸州

參卿休坐幄，蕩子不還鄉。古詩：蕩子行不歸。趙云：坐幄，則坐籌帷幄之摘文。此兩句公自言也。公爲劍南節度府參謀，是謂參卿，節度屬官者，入幕之賓也。公前爲之，而今罷，所謂休坐幄。列子曰：人有去鄉土遊於四方而不歸者〔一〕，世謂爲狂蕩之人也。還鄉字，則一舉還故鄉之摘文。南客瀟湘外，西戎鄠杜傍。宣帝尤樂杜鄠之間。杜屬京兆，鄠屬扶風，音扈。趙云：公北人也，而在湘潭，是爲南客。西戎鄠杜傍，則吐蕃之兵未息。去歲大曆三年八月，寇靈州，又寇邠州，今歲四年十一月，又寇靈州故也。衰年傾蓋晚，費日繫舟長。鄒陽：傾蓋如故。趙云：上句則初與長孫相見耳。傾蓋字，孔子與程子傾蓋而語也。舊注引鄒陽傾蓋如故，在後矣。下句則公又言其舟留滯而未行也。會面思來札，銷魂逐去檣。古詩：會面安可知。別賦：黯然銷魂。趙云：上句言欲會面，則每思來札，所以預囑其寄書。下句則長孫之舟上水而往也。雲晴鷗更舞，風逆雁無行。趙云：鷗更舞、雁無行，兩句言別時景也。鷗言舞，則列子云：鷗鳥舞而不下。雁言行，則詩云兩驂雁行也。匣裏雌雄劍，吹毛任選將。見第五卷前出塞詩。

【校勘記】

〔一〕「於」，文淵閣本作「鄉」，訛。

暮冬送蘇四郎徯兵曹適桂州

飄飄蘇季子，六印佩何遲。蘇季子言：吾若有雒陽負郭二頃田，安能佩六國相印乎？漢武帝讀大人賦，飄飄然有凌雲之氣。早作諸侯客，兼工古體詩。上句，見「諸侯老賓客」注。陸士衡有擬古詩。爾賢埋照久，吾病長年悲〔一〕。阮步兵詩：沈醉似埋照。淮南子云：木葉落，長年悲。趙云：盧綰須征日，盧綰傳：上使使召綰，綰稱病不行。上怒曰：綰果反，使樊噲擊之。樓蘭要斬時。見上十九卷「樓蘭斬未還」注〔二〕。趙云：此指言吐蕃之贊普矣。歲陽初盛動，王化久磷緇。見上十七卷「此道未磷緇」注〔三〕。趙云：上句言十二月二陽生矣，下句則傷時之切矣。爲入蒼梧廟，看雲哭九疑。趙云：因送蘇徯適桂州而思舜。舜南巡狩，崩於蒼梧之野，而葬於九疑之山，故托蘇徯入其廟而遠望其墓以哭，則公欲堯舜其君民之懷也。

【校勘記】

〔一〕「吾」，錢箋卷十八作「余」。

〔二〕「樓蘭斬未還」句，見本集卷二十秦州雜詩其一。

〔三〕「此道未磷緇」句，見本集卷三十三暮春江陵送馬大卿公恩命追赴闕下，「十七」當作「三十三」。又，「十七」，文津閣本作「十三」，訛。

風疾舟中伏枕書懷三十六韻奉呈湖南親友

軒轅休製律，甫自注云：伏羲造瑟，神農造琴〔一〕，舜彈五絃琴，歌南風之篇有矣。史記：黄帝名曰軒轅。前漢律曆志：黄帝使伶倫自大夏之西，崑崙之陰，取竹之嶰谷生，其竅厚均者，斷兩節間而吹之，以爲黄鐘之宫。制十二篇以聽鳳之鳴，其雄鳴六，雌鳴亦六，比黄鐘之宫〔二〕，而皆可以生之，是爲律本。虞舜罷彈琴。樂記：舜作五絃之琴，以歌南風。尚錯雄鳴管，見上注。猶傷半死心。枚乘七發云：龍門之桐，高百尺而無枝，其根半死半生，冬則風雪之所激。聖賢名古邈，羇旅病年侵。范蔚宗：聞道雖已積，年力互頹侵。陸士衡：前路既已多，後塗隨年侵。趙云：上句言造琴律之聖賢，其名已古遠矣。下句言其身之病隨年而相侵也。此已上六句已言風疾矣。其下則鋪叙其流落之迹也。舟泊常依震，湖平早一作半。見參。震，東方也，有震澤。參，曉星也。謝朓：曉星正參落〔三〕。趙云：舟泊常依震，則泊處見東邊也〔四〕。舊注更引震澤，惑學者矣。參星曉見，或爲山所障，或爲樹木所蔽，則未必見之。「湖平早見參」，則視天闊遠，宜其早見矣。舊早一作半，非。如聞馬融笛，若倚仲宣襟。馬融好吹笛，有長笛賦，序云性好音律，能鼓琴吹笛。王粲仲宣登樓賦云：憑軒檻以遥望〔五〕，向北風而開襟。趙云：言風來舟中，如吹笛之所召，倚樓之所逢也〔六〕。故國悲寒望，顔延年：故國多喬木，空城凝寒雲。趙云：故國，長安也。悲當寒望之中。群雲慘歲陰。趙云：歲陰，歲晚也。神農本草云：秋冬爲陰。陸士衡猛虎行云：時往歲載陰是已。時寒雲重，所以爲慘。水鄉霾白屋，楓岸叠青岑。趙云：白屋，白板屋也。字雖出周公下白屋之士，而楚俗多白板扉矣〔七〕。楚詞曰：江水湛湛兮上有楓。楚岸多楓，故曰楓岸。鬱鬱冬炎瘴，濛濛雨滯淫。張平子：鬱鬱不得志。魏文帝：鬱鬱多愁思。詩云：零雨其濛。趙云：冬炎瘴，實紀其事。楚詞曰：露雨淫淫〔八〕。雨滯淫之義，蓋出於此也。**鼓迎非祭鬼，彈落似鴞禽。**語：非其鬼而祭之，諂也。漢賈誼鵩賦云：鵩似鴞。鮑云：莊子曰：見彈而求鴞炙。趙云：楚俗好巫祀，故云非祭鬼。似鴞禽，此長沙實事。**興盡纔無悶，愁來遽不禁。**王子猷興盡而返。易：遯世而無悶。**生涯相汩没，時物自**一作正。**蕭森。**張景陽：溪壑無人跡，花林鬱蕭森〔九〕。**疑惑尊中弩，**杜補遺：抱朴子曰：予祖郴爲汲令，以夏至日請主簿杜宣飲酒。北壁上有懸赤弩，照於杯中，如蛇。宣惡之，及飲得疾。後郴知之，延宣於舊處，置酒，其見如初。因謂宣曰：此弩影耳。宣疾遂瘳。此與樂廣傳蛇影事大相類，特弓與弩異耳。**淹留冠上簪。**北山移文云：昔聞投簪逸海岸。沈休文：待此未抽簪。趙云：冠簪者，卿大夫之禮也，欲致仕閑散者，謂之投簪。沈休文詩：聊欲投吾簪。今云淹留冠上簪，則公以猶未能遂棄冠冕也。**牽裾驚魏帝，投閣爲劉歆。**辛毗諫帝，帝怒起，毗引帝裾。下句見上子雲識字終投閣注。**狂走終奚適，微才謝所欽。**吾舍魯奚適。陸士衡：寤寐靡安豫，願言思所欽。朱浮與彭寵書云：獨中風狂走，自損盛時〔一〇〕。**吾安藜不糝，汝貴玉爲琛。**孔子藜羹不糝。趙云：上句以孔子自處也。汝，指湖南親友也。貴玉爲琛，琛者，寶也。詩云來獻其琛是已。言其所以爲寶者，貴用玉而充之也。**烏几重重縛，鶉衣寸寸針。**趙云：烏几，烏皮几也。齊謝朓有烏皮几詩。鶉衣，即衣如懸鶉之謂也。**哀傷同庾信，述作異陳琳！**庾信作哀江南賦，陳琳爲袁紹檄豫州曹公。趙云：庾信有哀江南賦，哀傷同之，則皆所以憂國也。陳琳爲袁紹作檄，謗詈曹公父祖。及曹公得之，愛而不咎。今公句自言其無爲人作謗詈語，所以爲異也。或云，陳琳健於章表，曹公嘗見其檄而頭風愈。今公自謙，以爲其述作不能似之。於義亦通。**十暑岷山葛，三霜楚户砧。**葛，蜀布也。十暑不易，言其貧也。三霜，居楚三易屋霜。

趙云：書云：岷山導江。有此岷山兩字，而用對楚户，則史記云：楚雖三户，亡秦必楚也。岷山言葛，則蜀中出布故也。楚户言砧，則楚俗多擣寒衣故也。葛以御夏，故云暑。論語曰：當暑袗絺綌。莊子云：冬裘夏葛。是已。擣衣在孟秋，故云霜。庾信夜聽擣衣詩云：秋夜擣衣聲，飛度長門城。淮南子云：七月百蟲蟄伏，青女乃出以降霜露。此霜之所以言孟秋也。此兩句句法正與荆南述懷云「九鑽巴㷖火，三蟄楚祠雷」同，各於一句中言年辰，言處所，言時候又並相契無差。以清明而言，故巴㷖火曰九鑽，則自庚子數至戊申，在西、東蜀，在夔，九年見清明也。以暑服而言，故岷山布曰十暑，其與上在西、東蜀，在夔者九年同，而大曆二年有閏六月〔一一〕，又可以當一暑矣，蓋言九暑可也，著十字以著見其閏焉。月詩云「二十四回明」，兼閏六月望，方敷其數，亦以著見其閏也。若述懷下句以八月而言，故楚祠雷曰三蟄。今詩下句以七月而言，故楚户砧曰三霜，豈不相契無差乎？

叨陪錦帳坐，久放白頭吟。郎官有錦帳，見漢百官志。司馬相如將聘茂陵人爲妾，文君賦白頭吟。

反樸時難遇，忘機陸易沈。老子：還淳返樸。杜補遺：莊子載孔子之言曰：方且與世違而心不屑與之俱。是陸沈者也，其市南宜僚耶？文選詩：道勝貴陸沈。注：無水而沈〔一二〕，謂之陸沈。史記：武帝時齊人東方朔坐席中，酒酣，據地歌曰：陸沈於俗，避世金馬〔一三〕。趙云：上句傷俗之澆薄矣，下句忘機字，未見祖出，止見唐人詩曰：我爲忘機方到此，寄言鷗鳥不須驚。以俟博聞。

應過數粒食，得近四知金。鷦鷯賦：巢林不過一枝，每食不過數粒。後漢：王密懷金遺楊震曰：夜無知者。震曰：天知〔一四〕、地知、子知、我知，是四知。遂不受，密慙而退。趙云：今云應過、得近，則以口腹之累，不比鷦鷯數粒而已。如是，則須金以拯客窮，所以近金而無嫌也。

春草封歸恨，源花費獨尋。劉安招隱：王孫遊兮不歸，春草生兮萋萋〔一五〕。下句見上欲問桃源宿注。趙云：上句言其故園之草有懷恨以待公之歸也。武陵桃源，在今鼎州。公既南征矣，有尋源花之便也。

轉蓬憂悄悄，行藥病涔涔。見生涯獨轉蓬注。柏舟，詩：憂心悄悄。鮑明遠有行藥至城東橋詩，注謂照有病，服藥行以宣導之。漢霍光夫人顯謀毒許后，后免身，取附子并合太醫大丸飲之，有頃，頭岑岑也〔一六〕。趙云：上句公自傷其流落也，下句自閔傷其疾病也。但許后傳岑岑字無水傍。

瘞夭追潘岳，潘岳有悼亡詩，懷舊、寡婦二賦。杜正謬：潘岳傷弱子序曰：三月壬寅，弱子生。五月之長安。壬寅，次于新安之千秋亭。甲辰而弱子夭。乙巳，瘞于亭東。故岳西征賦云「夭赤子於新安，坎路側而瘞之」是也。持危覓鄧林。山海經云：夸父死。棄其杖，而爲鄧林。列子云：夸父不量力，欲返日影，逐之於隅谷之際。渴欲得飲，赴飲河渭，不足，將走北飲大澤。未至，道渴而死。棄其杖，尸膏肉所浸〔一七〕，生鄧林，彌廣數千里焉。趙云：貼之以持危，則語云危而不持也。

蹉跎翻學步，阮籍：娛樂未終極，白日忽蹉跎。壽陵餘子學步於邯鄲，失其故步，匍匐而反。趙云：公自傷其隨流俗也。感激在知音。趙云：公自傷其無識之者也。子期死，伯牙破琴絶弦，終身不復鼓。

却假蘇張舌，高誇周宋鐔。蘇秦、張儀。莊子説劍：王曰：天子之劍，何如？曰：天子之劍，以燕谿石城爲鋒，齊岱爲鍔，晉魏爲脊，周宋爲鐔，韓魏爲鋏。趙云：所謂掉三寸之舌者也。兩句通義，言雖欲爲説客，則所談者王道也。

納流迷浩汗，峻址得嶔崟。趙云：以比所求見之人。其人如海之納流，而我迷其勢之浩汗。海賦云瀰瀁浩汗也。其人如山之峻址，而我得其嶔崟。選詩云：南山鬱嶔崟。

城府開清旭，松筠起碧潯。趙云：上句則言諸公在幕府一句也。清旭字，舊本以其諱字改作清日，便無義理。若作清旦，猶可也。此義在衆官之入府矣〔一八〕。下句則公自言其舟之所在。潯，韻書云：旁深也。如楚詞弭節乎江潯是已。

披顔争倩倩，逸足競駸駸。詩：載驟駸駸〔一九〕。趙云：上句則言往披承諸公之顔，争爲倩倩以相待。詩云：巧笑倩兮。主在乎言笑也〔二〇〕。下句則又以驟馬比諸公也。

朗鑒在愚直，皇天實照臨。左傳：皇天后土實聞此言。趙云：愚直，公自謂也；朗鑒存之，則所以望諸公也。皇天實照臨，則公又自言愚直可以合天心也。論語曰：古之愚也直。詩云：日居月諸，照臨下土〔二一〕。

公孫仍恃險，侯景未生擒。蜀都賦：長城豁險，吞若巨防。一人守隘，萬夫莫向。公孫躍馬而稱帝，劉宗下輦而自王。左傳：不恃險與馬。侯景，陷臺城者。趙云：是時，節度之中有恃險如公孫述之在夔者，有攻犯城邑如侯景陷城者。公欲攻其險而生擒其人，此公之愚直矣。高歡與宇文泰相持於渭曲，泰命將士皆偃戈於葦中。歡曰：縱火焚之如何？侯景曰：當生擒黑獺，以示百姓。若衆中燒死，誰復信之？

書信中原闊，干戈北斗深。

趙云：長安之城號北斗，以其上當之也。此句又見長安之旁近猶有兵馬，所以北斗在乎干戈之外爲深矣。

畏人千里井，

薛云：按西山十二真君傳：許真君弟子施岑揮蜃中其股，遂奔入豫章城西門外投泉井中。真君尋井脉追之，直至長沙。趙云：薛蒼舒引非是，出處初無千里井三字也。竊考千里井有兩事。諺云：千里井，不瀉剉。以其有汲飲之日也。唐有蘇氏演義小説者，載金陵記云：日南計吏止于傳舍間，及將就路，以馬殘草瀉於井中而去，謂無再過之期。不久，復由此，飲于此井，遂爲昔時剉節刺喉而死。故後人戒之曰：千里井，不瀉剉。或又云：千里井，不堪唾。亦是古語。故陳徐陵作玉臺新詠，載劉勳妻王氏雜詩云：千里不唾井，況乃昔所奉。爲客於外，所逢者皆千里之井也。然謂之畏人，則剉節刺喉，於義爲近。古詩：客子常畏人。

問俗九州箴。

揚雄傳贊：箴莫善於虞箴，作州箴。晉灼曰：謂九州之箴。趙云：箴載在藝文類聚中。記云：入國而問俗。問九州箴，則公之俯仰隨世可知矣。

戰血流依舊，軍聲動至今。葛洪尸定解，

後漢方術傳注：尸解者，言將登仙，假托爲尸以解化也。葛洪傳：卒年八十一。視其顏色如生，體赤柔軟，舉尸入棺，甚輕，如空衣，世以爲尸解得仙[二二]。

許靖力還任。

蜀志曰：許靖，字文休。少與從弟劭俱知名[二三]，並有人倫臧否之稱，而私情不協。排靖不得齒敘也。趙云：上句所以重傷其遭危難而不得不流落矣，又引下句之所思：若能如葛洪，則尸定解。今公云此，以言欲南往以求丹砂，必享此也。王朗嘗與許靖書曰：足下周流江湖，以暨南海，歷觀夷俗，可謂遍矣。如靖之力，還可勝任，又以言南往而避難也。

家事丹砂訣，無成涕作霖。

葛洪爲句漏令，求丹砂。趙云：家事丹砂訣是兩件事，言處辦家事及營求燒丹之訣，兩無所成，所以涕如霖也[二四]。涕如霖，則涕泣如雨之霖也。

【校勘記】

〔一〕「造」，文淵閣本、文津閣本、文瀾閣本作「作」。

〔二〕「比」，原作「此」，據史記卷二十一律曆志改。

〔三〕「謝朓」，原作「鮑照」，檢鮑照詩無「曉星正參落」句，考文選卷二十七、齊詩卷三謝朓京路夜發有此句，據改。

〔四〕「見」，文淵閣本、文津閣本、文瀾閣本作「在」。

〔五〕「檻」，文淵閣本作「轅」。

〔六〕「逢」，文淵閣本作「進」。

〔七〕「白板扉」，文淵閣本作「板扇」。

〔八〕「露」，文淵閣本、文津閣本、文瀾閣本作「霧」。案，楚辭章句卷十大招作「霧」。

〔九〕「花林」，文淵閣本、文津閣本、文瀾閣本作「荒林」。案，文選卷二十九、晉詩卷七張景陽雜詩作「荒楚」。

〔一〇〕「損」，後漢書卷三十三朱浮傳、文選卷四十一、全後漢文卷二十一朱浮與彭寵書作「捐」。

〔一一〕「大曆」，原作「大歷」，清刻本、排印本作「大歷」，「歷」爲「曆」之古字，係避諱，此改。
〔一二〕「而」，文淵閣本作「是」。
〔一三〕「避」，文淵閣本作「僻」，訛。
〔一四〕「知」，文淵閣本作「地」。
〔一五〕「兮」，底本漫滅，據文淵閣本、文津閣本、文瀾閣本、清刻本、排印本補。
〔一六〕「岑岑」，文淵閣本作「涔涔」。
〔一七〕「肉」，文淵閣本作「同」，訛。
〔一八〕「此」，原作「比」，訛，據文淵閣本、文瀾閣本改。
〔一九〕「驟」，文淵閣本、文津閣本、文瀾閣本作「駿」，訛。
〔二〇〕「乎」，文淵閣本作「手」，訛。
〔二一〕「照臨下土」，文淵閣本作「德照臨御」。
〔二二〕「尸解得仙」，文淵閣本作「屍解後得仙」。
〔二三〕「與」，文淵閣本作「年」。
〔二四〕「兩」，文淵閣本作「而」。

奉贈蕭二十使君

昔在嚴公幕，俱爲蜀使臣。艱危參大府，前後間清塵。自注：嚴再領成都，余復參幕府。趙云：廣德二年五月，合劍南東、西川爲一道，再以黄門侍郎嚴武爲節度使。公春晚自閬攜家歸蜀，再依武。武奏爲節度參謀。今贈蕭詩而云間清塵，則蕭是嚴公初鎮時入幕，而公在其再來時，所以爲間也。公自注之義亦明。司馬相如諫獵疏曰：犯屬車之清塵。起草鳴先路，乘槎動要津。乘槎，見上虛乘八月槎注。要津，見古詩先據要路津注。趙云：上句則蕭使君初自嚴幕而往，必爲舍人之職矣。唐制：舍人六人，正五品上，掌侍進奏，參議表章。凡詔旨、制敕、璽書、册命，皆起草進畫。既下，則署行。鳴先路，以駿馬比而貼之也。下句所以言其貴也。王舄聊暫出，蕭雉只相馴。見遠愧尚方曾賜履注。蕭望之爲郎，有雉隨車。魯恭爲中牟令，翟雉馴于桑下。趙云：蕭廣濟孝子傳：蕭芝至孝，除尚書郎。有雉數十頭，飲啄宿止。當上直，送至岐路；下直入門，飛鳴車前。今云蕭雉只相馴，則蕭使君其官應是尚書郎也。舊注既誤以爲蕭望之，又引魯恭爲中牟令，雉馴桑下，惑後學矣。終始任安義，前漢：任安，字少卿，爲益州刺史予司馬遷書〔一〕，責以古賢臣之義也。杜正謬：謹按前漢書：衛青爲大將軍，霍去病爲驃騎將軍，定令令禄秩與大將軍等。自是青日衰，而去病日益貴。故人門下多去事去病，輒得官爵，惟獨任安不肯去。子美是詩首句云：昔在嚴公幕，俱爲蜀使臣。及有塤篪、金石、食恩之語。元注云：嚴公歿後，老母在堂。使君温清之問，甘脆之禮，名數若己之庭闈焉。太夫人傾逝，又撫孤之情不減骨肉。以是考之，足以見蕭使君如任安之事衛青，有終始之義。舊注所引非是。荒蕪孟母鄰。趙云：孟母事，見列女傳，字則何平叔景福殿賦：嘉班妾之辭輦，偉孟母之擇鄰。今句云荒蕪孟母鄰，則譬嚴母如孟母。既死，則所擇鄰以居止之處荒也。聯翩匍匐禮，意氣死生親。自注：嚴公歿後，老母在堂。使君温清之問〔二〕，甘脆之禮，名數若已之庭闈焉〔三〕。太夫人傾逝，襄事又首諸孫。主典撫孤，不減骨肉〔四〕，則膠漆之契可知矣。唐舊史：秦王世民謂尉遲敬德曰：丈夫意氣相期。　趙云：非公自注如此分明，則誰能知之？所以一部中凡有小注，不可不謂之公自注而削去之也。詩云：凡民有喪，匍匐救之。史云：一死一生，乃見交情也。

張老存家事，嵇康有故人。左傳：晉侯以張老爲中軍司馬。嵇康臨死謂子曰：山公在，汝不孤矣。　趙云：上句，檀弓曰：晉獻文子成室，晉大夫發焉。張老曰：美哉輪焉，美哉奐焉。歌於斯，哭於斯，聚國族於斯。文子曰：武也得歌於斯，哭於斯，聚國族於斯，是全要領以從先大夫於九京。北面再拜稽首。君子謂之善頌善禱。今句云張老存家事，則以張老比蕭使君，言能存嚴公之家事，使得令諸孫奉太夫人襄事，哭於斯，聚國族於斯，不失其家也。舊注殊不相干也，嵇康以比嚴公，故人則指言蕭使君也。

食恩慚鹵莽，鏤骨抱酸辛。趙云：兩句重言蕭之報嚴如此。蓋以蕭使君之心，舊食嚴公之恩，尚慚報之鹵莽。莊子曰：耕而鹵莽之，則其實亦鹵莽而報予。蕭使君銜嚴公之恩，銘鏤肌骨，常抱酸辛，故敬其母，營其家，非報恩之謂乎？阮嗣宗詠懷有云：對酒不能言，悽愴懷酸辛。

巢許山林志，夔龍廊廟珍。巢父、許由；夔與龍也。　趙云：上句則公自比也，下句則以言蕭使君也。言如二人之材，當在廟堂之上也。

鵬圖仍矯翼，熊軾且移輪。見泊岳陽樓詩變化有鵾鵬注。　趙云：兩句通義，言蕭使君如大鵬之圖南，仍矯奮其翼，固當遂晉擢矣，而且爲太守，故憑態軾以移輪也。熊軾，郡刺史之制。白樂天作類書，亦云隼旟、熊軾也。

磊落衣冠地，蒼茫土木身。嵇康土木形骸。　趙云：兩句則公又自言也。嵇康土木形骸，公言其身如之，而亦在衣冠之列

塤篪鳴自合，金石瑩逾新。詩：天之牖民，如塤如篪。絕交論：道協膠漆志，婉孌於塤篪。文賦：被金石而德廣，流管弦而日新。　趙云：言再與蕭相見，如塤篪之合，而金石不移，所以瑩逾新也。

重憶羅江外，同遊錦水濱。趙云：羅江，屬綿州。錦水，則成都也。成都在羅江之外，所以紀實也。

結歡隨過隙，懷

舊益霑巾。陸賈傳：君何不交歡太尉，深相結。潘安仁懷舊賦：涕泣流而霑巾。趙云：傳曰：楚子使椒舉如晉，曰：寡君願結歡於二三君。過隙，言日月之疾也。史記曰：人生世上，如白駒之過隙。曠絶含香舍，稽留伏枕辰。張茂先詩：伏枕終遥昔，寤言莫予應〔五〕。趙云：公爲工部員外郎，而不得坐省，所以爲曠絶其舍也。下句則公言其病也。詩云：寤寐無爲，展轉伏枕。停驂雙闕早，回雁五湖春。謝玄暉：停驂我悵望。沈休文：施雁每回翔〔六〕。趙云：上句則又言其不得朝謁，而思入朝之士。下句則言其在湘、潭之間時候也。周禮：揚州其浸五湖。張勃吴録：五湖者，太湖之别名，以其周行五百里，故名之。或説太湖、射貴湖、上湖、洮湖、滆湖。按國語吴越戰於五湖，直上笠澤一湖中戰耳，則知或説非也。蓋太湖一名震澤，一名笠澤，一名洞庭也。古稱雁不過南嶽，故衡山有回雁峰。不達長卿病，從來原憲貧。見上長卿多病注。第一篇「難甘原憲貧」注。趙云：上句長卿有消渴之疾，而公亦同之，故自怪其不省解如此。公每以原憲自比其貧。監河受貸粟，一起轍中鱗。見莊子轍魚事。趙云：句則有求於蕭使君矣。莊子曰：莊周家貧，故往貸粟於監河侯。監河侯曰：我將得邑金，貸子三百金。周忿然作色曰：周昨來，有中道而呼者，顧視車轍有鮒魚焉〔七〕。問之曰：子何爲者耶？對曰：我東海波臣也。君豈有斗升之水而活我哉？周曰：諾。我將南遊吴越之王，激西江之水而迎子，可乎？鮒魚忿然作色曰：吾得升斗之水然活爾。君乃言此，曾不如早索我枯魚之肆！

【校勘記】

〔一〕「予」，原奪，據漢書卷六十二司馬遷傳「故人益州刺史任安予遷書」云云補。

〔二〕「問」，文淵閣本、文津閣本、文瀾閣本作「間」，訛。

〔三〕「闈」，文淵閣本作「闕」。
〔四〕「減」，文淵閣本作「滅」。
〔五〕「予」，原作「子」，據文淵閣本、文津閣本、文瀾閣本改。
〔六〕「施」，文淵閣本、文津閣本、文瀾閣本、清刻本、排印本作「旋」，文選卷三十、梁詩卷七沈休文詠湖中雁詩作「旅」。
〔七〕「顧」，原作「願」，據文淵閣本、文津閣本、文瀾閣本、清刻本、排印本並參莊子集釋外物改。

奉送二十三舅録事之攝郴州 崔偉

賢良歸盛族，吾舅盡知名。趙云：周禮：友行以尊賢良。賢，則行之傑；良，則才之美，故漢以爲科目之名。徐庶高交友，劉牢出外甥。徐庶謂先主曰：諸葛孔明乃卧龍也，將軍豈欲見之乎？先主遂詣見。桓玄曰：何無忌，劉牢之外甥，酷似其舅，今舉大事，孰謂無成？趙云：上句言崔舅，下句則公以何無忌自待也。泥塗豈珠玉，環堵但柴荆。趙云：上句又以言崔舅，謂明珠白玉之質，豈宜辱在泥塗乎？下句則又公自言耳。謝靈運初去郡云：促裝反柴荆。衰老悲人世，驅馳厭甲兵。趙云：公又自言年之衰老，在人世爲可悲。公之所以驅馳流寓，豈不厭當時有甲兵之亂乎？氣春江上别，淚血渭陽情。謝玄暉：江上徒離憂。詩：我送舅氏，曰至渭陽。趙云：上句道其別之時與別之處。淚血，則所謂淚盡繼之以血。晉書：世無渭陽情。**舟鷁排風影，林烏反哺聲。**趙云：上句言崔舅之船，下句則崔舅應侍太夫人以行也。晉成公綏烏賦序曰：烏之爲瑞久矣。以其反哺識養〔一〕，故爲吉烏。李善注文選，有曰：純黑而反哺者，烏也。束晳補亡詩云：嗷嗷林烏，受哺于子。**永嘉多北至，句漏且南征。**永嘉之亂，元帝渡江，衣冠多自北至。葛洪求爲句漏令，以有丹砂也。楚詞：泊吾南征。趙云：上句言崔舅自北而來也，下句言崔舅往郴州也。**必見公侯復，終聞盜賊平。**趙云：左傳：公侯之子孫，必復其始。今句以見崔舅貴人孫也。**郴州頗凉冷，橘井尚淒清。**趙云：蓋以南方多熱，而此郡獨凉矣。橘井，在郴〔二〕。神仙蘇耽於山下鑿井種橘，救鄉里之疾病者，以井泉服一橘葉即已。**從役何蠻貊，居官志在行。**趙云：子曰：言忠信，行篤敬，雖蠻貊之邦行矣。又左傳曰：當官而行，何强之有？今參用之矣。

【校勘記】

〔一〕「識」，原作「失」，據文淵閣本、文瀾閣本並參全晉文卷五十九成公綏烏賦序改。又，文津閣本作「謝」，訛。

〔二〕「郴」字下，文淵閣本、文津閣本、文瀾閣有「州」字。

送魏二十四司直充嶺南掌選崔郎中判官兼寄韋韶州

趙云：韋韶州者，即前所謂員外，名迢者也。

選曹分五嶺，使者歷三湘。上句見前「雲山兼五嶺」注。下句云三湘，謂洞庭七澤。按楚以南，江、湘、沅水，皆會巴陵洞庭，陂號爲三湘，蓋謂三江。趙云：上句言崔郎中之充嶺南掌選也，下句則崔郎中出爲使經歷三湘而往也。三湘之名，按樂史寰宇記云湘潭、湘鄉、湘源也。才美膺推薦，君行佐紀綱。語：周公之才之美。左傳：紀綱之僕。趙云：上句又以言魏爲人所薦而爲判官也。下句則言魏君之行佐崔君之紀綱也。書亂其紀綱，禮云以爲紀綱是已。舊注引紀綱之僕〔一〕，何其下也。佳聲期一作斯。共遠，雅節在周防。趙云：上句則魏、崔皆著佳聲而共遠矣，次句則戒魏之佐選事如下句也。明白山濤鑑，山濤前後選舉，周徧内外，而並得其才。所甄拔人物，各爲題目，時稱山公啓事。趙云：戒魏君之佐選事，當以公也〔二〕。嫌疑陸賈裝。陸賈説南越尉佗，佗賜賈橐中裝直千金。趙云：此又戒之以廉也。今魏君往嶺南充掌選判官，苟有千金之裝如陸賈，則爲嫌疑矣。故人湖外少，春日嶺南長。趙云：故人湖外客，此是韋迢詩全句。公改一字，而精神健矣。憑報韶州牧，新詩昨寄將。

【校勘記】

〔一〕「注」，文淵閣本作「至」。

〔二〕「戒」，原作「或」，訛，據文淵閣本、文津閣本、文瀾閣本改。

送趙十七明府之縣

連城爲寶重，盧子諒：連城既僞往，荊玉得真還。趙云：連城事，言和氏之璧也。史記曰：趙惠王得和氏璧，秦昭王聞之，使人遺趙王書，願以十五城易璧。今句云所以美趙十七也。茂宰得才新。杜補遺：謝玄暉和伏武昌登孫權故城詩云：雄圖悵若兹，茂宰深遐睠。故李太白贈義興宰詩亦云：天子思茂宰，天枝得英材。趙云：舊注指爲卓茂，誤矣。山雉迎舟楫，江花報邑人。語曰：山梁雌雉。趙云：上句則禽鳥知所馴，下句則草木知所喜。皆美言之，蓋言江花時節報君之到也。論交翻恨晚，卧病却愁春。趙云：上句言公與趙君晚方論交也。謝玄暉有在郡卧病呈沈尚書詩。惠愛南翁悅，餘波及老身。趙云：蓋言施惠愛而南人喜悅，公自謂老身亦霑其餘波也。漢項籍傳云南公。禹貢云：餘波入于流沙。而義則左傳云：其波及晉國者，君之餘也。

燕子來舟中作

湖南爲客動經春，燕子銜泥兩度新。見第二卷「銜泥附炎熱」注。趙云：燕子，出家語延陵季子適晉曰：異哉！夫子之在此，猶燕子巢於幕也。兩度新，則大曆四年、五年之春，四年在潭州城中，今歲在舟中，欲儘南往湖南也。舊入故園常識主，如今社日遠看人。可憐處處巢君室，古詩：思爲雙飛燕，銜泥巢君室。何異飄飄托此身。暫語船檣還起去，穿花落水益霑巾。趙云：至於霑巾，則以飄飄托此身而有感也。

同豆盧峰貽主客李員外賢子棐知字韻

鍊金歐冶子，噴玉大宛兒。張景陽七命：楚之陽劍，歐冶所營。杜補遺云：穆天子東遊黃澤，宿于西洛。謡曰：黃之澤，其馬歕玉，皇人壽穀。又賈復顧兒謂弟曰：此吾宗大宛兒也，一日千里亦可。歕與噴同。趙云：兩句以美李員外之子。上句比之以劍，下句比之以馬。歐冶事，吴越春秋及越絶書皆載越王允常聘吴之歐冶子作名劍五枚。引之以鍊金字，在本出雖無，而道書有鍊金之術，主言鍊以服食，今借其字用耳。大宛事，前漢禮樂志：馬生渥洼水中，詩云：霑赤汗，沫流赭。應劭曰：大宛馬汗血霑濡也。符彩高無敵，聰明達所爲。薛夢符補遺云：按禮記：君子比德於玉焉？孚尹旁達，信也。注：孚尹讀爲浮筠，謂玉采色也。杜正謬：曹子建七啓曰：佩則結緑懸黎，寶之微妙。符彩照爛，流景揚揮。注：結緑懸黎，皆寶也；符光景輝，皆彩也。左太沖蜀都賦：金沙銀礫，符彩彪炳。魏文帝車渠椀賦：苞華文之光麗，發符彩而揚榮。夢蘭他日應，折桂早年知。左傳：鄭文公賤妾燕姞，夢天使與己蘭，曰：以是爲而子。以蘭有國香，人服媚之。既而文公與之蘭而御之。辭曰：妾幸而有子，將不信，敢徵蘭乎？穆公名曰蘭也。下句見禮闈新折桂注。爛漫通經術，光芒刷羽儀。沈休文湖中雁詩：刷羽同搖漾。易：鴻漸于陸，其羽可用爲儀。趙云：班固幽通賦：皇十紀而鴻漸兮，有羽儀於上京。謝庭瞻不遠，潘省會於斯。晉史：謝太傅：諸子若芝蘭玉樹，生於庭階。潘安仁：寓直于散騎之省。趙云：今公乃工部員外郎，李乃主客員外郎，盧亦必官是省郎，三人相會，故云潘省會於斯。記云：歌於斯，哭於斯。唱和將雛曲，田翁號鹿皮。上句見七卷病栢詩注〔一〕，下句見五卷遣興詩注。趙云：樂府有鳳將雛之曲，以鳳比李棐也。鹿皮翁，公自謂也。

【校勘記】

〔一〕「七」，原作「五」，檢病栢詩見本集卷七，據改。

歸雁二首

萬里衡陽雁，今年又北歸。應德璉詩：朝雁鳴雲中，音響一何哀。問子遊何鄉，戢翼正徘徊。言我塞門來，將就衡陽棲。往春翔北土，今冬客南淮。雙雙瞻客上，一一背人飛。雲裏相呼疾，沙邊自宿稀。繫書元浪語，見雖無南過雁注。愁寂故山薇。

再吟

欲雪違胡地，謝靈運詩：季秋邊朔苦，旅雁違霜雪。又，嗷嗷雲中雁，鳴舉自委羽。求涼弱水湄，違寒長沙渚〔一〕。趙云：列子曰：雁違寒就温。此違字祖出也。先花別楚雲。月令：雁北鄉。管子曰：雁秋北春南，言其避寒也。楚，南也，故曰先花別楚雲。却過清渭影，高起洞庭群。塞北春陰暮，江南日色曛。謝靈運：朝忌曛日馳〔二〕。又，朝遊窮曛黑。趙云：春秋説題云雁之南北，以陽動也，故方欲雪而違背胡地以來〔三〕，花欲開而乃先花而去。言別楚雲，亦據所詠雁處言之。若又言清渭、洞庭、塞北、江南，則皆雁往來之地矣。傷弓流落羽，行斷不堪聞。更羸引虛弓而雁落〔四〕，人問之，曰：此雁傷弓也。鮑明遠詩：傷禽惡弦驚，倦客惡離聲。趙云：傷弓字，出處不專是雁。有曰傷弓之鳥驚曲木，又曰傷弓之鳥必爲期。而於雁言之，則亦可矣。舊注引更羸引虛弓而雁落，人問之，曰：此雁傷弓也。按此事出戰國策，載魏加對春申君之言，止云更羸謂魏王曰：臣爲王引弓虛發而下鳥。有雁從東方來，更羸以虛發而下之。魏王曰：然則射可至此乎？更羸曰：此孽也。即無傷弓字，蓋意雖是而字非，亦爲摸稜矣。羸，音力追反，又非盈字。

【校勘記】

〔一〕「鳴舉」，文選卷三十、宋詩卷三謝靈運擬魏太子鄴中集詩八首其六作「舉翮」。

〔二〕「忌」，原作「忘」，據文淵閣本、文津閣本、文瀾閣本並參文選卷二十五、宋詩卷三謝靈運酬從弟惠連改。

〔三〕「方欲雪而違背胡地以來」，「胡」文瀾閣本作「邊」。又，「來」文淵閣本作「麥」，訛。

〔四〕「羸」，原作「盈」，據下文所引「更羸謂魏王曰」云云並參戰國策卷十七「天下合從」條改。以下均同。

小寒食舟中作

佳辰强飲食猶寒，隱几蕭條帶鶡冠。漢輿服志：虎賁武騎皆鶡冠。南郭子綦隱几，見莊子。趙云：佳辰雖彊飲而其食猶是寒物，此爲小寒食言之也。鶡冠者，隱人之冠也。袁淑真隱傳：鶡冠子，或曰楚人，隱居幽山。衣敝履穿，以鶡爲冠，莫測其名，因服成號。著書言道家，馮諼常師事之，後顯於趙。鶡冠子懼其薦己也，乃與諼絶。舊注誤矣。春水船如天上坐，老年花似霧中看。趙云：有士夫傳黄魯直云：前人詩有水面船如天上坐，杜公改一春字，而精神炯然，可謂點鐵成金。魯直之言如此。但學者未見前人何人詩也。次公獨見沈佺期釣竿篇亦曰：人如天上坐，魚似鏡中懸。豈正是此句而傳者不審邪？娟娟戲蝶過閑幔，片片輕鷗下急湍。趙云：世有王立之詩話，載老杜家諱閑，而詩中有云：娟娟戲蝶過閑幔。或云，恐傳之謬。又有燕王使君宅詩云：泛愛憐霜鬢，留歡卜夜閑。一云上夜闌。余以爲皆當以閑字爲正，臨文恐不自以爲避也。立之之説如此。若次公則以上夜闌於義方活。具本詩解。今則當以閑字爲正，乃臨文不諱之說。**雲白山青萬餘里，愁看直北是長安！** 鮑明遠：灞陵望長安。徐敬業：回首見長安。王粲：回首望長安。一本作看雲直北是長安。

清明二首

趙云：此詩在潭州作，蓋今歲大曆四年之清明也。潭州，舊曰湘州。隋改爲潭，取昭潭名之。今公詩使定王城賈誼井事，所以知在潭州作。公於今年春發岳陽，泛洞庭，至潭州，遂留終歲。而次年春發長沙，入衡陽，則在湘潭見清明也。

朝來新火起新煙，湖色春光浮客船〔一〕。周禮司烜氏：仲春以木鐸修火禁於國中。注謂季春將出火也。故子美引新火而用也。趙云：按唐制，清明日賜百官新火。楊巨源清明詩曰：榆柳芳辰火，梧桐今日花。賈島詩曰：晴風吹柳絮，新火起厨煙。皆新火之證也。以其繫舟在湘岸，故云湖色春光。**繡羽銜花他自得，紅顏騎竹我無緣。** 射雉賦有綺翼繡頸。郭伋傳：小兒騎竹馬。趙云：繡羽者，眼前所見文禽也。銜花亦是禽之實事。唐人詩有云：鳥銜花落碧巖前。若其字，則於佛書又有鹿銜花之類。繡羽銜花、紅顏騎竹，此清明之景，而妙處在他自得、我無緣六字。蓋鳥銜花而自得，人之弗如也；稚子騎竹之戲，我不復然，則老者之弗如也。**胡童結束還難有，楚女腰支亦可憐。** 趙云：胡童結束，似指言陝西之事，蓋彼中有胡商居焉，則宜有之矣。今於荆湖，既難有矣。而可憐者，楚女腰支而已。楚王有細腰宮故云。**不見定王城舊處，長懷賈傅井依然。** 定王，則長沙定王也。今長沙賈誼廟中有井在焉〔二〕。退之井詩亦云：賈誼宅中今始見。杜補遺：盛弘之荆州記曰：湘州南寺之東賈誼宅有井，小而深，上斂下大，狀似壺，即誼所穿井。誼宅今爲陶侃廟，種柑猶有存者。庾穆之湘州記同此。

虛霑焦舉爲寒食，事見桓譚新論及汝南先賢傳也。後漢：周舉博學，遷并州刺史。太原一郡，舊俗以介子推焚骸，有龍忌之禁，至其亡月，咸言神靈禁舉火，由是士民每冬中輟火，一月寒食，莫敢煙爨。老小不堪，歲多死者。舉既到州，乃作弔書以置子推之廟，言盛冬去火，非賢者意，以宣示愚民，使還溫食。由是衆惑稍解，風俗頗革。新序曰：晉文公反國，子推無爵，遂去，之綿上，文公求之不得，焚其山，子推不出而死。事具耿恭傳。龍、星，木之位也。春見東方心，爲大火之盛，故謂之焚火。俗傳子推此日被焚而禁火也。趙云：公詩意亦是用此。似言寒食舉火而得溫食，甚爲所宜，然當客寄，不足於饌，爲虛霑耳，故有下句百錢之須。然漢周舉事謂之焦舉，豈其一時之誤，或傳寫之錯，或別有姓焦名舉事出處乎？又今時寒食非在二月，則在三月，而謂之盛冬去火殘損民命，又所不解。

實藉嚴君賣卜錢。見上憑將百錢卜注。

鐘鼎山林各天性，濁醪麤飯任吾年。薛云：按酒經曰：醪，汁滓酒也。世本曰：儀狄始作酒醪，變五味。趙云：擊鐘而食，列鼎而亨〔三〕，此鐘鼎之義，富貴人之事也。山林，則隱逸之人雖處貧賤而甘之，則與好富貴者皆天性耳。既無盛饌，姑爲麤飯而已。濁醪，則以終百錢爲飲之義。

右一

【校勘記】

〔一〕「浮」，錢箋卷十八作「淨」。

〔二〕「在」，文淵閣本、文津閣本、文瀾閣本、清刻本、排印本作「存」。

〔三〕「亨」，文瀾閣本作「烹」。

此身飄泊苦西東，右臂偏枯半耳聾。趙云：素問：黄帝之言風曰：或爲偏枯。莊子云：浸假化予右臂以爲彈。寂寂繫舟雙下淚，賈誼傳：不繫之舟。悠悠伏枕左書空。見上「咄咄已書空」注。以右臂偏枯，故書空用左也。十年蹴踘將雛遠，劉向別録：蹴踘，黄帝所造，本兵勢也。或云起於戰國，按踘與毬同，古人蹴踘以爲戲。趙云：太平總類寒食門載劉向別録曰寒食蹴踘，黄帝所造云云。今言攜妻子在外，見清明者十年矣。古樂府有鳳將雛之曲。成公綏嘯賦又云：似鴻雁之將雛。萬里鞦韆習俗同。古今藝術圖曰：鞦韆，北方戲，以習輕趫。趙云：言其去鄉之遠也。旅雁上雲歸紫塞，蕪城賦：北走紫塞雁門。杜補遺云：崔豹古今注：秦所築長城土皆紫色，漢塞亦然，故稱紫塞。子美官池春雁詩，又有青春欲盡急還鄉，紫塞寧論尚有霜之句。家人鑽火用青楓。鑽燧改火，春取榆柳之火，以順陽行火氣。趙云：楊巨源清明詩云：榆柳芳辰火。秦城樓閣煙一作鶯。花裏，漢主山河錦繡中。荊州劉備所自起，故言漢主山河。春水春來洞庭闊，白蘋愁殺白頭翁！趙云：四句則懷長安而嘆其在湘潭也。梁柳惲江南曲曰：汀洲採白蘋。壺關三老上書。車千秋曰：夢白頭翁教之〔一〕。而魏文帝書曰：已成老翁，但未頭白耳。

【校勘記】

〔一〕「車千秋」，原無，致文意失實，參見本集卷十七投贈哥舒開府翰二十韻校勘記〔四〕補訂。

贈韋七贊善

鄉里衣冠不乏賢，杜陵韋曲未央前。未央殿基在長安。杜陵、韋曲，地名也。杜補遺云：袁粲，字景倩，幼孤，祖哀之，曰：愍孫少好學，有清才。叔父淑雅重之，語子弟曰：我門不乏賢，愍孫必當復三公。爾家最近魁三象，公自注云：斗魁下兩兩相比爲三台。趙云：言其祖爲三公也。時論同歸一作因侵。尺五天。公自注：俚語曰：城南韋杜，去天尺五。北走關山開雨雪，南遊花柳塞雲煙。洞庭春色悲公子，蝦菜忘歸范蠡船。趙云：言韋戀南地之蝦菜而忘歸，如范蠡之遊五湖也。

奉酬寇十侍御錫見寄四韻復寄寇

往別郇瑕地，左傳：郇瑕，晉地。于今四十年。來簪御府筆，魏略曰：殿中侍御史簪白筆，側階而立，上問曰：此何官也？辛毗對曰：此謂御史簪筆書過，以奏不法。故泊洞庭船。詩憶傷心處，楚詞：目極千里兮傷春心。趙云：選云：愀愴傷心。春深把臂前。廣絶交論：自昔把臂之英，金蘭之友。趙云：兩句言在郇瑕相見作別之時。東觀漢記：朱暉與張堪相見，接以友道。堪至，把暉臂曰：欲以妻子托朱生。南瞻按百一作有。越，黃帽待君偏。

趙云：前漢：鄧通，蜀郡南安人也。以濯船爲黄頭郎。顔師古注曰：濯船，能插濯行船也。土勝水，其色黄，故刺船之郎皆著黄帽，因號曰黄帽郎。濯，讀曰櫂，音直孝切。寇君既按百越，則所在處常艤舟以待，故其帽偏也。

酬郭十五判官

才微歲老尚虚名，卧病江湖春復生。趙云：曹操言禰衡曰：顧此人素有虚名也。莊子曰：身在江湖之上。藥裹關心詩總廢，花枝照眼句還成。趙云：彭祖云：服藥千裹，不如獨卧。劉孝威擬古應教云：誰家妖冶折花枝。鮑照堂上歌行云：萬曲不關心。梁武帝春歌云：階上香入懷，庭中花照眼〔一〕。只同燕石能星隕，左傳：隕石于宋五。隕星也。又，星隕如雨，荀子曰：宋之愚人得燕石於梧臺之東。杜補遺：闞子曰：宋之愚人，得燕石于梧臺之側，藏之以爲大寶。周客聞而觀焉。主人齋七日，端冕玄服以發寶〔二〕。革匱十重，巾十襲〔三〕。客見俛而掩口，胡盧而笑曰：此燕石也，其與瓦甓不殊。主人大怒曰：盲瞽之言〔四〕，醫匠之心！藏之愈固，守之愈謹。自得隋珠覺夜明。隋侯之珠，夜光之璧。喬口橘洲風浪促，繫舟何惜片時程。橘洲，見上十六卷「橘洲田土仍膏腴」注。趙云：喬口在潭州。以彼處風浪促，可催遠行。今周還於風中，勸令少駐也。

【校勘記】

〔一〕「照眼」，文淵閣本、文津閣本、文瀾閣本作「眼照」。案，樂府詩集卷四十四、梁詩卷一梁武帝春歌作「照眼」。

〔二〕「玄」，原作「元」，係避諱，此改。

〔三〕「巾」，訛，原作「中」，據文選卷二十一應璩百一詩「宋人遇周客」二句下引録改。

〔四〕「盲瞽」，文淵閣本、文津閣本作「育瞽」，訛。

郭受見寄 附載〔一〕

新詩海内流傳徧，舊德朝中屬望勞。趙云：傅玄歷九秋篇云：奏新詩兮夫君。易云：食舊德也。郡邑地卑饒霧雨，見「爽㩦卑濕地」注。江湖天闊足風濤。顔延年：春江壯風濤。松醪酒熟旁看醉，趙云：松醪酒在唐有之，所謂松醪春。蓮葉舟輕自學操。列子：顔回問仲尼曰：吾常濟乎觴深之淵，津人操舟若神。吾問曰：操可學乎？曰：可，善遊者數習而後能。小説：太一真人乘蓮葉舟。郭借用云。春興不知凡幾首，衡陽紙價頓能高。自注：衡陽出武家紙，又云出五里紙。邢子才苟一文出，京師爲之紙貴。庾闡造揚都賦，成偉麗，時人相傳，爭寫爲之紙貴。新添：左思三都賦成，豪貴之家競相傳寫，洛陽爲之紙貴。

【校勘記】

〔一〕詩題，文瀾閣本及錢箋卷十八作：「杜員外兄垂示詩因作此寄上　郭受。」文淵閣本、文津閣本闕此詩。

衡州送李大夫赴廣州

斧鉞下青冥，樓船過洞庭。漢武征南越作樓船。趙云：禮記云：賜斧鉞然後征〔一〕。故漢魏以來爲將者多言仗斧鉞。今廣州節度主兵，得使斧鉞字矣。樓船者，應劭云：大船上施馬也。漢武帝大修昆明池，治樓船，高十餘丈。帝秋風辭云：泛樓船兮濟汾河。而官有樓船將軍焉。北風隨爽氣，南斗避文星。登樓賦：向北風而開襟。王子猷：西山朝來，致有爽氣。趙云：北風，以言其時。詩云：北風其凉。南斗，以官廣南〔二〕。按，晉天文志：自南斗十二度至須女七度爲星紀，爲吳越之分野也。晉天文志：東壁二星主文章，明，則國多君子，是謂文星也。大中九年，日官李景亮奏云：於上象文星暗，科場當有事。沈詢爲禮部侍郎，聞而憂焉。至是三科盡覆試。北風之下，故言爽氣，南斗之下，故言文星，乃詩人之巧矣。日月籠中鳥，乾坤水上萍。潘安仁：池魚籠鳥。趙云：學者多不曉而妄爲之説。鶡冠子曰：籠中之鳥，空籠不出，而左太沖詠史云：習習籠中鳥，舉翮觸四隅。劉伶曰：俯觀萬物，擾擾焉，若江海之載浮萍。而江文通擬王粲詩曰：朝露竟幾何，忽如水上萍。於前人詩中有此籠中鳥、水上萍六字，故兩處取用，混成爲對。其句蓋言我身於日月之下，如籠中之鳥，局而不伸；於天地之中，如水上之萍，泛而無定。非謂言以日月爲籠，而我爲鳥；以天地爲水，而我爲萍也。王孫丈人行，垂老見飄零。匈奴曰：漢天子我丈人行。

【校勘記】

〔一〕「征」，禮記正義卷十二王制作「殺」。

〔二〕「以官廣南」，「官」文淵閣本、文津閣本、文瀾閣本作「言」，「南」文津閣本作「西」。

過洞庭湖 新添

鮫室圍青草，龍堆隱一作擁。白沙。護隄一作江。盤古木，迎棹舞神鴉。破浪南風正，回檣一作歸舟。畏日斜。湖光與天遠，直欲泛仙槎。一作雲山千萬疊，底處上星槎。〔一〕

【校勘記】

〔一〕「星」，錢箋卷十八作「仙」。

聞惠子過東溪 新添

惠子白驢瘦，歸溪唯病身。皇天無老眼，空谷滯斯人。岩一作巖。蜜松花熟，一作古。山杯一作村醪。竹葉春〔一〕。柴門了事事，黄一作園。綺未稱臣。

【校勘記】

〔一〕正文「春」字下，僅文淵閣本有注，曰：「杜田云：陳陰鏗竹詩：葉温春日酒。」

跋宋廣東漕司本新刊校定集注杜詩

昌彼得

新刊校定集注杜詩三十六卷，宋理宗寶慶元年廣東漕司刊本，每半葉九行，行十六字，小注雙行，字數同。版心上下線口，上載每版字數，下記刻工姓名：鄧舉、劉士震、劉遷、余中、吴文彬（或吴文、文彬）、岑友、黄申、劉文、楊易、潘珏、莫衍、趙淇、范貴、楊定、鄭宗、楊茂、上官生、魯時、朱榮、郭淇、陳敬甫、楊宜、蕭仁、葉正、洪恩等，或單記名。雙魚尾，魚尾形製，頗異於浙閩地區之版刻。上魚尾下題「注杜詩（卷）幾」，下魚尾上記葉數。首冠淳熙八年成都郭知達序，次寶慶元年義溪曾噩序，再次總目。全書分體輯編，首十六卷爲古詩，自十七卷至三十六卷爲近體。每卷首行頂格大題「新刊校定集注杜詩」，不著集注人名氏。第二行詩體低二字，篇題均低三字刻，尾題則隔行刻，再隔行有「寶慶乙酉廣東漕司鋟版」木記一行，其末並有「進士陳大信」、「潮州州學賓辛安中」、「承議郎前道判韶州軍州事劉鎔同校勘」、及「朝議大夫廣南東路轉運判官曾噩」凡四行。書中遇宋諱：玄、泫、朗、匡、筐、貞、楨、徵、樹、讓、桓、構、慎、敦、郭等字缺末筆，但不甚嚴謹，獨遇神宗廟諱「旭」字，改以「廟諱」二字代之。

工部有吟，善陳時事，律切精深，時稱詩史，後世尊爲詩聖。據新唐志著録，其詩集原六十卷，另潤州刺史樊晃輯其雜著遺文，編爲小集六卷，唯經唐末五代之亂，全集不傳。宋人喜言杜詩，採蒐殘賸予以彙編者紛紛，或以年編，或以體分，或以類次。復以杜詩工於用字，意律深嚴，學者苦其難讀，論注者衆。見於宋志及目録所著録及諸家論説所引據，已不下一二十家。其傳世之本，元明以下，姑不論矣，即宋代所刊刻，除此帙外，今可考者，尚有六種，茲酌概述之。

一曰杜工部集，半葉十行，行二十字，見滂喜齋藏書記著録，云爲嘉祐四年蘇州郡守王琪所刊，其父王洙之編本〔一〕。宋仁宗寶元間王洙裒輯中外之杜集九十九卷，去除複重，定取一千四百零五篇，凡古詩三百九十九首，近體詩一千零六首，各以歲時爲先后，編爲十八卷，另採别録雜著合編二卷，共二十卷，即子琪所刊者[二]。唯潘氏藏本，后歸上海圖書館。經察核實，爲行款相同之兩殘本，并配補鈔本集成。一殘帙僅存卷一、卷十七至二十及補遺等五卷，從其刻工考訂爲紹興初年浙江刻本；另卷十至十二凡三卷，斷爲紹興三年吴若刻於建康府，餘卷則爲毛晉抄配，即見載於汲古閣祕本書目之宋本。王琪原刻未見傳本，紹興吴若翻刻本除此殘帙外，常熟錢氏述古堂有影抄本，張菊生曾據以影印爲續古逸叢書第四十七種。

二曰宋黄希、黄鶴補千家集注杜工部詩史卅六卷，宋嘉定十五年刊本，半葉十一行，行十九字，見絳雪樓書目及寶禮堂宋本書録，臺北亦藏有九卷殘本，此刻係以古律雜次而依年編。

三曰集千家注分類杜工部詩二十五卷，宋紹定四年趙氏素心齋刊本，半葉十二行，行廿一字，小注行廿五六字不等，見島田翰古文舊書考。此刻雖亦採黄鶴補注，但係據徐居仁分類編次本，即元代建安余氏勤有堂翻刻之祖本。

四曰杜工部草堂詩箋五十卷，外集一卷，宋寧宗時刊本，半葉十一行，行十九至二十字，小注行廿五至七字不等，文禄堂訪書記著録，但缺卷十九；又常熟瞿氏藏殘本廿六卷，見瞿目。涵芬樓藏有二殘帙，一存卅二卷，一存十八卷，見藏園群書續記。另臺北藏有一帙，僅殘存九卷，係南宋末年建安坊肆重刊本，作半葉十二行，行二十字，小注行廿六字，稍異此本。係據魯訔分體編次之本，蔡夢弼箋注。昔黎庶昌在日本嘗獲宋刊殘本，配以高麗翻刻本，覆刻入古逸叢書中，謁奪頗多，蓋從坊本出，非覆蔡箋原刻也。

五曰分門集注杜工部詩二十五卷，宋寧宗時建安坊刊本，半葉十一行，行二十字，小注行廿五至廿七字不等，見寶禮堂宋本書録。此刻亦係據徐居仁分類編次本，唯不著集注者，涵芬樓四部叢刊初編，即據南海潘氏所藏影印。

六曰門類增廣十注杜工部詩，常熟瞿氏藏宋刊本，僅殘存六卷，半葉十二行，行廿二字，小注行卅字，今遺存大陸。

此寶慶廣東漕司刊本，首見天禄琳瑯書目著録，唯題作九家集注杜詩。其本原庋置武英殿，乾隆卅八年纂修四庫全書時，始檢獲且辨爲宋槧善本，而據之收入四庫全書，并命補入天禄琳瑯書目。高宗曾御製題詩二首冠之。其本係明嘉興項氏天籟閣舊藏，嘉慶二年乾清宫災，而毁於火。乾嘉間吴縣黄氏士禮居别藏一殘帙，即顧千里百宋一廛賦所謂「九家杜注，寶慶鋟漕，自有連城，蝕甚勿嫌」者。黄蕘圃氏注云：「殘本新刊校定集注杜詩，每半葉九行，每行十六字，所存五十五葉，即寶慶乙酉曾噩子肅重摹淳熙成都本刊于南海之漕臺者也。」雖僅吉光片羽，黄氏亦以連城視之。此殘帙，後世未見著録，殆亦佚去，亦不知所存爲卷幾。同光間歸安陸氏亦曾藏此刻殘本，殘存卷六至十一凡六卷，係鮑氏知不足齋舊藏，著録於皕宋樓藏書志及儀顧堂續跋，此殘帙今歸日本静嘉堂。本院所藏此帙，爲常熟瞿氏鐵琴銅劍樓舊藏，見於瞿氏書目著録，云：「據四庫提要有淳熙八年知達自序，寶慶元年曾噩重刊序，此本二序已佚。」今按此本二序并在，郭序首葉所鈐瞿氏及各家藏章，與其餘諸卷同，則此二序應是原有，並非後來補配，不悉瞿氏書目何以云佚？

此刻大題「新刊校定集注杜詩」，而天禄琳瑯著録此書，標目云「九家集注杜詩」，四庫全書據以著録，書題亦同，並標郭知達集注。提要云：「此書集王洙、宋祁、王安石、黄庭堅、薛夢符、杜田、鮑彪、師尹、趙彦材九家之注，頗爲簡要」。蓋以曾噩所刻，係翻郭知達成都本而云。今細察此刻注所引，有鮑云、趙云、趙易云〔三〕、杜云、杜補遺、杜正謬、杜田補遺、師云、薛云、薛補遺、黄魯直、王深父序云、蔡元度云、蔡正義、集注、增添、新添等，鮑即鮑彪，師則師尹，薛指薛夢符，薛補遺當係薛倉舒〔四〕。

按宋志，薛倉舒有杜詩補遺五卷；黄魯直者，黄庭堅；王深父者，王回也；杜補遺、或杜田補遺、杜正謬當指杜田，按杜田字時可，著有杜詩補遺正謬十二卷，見宋志；另别有杜云，示不同於杜田，殆指杜修可〔五〕。修可著有杜詩續注，見宋志；趙爲趙彦材，彦材字次公，嘗著有杜詩注五十九卷，見郡齋讀書志。至若集注，增添、新添者，殆采各家成書以外之説，不專一人，蔡元度、蔡正義者，則未詳其書。由此分析，郭知達所集九家注中之王洙、王安石、宋祁三家，此刻並未採用，且所集亦不止九家，則所翻刻非淳熙郭知達集注之本明矣〔六〕。復考注中頗涉考訂，如卷一第八葉送高三十五書記詩，引趙注鞍馬引鮑照詩，云：「今考西漢匈奴傳，文帝親御鞍馬，則趙所引又在後矣」。如卷二第廿六葉奉同郭給事湯東靈湫作詩「觀水百丈湫」句，引趙注後云：「百丈湫，傳記無所明載……今故詳載其近似者，以竢博雅君子訂之」。類此，攷訂之文，全書中頗不乏。按曾噩序曰：「惟蜀士趙次公爲少陵忠臣，今蜀本引趙注最詳，好事者願得之，亦未易致，既得之，所恨紙惡字缺，臨卷太息，不滿人意。茲摹蜀本刊于南海漕臺，會士友以正其脱誤，見者必當刮目增明矣。」其下並强調讀杜詩注文之重要，是曾氏雖云摹蜀本而附載淳熙郭知達序，但序中並未明言摹郭氏集注本。嚴羽滄浪詩話云：「近南海漕臺刊杜集，亦以爲摹蜀本。雖删去假坡注，尚有王原叔以下九家，而趙注比他本爲詳，皆非蜀舊本也。」淳熙郭知達本今已無傳。嚴羽，宋季人，僅較曾氏稍晚，所云此刻非蜀舊本，引趙注比他本爲詳，足徵非盡據郭氏集注之本明矣，是以此刻當爲曾氏採舊本重爲校訂集注者〔七〕。自天禄琳瑯及四庫全書載此書爲郭知達集九家注，後世悉從其説，故不憚煩而爲辨析之。

此本卷十九、卷廿五、廿六、卷卅五、卅六凡五卷，及目録第七十三至七十五葉、卷十三第一至第五葉、卷卅二第一、二兩葉凡共十一葉原本悉缺，瞿氏仿原式版印格紙抄配，字亦仿率更，宋諱缺筆，遽視之，似爲影寫。然細察其中抄配之第廿五、廿六兩卷，所集之注文，與他卷頗異。此兩卷所引以王洙注文爲主，達五十二條，其次引黄鶴補注、蔡夢弼草堂詩箋亦復不少，並引有所謂僞東坡曰一條，此皆爲他卷所未嘗採用者。他卷所集之注多折衷於趙次公，引趙注之文獨詳，此兩卷雖亦引趙注廿四條，然文字甚簡；引薛注云夢符曰，引黄魯直云山谷曰，亦與他卷體例不一，處處皆足徵此二卷非曾噩所集南海漕臺所刻之原本，而係據他本仿宋摹抄配補者。按乾隆間内府發現宋南海漕臺刊本集注杜詩後，除收入四庫全書外，並將之刊雕以傳，即四庫簡目標注所云：「傳沅叔收得内府刊本，乃乾隆末年所刻，不在武英殿聚珍本單内者」。其本本院亦藏有一部，半葉九行，行廿一字，與聚珍版行款同，惟版式稍小，書中於仁宗御名「顒」字缺筆，應刻於嘉慶初年。其本卷廿五、廿六與此本文字悉同，殆爲此本抄配之所據，非真自宋版摹抄也。由此覘之，内府發現之宋版或即缺此兩卷，四庫館臣似即從集千家注等本抄撮補足，兩百年來未有疑及者〔八〕，予特拈出之以發其覆，以供治杜詩者之深研焉。

此帙爲長洲王世懋所舊藏，鈐有「敬美甫」一印。後歸常熟毛褎，褎爲毛晉次子，亦善藏書，鈐有「毛褎之印」、「華伯氏」、「毛褎字華伯號質奄」、「宋本」、「開卷一樂」等印五方；再復歸長洲之汪士鐘，鈐有「汪印士鐘」、「士鐘」、「閬源父」、「三十五峰園主人」等四印；汪氏藝芸書舍藏書於道光中散出，此本又爲常熟瞿紹基所得，鈐有「虞山瞿紹基藏書之印」，遞經其子鏞、孫秉淵、傳至曾孫啓甲，鈐有「菰里瞿氏」、「菰里瞿鏞」、「鐵琴銅劍樓」、「恬裕齋鏡之（秉淵）氏珍藏」、「良士（啓甲）眼福」諸印。惟另有「楊氏家藏書畫私印」一方，未悉何人，印色甚舊，殆爲明人。抗戰初期，瞿氏鐵琴銅劍樓藏書，遞有散出，此本爲滬上商人山陰沈仲濤先生購獲，秘藏之研易樓，不輕視人。宋代廣東刻本至罕，傳世尤尠，此帙爲僅存孤本，自歸沈氏，人鮮知其下落，或謂已遭劫灰。一九八〇年歲（杪）〔杪〕，仲濤先生以四十年之珍藏，垂老悉數捐贈本院，編目入藏，此書始重睹人世。杜集傳世版本雖多，皆無如此本之善，前人早有定評，四庫寫本脱誤頗多，實非善本，武英殿刻雖校勘較佳，亦世不多覯。今藏欣逢本院建院六十週年，特以此書仿原式精印傳佈，藉以誌慶。余不揣翦陋，略道其書之珍善，以諗世人。

【校勘記】

〔一〕「其父王洙」云云，此説誤以王洙、王琪爲父子。案，王洙、王琪非父子關係。王洙（九九七——一〇五七），字原叔，應天宋城人。王琪，字君玉，華陽人，徙舒；王罕之子，王珪從兄。

〔二〕「即子琪所刊者」，案，此説誤。詳見上。

〔三〕「趙昜云」，案，此説不知何據。遍檢新刊校定集注杜詩，有趙云、趙亦云，並無「趙昜云」。「昜」應爲「亦」，概音近而誤。

〔四〕「薛指薛夢符薛補遺當係薛倉舒」云云，案，此説誤。薛倉舒，字夢符，系同一人之名與字。詳辨見本書前言。

〔五〕「不同於杜田殆指杜修可」云云，此説誤。詳辨見本書前言。

〔六〕「則所翻刻非淳熙郭知達集注之本」云云，案，此説誤。詳參本書前言。

〔七〕「此刻當爲曾氏採舊本重爲校訂集注者」云云，案，此説有誤。詳參本書前言。

〔八〕「兩百年來未有疑及者」云云，案，此説不甚確切。洪業先生杜詩引得序結尾處針對這一問題已作探討。據洪氏考訂，本書卷二十五、二十六兩卷中之注爲贋品，此殆曾板殘闕，後人乃依目録就蔡氏草堂詩箋及高崇蘭本，取詩並注補刻。洪業先生曰：「雖二卷中之詩，仍是杜詩，其如不出於郭本何？此總是遺憾，不敢不舉以告讀者也。」

附録一　杜詩補遺

杜詩補遺〔一〕

【校勘記】

〔一〕案，此據杜詩引得所附九家集注杜詩補遺增入，計二十二題二十四首詩。又，引得本補遺則據一九三一年上海掃葉山房石印仇兆鰲杜詩詳注增入，偶有删减。

李監宅二首〔一〕

一作李鹽鐵。鶴注：據梁氏編在東都作，當屬天寶初年。朱注：後一首見吴若本逸詩，草堂本入正集。

華館黄作落葉。春風起，高城煙霧開。雜花分户映，嬌燕入簾一作簷。回。一見能傾座，虛懷只愛才。鹽車一作官。雖絆驥，名是漢庭來。次章稱李監好客，從宅景叙入。風起、霧開，春晴曉色。

花映、燕迴，春時景物。李能傾倒座客，以其有愛才虛懷也。顧注：驥困鹽車，比官之閑冷。然天馬來自漢庭，終當大用，蓋李爲宗室之臣也。正與前首「王孫」相應。劉楨詩：華館寄流波，豁達來風涼。曹植詩：春風起兮蕭條。何遜詩：日夕望高城，眇眇青雲外。鮑照詩：徘徊煙霧裏。丘遲書：雜花生樹，群鶯亂飛。魏澹詩：映户落殘花。北周王褒詩：初春麗景鶯欲嬌。梁簡文帝新燕詩：入簾驚釧響。吴邁遠詩：一見願道意。

司馬相如傳：一座盡傾。鄒潤甫爲諸葛穆答晉王命曰：雖曰博納，虛懷下開。語林：孔北海居家，賓客日滿其門，愛才樂士，常恐不及。戰國策：騏驥駕鹽車，上吴阪，遷延負轅而不能進。淮南子：絆騏驥而求千里。庾信詩：絆驥猶千里，垂鵬更九飛。漢書贊：賓於漢庭。史記傳論：垂名漢庭。漢有鹽鐵使，故曰「漢庭來」。此切「李鹽鐵」。魏澹詩：出簾飛小燕，映户落殘花。杜云：雜花分户映，嬌燕入簾回。句法互换，而意趣更佳。陸放翁云：「楊花穿户入，燕子避簾低。」本于杜句，而姿致不減。

【校勘記】

〔一〕案，第一首見本集卷十七。

虢國夫人

詩云承恩入朝，乃虢國得寵時作。依類編入，當附麗人行之後，但未定何年耳。朱注：此詩見草堂逸詩。據張祜集，作集靈臺二首。又，萬首唐人絶句作張祜。三體詩、唐詩品匯亦作張祜。集靈臺與紫微殿相近。今按：祜乃中唐人，去天寶已久，若作追憶虢國之詞，亦當微帶亂後事，詩意全不及之，還是譏諷現在，應屬少陵作也。唐後妃傳：楊貴妃有姊三人，長曰大姨封虢國，並承恩入宮掖。通鑑：至德二載，貴妃縊死于佛堂，虢國夫人及其子裴徽，走至陳倉，縣令薛景仙帥吏士追捕，誅之。

虢國夫人承主恩，平明上上聲。馬入金門。却嫌脂粉涴烏卧切。顏色，淡掃蛾眉朝音潮。至尊。乍讀此詩，語似稱揚，及細玩詩旨，卻諷刺微婉。曰虢國，濫封號也；曰承恩，寵女謁也；曰平明上馬，不避人目也；曰淡掃蛾眉，妖姿取媚也；曰入門朝尊，出入無度也。當時濁亂宮闈如此，已兆陳倉之禍矣。一旦紅顏委地，白骨誰憐，徒足貽臭千古焉耳！王褒講德論：主恩滿溢。史記張良傳：平明與我會此。搜神記：上馬赴前程。前漢書：歷金門，上玉堂。後漢陳蕃傳：脂油粉黛。廣韻：涴，泥着物也。楚國策：顏色變作。楊妃外傳：妃有姊三人，皆豐碩脩整，工於謔浪。每入宮中，移晷方出。虢國不施妝粉，自衒美艷，常素面朝天。掃，畫眉也。詩：螓首蛾眉。蛾之眉曲而細，美人之眉似之。過秦論：履至尊而制六合。

避地

顧注：當是至德元載冬作，蓋避地白水鄜州間，竄歸鳳翔時也。此詩見趙次公本，但注云至德二載丁酉作，非也。今從顧氏。

避地歲時晚，竄身筋骨勞。詩書遂嚴滄浪詩話作遂，一作逐。牆壁，奴僕且旌旄。行在僅聞信，此生隨所遭。神堯舊天下，會見出腥臊。上四避亂傷時，下思遭逢新主而光復舊物也。能寫出皇皇奔赴之情，汲汲匡時之志。張協七命：違世陸沉，避地獨竄。劉楨詩：竄身清漳濱。王充論衡：筋骨之力。陶潛詩：詩書塞座外。漢獻帝紀：帝還洛陽，百官披荊棘，倚牆壁間。前漢書贊：衛青奮于奴僕。司馬相如報蜀守臣書：旌旄所指。舊注謂：至德二載五月，朝廷自清渠之敗，以官爵收散卒。凡應幕入官者，皆衣金紫，所謂「奴僕」「旌旄」也。今按：此詩作于元年之冬，尚未見此事。盧注云：公陷賊時，方冀朝廷將士反正不暇，豈得以「奴僕」「旌旄」輒爲譏彈？當是指賊黨如田乾真、蔡希德、崔乾祐之徒，各擁旌旄耳。天子所至曰行在，指肅宗也。陶詩：聊復得此生。唐高祖禪位太宗，故稱神堯皇帝。焦氏易林：汙臭腥臊。禮記注：犬曰腥，羊曰臊。此指祿山也。

杜鵑行

此詩蔡氏編在夔州詩内，但夔州別有杜鵑詩，不應重出。今按詩中有「蜀人聞之」之語，蓋初至成都時，泛詠杜鵑也。其云「昔日蜀天子」一章，應是托物寓言，有感朝事而作。今正其先後次序。英華刻作司空曙。注云：「又見杜甫集。」蓋兩存未決也。華陽國志：魚鳧王後，有王曰杜宇，教民務農，一號杜主。七國稱王，杜宇稱帝，號曰望帝，更名蒲卑。會有水災，其相開明決玉壘山以除水患。帝遂禪位於開明，升西山隱焉。時適二月，子鵑鳥鳴，故蜀人悲子鵑鳥鳴也。成都記：望帝死，其魂化爲鳥，名曰杜鵑，亦曰子規。又記：杜宇亦曰杜主，自天而降，稱望帝。好稼穡，教人務農，治郫城，亦曰望帝。至今蜀人將農者，必先祀杜主。時荆人鼈靈死，其尸泝流而上，至文山下復生，見望帝，望帝因以爲相。

古時杜宇稱望帝，魂作杜鵑何微細。跳枝竄葉樹木中，搶佯英華作翔。瞥捩雌隨雄。毛衣慘黑貌一作自。憔悴，衆鳥安肯相尊崇？隳英華作陋。形不敢棲華屋，短翮惟願巢深叢。此章詠杜宇，以破從來望帝之説也。首段，記其形細微而狀凋悴。邵注：搶佯飛掠，有似猖狂。瞥捩，目斜視而旋折也。黲黑，淺黑色。深叢，竹木叢生處。夏侯湛飛鳥賦：舒修頸以儴佯。上林賦：轉騰擻烈。一作擻捩。朱超詩：寄語故林無數鳥，會入群裏比毛衣。易林：毛羽憔悴。陶潛詩：衆鳥欣有托。隋帝詔：尊崇聖教。謝靈運詩：華屋非蓬居。穿皮啄朽觜欲禿，苦饑始得食一蟲。誰言養雛不自哺，此語亦足爲愚蒙。聲音咽咽如有謂，英華作「咽噦若有謂」，注云：咽，平聲。號平聲。啼略與嬰兒同。口乾音干。垂血轉迫促，似欲英華作欲以。上上聲訴於蒼穹。此憐其求食勞而啼聲慘。漢盤中詩：空倉雀苦饑。淮南子：齊莊公出獵，有一蟲舉足。雛不自哺，注見十卷。前漢楊惲書：足下哀其愚蒙。韓非子：嬰兒相與戲也。蜀人聞之皆起立，至今相效傳微風，從英華，一作教學傳遺風。迺知變化不可窮。豈思昔日居深宮，嬪嬙一作妃。左右如花紅。末歎世俗之傳訛。蜀人起立將敬，至今傳爲風俗，謂望帝之魂，變化不可窮詰也。乃今之對花哀鳴者，豈猶思深宮妃嬪之樂耶？其亦終迷不悟矣。此章前二段各八句，末段五句收。書：惟斅學半。前漢賈誼傳：遺風餘俗，尚猶未改。長門賦：步從容于深宮。

奉簡高三十五使去聲。君

高由彭州刺蜀州，公時在蜀。年譜云：上元元年，間常至蜀州之青城新津，是也。

當代論平聲。才子，如公復扶又切。幾人？驊騮開道路，鷹隼出風塵。行色秋將晚，交情老更親。天涯喜相見，披豁對一作道。吾真。吳若本作君，恐誤。上四，稱高之才調；下四，述高之交情。驊騮致遠，鷹隼高騫，喻才人得位，可以大行其志。晚秋行色，引起下句。披豁，即開心見誠之意。舊唐書：有唐以來，詩人之達者，唯適而已。蔡琰曲：我將行兮向天涯。曹植髑髏說：是反吾真也。

送裴五赴東川

鶴注：此當是上元二年在成都作，時史朝義未平，故云「何日通燕塞」。東川，屬蜀潼川。

故人亦流落，高義動乾坤。何日通燕平聲。塞，相看平聲。老蜀門。東行應平聲。暫別，北望苦銷魂。凜凜悲秋意，非君誰與論平聲。從在蜀說向東川，四句分截。顧注：裴必負匡時之志者，故以「高義動乾坤」稱之。何日得通燕塞乎？無使同老蜀門也。「東行」承蜀，「北望」承燕。張遠注：悲秋之意，非君莫可與論，今復從此而去，蓋重傷之也。宋孔欣詩：流落尚風波。孔叢子：羈旅之臣，慕君之高義。張衡詩：側身北望淚霑巾。別賦：黯然銷魂者，惟別而已。楚辭：竊獨悲此凜秋。

野望

鶴注：此詩寶應元年十一月在射洪縣作。
程氏曰：射洪縣，在梓州東六十里。

金華山北一作南。涪音浮。水西，仲冬風日始去聲。凄凄。山連越巂音水。蟠三蜀，水散巴渝下五谿。獨鶴不知何事舞，饑烏似欲向人啼。射洪春酒寒仍綠，目極朱作極目。傷神誰爲去聲。攜？

此在射洪而野望也。山北水西，野望之地。仲冬風日，野望之時。次聯遠望，承上山水。三聯近望，起下傷神。仍在上下四句分截。山發南荒，水通楚界，數千里脉絡，包在二句。曰連、曰蟠，山形長而曲也。曰散、曰下，水勢分而合也。獨鶴有似羈棲，故見舞而訝。饑烏有感旅食，故聞啼而憐。觸目傷情，因思攜酒銷愁耳。顧注：酒煖則綠，射洪寒輕故冬酒仍綠，應上「始凄凄」。「極目」二字，明點望字。金華山，在射洪縣北，縣又在涪水之西。方輿勝覽：金華山，在梓州射洪縣。一統志：在潼川州射洪縣北二里。錢箋：元和郡縣志：涪江水，西自郪縣界流入，在射洪縣東一百步，縣有梓潼水與涪江合流。寰宇記：涪江，自涪城縣東南，合中江東流入射洪縣。屈曲二十里，北通遂州。漢書：越巂郡，本益州西南外夷，武帝初開置。唐書：巂州越巂郡，屬劍南道。御覽永昌郡傳云：越巂郡，在建寧西北千七百里，自建寧高山相連，至川中平地，東西南北，八百餘里。一統志：今爲四川行都司。常璩蜀志：秦置蜀郡，漢高祖置廣漢郡，武帝又分置犍爲郡，後人謂之三蜀。三蜀：蜀郡漢郡健爲郡也。寰宇記：巴州北水，一名巴嶺水，一名渝州水，一名宕渠水。渝州，今隸巴縣。三巴記云：閬白二水，東南流，曲折三回如巴字，故稱三巴。水經注：武陵有五溪，謂雄溪、樠溪、力溪、潕溪、酉溪也。辰溪其一焉。夾溪悉是蠻左右所居，故謂五溪蠻也。郭棐西陽雜俎云：五溪皆盤瓠子孫所居，其後爲巴。春秋時楚子滅巴，巴子兄弟五人，流入五溪，各爲一溪之長。秦昭王伐楚，取其地，因謂之五溪蠻。寰宇記：黔州涪陵水，西北注涪州，入蜀江。黔州，今辰州地，即五溪水也。涪水至渝州，與岷江合，至忠涪以下，五溪水來入焉。此云下五溪，蓋約略大勢言之。謝朓詩：獨鶴方朝唳，饑鼯此夜啼。張正見詩：饑烏落箭鋒。元和郡縣志：梓潼與涪江合，流急如箭，奔射涪江口，蜀人謂水口爲洪，因名射洪。豳風「十月獲稻」，而云「爲此春酒」，蓋冬釀而春成也。此詩「春酒寒仍緑」，亦言冬酒。楚辭：極目兮傷春心。

惠義寺園一本無園字。送辛員外

鶴注：此亦廣德元年作。朱注：以下二首，俱見下圜、吴若、黄鶴本。櫻桃結子在春，而熟於四月。今云垂實，蓋在春末矣。

朱櫻此日垂朱實，郭外誰家負郭田。萬里相逢貪握手，高才仰望足離筵。此章從寺前時景，寫出餞别傷情。足，盡也，言仰望無窮之意，盡於離筵頃刻之間。永徽圖經：櫻桃洛中者勝，深紅色曰朱櫻，明黄色曰蠟櫻。

又送

鶴注：魯訔年譜云：公送辛員外暫至綿，詩云「直到綿州始分首」，則魯説爲是。

雙峰寂寂對春臺，萬竹青青照一作送。客杯。細草留連侵坐軟，殘花悵望近去聲。人開。同舟昨日何由得，並馬今朝未擬迴。直到綿州始去聲。分首，一作手。江邊樹裏共誰來。此章從離筵之景，重叙送別之情，在四句分截。雙峰遠景，萬竹近景。細草殘花，觸景生愁矣。綿州同往，江上獨來，説得情緒難堪。趙大綱曰：「留連」就草言，「悵望」就花言。歐公詩「野花向客開如笑，芳草留人意自閑」，亦同此意。然唯人留連，故見草亦留連，唯人悵望，故見花亦悵望耳。「寂寂」對「青青」，是借對。王維詩：落花寂寂啼小鳥，楊柳青青渡水人。王勃詩：他席他鄉送客杯。朱瀚曰：此詩，一二死句，三四無脉，五六枯拙，七八不韻，故知其爲贋作也。今按：臺上酌酒，而花草傷情，四句亦自聯絡。唯下四語，生意索然，疑非少陵手筆耳。

章梓州橘亭餞成都竇少去聲。尹得涼字

鶴注：此是廣德元年秋作。是年九月，公至閬州。

秋日野亭千橘香，玉杯錦席高雲涼。主人送客何所作，音佐。行酒賦詩殊未央。衰老應平聲。爲難離去聲。別，一云難爲應離別。賢聲此去有輝光。預傳籍籍新京兆一作尹。，青史無勞數色主切。一作缺。趙張。橘亭之餞，公屬陪賓，故上四稱梓州厚情，下截祝少尹新政，唯第五句帶自序。盧注：東川絶域，刺史每多豪舉，如李梓州有玉袖金壺之艷，章梓州有玉杯錦席之華，亦足見天隅斗絶，戎馬不交，作宦者得優遊膴仕。此高崇文謂川中乃宰相回翔之地也。唐書：至德二載，改成都府，置尹，視二京，故以京兆比之。漢藝文志：青史二十七篇。古人以竹爲簡，寫書，殺其青，故曰青史。漢書：趙廣漢、張敞相繼爲京兆尹，吏民語曰：「前有趙張，後有三王。」

客舊館

依舊編廣德元年梓州詩內。年譜謂秋往閬州，冬晚復回梓州。據此詩，則是初秋別梓，秋盡復回也。周弘正詩：依然歸舊館。

陳跡隨人事，初秋別此亭。重平聲。來梨葉赤，依舊竹林青。風幔何一作前。時卷，寒砧昨夜聲。或作聽。無由出江漢，愁緒一作秋渚，非。日冥冥。上四舊館秋景，下四觸物傷情。

隨人事，謂跡隨事往。杜臆：風幔，是昔有今無者；寒砧，是昔無今有者。聲字出韻，若作聽字，對卷字亦穩。杜詩五律，無失韻者。蘭亭記：俯仰之間，已爲陳跡。前投幕府詩，本用魚韻，而起借七虞無字，謂之孤雁入群格。此題客舊館，本用青韻，而後借八庚聲字，謂之孤雁出群格。

軍中醉歌寄沈八劉叟

單復編在廣德二年之夏，時在嚴武幕中也。顧注：文苑英華載暢當作。黃伯思編爲少陵詩〔一〕。黃山谷在蜀道見古石刻有唐人詩，以老杜「酒渴愛清江」爲韻。

酒渴愛江清，餘酣一作甘。漱晚汀。軟沙欹坐穩，冷石醉眠醒。野膳隨行帳，華音發從去聲。伶。數盃君不見，都一作醉。已遺沉冥。此詩不樂居幕府而作也。上四言草堂醉後，有倘佯自得之興；下四言軍中陪宴，非豪飲暢意之時。沈劉蓋草堂同飲者，故寄詩以見意。杜臆以此章爲倒叙，從既醉已後，溯軍中初飲之事。但飲只數杯，何至酒渴而漱，坐眠方醒乎？首尾不相合矣。又盧注謂座中不見兩君，故數杯便覺沉冥，此説亦非。軍中設宴，原非幽人同席，何必以不見爲悵耶？此須依杜臆作十字句，言數杯之後，君不見我沉冥乎。世説：劉伶病酒，渴甚。庾信詩：野膳唯藜藿。華音，謂奏中華之音，見與巴渝之調不同。庾信詩：「數盃還已醉。」揚子法言：蜀莊沉冥。李軌注：沉冥，猶玄寂，泯然無迹之貌。世説：王右軍曰：「古之沉冥，何以過此。」

【校勘記】

〔一〕「黄伯思」，「思」原作「愚」，形近而誤。案，黄伯思（一〇七九—一一一八）字長睿，別字宵賓，號雲林子，邵武人，政和中官至秘書郎。有東觀餘論傳世；曾治杜詩，見李綱重校正杜子美集序。

送王侍御往東川放生池祖席

朱注：此詩見王原叔本。蔡氏編在夔州詩内。今按：成都詩有王侍御郁及王侍御契，此或即其人歟？詩云哀疾江邊卧，應指草堂言。放生池亦當在成都。邵注謂在蓬溪縣龍多山，誤矣。蔡曰：梓州爲東川。唐肅宗詔：天下臨池帶郭處，置放生池，凡八十一所，顔真卿爲碑。行者有祖道之祭，祭畢飲於其側，謂之祖席。

東川詩友合，此贈怯輕爲。況復扶又切。傳宗匠，舊作近。空然惜別離。梅花交近野，草色向平池。儻憶江邊卧，歸期願早知。上四送王侍御，五六池邊春景，末乃預訂歸期。東川乃詩友會合之地，故欲贈詩而怯於輕爲。況侍御能詩，共傳宗匠，徒然作惜别常語，亦何爲乎？當茲冬盡春來之際，惟願早歸，以尉衰疾，此今日送行之意也。諸本皆作「傳宗近」，意不可解。張遠指放生池，以佛家有南北宗也。此説牽强。邵注作傳踪，謂音信相通，此亦無據。按近字犯重，恐是匠字，乃字形相似而訛耳。公八哀詩云：「宗匠集精選。」宗匠二字，本袁宏書。初欲改近爲匠，尚無確據，偶閲詩紀載晉時仙讖「匠不足慮憂遠危」，馮惟訥云：「匠疑作近。」今按：彼是誤近爲匠，此則誤匠爲近，可以互證。

長吟

永泰元年之春。應瑒詩：永思長吟。

朱注：此係逸詩，收在卞圜本者，亦見吴若、黄鶴本。按：杜斿云：此詩「已撥形骸累，真爲爛熳深」，乃初辭幕府之作。樓鑰謂「束縛酬知己」，形骸之累已極，到此始得爛熳長吟耳。今編在

江渚翻鷗戲，官橋帶柳陰。花飛競渡日，草見音現。踏青一作春。心。已撥形骸累，真爲爛熳深。賦詩新一作歌。句穩，不覺一作免。自長吟。上四春郊佳景，下乃對景怡情。「翻」字「帶」字，句中着眼。競渡在江渚，踏青在柳陰，皆一水一岸對言。撥形骸，謂身世兩忘。爛熳深，謂恣情遊玩。顧注：公詩云「晚節漸於詩律細」，非細不能穩也。可見「語不驚人死不休」尚帶少年意氣。胡夏客曰：詩句已穩，猶自長吟，比

他人草草成篇，輒高歌鳴得意者，相去懸絶。或以水車，謂之飛鳧，亦曰水馬，一州士庶，悉觀臨之。抱樸子：屈原没汨羅之日，人並命舟楫以迎之，至今以爲競渡。荆楚歲時記：屈原以五日死于汨羅，人以舟拯之，競渡是其遺俗。唐人以中和節爲戲。踏青心，有兩説，一云足踏青草之心，一云人有踏青之心。前説爲近。竇氏壺中贅録：蜀中風俗，舊以二月二日爲踏青節。踏青，又見舊唐書代宗紀。隋煬帝望江南曲：踏青鬬草事青春。

絶句三首

單氏編在永泰元年成都詩内。鮑氏曰：謝克莊任伯云：此詩得于盛文肅家故書中，猶是吴越錢氏時人所傳，格律高妙，其爲少陵無疑。詩説雋永謂晁氏得吴越人寫本杜詩，如「日出東籬水」六首，乃九章。其一云「漫道春來好」云云。今按：前六首當另爲一處，不必併合。

聞道去聲。巴山裏，春船正好行。趙作還。都將百年興，去聲。一望九江城。趙作山。首章，欲往荆楚而作。杜臆：九江在洞庭。詳見「九江落日」注。

水檻温江口，茅堂石筍西。移船先主廟，洗藥浣花一作沙。溪。次章，見成都形勝，而仍事遊覽也。地志：温江，在成都西五十里。石筍街，在成都西門外。

謾一作設。道去聲。春來好，狂風太放顛。吹一作飛。花隨水去，翻卻釣魚船。末章，見春江風急，歎不得遠行也。杜臆：三首一氣轉下。

兄，又其諸從也。

狂一作短。歌行贈四兄 此當是永泰夏去成都之嘉戎時作，觀詩言嘉州可見。喜兄弟相見，故興至而狂歌。胡夏客曰：公之諸弟，見於詩者不一。此所贈四

與兄行年校一歲，賢者是兄愚者一作是。弟。叶去聲。兄將富貴等浮雲，弟竊功名好去聲。權勢。首叙兩人性情之異。等浮雲，見其賢。好權勢，見己愚。莊子：蘧伯玉行年六十而化。富貴等浮雲，用論語。長安秋雨十日一作切。泥，我曹鞲音備。馬聽晨雞。公卿朱門未開鎖，我曹已到肩相齊。吾兄睡穩方舒膝，不襪不中踏曉日。男啼女哭莫我知，身上須繒腹中實。此追叙長安往事。上四，承好權勢。下四，承等浮雲。説文：鞲，車鞴也。一曰：駕于馬口鞲。魏志臧洪傳：年爲吾兄，分爲篤友。老子：實其腹。今年思我來嘉州，嘉州酒重一作香。花繞一作滿。樓。樓頭吃酒樓下卧，長歌短詠一作歌。迭一作還，一作遠。相酬。四時八節還拘禮，女拜弟妻男拜弟。幅巾鞶帶不掛身，頭脂足垢何曾音層。洗。此又記嘉州近事。詩酒唱酬，見其豪放。男女禮拜，喜其殷勤。脱巾蒙垢，摹其狂態。庾信詩：三春冠蓋聚，八節管弦遊。後漢鮑永傳：但幅巾詣河内。注：不著冠，但幅巾束首也。通典：漢末王公名士，以幅中爲雅，是以袁紹、崔豹之徒，雖爲將帥，皆著幅

巾。易：或錫之鞶帶。説文：鞶，大帶也。内則：足垢，燂湯請洗。南史：陰子春身脂垢汙，腳數年一洗，言每洗則失財敗事。吾兄吾兄巢許倫，一生喜怒長任真。日斜枕去聲。肘寢已熟，啾啾唧唧爲何一作何爲。人。末以贈兄之意作結。率性任真，此可追比巢許處。枕肘熟睡，則付人事于罔聞矣。此章首尾各四句，中二段各八句。晉書：王導能任真推分，澹如也。廣韻：啾唧，小聲也。枚乘賦：鎗鍠啾唧，蕭條寂寥。楚辭：鳴玉鸞之啾啾。古捉搦歌：窗中女子聲唧唧。

遣悶戲呈路十九曹長子兩切。

公於大曆元年春至夔州，此云「誰家數去」，又云「百遍相過」，知其作於二年之春也。路爲拾遺，院在西省，故曰曹長。

江浦雷聲喧昨夜，春城雨色動微寒。黄鸝一作鶯。並坐交愁濕，白鷺群飛太劇乾音干。。晚節漸於詩律細，誰家數音朔。去酒杯寬。唯君一作吾。最一作醉。愛清狂客，百遍相過一作看。意未闌。上四阻雨，是悶所由生。下四呈路，乃悶所由遣。卲注：夜經雷雨，旦必微寒。鶯畏雨而坐，若交愁其濕。鷺乘雨而飛，甚難於得乾。公身滯雨中，故見之增悶。下數語，本稱路之好客，而詞近于索飲，故云戲呈。「清狂客」三字，曠懷豪興，兼而有之，公之自命甚高。古樂府：「烏生八九子，端坐秦氏桂樹間。」坐字本此。賈誼旱雲賦：惜旱大劇。蜀志：劉先主謂宋忠曰：「今禍至，方告我，不亦太劇乎？」注解爲太甚。今按：詩意恐是太難之意，如煩劇之劇。舊解作太苦乾，未當。方遇雨，何云苦乾耶？演義解爲戲劇使乾，又覺太鑿。後漢鍾皓傳：以詩律教授同郡陳寔。胡夏客云：漢書本言詩與法律，用爲詩之律體，巧矣。庾信詩：梳頭百遍撩。寬，多也。闌，盡也。公嘗言「老去詩篇渾漫與」，此言「晚節漸於詩律細」，何也？律細，言用心精密。漫與，言出手純熟。熟從精處得來，兩意未嘗不合。朱瀚曰：江浦二字打頭，近俗。喧昨夜，更俗。動微寒，欠穩。雨色、雷聲，土木對偶，比「雷聲忽送千峰雨」何如？交並二字，重複。太劇乾三字，晦澀。此從「黄鶯過水」一聯偷出，而手腳並露。其云「晚律漸細」，豈少年自居粗率乎？杜則少時入細，老更橫逸耳，故曰「語不驚人死不休」「老去詩篇渾漫與」。參看始知其謬。六類寒乞語，七似庸鄙，八無品地，皆非少陵本色。

又示宗武 與上章同時作。

覓句新知律，攤書解五買切。滿牀。試吟青玉案，莫羡一作帶。紫羅囊。暇一作假。日從時飲，明年共我長。應平聲。須飽經術，已似愛文章。十五男兒志，三千弟子行戶郎切。。曾參與游夏，達者得升堂。次章，專言訓子之意。覓句攤書，武知學矣。飽經術以發爲文章，此進一層語。法先賢之孝行文學，又進一層語。青玉案，謂古詩。紫羅囊，指戲具。暇日方飲，戒其母縱酒以曠時。呉論末句，即所云學無先後，達者爲先也。張衡四愁詩：美人贈我錦繡段，何以報之青玉案。晉書：謝玄少好佩紫羅香囊。叔父安患之，而不欲傷其意，因戲賭取之，遂止。楚辭：聊假日以婾樂兮。賈逵國語注：暇，閑也。或爲假。師氏云：假，是休假之假。焦仲卿妻詩：新婦初來時，小姑如我長。孔融書：朝士益重經術。十五句，暗用孔子十五志學語。史記：孔子以詩書禮樂教弟子，蓋三千焉。後漢郎顗疏：通游夏之藝，履顏閔之仁。家語：衛將軍文子問于子貢，曰：「入室升堂者，七十有餘人。」胡夏客曰：詩云：「覓句新知律」，又云「試吟青玉案」，或疑公有譽兒癖，非也。宗武定是有才，若宗文則「但使樹雞柵」耳。後宗武之子嗣業，能葬祖乞誌，不墜其家聲云。胡應麟曰：雲仙雜記云：甫子宗武，以詩示阮兵曹，阮答以石斧一具，併詩還之。宗武曰：斧，父斤也。欲使我呈父加斤削耶？阮聞之曰：「欲令自斷其手耳，不爾，天下詩名，又在杜家矣。」此事甚新，然史傳不載宗武詩，詩亦竟不傳。豈三世爲將，道家所忌哉！杜嘗命宗武熟精文選，又作詩屢令其誦。友人之言，宜有可信者，惜無從互證之。

呀虛加切。鶻胡骨切。行

蔡夢弼編在大曆三年江陵詩内，以詩有江邊秋日語也。然在夔州亦可言之，今姑依蔡編，未定何年耳。錢箋：此詩見陳浩然本，又見英華。呀，張口貌。

病鶻孤陳作卑。飛俗眼醜，每夜江邊宿衰柳。清秋落日英華作月。已側身，過雁歸鴉錯迴首。緊腦雄姿迷所向，疏翮稀毛不可狀。彊神非舊作迷。復扶又切。皂雕前，俊才早在蒼鷹上。

此見呀鶻而自傷也。首段，寫其病憊之狀。俗眼看醜，憎其病廢。雁鴉回首，畏其餘威。緊腦二句，仍摹其病態。彊神二句，迴想其猛氣。迷復二字，出易復卦，言迷於所復也。上文有迷所向，下句不應又用迷復，當作非復爲是。

風濤颯颯寒山陰，熊羆欲蟄一作縶。龍蛇深。念爾此時有一擲，失聲濺血非其心。

下段深致憐惜之意。言當此天寒物藏，正鶻鳥淩厲之秋，此時應有一擊，而悲鳴淒慘如此，豈其本心乎？此章上八句，下四句。擲，投也，鷙鳥搏物，必自上投下。

樓上

此當是潭州所作，詩末云「身在五湖南」可見。此及下章，並依蔡氏編次。

天地空搔首，頻抽白玉簪。皇輿三極北，身事五湖南。戀闕勞肝肺，掄一作論。材愧杞柟。亂離難自救，終是老湘潭。此詩登樓而感懷也。孤樓之上，俯仰天地，徒然搔首而抽簪者，正以皇輿在北，身事在南故也。戀闕而不才淪棄，既無補於皇輿，亂離而終老湘潭，又無濟於一身，此所以搔首躊躕耳。西京雜記：漢武帝取李夫人玉簪搔頭。鍾會賦：散髮抽簪。杜臆：白玉簪，蓋朝冠所用。屢思入朝而中止，故云頻抽。陸機論：旋皇輿於夷庚，反帝座於紫闥。地有四極，皇輿在東西南之北，故云三極，與繫辭三極不同，舊注誤。史記索隱：具區、洮滆、彭蠡、青草、洞庭共爲五湖。公律詩多在首聯領起，亦有在三四領下者，如七律「萬古云霄一羽毛」領下伊呂蕭曹，「三分割據紆籌策」領下「運移」「身殲」是也。五律此詩「皇輿三極北」領下戀闕掄材，「身事五湖南」，領下亂離湘潭是也。

惜別行送劉僕射判官

詩云「扶病相識長沙驛」，劉判官蓋括馬至此，與公相晤而贈之以詩，當是大曆四年秋作。朱注：唐制，僕射下宰相一等，時蓋劉之主將加此官，劉其屬下判官也。詩見陳浩然，又見文苑英華。

聞道去聲。南行市去聲。駿馬，不限匹數軍一作官。中須。襄陽幕府天下異，主將去聲。儉省憂艱虞。祇收壯健勝平聲。鐵甲，豈因格鬭求龍駒。叙劉君至潭之由。南行，指判官，主將，指僕射，起處並提。而今西北自反胡，騏驎蕩盡一匹無。龍媒真種上聲。在帝都，子孫未落東南此從英華，他本作西南。隅。向非戎事備征伐，君肯辛苦越江湖？江湖凡馬多顛頹，衣冠往往乘蹇驢。此言南行市馬之難。西北，指安史、吐蕃。東南，指襄陽、長沙。凡馬皆疲，何況龍種乎。義鶻行以老鶻爲其父，此詩以馬駒爲子孫，語近詼諧。徐幹中論：遊必帝都。梁公富貴於身疏，號令明白人安居。俸錢時散士子盡，府庫不爲去聲。驕豪虛。以玆報主寸心赤，氣卻西戎回北狄。羅網群馬一作烏。籍一作藉。馬多，意一作氣。在一作用。驅除一作馳。出金帛。此見襄陽主將之賢。梁公即梁崇義。上四言儉省而愛人。下四，言憂虞而敵愾。淮南子：見之明白，處之如玉石。黃香傳：香爲魏郡守，分俸祿賞賜，出贍貧者。出金帛，購馬也。劉侯奉使去聲。光推吐雷切。擇，滔滔才略滄溟窄。杜陵老翁秋繫音計。船，扶病相識長沙驛。強豈兩切。梳白髮提胡盧，手把一作兼。菊花路旁摘。九州兵革浩茫茫，三嘆聚散臨重平聲。陽。當杯對客忍流涕，一作涕淚，一本有君字。不覺老夫神內傷。此記相逢惜別之意。劉奉使，承上兩段。光推擇，不負所使也。提壺把菊，歡宴而作離筵，故黯然神傷耳。此章，首段六句，末段十句，中二段各八句。唐之潭州，即漢長沙郡。朱鶴齡曰：唐志：

襄州襄陽郡，乃山南東道節度使所治。廣德初，梁崇義據襄州，代宗不能討，因拜山南東道節度，至建中元年始爲李希烈所誅。則梁公即崇義也。史稱其以地褊兵少，法令最治，折節遇士，自振襄漢間。觀此詩所稱「襄陽幕府天下異，主將儉省憂艱虞」，又云「梁公富貴於身疏，號令明白人安居」，其語正與唐志相合。盧元昌曰：唐初，得突厥馬二千匹，又得隋馬二千匹，令太僕張萬歲葺其政。貞觀至麟德中，有馬七千餘萬，自後馬政頗廢。開元間，以王毛仲領内外閑廐使，馬復蕃息。安祿山陰選勝甲馬驅歸范陽。肅宗時，市馬於回紇，多以羸馬充數。後又括民間馬爲團練馬。唐之馬政，遂不可復矣。詩云西北反徒，騏驎蕩盡，感慨係之矣。

逃難

末云「涕盡湘江岸」，當是避臧玠之亂而作。後漢劉平傳：奔走逃難。

五十白頭翁，南北逃世難去聲。。疏布纏枯骨，奔走苦不暖。叶去聲。此憶從前之難。杜臆：上元二年，公年五十，時東川節度使段子璋反，花敬定斬之，兵不戢而大掠。公率妻子以逃，始則自京逃蜀，既而在蜀又逃，故曰「南北逃世難」。已衰病方入，四海一塗炭。乾坤萬里内，莫見容身畔。妻孥復扶又切。隨我，回首共悲歎。此記目前之難。大曆五年，公年五十九，臧玠殺崔瓘，據州爲亂。此暮年衰病，又挈妻子而逃也。曰四海，曰萬里，見隨地皆亂矣。回首悲歎，起下故國鄰里。故國莽丘墟，鄰里各分散。歸路從此迷，涕盡湘江岸。此爲無家可歸而嘆也。此章，首尾各四句，中間六句。班彪北征賦：舊室滅以丘墟兮。

附録二　現存郭知達編纂之杜集版本題解書序

（日本）静嘉堂文庫宋元版圖録解題

版式：左右雙邊有界，每半葉九行，每行十六字，注文雙行十六字；版心線黑口，雙黑魚尾，有刻者姓名和大小字數。刊記：卷七至卷十一各卷末頁有刊記，曰「寶慶乙酉（一二二五）廣東漕司鋟版」；卷七、卷八末葉四行列銜「進士陳大信、潮州州學賓辛安中、承議郎前通判韶州軍州事劉鎔同校勘、朝議大夫廣南東路轉運判官曾噩」。宋諱避「玄良敬弘匡恒貞楨徵桓樹遘慎敦廓」等。刻者姓名：吴文彬（文彬）、上官生、劉士震（士震）、郭淇、危傑、敬甫、吴文、洪恩、黄生、黄仲、朱榮、葉正、蕭仁、岑友、鄧舉、莫衍、范貴、萬中、萬忠、余太、余中、楊宜、楊茂、劉元、劉千、劉文、劉用、魯時。藏書印：史氏家傳翰院收藏書畫圖章張燕昌印、知不足齋主人所貽，黄錫蕃印，椒升藏本，胡惠孚印，曾藏當湖胡篴江家，歸安陸樹聲叔桐父印，歸安陸樹聲藏書之記。

（日本静嘉堂文庫宋元版圖録解題篇，汲古書院，一九九二年）

清乾隆（弘曆）御製題郭知達集九家注杜詩七言排律一首

平生結習最於詩，老杜真堪作我師。書出曾録實郭集，本仍寶慶及淳熙。九家正注宜存耳，注：是編爲宋郭知達集九家注，乃王文公、宋景文、豫章先生、王原叔、薛夢符、杜時可、鮑文虎、師民瞻、趙彦材，見於知達序。其言王文公即王安石，宋景文即宋祁。王原叔名洙，杜時可名田，師民瞻名尹，趙彦材名次公，薛夢符、鮑文虎即其名。豫章先生蓋黄庭堅也。版刻於廣東，詳見曾噩序。卷後署云寶慶乙酉廣東漕司録版。馬端臨文獻通考載此版亦稱爲善本。餘氏支辭概去之。適以遺編搜四庫，乃斯古刻見漕司，注：此書舊藏武英殿，僅爲庫貯，陳編無有，知其爲宋槧者，茲以校勘四庫全書，向武英殿移取書籍，始鑒及之，而前此竟未列入天禄琳琅，豈書策之遇合遲早亦有數耶？希珍際遇殊驚晚，尤物晤章固有時。重以琳琅續天禄天禄琳琅惜早已成書，此本當爲續入上等。幾閒萬遍讀何辭。

再題

兑氏之戈和氏弓，續增天禄吉光中。浣花眉列新全帙，金粟身存舊卷筒。注：世以藏經紙之末作經册者爲卷筒紙，最爲難得，此書面頁用之。尤物寧論顯與晦，逢時亦有塞兮通。武英棄置今方出，注：是書庋藏武英殿庫架，不知幾許年。兹以校勘四庫全書，始物色及之。且辨其爲宋槧善本，即此不可以悟人材之或有沉淪耶？絜矩人材默惕衷。

（見文淵閣四庫全書）

九家集注杜詩提要

臣等謹案九家集注杜詩三十六卷，宋郭知達編。知達蜀人。前有自序，作於淳熙八年（一一八一）。又有曾噩重刻序，作于寶慶元年（一二二五）。噩，據書録解題作字子肅，閩清人。淩迪知萬姓統譜則作字噩甫，閩縣人，慶元中，尉上高，復遷廣東漕使，與陳振孫所記小異。振孫與噩同時，迪知所叙又與序中結銜合，未詳孰是也。宋人喜言杜詩，而注杜詩者無善本。此書集王洙、宋祁、王安石、黄庭堅、薛夢符、杜田、鮑彪、師尹、趙彦材之注，頗爲簡要。知達序稱：「屬二三士友隨是非而去取之，如假托名氏，撰造事實，皆删削不載。」陳振孫書録解題亦曰：「世有稱東坡事實者〔一〕，（又案書録解題原文爲東坡杜詩故事，原文及原注均誤。）隨事造文，一一牽合，而皆不言其所自出。且其詞氣首末出一口，蓋妄人僞注以欺亂流俗者。書坊輒鈔入集注中，殊敗人意。此本獨削去之」云云，與序相合，知其别裁有法矣。振孫稱噩刊版五羊漕司「字大宜老」〔二〕，最爲善本。此本即噩家所初印，字畫端勁而清楷，宋版中之絶佳者。振孫所言，固不爲虚云。乾隆四十九年十一月恭校上。

【注】

〔一〕案當作老杜事實。

〔二〕案「宜老」謂宜乎老眼，刻本或作「可考」，非。

（四庫全書總目提要九家集注杜詩，中華書局，一九六五年）

九家集注杜詩

清乾隆武英殿刻本，原盛京皇宫恭藏，現庋藏遼寧省圖書館，毛裝。

杜詩引得序

引得印就在(民國)二十八年之春，遂請馮君續昌用引得爲工具以編製杜詩各本編次表。表中以九家注本目録爲本，其下逐詩記他本十七種之卷第篇次焉。曰王者，所謂王狀元集百家注編年杜陵詩史三十二卷也；曰分者，分門集注杜工部詩者二十五卷也；曰草者，黎刻蔡夢弼草堂詩箋四十卷及補遺十卷也；曰鶴者，黄鶴補千家注紀年杜工部詩史三十六卷也；曰明者，明易山人本之集千家注杜工部詩集二十卷也；曰邵者，所謂邵寶之分類集注杜詩二十三卷也；曰胡者，胡震亨杜詩通四十卷也；曰錢者，錢謙益箋注杜工部集之前十八卷也；曰朱者，朱鶴齡輯注杜工部詩集二十卷及卷末也；曰吴者，吴見思杜詩論文五十六卷也；曰盧者，盧元昌杜詩闡三十三卷也，曰張者，張遠杜詩會粹之前二十三卷也；曰生者，黄生杜詩説十二卷也；曰仇者，仇兆鰲杜詩詳注二十五卷也；曰浦者，浦起龍讀杜心解六卷也；曰江者，江浩然杜詩集説二十卷及卷末也；曰楊者，楊倫杜詩鏡銓二十卷也。有此表，則讀者可用引得於各種板本之杜詩矣。其有不入表者，則因其本之卷第篇次，與表中已具之某種相同，如張溍之讀書堂杜工部詩集二十卷，編次與明相同，盧坤刊刻五家評點杜工部集二十卷，編次全與錢同，是也。表編成後，乃知九家注本尚短逸詩二十四首，於于從仇本録而補印之，附於九家注本之後，更續編爲引得以補引得之後焉。

初，友人或勸杜詩引得宜用錢氏本，業以疑錢氏本已久，卒不敢用；其用郭知達編九家注本者，以王洙王琪編訂之本既不可得，則南宋人編訂之本而尚存者，當以郭本爲最早。且王洙編杜詩爲十八卷，郭本加注爲三十六卷，適得十八卷之一倍。疑其於詩篇之編次，當與二王本相差不遠也。九家注本者，天禄琳琅書目既盛讚其本，四庫總目又稱道其書，而乾隆時聚珍印本，嘉慶時翻刻本，皆今日所不易得，故併其注又翻印之，以爲學者便也。引得及編次表既就，業遂於去年七月起草此篇序文。既過半，復以冗事過多，中輟幾一年，今年暑假乃續作焉。序欲探考錢本與諸本之比較，究何若，既考而業之疑於錢本者更甚，故有杜詩校注之議也。業於杜注諸本並未嘗逐本從頭到尾細讀一遍，唯疾翻一過後，每本各選出數篇、或數十篇，更以引得及編次表之便，就他本參校焉。自知所見僅得其略，不敢執爲定論也。但參校諸本數日之後，即又發見有甚不滿於九家注本者，則其本中之二十五、二十六卷兩卷之注，皆贋品也。夫郭知達刻本成於淳熙八年（一一八一），其中自不能有二十餘年後蔡夢弼草堂詩箋之注；曾噩重刻本成於寶慶元年（一二二五），其本自不應載元初劉辰翁評杜之語。此殆曾板殘闕，後人乃依目録就蔡本及高崇蘭本，取詩並注，補刻之耳。清武英殿聚珍本前，既載高宗御題二詩，極事讚賞。四庫館臣又綴提要，稱其書別裁有法，其本爲宋板中之絶佳者；而聚珍本乃流傳甚罕，武英殿聚珍版叢書内向不列其書；昔葉德輝曾舉此點以爲疑；今乃知其故矣。蓋聚珍印後，又發見本中雜有膺刻，欲諱其先鑑別之有誤，遂抑之，不欲其流傳也。而今業乃依樣葫蘆，又翻印之。雖二卷中之詩，仍是杜詩，其如不出於郭本何？此總是遺憾，不敢不舉以告讀者也。雖然，此翻印本並其引得僅擬應工具之用耳。他年如果有新本杜集，如業所議之杜詩校注者，則今九家注本，並引得、並編次表、並業此序，皆筌蹄可棄也已。

（節引杜詩引得序頁七八至八十，上海古籍出版社年影印原哈佛燕京學社本，一九八五年）

中華書局影宋本新刊校定集注杜詩影印説明

新刊校定集注杜詩，即郭知達集九家注杜詩，是宋人集注杜甫詩集中比較好的一種。所收的是王洙、宋祁、黄庭堅、王安石、薛夢符、杜田、鮑彪、趙彦材九家，去取相當精審。原本刻於成都，有淳熙八年（公元一一八一）序。現存寶慶元年

（公元一一三五）南海覆刻本的曾噩序説：「注杜詩者數十家，輒有牽合附會，頗失詩意，甚至竊借東坡名字以行，勇於欺誕，誇博求異，挾僞亂真，此杜詩之罪人也。惟蜀士趙次公爲少陵忠臣。今蜀本引趙注最詳，好事者願得之，亦未易致。既得之，所恨紙惡字缺，不滿人意。兹摹蜀本，刊於南海漕臺。會士友以正其脱誤，見者必當刮目增明矣。」可見南海刻本雖是覆刻，然而在蜀刻本的基礎上，又作了校訂，所以一向爲人稱道，如陳振孫直齋書録解題説：「福清曾噩子肅刻板五羊漕司，字大可考（應爲宜老），最爲善本。」曾噩刻本傳世的有兩個殘本：一本原藏陸心源皕宋樓，僅存六卷，已歸日本静嘉堂；一本原藏瞿鏞鐵琴銅劍樓，存三十一卷，鈔配五卷。三十年代張元濟先生曾借得瞿藏本製成鉛皮版，因抗戰事起未能付印。現在原書下落不明，這份鉛皮版可能已成爲海内孤本了。我們就用以打樣重新製版影印，以存宋本真跡。存版又有缺頁，已據清刻本抄補。由於舊版年久漫漶，有一部分字跡已模糊難辨。爲了避免失真，在文字周圍不加描修，另據清刻本抄補缺文。附於各卷之後，以便參閲。但有些模糊的文字，不見於清刻本，只能闕疑了。

中華書局編輯部，一九八一年十月

（中華書局影印南宋寶慶元年曾噩刊本，一九八一年）

附録三　書目文獻著録郭知達編纂之杜集

杜工部詩集注三十六卷

蜀人郭知達所集九家注。世有稱東坡杜詩故事者，隨事造文，一一牽合，而皆不言其所自出。且其辭氣首末若出一口，蓋妄人依托以欺亂流俗者。書坊輒勦入集注中，殊敗人意，此本獨削去之。福清曾噩子肅刻板五羊漕司，最爲善本。

（陳振孫直齋書録解題卷十九，上海古籍出版社，一九八七年）

新刊校正集注杜詩三十六卷目録一卷

淳熙八年郭知達以杜詩注牴牾雜出，因輯善本，得王文公、宋景文公、豫章先生、王原叔、薛夢符、杜時可、鮑文虎、師民瞻、趙彦材九家注，讐校鋟板于成都。寶慶乙酉，曾噩子肅謂注杜者挾僞亂真，如僞蘇注之類。惟蜀士趙次公爲少陵功臣。今蜀本引趙注最詳，重摹刊於南海之漕臺。開板洪爽，刻鏤精工，乃宋本中之絶佳者。予觀通考經籍志云：「趙次公注杜詩五十九卷。」今按趙注散見於蜀本，曾序已稱其最詳，卷帙安得有如此之富？恐端臨所考或未覈。書此以諗世之讀杜詩者。

（錢曾讀書敏求記校證卷四之中，中國歷代書目題跋叢書第二輯，清錢曾著，管庭芬、章鈺校證，上海古籍出版社，二〇〇七年）

九家注杜詩四函二十四册

唐杜甫著，宋郭知達集九家注，三十六卷。前知達序、宋曾噩序。

宋晁公武郡齋讀書志謂自王洙原叔以後，學者喜觀甫詩，以古律詩雜次第之，且爲之注。按，趙次公，字彦材，蜀人。所注杜詩名曰正誤，此書爲成都郭知達所輯。知達，宋史未載其人，而家於成都，係與彦材同鄉里。故所輯之注，首王文公而終之以彦材，蓋以彦材之注爲盡善也。按，序中所載九人，其一爲趙彦材，餘八人，王文公名安石，臨川人；宋景文名祁，蜀人；豫章先生即黄庭堅，寧州人；王原叔名洙，太原人；薛夢符，河東人；杜時可名田，南城人；鮑文虎，縉雲人；師民瞻名尹，蜀人。知達序稱「屬二三士友，各隨是非而去取之。如假托名氏，撰造事實，皆删削不載。」據此，則亦博采而取其至精者矣。其書刻于宋孝宗淳熙八年，至理宗寶慶元年，曾噩爲廣南東路轉運判官，重爲校刊。序稱「蜀士趙次公爲少陵忠臣。蜀本引趙注最詳，所恨紙惡字缺，不滿人意。兹摹蜀本，刊于南海漕台，會士友以正其脱誤」云云。書後有承議郎、通判韶州軍州事劉鎔，潮州州學賓辛安中，進士陳大信同校勘，銜名列於噩銜之右。考明凌迪知萬姓統譜載，噩，字噩甫，閩縣人。學問淹貫，文章簡古。慶元間，尉上高，有聲，後適廣東漕使。鎔、安中、大信，俱無考。噩之刻是書也，集諸僚友，精其校讐，固非苟焉付剞劂者。故字畫端整，一秉唐人，而刻手印工皆爲上選。

御題：「平生結習最於詩，老杜真堪作我師。書出曾鋟實郭集，本仍寶慶及淳熙。九家正注宜存耳，餘氏支辭概去之。適以遺編搜四庫，乃斯古刻見漕司。希珍際遇殊驚晚，尤物闇章固有時。重以琳琅續天禄，幾閒萬遍讀何辭。乾隆甲午仲夏月中澣，御筆。」鈐「乾」、「隆」雙璽。又御題：「兑氏之戈和氏弓，續增天禄吉光中。浣花眉列新全帙，金粟身存舊卷筒。尤物寧論顯與晦，逢時亦有塞兮通。武英棄置今方出，絜矩人材默惕衷。乙未仲春月，御筆。」鈐寶二：曰「乾隆宸翰」，曰「幾暇臨池」。中繪御容，鈐「乾」、「隆」雙璽。考明秀水項篤壽、平湖陸啓浤收藏，俱有印記。考檇李詩繫載啓浤，字叔度，平湖人。後更名遯。弱冠博極經史，倜儻負奇，類河朔壯士。詩法全宗少陵，有賁趾山房集。史氏及篤壽見前，餘無考。

（于敏中天禄琳琅書目卷三，中國歷代書目題跋叢書第二輯，上海古籍出版社，二〇〇七年）

新刊校正集注杜詩

九家注杜詩録板成都者，未之見也。寶慶乙酉曾噩子肅重摹刊于海南之漕臺，開板洪爽，刻鏤精工，予嘗見之小讀書堆，然亦不全。兹嘉定瞿木夫以一册見遺，卷端有「楊氏家藏」書畫私印，標題下及板心俱割去卷幾字樣，不知其何卷矣。且抱沖已故，書籍封閉，不能假讀，余甚恨之。卷端題曰「古詩」，爲秋行官張望督促東渚耗稻云云，末一題曰釋悶，共五十五葉半，其後半已鈔補。

（黄丕烈百宋一廛書録，宋元明清書目題跋叢刊十三，清代卷，第七册，中華

書局，二〇〇六年）

九家注杜詩

存一之十八，二十之二十四，二十七之三十四卷。（汪士鐘藝芸書舍宋元本書目集部，叢書集成初編本，中華書局，一九八五年）

新刊校正集注杜詩三十六卷宋刊本

宋郭知達編。據四庫提要有淳熙八年知達自序，寶慶元年曾噩重刊序，此本二序已佚。詩分體編次，目中有注「新添」者。陳氏書録謂福清曾噩刻板五羊漕司，載爲善本，即此書也。原本缺卷十九、廿五、廿六、三十五、三十六，鈔補全。每卷後有寶慶乙酉廣東漕司録板一行，朝議大夫廣東路轉運判官曾噩、承議郎前通判韶州軍州事劉鎔、潮州州學賓辛安中、進士陳大信同校勘，四行。每半葉九行，行十六字，注字同。朗、徵、樹、構、敦字俱闕筆。容齋隨筆云蜀本刻杜集，以老杜事實爲東坡所作，遂以入注，殊誤後生云云。此本但取王文公、宋景文、黄豫章、王原叔、薛夢符、杜時可、鮑文虎、師民瞻、趙彦材凡九家，而不取僞蘇注，其鑒裁有識矣。字體端勁，雕鏤精善，尤宋本之最佳者。案黄鶴補注後此書三十餘年而未嘗引及之，集千家注僅載王洙、王安石、胡宗憲（愈）、蔡夢弼四序，而未載知達序，豈亦未見此書耶？

（瞿鏞鐵琴銅劍樓書目録卷十九，續修四庫全書史部目録類，第九二六册，上海古籍出版社，二〇〇二年）

宋槧九家集注杜詩殘本跋

新刊校正集注杜詩存卷六至十一，凡六卷。後有寶慶乙酉廣東漕司録板一行，卷七卷八後又有朝議大夫廣南東路轉運判官曾噩承議郎前通判韶州軍州事劉鎔、潮州州學賓辛安中、進士陳大信同校勘四行，每葉九行，每行大字十六、小字雙行。版心有字數及刊工姓名。百宋一廛賦所謂「九家注杜，寶慶漕鋟，自有連城，蝕甚勿嫌」者，衹存五十五葉。此本尚存六卷，可以壓倒百宋矣。所採王洙、宋祁、王安石、黄庭堅、薛夢符、杜田、鮑彪、師尹、趙彦材九家之注，而趙注尤多。噩字子肅，福建閩縣人，紹熙四年進士，尉上高，轉監行在惠民局，嘉定戊辰上書言積弊未易革，人心未易服，公道未易行，下言未易通，皆切中時弊，改知晉江縣。嘉定乙亥用從臣薦，通判建寧府，入監左藏東庫。是歲夏旱，應詔言六事。在職二年，除軍器監，遷大府寺丞，辛巳遷大理正，出知潮州；治最，擢廣東運判。寶慶二年卒。七歲能屬文，至老未嘗一日廢書，著有義溪集十卷，班史録二十卷。見陳宓復齋集運判曾公墓誌。萬姓統譜以爲字噩甫，固誤。書録解題以爲閩清人，亦誤。

（陸心源儀顧堂續跋卷十二，續修四庫全書史部目録類，第九三〇册，上海古籍出版社，二〇〇二年）

新刊校正集注杜詩

殘本六卷，宋刊本。唐杜甫撰

案，存卷六、卷七、卷八、卷九、卷十、卷十一。此南宋粤東刊本，每半葉九行，每行十六字，小字雙行。版心有字數及刻工姓名。每卷有「史氏家傳翰林攷藏書畫」圖章，朱文長印，張燕昌白文方印，知不足齋主人所貽白文方印。每卷後有寶慶乙酉廣東漕司鋟梓，朝議大夫廣南東路轉運判官曾噩承議郎前通判韶州軍州事劉鎔、潮州州學賓辛安中、進士陳大信同校勘銜名。百宋一廛所謂「九家注杜，寶慶漕鋟，自有連城，蝕甚勿嫌」者，只存五十五葉。此本尚存六卷，亦罕購之祕笈也。

（陸心源皕宋樓藏書志別集類二，卷六十八，清人書目題跋叢刊之一，中華書局，一九九〇年）

武英殿聚珍版九家集注杜工部詩三十六卷

九家集注杜工部詩三十六卷，四庫全書總目集部別集類著録。著「内府藏本」。提要云：「宋郭知達編。知達蜀人。前有自序，作於淳熙八年。又有曾噩重刻序，作於寶慶元年。」按欽定天禄琳琅書目前編宋版集部類所載者即此本。九家者，王洙、宋祁、王安石、黄庭堅、薛夢符、杜田、鮑彪、師尹、趙彦材也。宋陳振孫直齋書録解題稱此爲杜詩善本，云：「世有稱東坡杜詩故事者，隨事造文，一一牽合，而皆不言其所自出。且其辭氣首末若出一口，蓋妄人依托以欺亂流俗者，書坊輒勦入集注中，此本獨削去之。福清曾噩子肅刻板五羊漕司，字大可考，最爲善本。」但自曾噩刻版後，元、明以來無翻刻。世所傳宋本，内府所藏外，黄丕烈百宋一廛賦注載所藏同，亦詳百宋一廛書録，今歸常熟瞿氏鐵琴銅劍樓。向以無人重刻爲恨，初不知武英殿聚珍版叢書固擺印也。武英殿聚珍版叢書内無此種，不知何故？意者館臣於彙印叢書時未曾編入耶？杜詩舊注善本無過此九家。

後來盛稱「千家注杜詩」，實則不滿百家，其爲誇大之辭，不及此精審簡要，斷可知矣。

（葉德輝郎園讀書志卷七，中國歷代書目題跋叢書第三輯，清葉德輝撰，楊洪升點校，上海古籍出版社，二〇一〇年）

九家集注杜詩清嘉慶間復刻本

每半葉十行，行二十一字。第一行題九家集注杜詩，第二行題唐杜甫撰，宋郭知達編注。名爲復宋刻，絶無宋本面目，但亦不類聚珍版活字本。浙江圖書館藏，書目題作嘉慶刻，今從之。

（周采泉杜集書録内編卷二全集校刊箋注類二，上海古籍出版社，一九八六年）

杜集書録編者按

九家集注本爲目前所僅存宋刻之一。且所録注家如趙彦材、杜田、師尹等，均視草堂詩箋及集千家注等爲多，其爲善本，自不待言。至其第二十五、六兩卷，雜有贋刻，洪業疑爲曾刻殘缺，後人乃依目録就蔡、高二本所補刻，言之成理，可資參考。

洪業曰：「……參校諸本數日之後，即又發見有甚不滿於九家注本者，則其本中之二十五、二十六卷兩卷中之注皆贋品也。夫郭知達刻本，成於淳熙八年，其中自不能有二十餘年後蔡夢弼草堂詩箋之注。曾噩重刻本成於寶慶元年，其本自不應載元初劉辰翁評杜之語。此殆曾板殘缺，後人乃依目録就蔡本及高崇蘭本，取詩並注補刻之耳。清武英殿聚珍本前，既載高宗（弘曆）御題二詩，極事讚賞。四庫館臣又綴提要，稱其書別裁有法，其本爲宋板中之絶佳者。而聚珍本乃流傳甚罕，武英殿聚珍版叢書内向不列其書，昔葉德輝曾舉此點以爲疑，今乃知其故矣。蓋聚珍印後，又發見本中雜有贋刻，欲諱前先鑒别之有誤，遂抑之，不欲其流傳也。」節引杜詩引得序最末一段。

洪氏所揭示之贋刻僅兩卷，則其書即有宋刻一部份在内，則補刻補印當在元明時，四庫館鑑别之疏可知矣。但其所補刻者究據蔡本抑高本？洪氏尚説得含糊。編者將各本核對結果，其所補刻之詩與注，確爲高崇蘭本。所不同者與高本編次略異，此蓋由於就目補刻之故，非有意更張也。按高本元明兩朝翻刻特多，明代中葉，玉几、明昜（昜，古陽字）兩刻，流傳至廣。而四庫館臣對此挾僞亂真之書，譽之爲宋板中之絶佳者，能不爲洪業所哂乎？

郭知達雖無籍籍名，但决非一般書賈，其輯此書全爲針對東坡老杜事實以及王狀元集百家注等僞書而作。故序云：「欺世售僞，有識之士，所爲深歎！」又云：「屬二三士友，各隨是非而去取之。」提要謂其「别裁有法」，自非虚譽。其中即有二卷贋刻，只要讀者去僞存真，即太樸不完，仍不失爲瓌寶也。

又按：九家注共録杜詩一一三八首，自奉贈韋左丈二十二韻起，至聞惠二過東溪止，分古、近體編次。但其編次與王洙、黄鶴、蔡夢弼三家亦不盡同。杜詩引得用武英殿排印本改用鉛字排印，每詩編號、每句再編號，排成引得（即索引），完全作爲檢查杜詩篇第的工具書。由於九家注所收杜詩不全，並附録仇注二十四首，起李監宅第二首至逃難止，稱爲補遺，完全用仇注原本。引得所排印之九家注，於清帝避諱缺筆，一依聚珍本，甚無謂也。

（周采泉杜集書録内編卷二全集校刊箋注類二）

附録四　宋編杜集與杜詩注本之序跋題記

杜工部集記

〔宋〕王洙

杜甫字子美，襄陽人，徙河南鞏縣。曾祖依藝，鞏令。祖審言，膳部員外郎。父閑，奉天令。甫少不羈，天寶十三年，獻三賦。召試文章，授河西尉，辭不行，改右衛率府胄曹。天寶末，以家避亂鄜州，獨轉陷賊中。至德二載，竄歸鳳翔，謁肅宗，授左拾遺，詔許至鄜迎家。明年收京，扈從還長安。房琯罷相，甫上疏論琯有才，不宜廢免。肅宗怒，貶琯邠州刺史，出甫爲華州司功。屬關輔饑亂，棄官之秦州，又居成州同谷。自負薪採梠，餔糒不給。遂入蜀，卜居成都浣花里，復適東川。久之，召補京兆府功曹，以道阻不赴，欲如荆楚。上元二年，聞嚴武鎮成都，自閬州挈家往依焉。武歸朝廷，甫浮遊左蜀諸郡，往來非一。武再鎮兩川，奏爲節度參謀，檢校工部員外郎，賜緋。永泰元年夏，武卒。郭英乂代武，崔旰殺英乂，楊子琳、柏正節舉兵攻旰，蜀中大亂。甫逃至梓州，亂定歸成都，無所依。乃泛江遊嘉戎，次雲安，移居夔州。大曆三年春，下峽，至荆南，又次公安。入湖南，泝沿湘流，遊衡山，寓居耒陽。嘗至岳廟，阻暴水，旬日不得食。耒陽聶令知之，自具舟迎還。五年夏，一夕，醉飽卒，年五十九。觀甫詩與唐實録，猶槩見事迹，比新書列傳，彼爲踳駁。（傳云「召試京兆功曹」，而集有官定後戲贈詩注云「初授河西尉，辭，改右衛率府胄曹」；傳云「遁赴河西，謁肅宗於彭原」，而集有喜達行在詩注云「自京竄至鳳翔」。傳云：「嚴武卒，乃遊東蜀依高適。既至而適卒。」據適自東川入朝拜散騎常侍乃卒。又集有忠州聞高常侍亡詩，傳云「扁舟下峽，未維舟而江陵亂，乃遊湘衡」，而集有居江陵及公安詩至多。傳云「永泰二年卒」，而集有大曆五年正月追酬高蜀州詩及别題大曆年者數篇。）甫集初六十卷，今祕府舊藏通人家所有，稱大小集者，皆亡逸之餘，人自編摭，非當時第叙矣。蒐裒中外書凡九十九卷。（古本二卷、蜀本二十卷、集略十五卷、樊晃序小集六卷、孫光憲序二十卷、鄭文寶序少陵集二十卷、别題小集二卷、孫僅一卷、雜編三卷。）除其重複，定取千四百有五篇，凡古詩三百九十有九，近體千有六，起太平時，終湖南所作。視居行之次若歲時爲先後，分十八卷；又別録賦筆雜著二十九篇爲二卷；合二十卷。意兹未可謂盡，他日有得，尚副益諸。寶元二年十月王原叔記。

（景印宋本杜工部集卷首，續古逸叢書之四十七）

杜工部集後記

〔宋〕王琪

近世學者，争言杜詩。愛之深者至剽掠句語，迨所用險字，而模畫之，沛然自以絶洪流而窮深源矣。又人人購其亡逸，多或百餘篇，少數十句，藏弆矜大，復自以爲有得。翰林王君原叔尤嗜其詩，家素蓄先唐舊集，及採祕府名公之室天下士人所有得者，悉編次之，事具於記，於是杜詩無遺矣。子美博聞稽古，其用事非老儒博士罕知其自出，然訛缺久矣。後人妄改而補之者衆，莫之遏也。非原叔多得其真，爲害大矣。子美之詩詞有近質者，如「麻鞋見天子，垢膩脚不襪」之句，所謂轉石於千仞之山，勢也。學者尤效之而過甚，豈遠大者難窺乎！然夫子之删詩也，卒於檜、曹小國，寺人女子之詩，苟中法度，咸取而弦歌，善言詩者，豈拘於人哉！原叔雖自編次，余病其卷帙之多而未甚布。暇日與蘇州進士何君瑑、丁君修得原叔家藏及古今諸集，聚於郡齋而參考之，三月而後已。義有兼通者，亦存而不敢削，閲之者固有淺深也。而又吴江邑宰河東裴君煜取以覆視，乃益精密，遂鏤於版，庶廣其傳。或俾余序於篇者，曰：如原叔之能文稱於世，止作記於後，余竊慕之。且余安知子美哉，但本末不可闕書，故槩舉以附於卷終。原叔之文，今遷於卷首云。嘉祐四年四月望日，姑蘇郡守太原王琪後記。

（同上，卷二十卷末附。）

杜工部集題識

〔明〕毛扆

先君昔年以一編授扆曰：「此杜工部集，乃王原叔洙本也。余借得宋板，命蒼頭劉臣影寫之。其筆劃雖不工，然從宋本抄出者，今世行杜集不可以計數，要必以此本爲祖也，汝其識之。」扆受書而退，開卷細讀。原叔記云：「甫集初六十卷，今祕府舊藏通人家所有，稱大小集者，人自編摭，非當時第次。乃蒐裒中外書九十九卷。（古本一卷，蜀本二十卷，集略十五卷，樊晃序小集六卷，孫光憲序二十卷，鄭文寶序少陵集二十卷，別題小集二卷，孫僅一卷，雜編三卷。）除其重複，定取一千四百有五篇（凡古詩三百九十有九，近體千有六），起太平時，終湖南所作，視居行之次若歲時爲先後，分十八卷。又別録賦筆雜著二十九篇爲二卷，合二十卷。寶元二年十月記。」二十卷末有嘉祐四年四月望日姑蘇郡守王琪後記。此後又有補遺六葉，其東西兩川説僅存六行而缺其後，而第十九卷缺首二葉。扆方知先君所借宋本乃王郡守鏤板于姑蘇郡齋者，深可寶也！謹什襲而藏之。後廿餘年，吴興賈人持宋刻殘本三册來售，第一卷僅存首三葉，十九卷亦缺二葉，補遺東西兩川説亦止存六行，其行數、字數悉同，乃即先君當年所借原本也。不覺悲喜交集，急購得之，但不得善書者成此美事，且奈何？又廿餘年，有甥王爲玉者，教導其影宋甚精，覓舊紙從抄本影寫而足成之。嗟乎！先君當年之授此書也，豈意後日原本之復來！扆之受此書也，豈料今日原本復入余舍！誤使書賈歸於他室，終作敝屣之棄爾。縱歸於余而無先君當年所授，不過等閑殘帙視之爾，焉能悉其源委哉！應是先君有靈，不使入他人之手也。抄畢，記其顛末如此。歲在己卯重九日，隱湖毛扆諾識。時年六十。

（同上，景印宋本杜工部集杜集補遺末附）

跋宋本杜工部集

張元濟

少陵詩聖，丁安史之亂，坎壈身世，流離隴蜀，畢陳歌詠，沈雄魁壘之音，感人而動物，故當時號爲「詩史」。至其才力富健，變風變雅，窮高妙之格，極豪逸之氣，包沖澹之趣，兼峻潔之姿，備藻麗之態，實積衆流之長，爲千古宗仰而不替。本傳「有集六十卷」，而藝文志著録「集六十卷，小集六卷」。至宋寶元間王原叔洙始取祕府舊藏及人家所有之杜集，裒爲二十卷。嘉祐四年蘇州郡守王君玉琪得原叔家藏及古今諸集，聚於郡齋而參考之。吴江邑宰河東裴如晦煜取以覆視，遂鏤於版。自後，補遺、增校、注釋、批點、集注、分類、編韻之作，無不出于二王之所輯梓。原叔曾否刊行，無由聞見，惟賴君玉剞劂行世，遂爲斯集之鼻祖。毛氏汲古閣所藏宋本，遞傳至於潘氏滂喜齋，今歸於上海圖書館。相傳爲嘉祐間刊，然以諱字避至「完、構」觀之，是刻當在南宋初矣。檢校全集，計二十卷，補遺一卷。宋刻兩本相儷，缺卷爲毛氏鈔補，亦據兩本。其一存卷一第三、四、五葉，卷十七至二十及補遺；每半葉十行，行十八字至二十一字；毛氏鈔補自卷一第六葉起至卷九、卷十五、卷十六；每卷先列子目，目後銜接正文。其二爲卷十至十二，每半葉十行，行二十字；毛氏鈔補卷十三及十四；每卷先列子目，目後重銜書名卷次及詩體首數各一行。兩本字體紙墨均甚相似，驟不易辨，但從行款注例審之，顯有不同。又檢刻工，前一本有洪茂、張逢、史彦、張由、余青、吴圭、洪先、張瑾、牛實、劉乙、宋道、徐彦、施章、田中、張清、吕堅、王伸、方誠、駱升、葛從、朱贇、蔡等。就余所寓目之宋槧校之，與衢州本三國志魏書，紹興本管子，紹興本臨川先生文集同者一人；與南宋初補刊本禮記鄭注同者三人；與南宋本爾雅同者四人；與紹興明州本徐公文集同者五人；與南宋本陶淵明集同者七人；與紹興明州本六臣注文選同者八人；與南宋初年刊資治通鑑目録同者十二人；與紹興茶鹽司本資治通鑑同者十七人。於是確定爲紹興初年之浙本無疑。直齋書録解題謂「又有遺文九篇，治平中太守裴煜刊集外」。此存補遺一卷，可證是爲覆刻君玉之本也。復考配本，間有「樊作某」、「晉作某」、「荆作某」、「宋景文作某」、「陳作某」、「刊作某」、「一作某」等，與錢牧齋謙益箋注所載吴若後記云：「凡稱樊者樊晃小集也；稱晉者開運二年官書也；稱荆者王介甫四選也；稱宋者宋景文也；稱陳者陳無己也；稱「刊」及「一作」者，黄魯直、晁以道諸本也。」若合符節。是必吴若刊本可無疑義。吴記作於紹興三年六月，當即刻於是時。兩本雕版，異地同時。此本刻工有楊茂、言清、言乂、王祐、熊俊、黄淵、楊詵、鄭珣、翟痒等尚未見于他書，蓋建康府學所鐫者也。吴本雖後於王本，牧齋已推爲近古。由今觀之，兩本實爲希世之珍。近人之疑吴本爲烏有而深譏虞山之作僞者，觀此亦可冰釋。覽毛斧季扆跋文，知子晉晉先借得宋板，命蒼頭劉臣影寫一部。廿年後斧季從吴興賈人收得原本三册，其缺佚倩甥王爲玉據劉寫者影鈔足之，篋藏遂有兩帙。今喜見此書尚留人間，延天水一脈之傳。夷考君玉原本，刊於嘉祐四年。吴郡志云：「時方貴杜集，人間苦無善本。琪家藏本讎校素精，俾公使庫鏤板，印萬本，每部值千錢。」彼時傳本不謂不多，竟無遺存，幸七十餘年後有覆刻，有重校，不則恐絶響人間矣！從殘存三册覈之，知當時已爲拼合之本。錢氏述古堂亦嘗影寫一部，而卷一尚存宋刻第一二葉之王洙杜工部集記。意者毛、錢交摯，殆即斧季撤贈者。此本今藏北京圖書館。曩余主商務印書館時，曾創景印古籍之舉，先後成四部叢刊、百衲本二十四史。更仿遵義黎氏之例，博訪罕傳珍本，輯爲續古逸叢書，求集腋於真影，廣學人之津梁，成書四十六種。抗戰中輟，忽逾廿稔。維我新邦肇建，萬象煥明。古刻瓌寶，迭出重光。自中央創導科學研究，重視遺産，廣蒐善本，勉以流通。今歲欣逢我館創建六十周年，謀繼前功，以資紀念。竊謂杜詩上承風騷，廣洽民情，本現實之精神，闢詩歌之康莊，輝煌成就，允垂久遠。去年成都築工部草堂，鼓舞群仰。名山羽翼，悠待球珍。爰借上海圖書館所藏杜工部集，趙宋孤槧，傳世冠冕，攝景精印，列爲續古逸叢書第四十七種。其卷一王記之宋刊，卷十二第廿一後半葉，卷十九第一、二葉及補遺第七、八葉之錢鈔，均據北京圖書館藏本照補者。不圖期頤之年，猶得親與其役。舊業重理，撫卷歎賞！不辭荒傖，聊誌顛末於後。盛世昌明，繼是有成。餘雖耄老，尚能憑軾以俟之。

公元一千九百五十七年八月一日，海鹽張元濟。時年九十有一。

（同上，景印宋本杜工部集杜集補遺末附）

杜工部集後記

〔宋〕吴若

右杜集，建康府學所刻版也。初教授劉亘常今，當兵火瓦礫之餘，便欲刻印文籍。得府帥端明李公行其言，繼而樞密趙公不廢其説。未幾，趙公移帥江西，常今亦以病丐罷，屬府倅吴公才德充、察推王闓伯言嗣成之。德充、伯言爲求工外邑，付學正張巽、學録李鼎要以必成。踰半年，教授錢壽朋耆朋來，乃克成焉。蓋方督府宣司鼎來，百工奔走，趨命不暇，刀板在手，奪去者屢矣。一集之微，更歲歷十余君子始就。嗚呼，儒業之難興如此！常今初得李端明本，以爲善。又得撫屬姚寬令威所傳故吏部鮑欽止本，校足之。末得若本，以爲無恨焉。凡稱樊者，樊晃小集也；稱晉者，開運二年官書本也；稱荆者，王介甫四選也；稱宋者，宋景文也；稱陳者，陳無己也；稱「刊」及「一作」者，黄魯直、晁以道諸本也。雖然，子美詩如五穀六牲，人皆知味，而鮮不爲異饌所移者，故世之出異意、爲異説，以亂杜詩之真者甚多。此本雖未必皆得其真，然求不爲異者也。他日有如是正者重刻之，此學者之所望也。紹興三年六月，荆溪吴若季海書。

（錢注杜詩附録，中華書局上海編輯所，一九五八年）

趙次公自序

〔宋〕趙次公

余喜本朝孫覺莘老之説，謂「杜子美詩無兩字無來處」。又王直方立之之説，謂「不行一萬里，不讀萬卷書，不可看老杜詩」。因留功十年，注此詩。稍盡其詩，乃知非特兩字如此耳，往往一字綮切，必有來處，皆從萬卷書中來。至其思致之貌，體格之多，非惟一時人所不能及，而古人亦有未到焉者。若論其所謂來處，則句中有字、有語、有勢、有事，凡四種。兩字而下爲字，三字而上爲語，擬似依倚爲勢，事則或專用、或借用、或直用、或翻用、或用其意，不在字語中。于專用之外，又有展用、有倒用、有抽摘滲合而用，則李善所謂「文雖出彼而意殊，不以文害」也。又至用方言之穩熟，用當日之事實者。又有用事之祖、有用事之孫。何謂祖？其始出者是也。何謂孫？雖事有祖出，而後人有先拈用或用之別有所主而變化不同，即爲孫矣。杜公詩句皆有焉。世之注解者，謬引旁似，遺落佳處固多矣。至于只見後人重用、重説處，而不知本始，所謂無祖。其所經後人先捻用，並已變化，而但引祖出，是謂不知夫舍祖而取孫。又至于字語明熟混成，如自己出，則杜公所謂「水中著鹽，不飲不知」者。蓋言非讀書之多，不能知覺，尤世之注解者弗悟也。

（林希逸竹溪鬳齋十一稿續集卷三十，四川大學古籍所宋集珍本叢刊第八十三册，線裝書局二〇〇四年）

杜陵詩史跋

〔清〕劉世珩

王狀元集百家注編年杜陵詩史三十二卷，宋刻宋印。每半葉十三行，行二十四字。白口單邊，口上有字數，魚尾下作「杜詩」，亦作「寺」。一又作「六十家杜詩」，一云「千家注」、「百家注」，口上又云「六十家注」種種不同，皆坊本故態。首行作「王狀元集百家注編年杜陵詩史一卷」，次行「前劍南節度參謀宣義郎檢校尚書工部員外郎賜緋魚袋杜甫子美撰」，三行「嘉興魯訔編年並注」，四行「永嘉王十朋龜齡集注」。與天禄琳瑯所載黄氏補千家注杜工部詩史截然兩書。彼則黄希黄鶴補注，此則魯訔王十朋注；彼則三十六卷，此則三十二卷。予藏元廣勤堂刊集千家注分類杜工部詩，徐居仁編次，黄鶴補注，則二十五卷。其集注姓氏載有「嘉興魯氏訔編注子美詩一十八卷，永嘉王氏名十朋字龜齡集注編年詩史三十二卷」，與此正合。王書本魯氏而成，黄注更後於王本矣。凡詩之有關時事者，皆於題下注明，故謂之「詩史」。所引前人注均各標名，而作白文以别之。按季氏書目王龜齡注杜詩三十二卷即是此本。書尾有「泰興季振宜滄葦氏珍藏」款字一行，卜鈐「振宜」朱文方印。前有「季振宜字詵兮號滄葦」朱文大方印、「季振宜藏書」朱文小方印，皆可證也。副葉又有「真賞」朱文葫蘆印、「華夏」白文方印、「文石太史珍藏圖書」朱文長方印。卷首並有「乾學」朱文、「徐健庵」白文聯珠小方印。每卷有「商邱宋犖攷藏善本」朱文長方印，「緯蕭草堂藏書記」朱文長方印，知爲前明無錫華氏、華亭朱氏，我朝泰興季氏、昆山徐氏、商邱宋氏諸家所遞藏。中有「拙翁文府」楷書木戳，如日本人所鈐，或曾流入海外者。予前刻淳熙本李翰林集，此杜集雖宋時坊本，注有省減，然爲世所希有。又經歷代藏書家所寶貴，亟爲影刊，以儷李集，並撰記考其異同，用餉讀者，佳處當自能審辨耳。其副葉藏印則移刊於卷尾。爲歲立癸丑，暮春之初，枕雷道士劉世珩識於上海草鞋浜楚園。

（江蘇廣陵古籍刻印社影宋刊本，二〇〇一年）

杜工部草堂詩箋題識

〔宋〕蔡夢弼

少陵先生博極群書，馳騁今古，周行萬里，觀覽謳謡，發爲歌詩，奮乎國風雅頌不作之後，比興相侔，哀樂交貫。揄揚敘述，妙達乎真機；美刺箴規，該具乎衆體。自唐迄今，餘五百年，爲詩學之宗師，家傳而人誦之。故元微之誌其墓曰「詩人已來，未有如子美者」，信斯言矣。況我國家祖宗肇造以來，設科取士，詞賦之餘，繼之以詩。詩之命題，主司多取是詩。惜乎世本訛舛，訓釋紕繆，有識恨焉。夢弼因博求唐宋諸本杜詩十門，聚而閱之，三復參校，仍用嘉興魯氏編次先生用捨之行藏、歲月之先後，以爲定本。每於逐句本文之下，先正其字之異同，次審其音之反切，方作詩之義以釋之，復引經子史傳記以證其用事之所從出，離爲五十卷，目曰草堂詩箋。凡校讎之例：題曰樊者，唐潤州刺史樊晃小集本也；題曰晉者，晉開運二年官書本也；曰歐者，歐陽永叔本也；曰宋者，宋子京本也；王者，乃介甫也；蘇者，乃子瞻也；陳者，乃無己也；黄者，乃魯直也。刊云一作某字者，系王原叔、張文潛、蔡君謨、晁以道及唐之顧陶本也。又如宋次道、崔德符、鮑欽止暨太原王禹玉、王深父、薛夢符、薛蒼舒、蔡天啓、蔡致遠、蔡伯世皆爲義説；其次如徐居仁、謝任伯、吕祖謙、高元之暨天水趙子櫟、趙次翁、杜修可、杜立之、師古、師民瞻亦爲訓解。復參以蜀石碑諸儒之定本，各因其時以條紀之。至於舊德碩儒，間有一二説者，亦兩存之，以俟博識之決擇。是集之行，俾得之者手披目覽，口誦心惟，不勞思索，而昭然義見，更無纖毫凝滯，如親聆少陵之謦欬而熟睹其眉宇，豈不快哉！大宋嘉泰天開甲子正月穀旦，建安三峰東塾蔡夢弼傅卿謹識。

（杜工部草堂詩箋傳序碑銘之末，第二十六册，中華再造善本影印上海圖書館所藏元刊本）

校正草堂詩箋跋

〔宋〕俞成

陳從易嘗讀杜詩，至疑「身輕一鳥」下，竟不能安一字。楊大年嘗讀杜詩，至疑「霜濃木石」下，竟不能全一句。夫以二公之才，讀杜公之詩，尚且略其闕文，他可見矣。誠知草堂先生練句下字，往往超詣，續之則不似，增之則不然，賡之和之，果何爲哉？使其得善本而證之，不啻「夏五」之知其月。若「過」字、若「滑」字，皆出自然，初無崖異，惟是理到，不容加點。古今詩史，一人而已，豈二公所可及哉！吾党蔡君傅卿，生平高尚，不求聞達，潛心大學，識見超拔。嘗注韓退之、柳子厚之文，了無留隱。至於少陵之詩，尤切精妙。其始考異，其次音辨，又其次講明作詩之義，又其次引援用事之所從出。凡遇題目，究竟本原；逮夫章句，窮極理致。非特定其年譜，又且集其詩評，參之眾說，斷以己意，警悟後學多矣。嘗以「雨晴山不改」爲「雨時」（雨晴詩：「雨晴山不改，晴罷峽如新。」）；「湖落迴鯨魚」爲「潮落」（別張建封：「擇材征南幕，湖落回鯨魚。」）；如城西陂泛舟「魚吹細浪摇歆扇」，（燕蹴飛花落舞。）以「歆」爲「歌」；如天育驃騎歌「遂令大奴字天育」，（別養驥子憐神俊。）以「字」爲「守」；不曰「麟鳳」，而曰「靈鳳」（幽人詩：「麟鳳在赤霄，何當一來儀。」）不曰「三犀」，而曰「五犀」（石犀行：「君不見秦時蜀太守，刻石立作三犀牛。」）。似此竄定，未容籌計。至若飲中八仙一歌，雖有數句復用四韻，或者疑之，分爲四章，以嚴句讀，破千古之昏蒙，新一時之聞見。其自信也甚篤，則其取信于人也可知。既授僕以校讎之職，恨不讀五車書，恨不行秘書監，難以勝任。辭不暇已，不免依樣而已，無復換其詞頭，直敘大概云爾。非敢爲工部設，自有諸公題其額。余嘗謂：

子美之詩如化工，千形萬狀，體態不一。演而爲歌、爲行，發而爲歎、爲引，曰短述、曰口號，大而至於古風百韻，小而至於絶句五言，同出異名，初無定體。惟「驊騮開道路」一句，對以「鷹隼出風塵」，與「鵾鶚離風塵」相類，自是之外無聞焉。若夫「家家養烏鬼」，沈存中以烏鬼爲鸕鷀，元微之以爲神，非也。惟夏侯節言於懶真子：「峽中人家養猪，非祭鬼不用，特於群猪中呼「烏鬼」以自别。」此説得之。「竹林爲我啼清晝」，蔡條以竹林爲禽名，或人以爲猿，非也。惟程大昌言於演繁露：「詩人假像爲辭，因竹之號風若哀，故謂之啼。」此説得之，抑又有證焉。「樂動殷嶱嵑」，不以「殷」爲「湯」；「生意春如昨」，當以「春」爲「眷」。「稚子」非「稚雛」，乃宗文之名字；「花卿」非歌妓，乃牙將之姓氏。杜鵑四句，非注，題也，蓋古人嘗有是格；八哀一篇，非創見也，蓋古人亦有此體。若曰「天閲」，其實「天闕」；若曰「鷗没」，其實「鷗波」。以「禁籞」爲「禁御」，以「錦幪」爲「錦驂」，仍誤例也。吁！鍛句之精，無如「風約半池萍」；襯字之妙，無如「輕燕受風斜」；假對之巧，無如「獻納紆皇眷」；押韻之工，無如「憂國願年豐」。讀詩者苟以意逆志，當自有定見，不可徇他人之説，類皆如此。然傳注之學，難乎其人也久矣。昔陶隱居注本草，嘗言不可有誤，況注經乎！今君之注是詩也，片言支字，每每推詳，決無差誤。然則杜詩、本草，注雖不同，推原教人之意則一而已。開禧紀元八月既望，富沙雲衢俞成元德父跋。

（同上，杜工部草堂詩箋第二十六册之首）

補注杜詩年譜辨疑後序

〔宋〕黄鶴

鶴先君未第時，酷嗜杜詩，頗恨舊注多遺舛，嘗補緝未竟而逝。又欲考所作歲月於逐篇下，終不果運力，未必不賫恨泉下也。鶴不肖，常恐無以酬先志，乃取槧本集注，以遺藳爲之正定。凡經據引者，不復重出，又輒益以所聞，於是稍盈卷帙。每詩再加考訂，或因人以核其時，或蒐地以校其迹，或摘句以辨其事，或即物以求其意。所謂千四百餘篇者，雖不敢謂盡知其詳，亦庶幾十得七八矣。吕汲公年譜既失之略，而蔡魯二譜亦多疎鹵，遂更爲一譜以繼于後。先生積著誠多，而不幸不偶，此不足論。獨嘗謂至成都未幾，裴冀公還朝，繼帥者李國楨、崔光遠、郭英乂，自宜與之弗合。顧與高適定交最早，相知最深，其爲西川節度，先生何以翻然舍之而東，曾不如依嚴武之爲密且久？蜀人師氏以貧交行爲武作，今疑爲適而作也。以此知先生賦性特剛，少不如意，則不能曲狥苟合，故不爲當時所容。身後又復醜以牛酒之事，曾不知果以飫溺，尚能爲令賦詩且事遊憩乎？耒陽之墳，豈非宗文早世，先生所謂瘞夭者？而後世附會，滋爲人惑。因書于首，以俟博識。嘉定丙子三月望日，臨川黄鶴書。

（黄氏補千家注紀年杜工部詩史三十六卷尾年譜辨疑卷末，中華再造善本影印山東省博物館藏元至元二十四年詹光祖月崖書堂刻本，北京圖書館，二〇〇六年）

黄氏補注杜詩序

〔宋〕董居誼

居誼兒時聞先君樂道永新大夫黄公之賢。至，則令出拜，且曰：「此鄉先生可師法者也。」居誼雖不敏，心竊識之。及壯，讀公之文，知其博覽群書，於經史子集，章句訓詁，靡不通究。於是有感先君所以幸教小子之意，欲就正焉，而公則仙去矣。晚歲杜門，公之子鶴過而道舊，出其紀年補注詩史一編，蹙然請曰：「鶴先人生平嗜此，恨舊注舛踈，補訂未竟，齎志以歿。不肖勉卒先業，餘三十年。所謂千四百篇者，不敢謂盡知工部意，庶幾十七八矣，盍爲我序之。」退披其編，詩以年次，意隨篇釋，冠以譜辨，視舊加詳。至謂耒陽酒瘞宗文，高都護之非適，吕太一之非官，又皆意逆而得之，往往前輩或未及，不但成先志而已。昔杜預注春秋左傳，世以預爲丘明忠臣；黄氏父子用功此詩，謂非忠於工部不可。然春秋繫年日，書甲子，預以曆法推攷，有未合則歸之史誤。工部雖號「詩史」，凡所記述，非必如春秋書法之密，後數百年而生，必欲一一推見當時歲月先後，亦難矣。矧詩自風雅而下，惟工部爲宗，其淵深浩博，後人莫窺涯涘。有謂工部胸中凡幾國子監，又謂不行一萬里，不讀萬卷書，不可以觀杜詩。近世録板注以集名者，毋慮二百家，固宜鈎析證辨，無復餘藴。而補遺訂謬，方來未已，信知工部之詩可觀不可盡。然吾於是編又得以窺黄氏家學之懿，慰滿夙心云。寶慶二年三月清明日，郡人董居誼仁甫序。

（同上，卷首）

補注杜詩跋

〔宋〕吴文

山谷嘗謂：老杜作詩，無一字無來處，第恨後人讀書少，不足以知之。今生乎數百載之後，欲探古人之心於數百載之前。凡諸家箋注之所未通者，皆斷以己見，自非胸中有萬卷書，其敢任此責耶？黄氏之於此詩，蓋如班馬父子之作史，凡兩世用工矣。積兩世之學以研精覃思，是宜援據淹該，非諸家之所敢望也。博洽君子，以諸家舊注與此合而觀之，則是非得失，當有能辨之者。寶慶丙戌仲夏，富沙吴文跋。

（同上，卷首）

集千家注批點杜工部詩集序

〔元〕劉將孫

有杜詩來五百年，注者以二三百數，然無善本。至或僞蘇注，謬妄鉗劫可笑。自或者謂少陵「詩史」，謂少陵「一飯不忘君」，於是注者深求而强附，句句字字，必傳會時事曲折。不知其所謂史，所謂不忘者，公之於天下，寓意深婉，初不在此。詩有風有隱，工部大雅，與三百篇相望，詎有此心胸哉？此豈所以爲少陵！第知膚引以爲忠愛，而不知陷於險薄。凡注詩尚意者，又蹈此弊，而杜集爲甚。諸後來忌詩、妒詩、疑詩、開詩禍皆起此，而莫之悟，此不得不爲少陵辨者也。先君子須溪先生，每浩歎學詩者各自爲宗，無能讀杜詩者，類尊丘垤而惡睹昆侖。平生婁看杜集，既選爲興觀。他評泊尚多，批點皆各有意，非但謂其佳而已。高楚芳類粹刻之，復删舊注無稽者、氾濫者，特存精確，必不可無者，求爲序以傳。坡公謂杜詩似史記，今聞者特以坡語，大不敢異，竟無能知其所以似史記者。予欲著之，此又似評杜詩爲僭。獨爲注本言之：注杜詩如注莊子，蓋謂衆人事、眼前語，一出盡變；事外意、意外事，一語而破無盡之書，一字而含無涯之味。或可評不可注，或不必注，或不當注。舉之不可遍，執之不可著，常辭不極於情，故事不給於弗也。然詎能爾爾！是本淨其繁蕪，可以使讀者得於神，而批評摽掇，足使靈悟，固草堂集之郭象本矣。楚芳於是注，用力勤，去取當，校正審，賢他本草草藉吾家名以欺者甚遠。相之者，吾門劉郁云。大德癸卯冬，廬陵劉將孫尚友書。

（杜甫撰、黄鶴補注、劉辰翁評點集千家注批點杜工部集卷首，元刻高崇蘭本）

附録五　誌傳集序上

杜工部小集序

〔唐〕樊晃

工部員外郎杜甫，字子美，膳部員外郎審言之孫。至德初，拜左拾遺，直諫忤旨，左轉，薄遊隴蜀，殆十年矣。黄門侍郎嚴武總戎全蜀，君爲幕賓，白首爲郎，待之客禮。屬契闊湮阨，東歸江陵，緣湘沅而不返。痛矣夫！文集六十卷，行於江漢之南。常蓄東遊之志，竟不就。屬時方用武，斯文將墜，故不爲東人之所知。江左詞人所傳誦者，皆君之戲題劇論耳，曾不知君有大雅之作，當今一人而已。今採其遺文，凡二百九十篇，各以志類，分爲六卷，且行於江左。君有子宗文宗武，近知所在，漂寓江陵。冀求其正集，續當論次云。

（錢注杜詩附録誌傳集序，中華書局上海編輯所，一九五八年）

唐故工部員外郎杜君墓係銘并序

〔唐〕元稹

叙曰：予讀詩至杜子美，而知小大之有所總萃焉。始堯舜時，君臣以賡歌相和。是後詩人繼作，歷夏殷周千餘年，仲尼緝拾選揀，取其干預教化之尤者三百篇，其餘無聞焉。騷人作而怨憤之態繁，然猶去風雅日近，尚相比擬。秦漢以還，採詩之官既廢，天下妖謡民謳、歌頌諷賦、曲度嬉戲之詞，亦隨時間作。逮至漢武賦柏梁詩而七言之體具。蘇子卿、李少卿之徒，尤工爲五言，雖句讀文律各異，雅鄭之音亦雜，而詞意簡遠，指事言情，自非有爲而爲，則文不妄作。建安之後，天下文士遭罹兵戰，曹氏父子鞍馬間爲文，往往横槊賦詩，故其遒壯抑揚、冤哀悲離之作，尤極於古。晉世風槩稍存。宋齊之間，教失根本，士以簡慢歙習、舒徐相尚，文章以風容色澤、放曠精清爲高，蓋吟寫性靈、流連光景之文也，意義格力無取焉。陵遲至於梁陳，淫艷刻飾、佻巧小碎之詞劇，又宋齊之所不取也。唐興，官學大振。歷世之文，能者互出，而又沈宋之流，研練精切，穩順聲勢，謂之爲律詩。

由是而後，文變之體極焉。然而莫不好古者遺近，務華者去實，効齊梁則不逮於魏晉，工樂府則力屈於五言，律切則骨格不存，閒暇則纖穠莫備。至於子美，蓋所謂上薄風騷，下該沈宋，古傍蘇李，氣奪曹劉，掩顔謝之孤高，雜徐庾之流麗，盡得古今之體勢，而兼昔人之所獨專矣。使仲尼考鍜其旨要，尚不知貴其多乎哉！苟以爲能所不能，無可不可，則詩人以來，未有如子美者。時山東人李白，亦以奇文取稱，時人謂之「李杜」。予觀其壯浪縱恣，擺去拘束，摸寫物象，及樂府歌詩，誠亦差肩於子美矣。至若鋪陳終始，排比聲韻，大或千言，次猶數百，詞氣豪邁，而風調清深；屬對律切，而脱棄凡近，則李尚不能歷其藩翰，况堂奥乎？予嘗欲件析其文，體别相附，與來者爲之准，特病懶未就。適子美之孫嗣業，啓子美之柩襄祔事於偃師，途次於荆，雅知予愛言其大父爲文，拜予爲誌。辭不可絶，予因係其官閥而銘其卒葬云。

係曰：晉當陽成侯姓杜氏，十世而生依藝，令於鞏。依藝生審言，審言善詩，官至膳部員外郎。審言生閑，閑生甫。閑爲奉天令。甫字子美，天寶中獻三大禮賦，明帝奇之，命宰相試文，文善，授右衛率府胄曹。屬京師亂，步謁行在，拜左拾遺。歲餘，以直言失官，出爲華州司功。尋遷京兆功曹。劍南節度使嚴武狀爲工部員外參謀軍事，旋又棄去。扁舟下荆楚間，竟以寓卒，旅殯岳陽，享年五十九。夫人弘農楊氏女，父曰司農少卿怡，四十九年而終。嗣子曰宗武，病不克葬，殁，命其子嗣業。嗣業貧，無以給喪，收拾乞匄，焦勞晝夜，去子美殁後餘四十年，然後卒先人之志，亦足爲難矣。銘曰：「維元和之癸巳，粤某月某日之佳辰，合窆我杜子美於首陽之前山。嗚呼！千歲而下，曰此文先生之古墳。」

（元稹集校注卷五十六，上海古籍出版社，二〇一一年）

舊唐書杜甫傳

杜甫字子美，本襄陽人，後徙河南鞏縣。曾祖依藝，位終鞏令。祖審言，位終膳部員外郎，自有傳。父閑，終奉天令。甫天寶初應進士不第。天寶末，獻三大禮賦，玄宗奇之，召試文章，授京兆府兵曹參軍。十五載，禄山陷京師，肅宗徵兵靈武，甫自京師宵遁赴河西，謁肅宗於彭原郡，拜右拾遺。房琯布衣時與甫善。時琯爲宰相，請自帥師討賊，帝許之。其年十月，琯兵敗於陳濤斜。明年春，琯罷相。甫上疏言琯有才，不宜罷免。肅宗怒，貶琯爲刺史，出甫爲華州司功參軍。時關畿亂離，穀食踊貴，甫寓居成州同谷縣，自負薪採梠，兒女餓殍者數人。久之，召補京兆府功曹。上元二年冬，黄門侍郎、鄭國公嚴武鎮成都，奏爲節度參謀、檢校尚書工部員外郎，賜緋魚袋。武與甫世舊，待遇甚隆。甫性褊躁，無器度，恃恩放恣，嘗憑醉登武之牀，瞪視武曰：「嚴挺之乃有此兒！」武雖急暴，不以爲忤。甫於成都浣花里種竹植樹，結廬枕江，縱酒嘯詠，與田畯野老相狎蕩，無拘檢。嚴武過之，有時不冠，其傲誕如此。永泰元年夏，武卒，甫無所依。及郭英乂代武鎮成都，英乂武人粗暴，無能刺謁，乃遊東蜀依高適。既至而適卒。是歲，崔寧殺英乂，楊子琳攻西川，蜀中大亂。甫以其家避亂荆楚，扁舟下峽，未維舟而江陵亂。乃泝沿湘流，遊衡山，寓居耒陽。甫嘗遊岳廟，爲暴水所阻，旬日不得食。耒陽聶令知之，自棹舟迎甫而還。永泰二年，啗牛肉白酒，一夕而卒於耒陽，時年五十九。子宗武，流落湖湘而卒。元和中，宗武子嗣業，自耒陽遷甫之柩，歸葬於偃師縣西北首陽山之前。天寶末詩人，甫與李白齊名，而白自負文格放達，譏甫齷齪，而有「飯顆山」之嘲誚。

（卷一百九十下，中華書局，一九七五年）

新唐書杜甫傳

甫字子美，少貧不自振，客吴越、齊趙間，李邕奇其材，先往見之。舉進士不中第，困長安。天寶十三載，玄宗朝獻太清宫，饗廟及郊，甫奏賦三篇。帝奇之，使待制集賢院，命宰相試文章，擢河西尉，不拜，改右衛率府胄曹參軍。數上賦頌，因高自稱道，且言：「先臣恕預以來，承儒守官十一世，迨審言以文章顯中宗時。臣賴緒業，自七歲屬辭，且四十年，然衣不蓋體，常寄食於人。竊恐轉死溝璽，伏惟天子哀憐之。若令執先臣故事，拔泥塗之久辱，則臣之述作雖不足鼓吹六經，至沈鬱頓挫，隨時敏給，揚雄、枚皋可企及也。有臣如此，陛下其忍棄之？」會禄山亂，天子入蜀，甫避走三川。肅宗立，自鄜州羸服欲奔行在，爲賊所得。至德二載，亡走鳳翔上謁，拜右拾遺。與房琯爲布衣交，琯時敗陳濤斜，又以客董廷蘭，罷宰相。甫上疏言：「罪細，不宜免大臣。」帝怒，詔三司雜問。宰相張鎬曰：「甫若抵罪，絶言者路。」帝乃解。甫謝，且稱：「琯宰相子，少自樹立爲醇儒，有大臣體。時論許琯才堪公輔，陛下果委而相之。觀其深念主憂，義形於色，然性失於簡。酷嗜鼓琴，廷蘭托琯門下，貧疾昏老，依倚爲非。琯愛惜人情，一至玷汙。臣歎其功名未就，志氣挫衄，覬陛下棄細録大，所以冒死稱述，涉近訐激，違忤聖心。陛下赦臣百死，再賜骸骨，天下之幸，非臣獨蒙。」然帝自是不甚省録。時所在寇奪，甫家寓鄜，彌年艱窶，孺弱至餓死，因許甫自往省視。從還京師，出爲華州司功參軍。關輔饑，輒棄官去。客秦州，負薪採橡栗自給。流落劍南，結廬成都西郭。召補京兆功曹參軍，不至。會嚴武節度劍南東西川，往依焉。武再帥劍南，表爲參謀，檢校工部員外郎。武以世舊，待甫甚善。親入其家。甫見之，或時不巾，而性褊躁傲誕，嘗醉登武牀，瞪視曰：「嚴挺之乃有此兒！」武亦暴猛，外若不爲忤，中銜之。一日欲殺甫及梓州刺史章彝，集吏於門，武將出，冠鉤于簾三。左右白其母，奔救得止，獨殺彝。武卒，崔旰等亂，甫往來梓夔間。大曆中，出瞿唐，下江陵，泝沅湘以登衡山，因客耒陽。遊嶽祠，大水遽至，涉旬不得食，縣令具舟迎之，乃得還。令嘗饋牛炙白酒，大醉，一昔卒，年五十九。

甫曠放不自檢，好論天下大事，高而不切。少與李白齊名，時號「李杜」。嘗從白及高適過汴州，酒酣登吹臺，慷慨懷古，人莫測也。數嘗寇亂，挺節無所汙，爲歌詩，傷時橈弱，情不忘君，人憐其忠云。

贊曰：唐興，詩人承陳隋風流，浮靡相矜。至宋之問沈佺期等，研揣聲音，浮切不差，而號「律詩」，競相襲沿。逮開元間，稍裁以雅正，然恃華者質反，好麗者壯違，人得一槩，皆自名所長。至甫，渾涵汪茫，千彙萬狀，兼古今而有之。它人不足，甫乃厭餘。殘膏賸馥，沾丐後人多矣。故元稹謂「詩人以來，未有如子美者」。甫又善陳時事，律切精深，至千言不少衰，世號「詩史」。昌黎韓愈於文章慎許可，至歌詩，獨推曰：「李杜文章在，光燄萬丈長。」誠可信云。（卷二百〇一，中華書局，一九七五年）

題杜工部墳

〔唐〕韓愈

何人鑿開混沌殼，二氣由來有清濁。孕其清者爲聖賢，鍾其濁者成愚樸。
英豪雖没名猶嘉，不肖虛死如蓬麻。榮華一旦世俗眼，忠孝萬古賢人芽。
有唐文物盛復全，名書史册俱才賢。中間詩筆誰清新，屈指都無四五人。
獨有工部稱全美，當日詩人無擬倫。筆追清風洗俗耳，心奪造化回陽春。
天光晴射洞庭秋，寒玉萬頃清光流。我常愛慕如飢渴，不見其面生閑愁。
今春偶客耒陽路，凄慘去尋江上墓。召朋特地踏煙蕪，路入溪村數百步。
招手借問騎牛兒，牧兒指我祠堂路。入門古屋三四間，草茅緣砌生無數。

寒竹珊珊摇晚風，野蔓層層纏庭户。升堂再拜心惻然，心欲虔啓不成語。一堆空土煙蕪裏，虚使詩人嘆悲起。怨聲千古寄西風，寒骨一夜沉秋水。當時處處多白酒，牛炙如今家家有。飲酒食炙今如此，何故常人無飽死？子美當日稱才賢，聶侯見待誠非喜。洎乎聖意再搜求，姦臣以此欺天子。捉月走入千丈波李白入水捉月，忠諫便沉汨羅底屈原沉湘。固知天意有所存，三賢所歸同一水。過客留詩千百人，佳詞繡句虚相美。墳空飫死已傳聞，千古醜聲竟誰洗？明時好古疾惡人，應以我意知終始。

（分門集注杜工部詩卷首序，四部叢刊初編本）

酉陽雜俎

〔唐〕段成式

李白名播海内，玄宗於便殿召見，神氣高朗，軒軒然若霞舉。上不覺亡萬乘之尊，因命納屨。白遂展足與高力士，曰：「去靴。」力士失勢，遽爲脱之。及出，上指白謂力士曰：「此人固窮相。」白前後三擬詞選，不如意，悉焚之，唯留恨、別賦。及禄山反，制胡無人，言「太白入月敵可摧」。及禄山死，太白蝕月。衆言李白唯戲杜考功「飯顆山頭」之句。成式偶見李白祠亭上宴別杜考功詩，今録首尾曰：「我覺秋興逸，誰言秋興悲。山將落日去，水共晴空宜。」「煙歸碧海夕，雁度青天時。相失各萬里，茫然空爾思。」

（酉陽雜俎校箋上册，中華書局，二〇一五年）

唐國史補

〔唐〕李肇

嚴武少以强俊知名，蜀中坐衙，杜甫袒跣登其機案。武愛其才終不害。然與章彝素善，再入蜀，談笑殺之。及卒，母喜曰：「而今而後，吾知免官婢矣！」

（唐國史補上，唐五代筆記小説大觀，上海古籍出版社，二〇〇〇年）

開元日，通不以姓而可稱者：燕公、曲江、太尉、魯公；不以名而可稱者：宋開府、陸兖公、王右丞、房太尉、郭令公、崔太傅、楊司徒、劉忠州、楊崖州、段太尉、顔魯公。位卑而著名者：李北海、王江寧、李館陶、鄭廣文、元魯山、蕭功曹、張長史、獨孤常州、杜工部、崔比部、梁補闕、韋蘇州、戴容州。二人連言者：岐薛、姚宋（亦曰蘇宋）、燕許（大手筆）、元王（秉權）、常楊（制誥）、蕭李（文章）。元和後，不以名可稱者：李太尉、韋中令、裴晉公、白太傅、賈仆射、路侍中、杜紫微；位卑名著者：賈長江、趙渭南；二人連呼者：元白；又有羅鉗吉綱、（酷吏羅希奭吉温）員推、韋狀、（能吏員結韋元甫），又有四夔、四凶。

（同上，唐國史補下）

明皇雜録

〔唐〕鄭處誨

唐開元中，樂工李龜年、彭年、鶴年兄弟三人，皆有才學盛名。彭年善舞，鶴年，龜年能歌，尤妙製渭州，特承顧遇。於東都大起第宅，僭侈之制，逾于公侯。宅在東都通遠里，中堂制度，甲於都下。（今製晉公移于定鼎門外別墅，號緑野堂。）其後龜年流落江南，每遇良辰勝賞，爲人歌數闋，座中聞之，莫不掩泣罷酒。則杜甫嘗贈詩所謂：「岐王宅裏尋常見，崔九堂前幾度聞。正值江南好風景，落花時節又逢君」。崔九堂，殿中監滌、中書令湜之第也。

（明皇雜録卷下，唐五代筆記小說大觀，上海古籍出版社，二〇〇〇年）

杜甫後漂寓湘潭間，旅於衡州耒陽縣，頗爲令長所厭。甫投詩於宰，宰遂置牛炙白酒以遺，甫飲過多，一夕而卒。集中猶有贈聶耒陽詩也。

（同上，明皇雜録補遺）

本事詩

〔唐〕孟棨

白才逸氣高，與陳拾遺齊名，先後合德。其論詩云：「梁陳以來，艷薄斯極，沈休文又尚以聲律，將復古道，非我而誰與！」故陳、李二集，律詩殊少。嘗言興寄深微，五言不如四言，七言又其靡也，況使束於聲調俳優哉！故戲杜曰：「飯顆山頭逢杜甫，頭戴笠子日卓午。借問別來太瘦生，總爲從前作詩苦。」蓋譏其拘束也。玄宗聞之，召入翰林。以其才藻絶人，器識兼茂，將以上位處之，故未命以官。嘗因宮人行樂，謂高力士曰：「對此良辰美景，豈可獨以聲伎爲娱，倘時得逸才詞人吟詠之，可以誇耀於後。」遂命召白。時寧王邀白飲酒，已醉；既至，拜舞頹然。上知其薄聲律，謂非所長，命爲宮中行樂五言律詩十首。白頓首曰：「寧王賜臣酒，今已醉。倘陛下賜臣無畏，始可盡臣薄技。」上曰：「可。」即遣二内臣掖扶之，命研墨濡筆以授之，又令二人張朱絲欄於其前。白取筆抒思，略不停綴，十篇立就，更無加點。筆跡遒利，鳳跱龍拏。律度對屬，無不精絶。其首篇曰：

「柳色黄金嫩，梨花白雪香。玉樓巢翡翠，珠殿宿鴛鴦。選妓隨雕輦，征歌出洞房。宫中誰第一，飛燕在昭陽。」文不盡録。常出入宫中，恩禮殊厚。竟以疏縱乞歸。上亦以非廊廟器，優詔罷遣之。後以不羈，流落江外；又以永王招禮，累謫于夜郎。及放還，卒于宣城。杜所贈二十韻，備叙其事。讀其文，盡得其故迹。杜逢禄山之難，流離隴蜀，畢陳於詩，推見至隱，殆無遺事，故當時號爲「詩史」。

（本事詩高逸第三，唐五代筆記小説大觀，上海古籍出版社，二〇〇〇年）

雲溪友議

〔唐〕范攄

武年二十三，爲給事黄門侍郎。明年擁旄西蜀，累於飲筵，對客騁其筆札。杜甫拾遺乘醉而言曰：「不謂嚴挺之有此兒也！」武恚目久之，曰：「杜審言孫子，擬捋虎鬚？」合座皆笑，以彌縫之。武曰：「與公等飲饌謀歡，何至於祖考耶？」房太尉琯亦微有所忤，憂怖成疾。武母恐害賢良，遂以小舟送甫下峽。母則可謂賢也，然二公幾不免於虎口矣。李太白爲蜀道難，乃爲房杜之危也。

（雲溪友議上嚴黄門，唐五代筆記小説大觀，上海古籍出版社，二〇〇〇年）

雲仙雜記

〔唐〕馮贄

杜子美十餘歲，夢人令采文于康水。覺而問人，此水在二十里外，乃往求之。見鵝冠童子，告曰：「汝本文星典吏，天使汝下謫，爲唐世文章海。九雲誥已降，可於豆壠下取。」甫依其言，果得一石，金字曰：「詩王本在陳芳國，九夜捫之麟篆熟，聲振扶桑享天福。」後因佩入葱市，歸而飛火滿室。有聲曰：「邂逅穢吾，令汝文而不貴。」

（文覽雲仙雜記一，唐人軼事彙編卷十四，上海古籍出版社，一九九五年）

杜甫子宗武，以詩示阮兵曹。兵曹答以石斧一具，隨使並詩還之。宗武曰：

「斧，父斤也。兵曹使我呈父，加斤削也。」俄而阮聞之，曰：「誤矣。欲子砍斷其手。此手若存，天下詩名又在杜家矣。」（同上，文覽雲仙雜記七）

附録六　誌傳集序下

讀杜工部詩集序

〔宋〕孫僅

五常之精，萬象之靈，不能自文，必委其精、萃其靈於偉傑之人以渙發焉。故文者，天地真粹之氣也；所以君五常、母萬象也。縱出横飛，疑無涯隅，表乾裏坤，深入隱奥。非夫腹蘊五靈，心精萬象，神合冥會，則未始得之矣。夫文名一，而所以用之者三，謀、勇、正之謂也。謀以始意，勇以作氣，正以全道。苟意亂思率，則謀沮矣；氣萎體瘵，則勇喪矣；言蕪辭蕪，則正塞矣。是三者迭相羽翼，以濟乎用也。備則氣淳而長，剥則氣散而涸。中古而下，文道繁富。風若周、騷若楚、文若西漢，咸角然天出，萬世之衡軸也。後之學者，瞽實聾正，不守其根而好其葉，由是日誕月艷，蕩而莫返。曹劉應楊之徒唱，沈謝徐庾之徒和之，争柔鬭葩，聯組擅繡。萬鈞之重，爍爲錙銖；真粹之氣，殆將滅矣。洎夫子之爲也，剔陳梁、亂齊宋、抉晉魏，瀦其淫波，遏其煩聲，與周楚西漢相準的。其夐邈高聳，則若鑿太虛而嗷萬籟；其馳驟怪駭，則若仗天策而騎箕尾；其首截峻整，則若儼鈎陳而界雲漢。樞機日月，開闔雷電，昂昂然神其謀、挺其勇、握其正，以高視天壤，趨入作者之域，所謂真粹氣中人也。公之詩支而爲六家：孟郊得其氣焰，張籍得其簡麗，姚合得其清雅，賈島得其奇僻，杜牧薛能得其豪健，陸龜蒙得其贍博，皆出公之奇偏爾，尚軒軒然自號一家，爀世烜俗。後人師擬不暇，矧合之乎！風騷而下，唐而上，一人而已。是知唐之言詩，公之餘波及爾。於戲！以公之才，宜器大任，而顛沛寇虜，汩没蠻夷者，屯於時耶，戾於命耶，將天嗜厭代，未使斯文大振耶？雖道抑當世，而澤化後人，斯不朽矣。因覽公集，輒洩其憤以書之。

（分門集注杜工部詩卷首，四部叢刊初編本）

題杜子美別集後

〔宋〕蘇舜欽

杜甫本傳云「有集六十卷」，今所存者才二十卷，又未經學者編緝，古律錯亂，前後不倫。蓋不爲近世所尚，墜逸過半。吁！可痛閔也！天聖末，昌黎韓綜官華下，於民間傳得號杜工部別集者，凡五百篇。予參以舊集，削其同者，餘三百篇。景祐僑居長安，於王緯主簿處又獲一集。三本相從，復擇得八十餘首，皆豪邁哀頓，非昔之攻詩者所能依倚，以知亦出於斯人之胸中。念其亡去尚多，意必皆在人間，但不落好事家，未布耳。今以所得，雜録成一策，題曰老杜別集，俟尋購僅足，當與舊本重編次之。又本傳云：「旅於耒陽，永泰二年，啗牛肉白酒，一夕而卒。」此詩中乃有大曆三年白帝城放船出瞿塘將適江陵之作及大曆五年追酬高蜀州見寄，舊集亦有「大曆二年調玉燭」之句，是不卒於永泰，史氏誤文也。覽者無以此爲異。景祐三年十二月五日長安題。

（蘇學士文集卷十三，四部叢刊初編本）

老杜詩後集序

〔宋〕王安石

予考古之詩，尤愛杜甫氏作者。其辭所從出，一莫知窮極，而病未能學也。世所傳已多，計尚有遺落，思得其完而觀之。然每一篇出，自然人知非人之所能爲，而爲之者，惟其甫也，輒能辨之。予之令鄞，客有授予古之詩世所不傳者二百餘篇。觀之，予知非人之所能爲而爲之實甫者，其文與意之著也。然甫之詩其完見於今者，自予得之。世之學者至乎甫而後爲詩，不能至，要之不知詩焉爾。嗚呼，詩其難，惟有甫哉？自洗兵馬下，序而次之，以示知甫者，且用自發焉。皇祐五年壬辰五月日，臨川王某序。

（臨川先生文集卷八十四，四部叢刊初編本）

陳浩然析類杜工部詩序

〔宋〕宋誼

詩之言生乎志，而言之聲出乎情。自變風作，而志之形於言，與夫情之發於聲者，雖感憤憂思之成文，而尚可以和金石，諧律吕，而爲聖人之所取也。及夫先王之澤竭，雖有作者，浮虚之相矜，綺靡之相勝，而無復風雅之正矣。唐之時，以詩鳴者最多，而杜子美迥然特異，相望數千載之間，而獨得古人之大體。其詞曲而中，其意肆而隱，雖怪奇偉麗，變態百出，而一之於法度，不幾於古之言志而詠情者歟！惜乎遭人之不見采，而子美不見知於上，愈窮而愈工。然世之所傳，尚有遺落而不完。頃者處士孫正之得所未傳二百篇，而丞相荆公繼得之，又增多焉。及觀内相王公所校全集，比於二公，互有詳略，皆從而爲之序。故子美之詩，僅爲完備。近世取士，壹於經術，而風騷之學有所不暇。雖幽居閑放之人，時或諷味，而皆鄙俚陳近之辭，求其知子美者，蓋寡矣。豈子美之詩，深遠而難知邪？抑其篇章之浩博而難窮考邪？今兹退休田里，始得陳君浩然授予子美詩一編，乃取其古詩近體，析而類之，使學者悦其易覽，得以沿其波而討其源也。予嘉陳君有志於詩，而惟子美之爲嗜，則可謂篤於詩學者矣。因其請而爲之序云。元豐五年二月二十三日序。

（分門集注杜工部詩卷首，四部叢刊初編本）

成都草堂詩碑序

〔宋〕胡宗愈

草堂先生謂子美也。草堂，子美之故居，因其所居而號之曰草堂先生。先生自同谷入蜀，遂卜成都浣花江上萬里橋之西，爲草堂以居焉。唐之史記前後抵牾，先生至成都之年月不可考。其後先生寄題草堂詩云：「經營上元始，斷手寶應年。」然則先生之來成都，殆上元之初乎？嚴武入朝，先生送武之巴西，遂如梓州。蜀亂，乃之閬州。將遊荆楚，會武再鎮兩川，先生乃自閬州挈妻子歸草堂。武辟先生爲參謀。武卒，蜀又亂。先生去之東川，移居夔州，遂下荆渚，泝流沅湘，上衡山，卒於耒陽。先生以詩鳴於唐，凡出處去就，動息勞佚，悲懽憂樂，忠憤感激，好賢惡惡，一見於詩，讀之可以知其世。學士大夫謂之「詩史」。其所遊歷，好事者隨處刻其詩於石。及至成都則闕然。先生之故居，松竹荒凉，略不可記。丞相吕公鎮成都，復作草堂於先生舊址，繪先生之像於其上。假符於此，乃録先生之詩，刻石置於草堂之壁間。先生雖去此，而其詩之意有在於是者亦附其後。庶幾好事者於以考先生去來之迹云。元祐庚午，資政殿學士中大夫知成都軍府事胡序。

（分門集注杜工部詩卷首，四部叢刊初編本）

王定國詩集叙

〔宋〕蘇軾

太史公論詩，以爲「國風好色而不淫，小雅怨誹而不亂」。以余觀之，是特識變風變雅耳，烏覩詩之正乎？昔先王之澤衰，然後變風發乎情，雖衰而未竭，是以猶止於禮義，以爲賢於無所止者而已。若夫發於性止於忠孝者，其詩豈可同日而語哉！古今詩人衆矣，而杜子美爲首，豈非以其流落饑寒，終身不用，而一飯未嘗忘君也歟！

今定國以余故得罪，貶海上三年，一子死貶所，一子死於家，定國亦病幾死。余意其怨我甚，不敢以書相聞。而定國歸至江西，以其嶺外所作詩數百首寄余，皆清平豐融，藹然有治世之音，其言與志得道行者無異。幽憂憤歎之作，蓋亦有之矣，特恐死嶺外，而天子之恩不及報，以忝其父祖耳。孔子曰：不怨天，不尤人。定國且不我怨，而肯怨天乎！余然後廢卷而歎，自恨期人之淺也。又念昔日定國過余于彭城，留十日，往返作詩幾百餘篇。余苦其多，畏其敏，而服其工也。一日，定國與顏復長道遊泗水，登桓山，吹笛飲酒，乘月而歸。余亦置酒黄樓上以待之，曰：「李太白死，世無此樂三百年矣。」

今余老不復作詩，又以病止酒，閉門不出。門外數步即大江，經月不至江上，眊眊焉真一老農夫也。而定國詩益工，飲酒不衰，所至翺翔徜徉，窮山水之勝，不以厄窮衰老改其度。今而後，余之所畏服於定國者，不獨其詩也。

（蘇軾文集卷十，中華書局，一九八六年）

書黄子思詩集後

〔宋〕蘇軾

予嘗論書，以謂鍾王之迹，蕭散簡遠，妙在筆畫之外。至唐顔、柳，始集古今筆法而盡發之，極書之變，天下翕然以爲宗師，而鍾、王之法益微。至於詩亦然。蘇李之天成，曹劉之自得，陶謝之超然，蓋亦至矣。而李太白杜子美以英瑋絶世之姿，凌跨百代，古今詩人盡廢，然魏晉以來高風絶塵，亦少衰矣。李杜之後，詩人繼作，雖間有遠韻，而才不逮意，獨韋應物柳宗元發纖穠於簡古，寄至味於淡泊，非餘子所及也。唐末司空圖，崎嶇兵亂之間，而詩文高雅，猶有承平之遺風。其論詩曰：梅止於酸，鹽止於鹹。飲食不可無鹽、梅，而其美常在鹹、酸之外。蓋自列其詩之有得於文字之表者二十四韻，恨當時不識其妙。予三復其言而悲之。

閩人黄子思，慶曆、皇祐間號能文者。予嘗聞前輩誦其詩，每得佳句妙語，反復數四，乃識其所謂，信乎表聖之言，美在鹹酸之外，可以一唱而三歎也。予既與其子幾道、其孫師是游，得窺其家集，而子思篤行高志，爲吏有異才，見於墓誌詳矣，予不復論，獨評其詩如此。

（同上，卷六十七）

刻杜子美巴蜀詩序

〔宋〕黄庭堅

自予謫居黔州，欲屬一奇士而有力者，盡刻杜子美東、西川及夔州詩，使大雅之音，久湮没而復盈三巴之耳。而目前所見，録録不能辦事，以故未嘗發於口。丹稜楊素翁拏扁舟，蹴犍爲，略陵雲，下郁鄢，訪余於戎州，聞之欣然。請攻堅石，摹善工，約以丹陵之麥三食新而畢。作堂以宇之，予因名其堂曰「大雅」，而悉書遺之。此西州之盛事，亦使來世知素翁真磊落人也。

（黄庭堅全集中册，第八輯戎州時期，鄭永曉整理，江西人民出版社，二〇一一年）

大雅堂記

丹稜楊素翁，英偉人也。其在州閭鄉黨有俠氣，不少假借人，然以禮義不以財力稱長雄也。聞余欲盡書杜子美兩川夔峽諸詩，刻石藏蜀中好文喜事之家，素翁粲然向余請從事焉，又欲作高屋廣楹庥此石，因請名焉。余名之曰大雅堂，而告之曰：由杜子美以來四百餘年，斯文委地。文章之士隨世所能，傑出時輩，未有升子美之堂者，況室家之好耶！余嘗欲隨欣然會意處，箋以數語，終以汨没世俗，初不暇給。雖然，子美詩妙處乃在無意於文。夫無意而意已至，非廣之以國風雅頌，深之以離騷九歌，安能咀嚼其意味，闖然入其門耶！故使後生輩自求之，則得之深矣。使後之登大雅堂者，能以余説而求之，則思過半矣。彼喜穿鑿者，棄其大旨，取其發興於所遇林泉人物、草木魚蟲，以爲物物皆有所托，如世間商度隱語者，則子美之詩委地矣。素翁可並刻此於大雅堂中，後生可畏，安知無涣然冰釋於斯文者乎！元符三年九月涪翁書。

（同上）

杜子美詩筆次序辨

〔宋〕黄伯思

董君新序稱：甫爲淑妃皇父碑，在開元二十三年，最少作也。予案是年甫才二十四歲，宜爲少作。然案碑文，妃卒、葬皆在二十年。然此碑乃其子婿鄭潛耀令甫作，未必在是年。碑末云：「甫忝鄭莊之賓客，游竇主之園林。以白頭之嵇阮，豈獨步於崔蔡。野老何知，斯文見托。」若其葬年所作，豈得序稱「白頭嵇阮，與野老何知哉」。又其銘曰：「日居月諸，丘壟荆杞。列樹拱矣，豐碑缺然。」則其立碑蓋在葬後六年，非甫年二十四，當開元二十三年皇父葬時所作也。蓋董君不攷立碑年，但攷其葬年，故誤爾。董君新序稱：「永泰元年，嚴武移山南，崔旰亂，甫避秦川。定後還成都，即浮江東，欲適吴楚。」案，武卒於成都，故有哭嚴僕射詩，則武未嘗移鎮山南也。又有將適吴楚留别章使君，當在武未再尹成都之前，非崔旰亂之，此二事舛訛。又，至鄜迎家後收京扈從還長安。董於歸鄜，便言移華州，漏還京一節。王原叔集杜詩，古詩甫與章梓州詩及遊惠義寺等，皆武初尹之前，律詩則在初尹之後。二者必有一誤。據王序，武歸朝廷，甫浮游左蜀，往來非一，則律詩所序是也。古詩田父美嚴中丞一篇，次序誤矣。原叔以召補京兆功曹，不赴，欲如荆楚，在嚴公初尹前，非是。蓋律詩寄巴州注云：「時甫除功曹，在東川。」在武初尹之後，故誤也。政和四年八月十六日，觀杜集二序，因正之。

（東觀餘論卷上，全宋筆記第三編之四，朱易安、傅璇琮等主編，大象出版社，二〇〇八年）

跋洛陽所得杜少陵詩後

〔宋〕黄伯思

政和二年夏在洛，與法曹趙來叔因檢校職事，同出上陽門，於道北古精舍中避暑，於瀍堂壁間弊篋中得此帙。所録杜子美詩，頗與今行槧本小異。如「忍對江山麗」，印本「對」乃作「待」；「雅量涵高遠」，印本「涵」乃作「極」，當以此爲正。若是者尚多。予方欲借之，寺僧因以見與。遂持歸校所藏本，是正頗多，但偶忘其寺名耳。六年二月十一日，舟中偶繙舊書見之，因題得之所自云。山陽還丹陽，是夕宿揚州郭外。長睿父題。

（同上，東觀餘論卷下）

成州同谷縣杜工部祠堂記

〔宋〕晁説之

自古王侯將相而廟祀者，皆乘時奮厲，冒敗虎狼，死守以身，爲天下臨衝。或巖廊嚬笑，以治易亂，即危而安，其在鼎彝之外，而人有奉焉。否則，賢守令真爲民之父母，斯民謠頌之不足，取其姓以名其子孫，久益不能忘，則一郡之邑祠之。否則，躬德高隱，崇仁篤行，若節婦孝女，有功於風俗者，一鄉一社祠之。顧惟老儒士身屯喪亂，羈旅流寓，呻吟饑寒之餘，數百年之後，即其故廬而祠焉，如吾同谷之於杜工部者，殆未之或有也。嗚呼，盛矣哉！曰名高而得之歟？曰非也。苟不務實而務名，則當時王維之名出杜之上，蓋有天子宰相之目，且衆方才李白而多之也。是天寶間人物特盛，有如高適、岑參、孟浩然、雲卿、崔顥、國輔、薛據、儲光羲、綦毋潛、元結、韋應物、王昌齡、常建、陶翰、秦系、嚴維、暢當、閻防、祖詠、皇甫冉、弟曾、張繼、劉昚虚、王季友、李頎、賀蘭進明、崔曙、王灣、張謂、盧象、李嶷之詩，粲然振耀於世，未肯少自屈，而人亦莫敢致之也。非湜、籍輩於韓門比。然有良玉必有善賈。厚矣，韓文公之德于吾工部也！自是而工部嶷嶷絶去一代頡頏不可揉屈之士而岳立矣！然猶惜也，何庸李白之抗邪！昔夫子録秦詩而不録楚詩，蓋秦有周之遺俗，如玉之人在板屋，則傷之也。楚則僭周而王矣！滄浪之水既以濯吾纓，雖濁忍以濯吾足哉！李則楚也，亦不得與杜并矣，况餘子哉！彼元微之，讒諂小人也，身不知裴度、李宗閔之邪正，尚何有於李杜之優劣也邪？然前乎韓而詩名之重者錢起，後有李商隱、杜牧、張祜，晚惟司空圖，是五子之詩，其源皆出諸杜者也。以故杜之獨尊於大夫學士，其論不易矣。而在本朝，王元之學白公，楊大年矯之，專尚李義山；歐陽公又矯楊而歸韓門，而梅聖俞則法韋蘇州者也。實自王原叔始勤於工部之數集，定著一書，懸諸日月矣。然孰爲真識者，靡靡徒以名得之歟！唯知其爲人世濟忠義，遭時艱難，所感者益深，則真識其詩之所以尊，而宜夫數百年之後，即其流寓之地而祠之不忘也。工部之詩，一發諸忠義之誠，雖取以配國風之怨，大雅之群可也。或玩其英華而不薦其實，或力索故事之微而自謂有得者，不亦負乎？祠望鳳凰臺而臨百丈潭，皆公昔日所爲詩賦之所也。公去此而汗漫之遊遠矣哉！而此邦之人思公，因石林之虛徐，溪月之澄霽，則尚曰公之故廬，今公在是也。予嘗北至鄜時，觀公三川之居，愛之矣，而此又其勝也。不知成都浣花之居，復又何如哉！信乎，居室可以觀士也已。同谷秀才趙惟恭捐地五畝，縣涑水郭慥始立祠，而屬余爲之記，使來者美其山川，而禮其像，忠其文。且知公自其十有一世之祖恕、預而來，以忠許國矣，則其所感者既遠，人亦遠而莫之能忘，與夫王侯將相之祠未知果孰傳邪？其像則本之成都之舊云。宣和五年五月己未，朝請大夫知成州晁説之記並書。

（嵩山文集卷十六，四部叢刊續編本）

增注杜工部詩序

〔宋〕王彦輔

唐興，承陳隋之遺風，浮靡相矜，莫崇理致。開元之間，去雕篆，黜浮華，稍裁以雅正。雖絺句繪章，人得一概，争各所長。如太羹玄酒者，則薄滋味；如孤峰絶岸者，則駭廊廟；穠華可愛者乏風骨，爛然可珍者多玷缺。逮至子美之詩，周情孔思，千彙萬狀，茹古涵今，無有端涯；森嚴昭焕，若在武庫見戈戟布列，蕩人耳目。非特意語天出，尤工於用字，故卓然爲一代冠，而歷世千百，膾炙人口。予每讀其文，竊苦其難曉。如義鶻行「巨顙拆老拳」之句，劉夢得初亦疑之。後覽石勒傳，方知其所自出。蓋其引物連類，掎摭前事，往往而是。韓退之謂「光燄萬丈長」，而世號爲「詩史」，信哉！予時漁獵書部，嘗妄注緝，且十得五六。宦遊南北，因循中輟。投老掛冠，杜門家居，日以無事，行樂之暇，不度蕪淺。既次其韻，因舊注惜不忍去，搜考所知，再加鐫釋。然予不幸病目，無與乎簡牘之觀。遂命子澂洎，孫端仁，參夫討繹，俾之編綴，用償夙志，尚愧孤陋，未臻詳盡。在昔聖人，猶曰有所不知丘，蓋闕如。顧惟聞見之寡，茲所不免，但藏篋中，以貽來裔，非敢示諸博古之君子。按鄭文寶少陵集，張逸爲之序；又有蜀本十卷。自王原叔内相再編定杜集二十卷，後姑蘇守王君玉得原叔家藏於蘇州進士何瑑、丁修處，及今古諸集，相與參考，乃曰義有兼通者，亦存而不敢削。故予之所注，以蘇本爲正云。時洪宋八葉，明天子之在御，政和紀元之三禩下元日序。

（分門集注杜工部詩卷首，四部叢刊初編本）

編次杜工部詩序

〔宋〕魯訔

騷人雅士，同知祖尚少陵，同欲模楷聲韻，同苦其意律深嚴難讀也。余謂少陵老人初不事艱澀左隱以病人，其平易處有賤夫老婦所可道者。至其深純宏妙，千古不可追跡。則序事穩實，立意渾大，遇物寫難狀之景，紓情出不説之意，借古的確，感時深遠。若江海浩漾，風雲蕩汨，蛟龍黿鼉出没其間而變化莫測，風澄雲霽，象緯回薄，錯峙偉麗，細大無不可觀。離而序之，次其先後。時危平，俗嬙惡，山川夷險，風物明晦，公之所寓，舒局皆可概見，如陪公杖屨而遊四方，數百年間猶對面語，何患於難讀耶！名公巨儒，譜叙注釋，是不一家，用意率過，異説如蝟。余因舊集略加編次，古詩近體，一其後先。摘諸家之善，有考於當時事實及地里歲月，與古語之的然者，聊注其下。若其意律，乃詩之六經，神會意得，隨人所到，不敢易而言之。叙次既倫，讀之者如親罹艱棘虎狼之慘，爲可驚愕；目見當時甿庶被削刻、轉塗炭爲可憫。因感公之流徙，始而適，中而瘁，卒至於爲少年輩侮忽以訖死，爲可傷也。紹興癸酉五月晦日，丹丘冷齋序。

（分門集注杜工部詩卷首，四部叢刊初編本）

杜工部詩序

〔宋〕鄭印

讀少陵詩，如馳鶩晉楚之郊，以言其高，則鄧林千巖，楩楠杞梓，扶疎摩雲；以言其深，則溟波萬頃，蛟龍黿鼉，徜徉排空。拭眥極目，方且心駭神悸，莫知所以。若其甄别名狀，實難爲功。韓退之推其光焰萬丈長，殆謂是矣。國家追復祖宗成憲，學者以聲律相飭，少陵矩範，尤爲時尚。於其淹貫群書，比類賦象，渾涵天成，奇文險句，厭人目力，讀者未始不以搜尋訓切爲病。印近因與二三友質問，爰就隱奥處著爲音義。至夫人物地理、古今傳志，咸極討論，施之新學，不亦可乎！時紹興改元歲次辛亥長至後五日，長樂鄭印序。

（分門集注杜工部詩卷首，四部叢刊初編本）

跋子美詩并序

〔宋〕鄭印

余讀李元賓補遺傳及韓退之題杜工部墳詩，皆自摭遺所載，疑非二公所作。然大曆、元和，時之相去，猶未爲遠，不當與本集牴牾若是，大抵後之好事者托而質之也。嘗攷子美以大曆五年四月，臧玠殺崔瓘，由是避地入衡州，至耒陽，遊嶽祠。以大水，涉旬不得食。耒陽聶令，具舟迎之。水漲，遂泊方田驛。子美詩以謝之。繼而沿湘流，將適漢陽，暮秋歸秦，有詩别湖南幕府親友。豈以夏而溺死耒陽，復有此作？蓋其卒在潭岳間，秋冬之際。元微之誌銘，亦畧見本末。作史者惑於摭遺之説，遂有「牛炙白酒一宿卒」之語。信史之誤，余不可以不辨。長樂鄭印謹跋。

（分門集注杜工部詩卷首，四部叢刊初編本）

五哀詩并序・唐工部員外郎杜甫

〔宋〕李綱

湖湘間，多古騷人逐客，才士之所居，故其景物淒凉，氣俗感慨，有古之遺風。余來武昌，慨然懷古，作五詩以哀之。

子美以詩鳴，古今無對手。當時謫仙人，長句頗先後。精深律切處，故自非其偶。而況郊島徒，何敢窺户牖？有如登岱宗，衆山皆培塿。又如觀武庫，劍戟靡不有。高辭媲丘墳，古意篆蝌蚪。蒼蒼雪中松，濯濯風前柳。雲煙紛卷舒，雷電劃奔走。澹然衆態俱，沾丐隨所取。平生忠義心，多向詩中剖。憂國與愛君，誦説不離口。飢寒窘衣食，容貌村野叟。自以稷契期，此理人信否？中興作諫臣，戎馬方踐蹂。上疏救房琯，亦足知素守。一跌不復振，造物意豈苟？欲使窮吟哦，專志如矇瞍。辛苦盗賊中，妻子或顛仆。布衾冷如鐵，晨爨乏升斗。冒雪斸黄精，呼兒理魚笱。蕭條秦隴間，不廢詩千首。依嚴遂入蜀，幕府備賓友。草堂浣花溪，頗復事南畝。亂離又飄泊，纍若喪家狗。雲安麴米春，巫峽風土陋。扁舟下瞿唐，留滯湖湘久。家事竟何成？丹訣空繫肘。凄凉耒陽縣，醉死竟坐酒。雖煩微之銘，不返鄂杜柩。誰將樽中渌，一酹泉下朽。詩篇垂琳琅，長作蛟龍吼。

（梁谿先生文集卷十九，清刻本）

重校正杜子美集序

〔宋〕李綱

杜子美詩，古今絶唱也。舊集古律異卷，編次失序，不足以考公出處及少壯老成之作。余嘗有意參訂之，時病多事，未能也。故秘書郎黄長睿父，博雅好古，工於文辭，尤篤喜公之詩。乃用東坡之説，隨年編纂，以古律相參，先後始末有次第。然後子美之出處及少壯老成之作，燦然可觀。蓋自天寶太平全盛之時，迄于至德、大曆，干戈亂離之際。子美之詩，凡千四百三十餘篇，其忠義氣節、羈旅艱難、悲憤無聊，一見于詩。句法理致，老而益精。平時讀之，未見其工；迨親更兵火喪亂之後，誦其辭如出乎其時，犁然有當於人心，然後知其語之妙也。退之詩云：「僊官敕六丁，雷電下取將。流落人間者，泰山一毫芒。」乃知公之述作行于世者，不爲不多；遭亂亡逸，又不爲少；加以傳寫謬誤，寖失舊文，烏三轉而焉者，不可勝數。長睿父官洛下，與名士大夫游，裒集諸家所藏，是正訛舛，又得逸詩數十篇參於卷中；及在秘閣，得御府定本，校讐益號精密，非世所行者之比。長睿父殁後十七年，余始見其親校定集卷二十有二於其家，朱黄塗改，手跡如新，爲之愴然！竊歎其博學淵識，而有功于子美之多也。昔東坡有言：子美自許稷契，人未必許也。然其詩曰「舜舉十六相，身尊道何高。秦時用商鞅，法令如牛毛」，自是稷契輩口中語。可謂知子美者矣。方肅宗之怒房琯，人無敢言，獨子美抗疏救之，由是廢斥終身而不悔。是必有言之不可已者，與陽城之救陸贄何以異！然世罕稱之者，殆爲詩所掩故耶！嘗一臠之肉，知九鼎之味；有一於此，可以卜知其他。故因序其集而及之，使觀者知公遇事不苟，非特言語文章妙天下而已。紹興四年甲寅六月朔序。

（同上，卷一百三十八）

書四家詩選後

〔宋〕李綱

子美之詩，非無文也，而質勝文。永叔之詩，非無質也，而文勝質。退之之詩，質而無文。太白之詩，文而無質。介甫選四家之詩而次第之，其序如此。又有百家詩選，以盡唐人吟咏之所得。然則四家者，其詩之六經乎？於體無所不備，而測之益深，窮之益遠。百家者，其詩之諸子百氏乎？不該不偏，而各有所長，時有所用，覽者宜致意焉。偶讀四家詩選，因書其後。宣和庚子仲夏十一日書。

（同上，卷一百六十二）

書杜子美魏將軍歌贈王周士

〔宋〕李綱

余趣寧江謫所，取道湘潭，王周士出高麗紙求書。時金寇再犯闕，將半年未解。余聞召命，將糾義旅以援王室。萬一不捷，當遂以死報國矣。周士未果行，而許爲之繼。因書杜子美此篇遺之，以激其氣云。靖康丁未孟夏四日，武陽李某書于長沙漕司之翠藹堂。

（同上，卷一百六十二）

跋了翁書杜子美哀江頭詩

〔宋〕李綱

了翁得邵康節易數皇極先天之學，心解神悟，世故多能前知。如丙午歲事，嘗爲所親者預道之。壬寅春，公未没前數日，其孫婿蕭君建功以紙求字，公爲書老杜哀江頭一篇，乃絶筆也。非惟筆力遒勁，略無衰病之氣，蓋寓意靖康之變於其間。以公之學，精微知數之必爾，而生平議論，慨然不少屈折，雖流離顛沛，妻子至於凍餒而不顧，可謂不以天廢人矣。蕭君訪余於武昌，出公書以相示，爲歎息者久之。余嘗著論古人處天人之際者，正與公合。因并書以遺之，使讀者知公於古人無間云。

（同上，卷一百六十二）

書少陵詩集正異

〔宋〕汪應辰

始余得洪州州學所刻少陵詩集正異者觀之，中間多云「其說已見卷首」，或云「他卷」，或云「年譜」，殊不可曉。既而過進賢，偶縣大夫言有蜀人蔡伯世重編杜詩，亟借之，乃得其全書。然後知正異者，特其書之一節耳，不可以孤行也。此書詮次先後，考索同異，亦已勤矣。世傳杜詩，往往不同，前輩多兼存之；今皆定從某字，其自任蓋不輕矣。詩以氣格高妙、意義精遠爲主。屬對之間，小有不諧，不足以累正氣。今悉遷就偶對，至於古詩亦然，若止爲偶對而已，似未能盡古人之意也。「千金買馬鞭，百金裝刀頭」，言其服用之盛爾；「故鄉歸不得，地入亞夫營」，言故鄉方用兵爾。今悉以他本改作「馬鞍」、「故園」，固未知其孰是，其說則曰：「若千金買鞭，以物直校之，非也；若故鄉爲營，則營亦大矣。」此等去取，非所謂不以辭害意也。律詩全篇屬對，固有此格，非盡然也。如「宓子彈琴邑宰日，終軍棄繻英妙時。」「黄草峽西船不歸，赤甲山下行人稀。」皆律詩第一聯也，今改作「年妙」、「人行」，以就偶對。若他本不同，定從其一，猶不爲無據；此直以己意所見，徑行竄定，甚矣其自任不輕也！正異云：攷其屬對事實，當作「年妙」。且英妙者，猶少俊云爾，不惟無害於事實，亦未嘗不對也。閩中所刻東坡杜甫事實者，不知何人假托，皆鑿空撰造，無一語有來處。如引王逸少詩云：「湖上春風舞天棘。」此其僞謬之一也。今乃用此改「天棘夢青絲」爲「舞青絲」。政使實有此證，猶未可輕改，況其不然者乎？余謂不若于杜集之後，附益以重編年譜、各卷叙說、目録、正異等，以存一家之説使覽者有攷焉，可也，未可以爲定本。

（文定集卷十，武英殿聚珍版叢書本）

杜工部草堂記

〔宋〕喻汝礪

紹興己未，天子憫然，念全蜀之民久敝於兵。會成都請帥，上問於二三執政，欲掄文武智略閎博之士俾之保惠而鎮綏之，以休寧其父兄子弟，以厭其疆場戎狄之不嘉靖，以紓予憂。翼日，宰相選第一二臣以聞，上弗許也。已而曰：「朕得其人矣。習先王之典章憲度，重之以篤實任事，無易張燾者，維予寵嘉之。第蜀逴遠，燾能爲朕行乎？其以朕意召而諭焉。」宰相具述上旨，公作而言曰：「上有詔，燾敢不承。」宰相又曰：「公毋遽，俟聚堂，尚熟議之。」公曰：「上乏使而命燾，燾其行矣，奚議之爲！」宰相以公語聞，上太息良久，曰：「朕顧張燾術學行能，是應陪禁闥、策大事，其去朝廷，非是。」而公請行益勤，於是制詔中書門下，以吏部尚書張燾爲寶文閣學士知成都府兼安撫使。公頓首奉詔，入辭殿中，具奏所以飭正蠱敝，恢鴻中興之策。上嘉納之，天語褒異，曰：「朕當寘諸坐右。」且得旨，浮荆鄂、道夔巫以入蜀。公行至京口，乃更請由宋汴，走函洛、歷崤渭，遐矚乎二周三秦之形勢，因得與宣撫司規所以隱蔽捍衛庸蜀之計，詔從之。入蜀之初，迺推上之所以夙寤晨興，念慮遠方之意，與夫所以臨軒慰遣，憂勤寬大之詔，鏤板宣布。蜀人呼舞，至相與泣下。居無何，敵人果寒盟，盛夏穿塞，震蕩三輔，巴蜀震動。當是時，關門廢備，儲庾單耗。有司責糧急甚，人心寒懼。公乃下令代以官粟，至秋償焉，軍食豐盈，民不怨疾。蜀距行在所幾萬里，郡邑解慢，諱職不問，大吏養交，以苟簡爲便民；小吏墮偷，以督責爲生事。事滋不治，民寃無訴，上因公寬恤全蜀。公性儉，勤厲練，核庶務，乃引四路之訟而親決之。領略判斷，支分葉解，千縷萬牙，細見毛脉，是非美醜，各聽分位。間者鹽酒之法日益廢壞。吏務便文，民困月額，父媪流離，嗷天不聞。公唏然曰：「煮海榷酤之弊極矣。知所以張之，而不知所以弛之；知所以用其利，而不知所以救其弊。川縣之吏，撰書錯數，計日而責焉，殆未有以慮之也。其何以支悠遠、厚死亡，隱西南而詘敵人乎？」亟狀其事以聞，有詔嘉許。於是州縣奔走事令，緒求盈虛，損浮蠲乏，人不告病。庚申之春，歲惡，蜀饑，東山之民，羸餒日甚，公命海惠僧真惠作饘淖廩給之，賴以全活者，無慮六萬餘人。又命置四場於城中，逮鰥分貧，飲茹窮燥，閉糴之家，不敢牟利。惟公痌視蜀人之疾苦，必思所以拊摩而飲藥之。其要在於建畫長利，存定窮寡，貶伐貪濁，扶起廢滯，以爲屏維四川悠久無疆之計。於是乎絀殘吏之程督不時、前期邀功者，蒐汙吏之冒濁苟容、漁奪百姓者，振士大夫之淹滯，而開其磨勘陞改者。章洊聞，詔皆賜可。嗟乎！蜀，大國也。泉流甘清，土壤肥好，士嗜書，工文章。民服水溉田，粟稻麻密，隣伍往來，盤餐酒漿。白虜結難，而蜀人始騷矣。逮公保釐而來，細意養活，財貨運行，諸産遂長，士農工賈各有次行，而人始得以飲食滋味。嗟乎！公之德於蜀如此，而意猶未厭也。復念文翁以道訓蜀，諸葛武侯以義保蜀，張忠定公以鉏惡表善治蜀，乃即其廟宫而治新之，辛勤拭刮，不留昏埃，神來神去，照映羽衞。居頃之，又語其屬曰：「杜少陵詩歌一千四百有餘篇，考其志致，未嘗不念君父而斯民是憂。顧其祠宇距城不能五里，騫陊摧剥，何以昭斯文之光？予甚自愧。」乃斥公帑之餘，弗匱府藏，弗勤民力，命僧道安董其事，增飾之。慮工一千五百，計泉八十萬有奇，創手於紹興庚申八月丙戌，訖季冬之乙亥告成。斲石爲碑二十有六，盡劖其詞于堂之四周，次第甲乙，毫末不欠。辛酉孟夏，汝礪以職事，見公授之次，飯于誠正堂，公曰：「屬治草堂小異，吾儕盍往觀焉？」飯已，肩輿出郊，謁先主武侯閟宫，遂入草堂，吊少陵之遺像，飲滄浪亭。亭並浣花，竹柏濯濯可愛。縱觀詩碣，公顧曰：「考石多所日矣，願得公文以紀其事。」汝礪謝曰：「公自妙齡注鼎科，居久之，升柱史，遂司帝謨。作典誥文書，抗直議，斥天下之病，皆開物成務之文，而汝礪所難也。」辭不可，則論著之。昔之風人，叙君臣父子而訓之禮，比兄弟、朋友、婚媾而詔之義，襄宗廟嘗享牲器，賓旅禮樂，征伐戍役，宫室幣帛，衣服池臺，藪澤餘耜，鵙蜩酒醴，而制之數。善焉，鼓舞咏物之，不則譏切箴誨之。尹吉甫、召穆公、仍叔、史克、嘉父之流，愁悽乎怨思，昌美乎誦聲，是皆切鑽美惡，分擘善敗，典圖崇替而鑑燭後世也。少陵之詩，故亦如此。根於忠信孝弟，著於君臣、父子、夫婦、朋友。其紆餘扶疎，宛轉附物，雍容而不迫，愔愔乎如揖遜議論冠佩於一堂之上，父坐子立，雝雝俞俞於閨庭燕豆禮樂之間。至夫陳古悼今，勸直而懼佞，抑淫侈倖巧而崇節義恭儉，槁焉曾傷，愍惻當世。婦子老孺之騷離，賦斂征戍之棘數，哀怨疾痛，愊憝隱閔無聊之聲，不啻迫及其身而親遭之。其於治亂隆廢，忠佞賢否，哀樂忻慘，起伏之變，衍迤縱肆，無乎不備。忽忽乎其能化也，就就乎其通道達物也，越越乎其總一神明而貫通萬類也。游之於肯綮衆虚之間，寓之於無所終始之際，激之以海水蕩潏、飛雲屑雨之聲，吁！不得盡其極也。易曰：「通其變，遂成天下之文。」嗟乎！非盡天下之至變，何以成天下之至文也哉？斯文也，儻使申公傳之，李克受之，河間獻王陳之，而吴公子札觀焉，則昭陵之所以帝，天寶之所以微，肅代之所以中興，次爲雅頌，釐爲變風，坐而第焉可也。今公治蜀，其所以憂恤斯民之心，見於施置如此。此其所以眷眷於少陵之詩乎！故曰：「再光中興業，一洗蒼生憂。」誠公之志也歟！

（宋袁説友等著成都文類卷四十二，文津閣四庫全書本）

何南仲分類杜詩叙

〔宋〕李石

雅道不復作。至於子美太白，天下無異議，退之晚尤知敬而仰之。唐人多工巧，退之以爲餘事，其有取於李杜者，雅道之在故也。近世楊大年尚「西崑體」，主李義山句法，往往摘子美之短而陋之曰「村夫子」。語人亦莫或信，何者？子美詩固多變，其變者必有説。善説詩者，固不患其變，而患其不合於理。理苟在焉，雖其變無害也。詩記十五國之風，而吾夫子取其不齊者而齊之，上而王公大夫，下而庸散僕隸；上而性命道德，下而淫佚流蕩，此豈可一説盡之哉！吾友南仲取子美之詩句，分爲十體體以類聚，庶幾得子美之變者也。南仲曷嘗以是爲子美詩之盡，然説詩者可以類起矣，僕不敢求其盡，試援此以從南仲。

（方舟集卷十，文淵閣四庫全書本）

許尹黄陳詩集注序

六經所以載道而之後世，而詩者，止乎禮義，道之所存也。周詩三百五篇，有其義而亡其辭者，六篇而已。大而天地日星之變，小而蟲鳥草木之化，嚴而君臣父子，别而夫婦男女，順而兄弟，群而朋友，喜不至瀆，怨不至亂，諫不至訐，怒不至絶：此詩之大略也。古者登歌清廟，會盟諸侯，季子之所觀，鄭人之所賦，與夫士大夫交接之際，未有舍此而能達者。孔子曰：「爲此詩者，其知道乎！」又曰：「不學詩，無以言。」蓋詩之用於世如此。周衰，官失學廢，大雅不作久矣。由漢以來，詩道浸微，陵夷至於晉、宋、齊、梁之間，哇淫甚矣。曹、劉、沈、謝之詩，非不工也，如刻繒染縠，可施之貴介公子，而不可用之黎庶。陶淵明、韋蘇州之詩，寂寞枯槁，如叢蘭幽桂，可宜於山林，而不可置於朝廷之上。李太白王摩詰之詩，如亂雲敷空，寒月照水，雖千變萬化，而及物之功亦少。孟郊賈島之詩，酸寒儉陋，如蝦蟆蜆蛤，一啖便了，雖咀嚼終日，而不能飽人。惟杜少陵之詩，出入古今，衣被天下，藹然有忠義之气。後之作者，未有加焉。宋興二百年，文章之盛，追還三代，而以詩名世者，豫章黄庭堅魯直，其後學黄而不至者，後山陳師道無已。二公之詩，皆本于老杜，而不爲者也。其用事深密，雜以儒、佛，虞初稗官之説，雋永、鴻寶之書，牢籠漁獵，取諸左右。後生晚學，此秘未覩者，往往苦其難知。三江任君子淵，博極群書，尚友古人，暇日遂以二家詩爲之注解，且爲原本立意始末，以曉學者，非若世之箋訓，但能標題出處而已也。既成，以授僕，欲以言冠其首。予嘗患二家詩興其高遠，讀之有不可曉者，得君之解，玩味累日，如夢而寤，如醉而醒，如痿人之獲起也，豈不快哉！雖然，論畫者可以形似，而捧心者難言；聞絃者可以數知，而至音者難説。天下之理，涉於形名度數者，可傳也。其出於形名度數之表者，不可得而傳也。昔後山答秦少章云：「僕之詩，豫章之詩也。然僕所聞於豫章，願言其詳；豫章不以語僕，僕亦不能爲足下道也。」嗚呼！後山之言殆謂是耶？今子淵既以所得於二公者筆之於書矣，若乃精微要妙，如古所謂味外者，雖使黄、陳復生，不能以相授，子淵尚得而言乎？學者宜自得之可也。子淵名淵，嘗以文藝類試有司，爲四川第一，蓋今日之國士，天下士也。紹興乙亥冬十二月，鄱陽許尹謹叙。

（山谷詩集注卷首，黄寶華點校，上海古籍出版社，二〇〇三年）

修夔州東屯少陵故居記

〔宋〕于㒟

唐大曆中，少陵先生自成都來夔門，蓋欲下三峽、道荆襄以向洛陽，漸圖北歸。始至，暫寓白帝，既而復遷瀼西，最後徙居東屯。質之於詩皆可考。峽中多高山峻谷，地少平曠，獨東屯距白帝五里而近，稻田禾畦，延袤百頃。前帶清溪，後枕崇崗，樹林葱蒨，氣象深秀，稱高人逸士之居，少陵於是卜築焉。厭塵囂而樂幽勝，而詩人所以爲吟詠風月之地。夔州之詩，多至四百餘篇，計一草一木，盡入詩句中矣。少陵既出峽，其地三易主，近世始屬李氏，少陵手書之券猶存。至子襄頗好事，講求故蹟，復置高齋，用涪翁名少陵詩意，創大雅堂，臨溪又建草堂，繪其遺像。歷歲滋久，屋且頹圮弗治，券亦爲有力者取去，而前賢舊隱，幾爲荆榛之墟。慶元三年春，連帥閬中毋丘公、漕使蘇臺錢公，暇日聯轡訪古，歎高風之既遠，而故居之弗葺，無以致思賢尚德之意。因李氏子欲析居，毋丘公捐金市之，而歸諸官。爲田一十一畝有奇。繚以短垣，樹以嘉木。齋與堂之欹腐撓折者，從而增葺之。架爲憑軒，闢爲虛牖，開新徑以直溪，而東屯之景物，深窈幽邃，與少陵昔寓居之日無異。錢公又跨草堂，創爲重閣，移置少陵像於其上。凭欄一望，則平川之綺麗，四山之環合，若拱若揖，與賓主相領略，蓋東屯至是，遂爲夔州勝處。嗟夫！少陵始進三賦，明皇奇其才，嘗召而欲用之，故其詩有「主上頃見徵」之句。已而齟齬不偶，流落頓挫，故其詩有「青冥卻垂翅」之句。少陵抱負奇偉，許身稷卨，欲少出所學以自見於世，而卒不遇，憔悴奔走於羈旅之間，可歎也。雖然，少陵之詩號爲「詩史」，豈獨取其格律之高，句法之嚴；蓋其忠義根於中而形於吟詠，所謂一飯未嘗忘君者。是以其鏗金振玉之聲，與騷雅並傳於無窮也。少陵避地入蜀，其寓居之處，同谷有草堂，浣花亦有草堂，皆官自葺之，有以見其勿翦勿伐之意。獨東屯不然，誠夔門之闕典也。夫地固以人重，而物之興廢有時。今帥漕二公獨能興四百年之遺址而更新之，明示好尚，丕變雅俗，實權輿於此。則是役也，豈徒爲游觀設哉！慶元三年十二月初二日，朝奉郎權通判夔州軍州兼管内勸農事借緋于奂記。

（明周復俊編全蜀藝文志卷三十九上，清刻本）

漕司高齋堂記

〔宋〕費士戣

杜少陵遊蜀凡八稔，而在夔者獨三年。平生所賦詩見於集凡千四百六篇，而在夔者乃至三百六十有一。得非愛其山川奇壯、風俗淳厚，故其寄寓之久，賦詠之多如是哉！然則公雖下巴峽、浮湘衡，南遊以死，吾意其精爽猶往來於夔子國中也。嘗以其詩考之，其在夔也，始寓白帝城，繼下瀼西居，後乃移於東屯。各隨所寓而賦高齋，曰「次水門」者爲白帝城，曰「依藥餌」、曰「見一川」者，則以瀼西、東屯作也。後人即其處所，各肖像，以高齋名之。所以紀其舊遊，而欽其風致，庶幾尚友之意云爾。今東屯、白帝城，齋像具存。而瀼西居，按圖經所載漕廨即其故地。嘗詢之故老，謂舊亦有祠，不知廢於何年。而齋顔則前使者范公蓀移之東路，蓋猶未遠，遂使故地寂無一迹，良可慨嘆。屬東臺有堂，歲久弗支，梁棟撓折，簷楹摧圯，一遇震風凌雨，凛然有傾壓之懼。議者欲撤去之屢矣，予惜其規模傑壯，不忍撤。乃鳩巨材，積宗桷，運瓦甓，葺而新之。竹個木章，悉從官市，不以勞民。既成，則取前移於東屯者。東齋舊字，臨而揭之。齋之對，舊有公詩石刻成列，因肖公像於其中而祠焉。於是遺響復存，廢典旦舉，始有以副一方之願。夫土木興作，或得或失，聖人必謹書之。故考室詠於周詩，復宇歌於魯頌，豈以爲細故而畧。乃今起輪奐於將傾，揭丹青於欲壞，退食有地，肆筵有所，以滌塵氛、以舒心目。政事之暇，可不務乎！況少陵忠義之氣，根於素守。雖困躓流落，而一日未能忘君。後之來者，儻睹遺像而念其行藏，瞻齋顔而企其節義，則愛君憂國之念，油然而生，其補於政治，豈淺淺哉！予猶有望於後之人，嗣而葺之，俾勿壞。

嘉定元年冬，廣都費士戣記。

（同上，清刻本）

施司諫注東坡詩序

〔宋〕陸游

古詩唐虞賡歌，夏述禹戒作歌。商周之詩，皆以列於經，故有訓釋。漢以後詩，見於蕭統文選者，及高帝、項羽、韋孟、楊惲、梁鴻、趙壹之流，歌詩見於史者，亦皆有注。唐詩人最盛，名家者以百數。惟杜詩注者數家，然槩不爲識者所取。近世有蜀人任淵嘗注宋子京、黄魯直、陳無已三家詩，頗稱詳贍。若東坡先生之詩，則援據閎博，指趣深遠，淵獨不敢爲之説。某頃與范公至能會於蜀，因相與論東坡詩，慨然謂予：「足下當作一書，發明東坡之意，以遺學者。」某謝不能。他日，又言之，因舉一二事以質之曰：「五畝漸成終老計，九重新掃舊巢痕」，「遥知叔孫子，已致魯諸生」。當若爲解？」至能曰：東坡竄黄州，自度不復收用，故曰

「新掃舊巢痕」。建中初，復召元祐諸人，故曰「已致魯諸生」。恐不過如此耳。某曰：此某之所以不敢承命也。昔祖宗以三館養士，儲將相材，及官制行，罷三館。而東坡蓋嘗直史館，然自謫爲散官，削去史館之職久矣，至是史館亦廢，故云「新掃舊巢痕」。其用字之嚴如此。而「鳳巢西隔九重門」，則又李義山詩也。建中初，韓曾二相得政，盡收用元祐人，其不召者亦補大藩，惟東坡兄弟猶領宮祠。此句蓋寓所謂不能致者二人，意深語緩，尤未易窺測。至如「車中有布乎」，指當時用事者，則猶近而易見。「白首沉下吏，緑衣有公言」，乃以侍妾朝雲嘗歎黄師是仕不進，故此句之意，戲言其上僭。則非得於故老，殆不可知。必皆能知此，然後無憾。至能亦太息曰：如此誠難矣。後二十五六年，某告老居山陰澤中。吴興施宿武子出其先人司諫公所注數十大編，屬某作序。司諫公以絶識博學名天下，且用工深，歷歲久，又助之以顧君景蕃之該洽，則於東坡之意，蓋幾可以無憾矣。某雖不能如至能所托，而得序斯文，豈非幸哉！嘉泰二年正月五日，山陰老民陸某序。

（渭南文集卷十五，四部叢刊初編本）

楊夢錫集句杜詩序

〔宋〕陸游

文章要法，在得古作者之意。意既深遠，非用力精到，則不能造也。前輩于左氏傳、太史公書、韓文、杜詩，皆熟讀暗誦，雖支枕據鞍間，與對卷無異。久之，乃能超然自得。今後生用力有限，掩卷而起，已十亡三四，而望有得於古人，亦難矣。楚人楊夢錫才高而深于詩，尤積勤杜詩，平日涵養不離胸中，故其句法森然可喜。因以暇戲集杜句。夢錫之意，非爲集句設也，本以成其詩耳。不然，火龍黻黼手，豈補綴百家衣者邪？予故爲表出之，以告未深知夢錫者。

（同上）

東屯高齋記

〔宋〕陸游

少陵先生晚遊夔州，愛其山川，不忍去。三徙居皆名高齋。質於其詩，曰「次水門」者，白帝城之高齋也；曰「依藥餌者」，瀼西之高齋也；曰「見一川者」，東屯之高齋也。故其詩又曰：「高齋非一處。」予至夔數月，吊先生之遺迹，則白帝城已廢爲丘墟百有餘年。自城郭府寺，父老無知其處者，況所謂高齋乎！瀼西蓋今夔府治所，畫爲阡陌，裂爲坊市，高齋尤不可識。獨東屯有李氏者，居已數世，上距少陵財三易主，大曆中故券猶在。而高齋負山帶谿，氣象良是。李氏業進士，名襄，因郡博士雍君大椿屬予記之。予太息曰：「少陵，天下士也！早遇明皇、肅宗，官爵雖不尊顯，而見知實深，蓋嘗慨然以稷卨自許。及落魄巴蜀，感漢昭烈、諸葛丞相之事，屢見於詩。頓挫悲壯，反覆動人，其規模志意豈小哉！然去國寖久，諸公故人熟睨其窮，無肯出力。比至夔，客於柏中丞嚴明府之間，如九尺丈夫俛首居小屋下，思一吐氣而不可得。予讀其詩，至「小臣議論絶，老病客殊方」之句，未嘗不流涕也。嗟夫，辭之悲乃至是乎？荆卿之歌，阮嗣宗之哭，不加於此矣。少陵非區區於仕進者，不勝愛君憂國之心，思少出所學佐天子，興正觀開元之治，而身愈老，命愈大謬，坎壈且死，則其悲至此亦無足怪也。」今李君初不踐通塞榮辱之機，讀書絃歌，忽焉忘老，無少陵之憂而有其高。少陵家東屯不浹歲，而君數世居之。使死者復生，予未知少陵自謂與君孰失得也。若予者，仕不能無媿於義，退又無地可耕，是直有慕於李君爾，故樂與爲記。乾道七年四月十日，山陰陸某記。

（同上，卷十七）

跋柳書蘇夫人墓誌

近世注杜詩者數十家，無一字一義可取。蓋欲注杜詩，須去少陵地位不大遠，乃可下語。不然，則勿注可也。今諸家徒欲以口耳之學揣摩得之，可乎？書家以鍾王爲宗，亦須升鍾王之堂，乃可置論耳。爾來書法中絶，求柳誠懸輩尚不可得，書其可遽論哉？然予爲此言，非獨觸人，亦不善自爲地矣，覽者當粲然一笑也。嘉定元年四月己酉，陸某書。

（同上，卷三十一）

跋章國華所集注杜詩

〔宋〕朱熹

章國華過予山間，出所集注杜詩示予。其用力勤矣。然其所引東坡事實者，非蘇公作。聞之長老，乃閩中鄭昂尚明僞爲之。所引事皆無根據，反用杜詩見句，增減爲文，而傳其前人名字，托爲其語，至有時世先後顛倒失次者。舊嘗考之，知其決非蘇公書也。况杜詩佳處，有在用事造語之外者。唯其虚心諷詠，乃能見之。國華更以予言求之，雖以讀三百篇可也。朱熹仲晦書。

（晦庵先生朱文公文集卷八十四，四部叢刊初編本）

答杜仲高旃書

〔宋〕樓鑰

鑰向者天街一别，忽忽四五年。兹辱惠書，以慰以荷。鑰杜門郤埽，荷上恩再畀祠禄，仰以奉九十之親，俯以自適不肖之軀，不翅足矣。況老態日見，夏秋間病足，延痛左腕，嘗作醮詞云：「四肢而三痛楚，十日而九呻吟。」其況可知。近方稍安，九十者其家不從政，但當虞侍膝下，暇日則以故書遮眼，而昏花已不可視細字矣。鼓琴足以自娱，奕棊可以遣日，此外一不以經意。來書論出處大致，意甚篤，詞甚偉，佩荷雖深，然非所敢當也。寄示新詩，快讀降歎。杜詩集注等書，恨未盡見，發微一編，誦之數過，卓乎高哉！賢父子真足以發少陵之微意，非淺識者所及。來書云云，姑置是事。且説杜詩，以寄遠懷如何？杜之詩，韓之文，如王右軍之書，皆古今一人而已。近世士夫水墨積習之工，類不甚至。唐人多能書，歐虞褚薛是其尤穎異者。疲精竭神，各自名家，終不足以望右軍閫域。若詩與文，可以力取而强進之耶？詆之爲「村夫子」者，固自難言。然王荆公以爲「與元氣倅」，蓋極言詩之高致。若曰「所以見公像，再拜涕泗流」，正爲茅屋爲秋風所破歎一詩用意之大。東坡謂自是稷契等輩口中語，正謂其語似稷契輩爾。唐史贊之：「詩人以來，未有如子美者。」皆極口稱其詩。工部之詩，真有參造化之妙，别是一種肺肝，兼備衆體，間見層出，不可端倪。忠義感慨，憂世憤激，一飯不忘君，此其所以爲詩人冠冕。後人著意形似，亦有可雜之詩中而不可辨者。至其奔逸絶塵，雖諸名公恐未免瞠乎若後。此難與不知者道也。然儗人必于其倫，以言取人，允聖所難。若直以上比禹稷，與孔孟之進退，則亦愛之過甚。此老如在，亦未必敢當。鄙見如此，更試思之，非面言不能究也。如「中自誅褒妲」，前輩嘗稱之；而陳將軍之不没，其實未有人能發此者。發微如此者非一。末篇尤佳，歎誦不已。又記一二事，雖非詩之大節，因併及之。留花門詩：「連雲屯左輔，百里見積雪。」以趙次公之詳且博，畧不注釋。四明舊有下倅養直圜爲注甚詳，竟不得其書。嘗與之論及此，亦止云意其偶有積雪爾。蓋「花門」即「回鶻」也。鑰嘗攷回鶻之俗，衣冠皆白，故連屯左輔而百里如積雪然，不既多乎？以此意讀之，方覺語意精彩頓别。又嘗與蜀士黄文叔裳食花椑，因問：「蜀中有此乎？」黄曰：「此物甚多，正出閬州。杜詩所謂『黄知橘柚來』，極爲佳句。』然誤矣。曾親到蒼溪縣，順流而下，兩岸黄色照耀，真似橘柚，其實乃此椑也。問之土人，云：『工部既誤以爲橘柚，有好事者欲爲之解嘲，爲于其處大種橘柚，終以非其土宜，無一活者。』又云『嘉陵江水何所似』？一本作『山水』者是。蓋嘉陵江至閬州西北折而趨南，横流而東，復折而北，州城三面皆水，故亦謂之閬中、閬内，如河内然。地勢平闊，江流舒緩，城南正當佳處，對面即錦屏山。蓋山如石黛，水如碧玉，故云『嘉陵山水何所似，石黛碧玉相因依』，真絶唱也。此皆前所未聞，恐可以助異聞之萬一。又信乎不行萬里，不可讀杜詩也。信筆爲報，惟爲遠業自厚。會昆仲，併道甫問訊爲荷。

（攻媿集卷六十六，四部叢刊初編本）

宋重脩杜工部祠堂記

〔宋〕徐得之

唐三百年，詩人輩出，而李杜爲之冠。然不幸當天寶之季，顧不早鳴國家之盛而遭逢世亂，使窮餓其身，流離困苦，生不安席，死無定所，何若斯之甚。舊序謂先生死葬耒陽，或謂不然，實死於岳陽。二説互相抵牾，譬世傳太白溺死，葬采石；據李陽冰序謂病卒於當塗，枕上授簡；或謂鎮側青山亦有冢。是數説亦相反，學者至今疑焉。始余官郴，以淳熙庚戌領常平使檄之長沙。十月二日，道耒陽，始得謁先生祠下。孤墳在祠後，余酹而拜焉。祠堂有漢二谷碑，湮漫摩挲不忍去。時有韻語欲書壁未果，既十八年矣。今耒陽邑大夫嚴陵黄君茂，報政未幾，重建祠宇而一新之，比舊加壯，以書來求記。衆謂余當詳討之，以解後世之惑。余謂之曰：先生英靈忠義之氣，在天而不在地；文章光焰之氣，在萬世而不在一方。而或者刻舟求劍，欲取證於朽骨，則過矣。邑有墓，墓有祠，耒陽所同而重也，奚怪焉！且古人之跡，最易以僞：陶母之墓，在處有之；而澹臺子羽之墓，亦不止一處。彼賢而可立教者，雖没，人尚貪而愛之，以重其地，豈獨少陵祠耶！余讀杜詩，自避賊至鳳翔、自秦州入同谷，盡室徒步，草行野宿。當是時，不死於凍餓，不死於虎狼，幸矣！豈知有死所哉？今孤墳嶢然，過者起敬。前得聶令葬之山水佳絶處，後得諸賢爲立祠宇，今又得黄君再葺而新之，非少陵幸耶？非令君之賢，知所先後，以政事餘力，亦孰能及此耶？故因祠宇之新，竊記之以爲如此。嘉定元年十二月十五日，承議郎致仕清江徐得之記。（永樂大典第五十三輯，卷八千六百四十八衡字韻，世界書局，一九七七年影印）

跋餘干陳君集杜詩

〔宋〕真德秀

尹和靖論讀書法，必欲耳順心得，如誦己言。陳君之於杜詩，可謂耳順心得矣。學者能用君此瀍以讀吾聖人之經，則所謂取之左右逢其原者，不難

到也。（西山先生真文忠公文集卷三十六，四部叢刊初編本）

程氏東坡詩譜序

〔宋〕魏了翁

譜三百五篇詩自鄭氏，不盡用鄭譜而又别爲譜，自國朝歐陽氏。考世次以定先後，審正變以觀治忽。譜之作，不但爲詩而已，抑亦當代之編年也。自文章之盛，而百家之傳有總集，有别集，大皆有後先之序。杜少陵所爲號「詩史」者，以其不特模寫物象，凡一代興替之變寓焉。前之爲譜者有吕氏，後之爲譜者有蔡氏，所以忠於少陵者多矣。然自除官至劍南後事尚多疏漏。其卒也，或謂在耒陽，或謂在岳陽，或謂當永泰之二年，或謂在大曆之五年。自新、舊史列傳以逮二家之編年，俱不能定于一，則其轉徙之靡常，本末之無序，當有未易考者。詩譜之作殆非易事也。文忠蘇公之詩，其詩雖近而易考，其詩則博而難究。公之里人程子益以謙既爲之譜，又舉其一時之唱和與公之追和前人、後人之追和於公者，皆參列而互陳之。譜之作，不知示二家爲何如。然以數百年之酬唱，會稡成編，亦譜少陵者所未及也。或曰唱酬之用韻，當少陵時未知其有亡也，烏得而譜？余曰：不然。賡歌答賦，其源尚矣，下逮顏謝，各有和章見于集。雖聲韻不必皆同，然更唱迭和，具有次第。逮唐人始工於用韻，韓退之和皇甫持正陸渾山火，張籍和劉長卿餘干旅舍，劉白和元微之春深題二十篇，蓋同出一韻。少陵之有無此例誠不得而知，然其集中有酬李都督、寇侍御、韋韶州等篇，既謂之酬，豈無得唱？集所不録，姑置勿論，如高常侍、岑補闕乃少陵之所納交者，嚴鄭公又少陵所依者，而補闕寄少陵之詩見於集者一，常侍、鄭公以寄少陵之詩見於集者三，何其微也？呂、蔡固不以唱酬具載爲例，設因事而併識之，如賈舍人早朝詩與和者三人皆在，豈不益詳且盡哉！矧惟文忠公之詩，蓋不徒作，莫非感於興衰治亂之變，非若唐人家、花、車、斜之詩，競爲庾辭險韻以相勝爲工也。永歌歎美之詞，閎挺而不浮，隱諷譎諫之詞，諄實而不懟，而又所與交者，皆一代之聞人，千載而下，誦其詩者，不必身履熙、豐、祐、聖之變，而識世道之升降；不待周旋於熙、豐、祐、聖諸公而得人品之邪正。兹又有出於譜之外者。余固因子益之譜而重有感也。子益之祖嘗爲柱下史，勸講金華，益又公之外家，其學遠有端緒云。

（鶴山先生大全集卷五十一，四部叢刊初編本）

古郫徐君詩史字韻序

〔宋〕魏了翁

詩以吟詠情性爲主，不以聲韻爲工；以聲韻爲工，此晉宋以來之陋也。迨其後，復有次韻，有用韻，有賦韻，有探韻，則又以遲速較工拙，以險易定能否，以抉擿前志爲該洽，以破碎文體爲新奇，轉失詩人之旨。重以纂類之書充厨牣几，而爲士者乏體習持養之功，滋欲速好徑之病，流風靡靡，未之能改也。今古郫徐君乃取杜少陵詩史，分章摘句，爲字韻四十卷。其於唱酬，似不爲無助矣。然余猶願徐君之玩心於六經，如其所以篤意於詩史，則沈潛乎義理，奮發乎文章，蓋不但如目今所見而已也。君介余同官王季安請叙所以作，敢以是復之。

（同上，卷五十二）

傒氏少陵詩注序

〔宋〕魏了翁

黄公魯直嘗謂：「子美詩，妙處乃在無意之意。夫無意而意已至，非廣之以國風雅頌，深之以離騷九歌，安能咀嚼其意味，闖然入其門邪？故使後生輩自求之，則得之深矣。」予每謂知子美詩，莫如魯直。蓋子美負抱瑰特而生不逢世，僅以詩文陶寫情性，非若詞人才士嬔青配白以爲工者。往往辨方域，書土實，而居者有不盡知；譏時政，品人物，而主人習其讀，不能察，蓋魯直所謂闖乎騷雅者爲得之，而詩史不足以言之也。眉山傒伯修，予嘗與之爲寮，聞其雅善子美詩，爲之箋釋，而未之見。其子伯升始求予叙所以作。閲其書，蓋出乎諸家箋釋之後，而兼善并能，蔽以已見。子美至是，若庶幾無遺憾矣。雖然，讀是詩者，滞於箋釋而不知所以自求之，自得之，則魯直耻之，予亦耻之。侯名仲震，紹熙元年進士，仕至綿州太守云。

（同上，卷五十五）

吴華門杜詩九發序

〔宋〕李昴英

草堂詩，名輩商評盡矣，反覆備論爲一書者蓋鮮。莆田吴君涇思覃句中，意索言外，尋音響，泝脉絡，舉綱目，工部胸襟氣象模寫曲盡，皆前人所未到。余味之雋永，深歎其用工之精。户掾余君得藁維桑，捐金鋟梓。蓋深於杜詩者，謂是編不可無也。足未萬里途，不讀萬卷書，莫讀杜詩，信哉！

（文溪集卷三，文淵閣四庫全書本）

陳教授杜詩補注

〔宋〕劉克莊

杜氏左傳、李氏文選、顏氏班史、趙氏杜詩，幾於無可恨矣。然一説孤行，百家盡掃，則世俗隨聲接響之過。善觀書者不然。郡博士陳君禹錫示余杜詩補注，單字半句，必穿穴其所本，又善原杜詩之意。趙注未善，不苟同矣；舊注已善，不輕廢也。第詩人之意，或一時感觸，或信筆漫興，世代既遠，雲過電滅，不容追詰。若字字引出處，句句箋意義，殆類圖象罔而雕虚空矣。予謂果欲律以經典，裁以義理，雖杜語意未安，亦盍商榷，况趙乎？禹錫勉之，毋爲萬丈光焰所眩也。

（劉克莊集箋校卷一百，辛更儒箋校，中華書局，二〇一一年）

再跋陳禹錫杜詩補注

〔宋〕劉克莊

學者多以先入爲主。童蒙時一字一句在胸臆，有終其身尊信之，太過膠執而不變者。昔人温故特以知新，如此觀書，謂之温故可也，知新則未也。頃年讀禹錫杜詩補注，凡予意有所未喻而未及與君商榷者，後十餘年禹錫示予近本，視前編剗削竄定十之七八，或盡改之。偶有一新意，得一新義，則又改之而未已。人皆疑君之説新而多變，余獨賀君之學進而未止也。蓋杜公歌詠不過唐事，他人引群書箋釋，多不詠著題，禹錫專以新、舊唐史爲案，詩史爲斷，故自題其書曰史注詩史，此其所以尤異於諸家歟？然新、舊史皆舛雜，或採摭小説雜記，不必皆實，前輩辨之甚詳。而禹錫於三家書研尋補綴，必欲史與詩無一事不合。至於年月日時，亦下算子，使之歸吾説而後已。昔胡氏春秋傳初成，朱氏云：「直須夫子親出來説，方敢信。」豈非生千百載之下，而懸斷千百載而上之事，雖極研尋補綴之功，要未免於遷就牽合之疑乎？然杜公所以光焰萬丈、照耀古今，在於流離顛沛不忘君父，禹錫於此等處尤形容發越得出。使子美親出來説，不過如是。

（同上，卷一百〇六）

題韻類詩史

〔宋〕陳造

學詩，三百篇其祖也，次楚辭。是二經，不于其辭，于其意，意無有不道也。杜子美古律詩實與之表裏。予讀子美詩能上口。來房州多暇，創以韻類之，庶使歌誦成書矣。編之多舛不倫，以予疾，意草草，亦吏筆繆亂，再整之，善。是則子孫責予老且倦矣，安知絶無如予者，抑安知無腧予者。昔龐祐甫問詩法於東萊，東萊問之曰：「子讀子美詩乎？能暗誦矣乎？」「未也。」授以善本。「予方他之，反，將語子，請誦此。」既還，復問，則皆上口。東萊遣之，曰：「子自有師矣。」龐自是以詩名。孫仲益稱李師武誦子美古律詩十卷，不遺一字。前輩尊信如此，悠悠視之，何也？本朝東坡、黄、陳其正派。予亦韻類坡詩千三百篇，並黄陳詩皆能暗誦，然詩學終愧古人，又何也？

（江湖長翁文集卷三十一，明刊本）

題薛叔容所注杜詩後

〔宋〕孫德之

蜀人趙次公、師尹二人，號能注詩之意者，然不失之穿鑿，即失之泛濫，未能深愜人意。惟臨川黄希及其子再世用力於此，亦知如姚察、姚思濂如梁、陳史也。觀其年譜，載詩以考年，意隨篇解，頗號詳密。

（太白山齋遺稿卷上，清道光四年翻刻明本）

讀杜詩

〔宋〕文天祥

平生蹤跡只奔波，偏是文章被折磨。耳聽杜鵑心事苦，眼看胡馬淚痕多。千年夔峽有詩在，一夜采江如酒何！黄土一丘隨處是，故鄉歸骨任蹉跎。

（文山先生大全集卷十四，四部叢刊初編本）

集杜詩自序

予坐幽燕獄中，無所爲，誦杜詩，稍習諸所感興，因其五言集爲絶句。久之，得二百首。凡吾意所欲言者，子美先爲代言之。日玩之不置，但覺爲吾詩，忘其爲子美詩也。乃知子美非能自爲詩，詩句自是人情性中語，煩子美道耳。子美於吾，隔數百年，而其言語爲吾用，非情性同哉！昔人評杜詩爲「詩史」，蓋其以詠歌之辭，寓紀載之實，而抑揚褒貶之意，燦然於其中，雖謂之史可也。予所集杜詩，自余顛沛以來，世變人事，槩見於此矣。是非有意於爲詩者也。後之良史，尚庶幾有攷焉。歲上章執徐，月祝犁單閼，日上章協洽。文天祥履善甫序。

是編作於前年。不自意流落餘生，至今不得死也。斯文固存，天將誰屬。嗚呼，非千載心不足以語此！壬午正月元日，文天祥書。

（同上，卷十六）

題劉玉田選杜詩

〔宋〕劉辰翁

天下能讀杜詩者幾人？而玉笥道人劉玉孫集妙句，多悟解，如此甚未易得也。了評唐宋諸家，類反覆作者深意，跋涉何限，吾兒獨取其間或一二句可舉者，録爲興觀集。然槩得其散碎簡逕選語，若上下極論，長篇大意，與諸作互見，不止此。盎此編與吾所選多出入。凡大人語，不拘一義，亦其通脱透活自然。

舊見初寮王履道跋坡帖，頗病學蘇者横肆逼人，因舉「不復知天上，空餘見佛尊」二語，乍見極若有省，及尋上句本意，則不過樹密天少耳。「見」字亦宜作「現」音，猶言現在佛即見。讀如字，則「空餘見」，殆何等語矣。觀詩各隨所得，别自有用。因記往年福州登九日山，俯城中，培塿不復辨。倚欄微諷杜句：「秦山忽破碎，涇渭不可求。」時彗見，求言。楊平舟棟以爲蚩尤旗見，謂邪論，罷機政。偶與古心嘆惜我輩如此。古翁云：「適所誦兩言者得之矣。」用是此語，本無交涉，而見聞各異，但覺聞者會意更佳。用此可見杜詩之妙，亦可爲讀杜詩之法。從古斷章而賦皆然，又未可訾爲錯會也。

（須溪集卷六，豫章叢書本）

題宋同野編杜詩

〔宋〕劉辰翁

杜子美年四十五，自鄜陷賊半年，明年自拔，取拾遺，扈從還京。又明年，始外補。又明年，始棄官入秦。自是流落輾轉凡三遷。所遇識不識，相勞苦。居間，得故人爲地主，起家贊戎事，斧斤多助，種藝果樹，廣者四十畝，東屯又有稻可收。當時朝廷雖亂，道路無壅，雄藩賓客之盛自若。公以三朝遺老，負海内詩名，游三川，如錦城，下洞庭，意氣浩然。江湖勝境，樓臺高會，長歌短賦，傾晤賓主。避地如此，實亦與縱觀何異。

子美古今窮人，而倉卒患難所遇猶若此。予非以其窮爲可願，所遇爲可羨也。以子美爲可願可羡，則所遭又可知也。同野宋君避逃兵間，手鈔杜詩離亂者百七十餘首爲一編。古今詩愁，亦未有其比。然四十五年所作，亦豈無開口而笑者？晚生後死，瞻望慨然。

（同上）

回耘廬劉堯咨

〔宋〕王炎午

某行負神明，父兄早逝，煢然阿奴，依母爲命。一旦棄背，寔難堪此。而疎庸顛覆，讀書且未知悉，矧復得之行事。惟不能自盡者，則不敢不勉爾。先生過聽，獎藉激揚，不惟提撕，且重顧念。反自循省，一非敢承。然於古道盛心，敢不再拜。杜注不鄙，尤佩高風。舊注增明，不鑿則誕。點勘去取，靡罄心目。蓬萊音吐，如醉得醒。非與子美神交意授不至此，孰謂無兩子美哉？某昔既荒庸，今在憂痾，斯文蓋已自晝。既厪枉教，敢不窺斑。謹以一得之愚而進責備之説。竊謂事注太簡，似有矯枉之失。如龍門奉先，注在何所，如「伽藍」須明爲招提何物。

雖非大關涉，而亦觀詩者所宜會。僕未能盡讀而姑舉此。蓋後學不肯贍博，固有讀其句而不知句中用事者，或知有其事實而昧所自出者，遂於事實之切、用事之巧兩失之，不免乖開警之初意。且今觀詩者，多因注以廣記問。若太簡則不諧俗，不諧俗則難爲售，此必然之勢。宜更審酌，增益於其所合注，如何？至圈點中，如「李龜年」四句、「覓松」之二句皆圈，各似稍欠優劣。某以爝火之光而議日月之明，亦已謬矣。來教欲俾僕依托名姓，尤非所敢當也。

（吾汶藳卷一，文津閣四庫全書本）

跋注杜詩

〔元〕王若虚

世所傳千注杜詩，其間有曰「新添者」四十餘篇。吾舅周君德卿嘗辨之云：「唯瞿塘懷古、呀鶻行、送劉僕射惜別行爲杜無疑，自餘皆非真本，蓋後人依仿而作，欲竊盜以欺世者；或又妄撰其所從得，誣引名士以爲助，皆不足信也。東坡嘗謂太白集中往往雜入他人詩，蓋其雄放不擇，故得容僞。於少陵則決不能。豈意小人無忌憚如此！其詩大抵鄙俗狂瞽，殊不可訓。蓋學步邯鄲，失其故態。求居中下且不得，而欲以爲少陵，真可憫笑！王直方詩話既有所取，而鮑文虎、杜時可間爲注説，徐居仁復加編次。甚矣，世之識真者少也！其中一二雖稍平易，亦不免蹉跌。至於逃難、解憂、送崔都水、聞惠子過東溪、巴西觀漲及呈竇使君等，尤爲無狀。洎餘篇大似出于一手。其不可亂真也，如糞丸之在隋珠，不待選擇而後知，然猶不能辨焉。世間似是而相奪者又何可勝數哉！予所以發憤而極論者，不獨爲此詩也。吾舅自幼爲詩便祖工部，其教人亦必先此。嘗與予語及「新添」之詩，則嚬蹙曰：「人才之不同如其面焉，耳目鼻口相去亦無幾矣，然諦視之，未有不差殊焉。詩至少陵，他人豈得而亂之哉！」公之持論如此，其中必有所深得者，顧我輩未之見耳。表而出之，以俟明眼君子云。（滹南遺老集詩話，卷三十八，四部叢刊初編）

杜詩學引

〔元〕元好問

杜詩注六七十家，發明隱奥，不可謂無功。至於鑿空架虚，旁引曲證，鱗雜米鹽，反爲蕪累者，亦多矣。要之，蜀人趙次公作證誤所得頗多；托名於東坡者爲最妄。非托名者之過，傳之者過也。竊嘗謂子美之妙，釋氏所謂學至於無學者耳。今觀其詩，如元氣淋漓，隨物賦形；如三江五湖，合而爲海，浩浩瀚瀚，無有涯涘；如祥光慶雲，千變萬化，不可名狀，固學者之所以動心而駭目。及讀之熟，求之深，含咀之久，則九經百氏，古人之精華，所以膏潤其筆端者，猶可髣髴其餘韻也。夫金屑丹砂、芝朮參桂，識者例能指名之。至於合而爲劑，其君臣佐使之互用，甘苦酸鹹之相入，有不可復以金屑丹砂、芝朮參桂而名之者矣。故謂杜詩爲無一字無來處，亦可也；謂不從古人中來，亦可也。前人論子美用故事有「著鹽水中」之喻，固善矣。但未知九方臯之相馬，得天機於滅没存亡之間。物色牝牡，人所共知者，爲可畧耳。先東巖君有言：近世唯山谷最知子美。以爲今人讀杜詩，至謂草木蟲魚皆有比興，如試世間商度隱語然者，此最學者之病。山谷之不注杜詩，試取大雅堂記讀之，則知此公注杜詩已竟。可爲知者道，難爲俗人言也。乙酉之夏，自京師還，閒居崧山，因録先君子所教與聞之師友之間者爲一書，名曰杜詩學。子美之傳誌年譜及唐以來論子美者在焉。候兒子輩可與言，當以告之，而不敢以示人也。六月十一日河南元某引。

（卷三十六，遺山先生文集，四部叢刊初編）

主要參考文獻

阮元校刻，十三經注疏，中華書局，一九八〇年

楊伯峻編著，春秋左傳注，中華書局，一九八一年

程樹德撰，程俊英、蔣見元點校，論語集釋，中華書局，一九九〇年

焦循編著，孟子正義，中華書局，一九八七年

揚雄撰、郭璞注，方言，四部叢刊初編

許慎撰、段玉裁注，説文解字注，上海古籍出版社，一九八一年

顧野王編纂，玉篇，四部叢刊初編

丁度等撰，集韻，中華再造善本，北京圖書館出版社，二〇〇三年

周祖謨校，廣韻校本，韻學叢書，中華書局，二〇〇四年

王念孫著、鍾宇訊點校，廣雅疏證，中華書局，一九八三年

朱駿聲編著，説文通訓定聲，中華書局，一九八四年
酈道元著，水經注，商務印書館據萬有文庫本印行，一九五八年
楊守敬、熊會貞疏，水經注疏，江蘇古籍出版社，一九八九年
顔師古撰，匡謬正俗，叢書集成初編
司馬遷撰，史記，中華書局，一九八二年
班固撰，漢書，中華書局，一九六二年
范曄撰，後漢書，中華書局，一九六五年
陳壽撰，三國志，中華書局，一九八二年
房玄齡等撰，晉書，中華書局，一九七四年
沈約撰，宋書，中華書局，一九七四年
蕭子顯撰，南齊書，中華書局，一九七二年
姚思廉撰，梁書，中華書局，一九七三年
姚思廉撰，陳書，中華書局，一九七二年

魏收撰，魏書，中華書局，一九七四年
李百藥撰，北齊書，中華書局，一九七二年
令狐德棻等撰，周書，中華書局，一九七一年
魏徵等撰，隋書，中華書局，一九七三年
李延壽撰，南史，中華書局，一九七四年
李延壽撰，北史，中華書局，一九七四年
劉昫等撰，舊唐書，中華書局，一九七五年
歐陽修、宋祁等撰，新唐書，中華書局，一九七五年
薛居正等撰，舊五代史，中華書局，一九七六年
歐陽修撰，新五代史，中華書局，一九七四年
脱脱等撰，宋史，中華書局，一九八五年
宋濂等撰，元史，中華書局，一九七六年
張廷玉等撰，明史，中華書局，一九七四年

趙爾巽等撰，清史稿，中華書局，一九七七年
司馬光等撰，胡三省注，資治通鑑，中華書局，二〇一一年
范祖禹撰，唐鑑，上海古籍出版社影宋本，一九八四年
李燾撰，續資治通鑑長編，中華書局，一九九二年
陳尚君輯纂，舊五代史新輯會證，復旦大學出版社，二〇〇五年
杜佑撰，王文錦等點校，通典，中華書局，一九九二年
鄭樵撰，通志，十通叢書，浙江古籍出版社影印本，二〇〇〇年
馬端臨撰，文獻通考，中華書局，二〇一一年
王溥撰，唐會要，歷代會要叢書本，上海古籍出版社，一九九一年
宋敏求撰，唐大詔令集，學林出版社，一九九二年
吴兢撰，貞觀政要，上海古籍出版社，一九七八年
長孫無忌、房玄齡等編修，劉俊文點校，唐律疏議，中華書局，一九八三年
李肇撰，翰林志，百川學海本

勞格、趙鉞著，徐敏霞點校，唐尚書省郎官石柱題名，中華書局，一九九二年
吴廷燮撰，唐方鎮年表，中華書局，一九八〇年
岑仲勉撰，郎官石柱題名新考訂，中華書局，二〇〇四年
唐長孺撰，唐書兵志箋證，中華書局，二〇一一年
郁賢皓著，唐刺史考全編，安徽大學出版社，二〇〇〇年
朱玉龍撰，五代方鎮年表，中華書局，一九九七年
林寶撰，岑仲勉校記，郁賢皓、陶敏整理，元和姓纂四校記，中華書局，一九九四年
李吉甫撰，賀次君點校，元和郡縣圖志，中華書局，二〇〇八年
樂史撰，太平寰宇記，中華書局，二〇〇七年
徐松撰，方嚴校，唐兩京城坊考，中華書局，一九八五年
孟元老撰，鄧之誠注，東京夢華録注，中華書局，一九八二年
王象之撰，李勇先點校，輿地紀勝，四川大學出版社，二〇〇五年

祝穆等撰、施和金點校，方輿勝覽，中華書局，二〇〇三年
常璩撰、劉琳校注，華陽國志校注，巴蜀書社，一九八四年
劉恂撰，商壁、潘博校補，嶺表録異校補，廣西民族出版社，一九八八年
陸廣微撰、曹林娣校注，吴地記校注，江蘇古籍出版社，一九九九年
范成大撰，吴郡志，守山閣叢書
程大昌撰，黄永年點校，雍録，中華書局，二〇〇二年
陳寅恪撰，唐代政治史述論稿，上海古籍出版社，一九九七年
嚴耕望撰，唐代交通圖考，上海古籍出版社，二〇〇一年
張培瑜等撰，中國古代曆法，中國科學技術出版社，二〇〇八年
趙明誠撰，金文明校證，金石録，上海書畫出版社，一九八五年
北京圖書館藏歷代石刻拓本彙編，中州古籍出版社，一九八九年
隋唐五代墓誌彙編，天津古籍出版社，一九九一年
昭陵碑石，三秦出版社，一九九三年

洛陽新獲墓誌，文物出版社，一九九六年
日本静嘉堂文庫編纂，静嘉堂文庫宋元版圖録，汲古書院，一九九二年
王堯臣、歐陽修等編纂，崇文總目，粤雅堂叢書
晁公武撰，孫猛校箋，郡齋讀書志，上海古籍出版社，一九九〇年
陳振孫著，徐小蠻、顧美華校，直齋書録解題，上海古籍出版社，二〇一五年
陸心源、李宗蓮合編，皕宋樓藏書志，清人書目題跋叢刊，中華書局，一九九〇年
陸心源著，儀顧堂續跋，續修四庫全書本，上海古籍出版社，二〇〇二年
瞿鏞編纂，鐵琴銅劍樓書目録，續修四庫全書本，上海古籍出版社，二〇〇二年
黄丕烈編纂，百宋一廛書録，宋元明清書目題跋叢刊，中華書局，二〇〇六年
汪士鐘編纂，藝芸書舍宋元本書目，叢書集成初編本，中華書局，一九八五年
錢曾著，管庭芬、章鈺校，讀書敏求記校證，上海古籍出版社，二〇〇七年

四庫全書總目，中華書局，一九六五年
于敏中等編，天禄琳琅書目，中國歷代書目題跋叢書，上海古籍出版社，二〇〇七年
葉德輝撰，楊洪升點校，郎園讀書志，中國歷代書目題跋叢書第三輯，上海古籍出版社，二〇一〇年
洪業著，杜詩引得，上海古籍出版社影印原哈佛燕京學社本，一九八五年
周采泉著，杜集書録，上海古籍出版社，一九八六年
岑仲勉著，唐人行第録，中華書局，二〇〇四年
鄧子勉著，宋人行第考録，中華書局，二〇〇一年
傅璇琮主編，唐才子傳校箋，中華書局，一九八七、一九九五年
聞一多著，少陵先生年譜會箋，唐詩雜論，上海古籍出版社，二〇〇六年
四川省文化史研究館編，杜甫年譜，四川人民出版社，一九五八年
馮至著，杜甫傳，人民文學出版社，一九八〇年

陳貽焮著，杜甫評傳，上海古籍出版社，一九八二、一九八八年
莫礪鋒著，杜甫評傳，南京大學出版社，一九九三年
孫微輯校，清代杜集序跋彙録，人民文學出版社，二〇一七年
陳冠明著，杜甫親眷交游行年考（外一種），上海古籍出版社，二〇〇六年
陶敏著，全唐詩人名彙考，遼海出版社，二〇〇六年
李昉、徐鉉等編纂，太平御覽，上海古籍出版社，二〇〇八年
王欽若等編纂，册府元龜，中華書局影印明刻本，一九六〇年
李昉、扈蒙等編纂，太平廣記，中華書局，一九六一年
王應麟輯，玉海，上海書店影印清浙江書局本，一九八一年
解縉等編撰，永樂大典，臺灣世界書局影印本，一九七七年
劉向撰，向宗魯校證，説苑校證，中華書局，一九八七年
劉向編纂，梁端校注，列女傳，上海中華書局，一九三六年
揚雄撰，汪榮寶義疏，法言義疏，中華書局，一九八七年

應劭撰、王利器校注，風俗通義校注，中華書局，一九八一年
郭璞注，山海經，四部叢刊初編
郭璞注，穆天子傳，四部叢刊初編
劉義慶著、余嘉錫箋疏，世説新語箋疏，中華書局，二〇〇七年
沈括撰、胡道静校證，夢溪筆談校證，上海古籍出版社，一九八七年
黎靖德編、王星賢注解，朱子語類，中華書局，一九八六年
士觀國撰，學林，武英殿聚珍版叢書
蕭統編、李善注，文選，中華書局，一九七七年
蕭統編、李善注，文選，上海古籍出版社，一九八六年
徐陵編，玉臺新詠，上海古籍出版社，二〇〇三年
歐陽詢編纂，藝文類聚，上海古籍出版社，一九八二年
徐堅等編纂，初學記，中華書局，一九六二年
嚴可均輯，全上古三代秦漢三國六朝文，中華書局，一九六五年

逯欽立輯校，先秦漢魏晉南北朝詩，中華書局，一九八三年
郭茂倩編，樂府詩集，中華書局，一九七九年
殷璠編，河岳英靈集，四部叢刊初編
高仲武編，中興間氣集，四部叢刊初編
姚鉉編，唐文粹，浙江人民出版社影印光緒許氏榆園刊本
李昉等編纂，文苑英華，中華書局，一九八二年
彭叔夏撰，文苑英華辯證，叢書集成初編
方回選評、李慶甲校點，瀛奎律髓彙評，上海古籍出版社，一九八六年
高棅編，唐詩品彙，上海古籍出版社，二〇一二年
胡震亨輯，唐音統籤，上海古籍出版社，二〇〇三年
全唐詩，中華書局，一九六〇年
全唐文，中華書局，一九八三年
高步瀛撰，唐宋詩舉要，上海古籍出版社，一九七八年

王重民等編，敦煌變文集，人民文學出版社，一九五七年
徐俊纂輯，敦煌詩集殘卷輯考，中華書局，二〇〇〇年
陳尚君輯校，全唐詩補編，中華書局，一九九二年
陳尚君輯校，全唐文補編，中華書局，二〇〇五年
王洙編纂、王琪校訂並刊刻，杜工部集，續古逸叢書之四十七，上海商務印書館影宋本，一九五七年
郭知達編纂、曾噩覆刻，新刊校定集注杜詩，臺灣「故宮博物院」影宋本，一九八五年
郭知達編纂、曾噩覆刻，新刊校定集注杜詩，日本静嘉堂文庫藏宋刻本，存卷六至卷十一
新刊校定集注杜詩，中華書局影宋本，一九八一年
九家集注杜詩，清内府刻本，原沈陽故宫舊藏，今特藏於遼寧省圖書館
九家集注杜詩，文淵閣四庫全書本

九家集注杜詩，文津閣四庫全書本

九家集注杜詩，文瀾閣四庫全書本

闕名，門類增廣十注杜工部詩，宋刻本，存卷二、卷七至九、卷十一至十二，北京圖書館藏

闕名，門類增廣集注杜工部詩，宋刻本，存卷九，北京圖書館藏

闕名，分門集注杜工部詩，四部叢刊初編影宋本

魯訔編次，托名王十朋集注，王狀元集百家注編年杜陵詩史，江蘇廣陵古籍刻印社影印貴池劉氏影宋本（題作影宋編年杜陵詩史），一九八一年

魯訔編次、蔡夢弼會箋，杜工部草堂詩箋，五十卷存三十九卷，宋刻本（存卷一至十九、卷二十二至三十五、卷三十九至四十一、卷四十八至五十，卷一至三配清影宋鈔本）

魯訔編次、蔡夢弼會箋，杜工部草堂詩箋，五十卷存十九卷，宋刻本（存卷四至八、卷十一至二十、卷二十七至二十八、卷四十至四十四）

魯訔編次、蔡夢弼會箋，杜工部草堂詩箋，四十卷，覆宋刻本。
黄希、黄鶴補注，黄氏補千家注紀年杜工部詩史，宋刻本
闕名，集千家注分類杜工部詩二十五卷，元建安余氏勤有堂翻刻本
黄鶴補注、劉辰翁評點，集千家注批點杜工部集，元刻高崇蘭本
晁説之嵩山文集，四部叢刊續編
王安石臨川先生文集，四部叢刊初編
蘇舜欽蘇學士文集，四部叢刊初編
李綱梁谿先生文集，清刻本
汪應辰文定集，武英殿聚珍版叢書
陸游渭南文集，四部叢刊初編
朱熹晦庵先生朱文公文集，四部叢刊初編
樓鑰攻媿集，四部叢刊初編
真德秀西山先生真文忠公文集，四部叢刊初編

魏了翁鶴山先生大全集，四部叢刊初編
陳造江湖長翁文集，明刊本
孫德之太白山齋遺稿，清道光四年翻刻明本
文天祥文山先生大全集，四部叢刊初編
劉辰翁須溪集，豫章叢書
王炎午吾汶藁，文津閣四庫全書本
王若虛滹南遺老集，四部叢刊初編
元好問遺山先生文集，四部叢刊初編
王嗣奭杜臆，上海古籍出版社，一九八七年
黄生杜詩説，黄山書社，一九九四年
盧元昌杜詩闡，四庫全書存目叢書，齊魯書社，一九九七年
吴瞻泰杜詩提要，臺灣大通書局杜詩叢刊，一九七四年
錢謙益錢注杜詩，中華書局上海編輯所，一九五八年

金聖歎杜詩解，上海古籍出版社，一九八四年

仇兆鼇杜詩詳注，中華書局，一九七九年

浦起龍讀杜心解，中華書局，一九六一年

楊倫杜詩鏡銓，上海古籍出版社，一九八〇年

李白撰，瞿蜕園、朱金城校，李白集校注，上海古籍出版社，二〇一八年

王維撰，陳鐵民校注，王維集校注，中華書局，一九九七年

高適撰，孫欽善校注，高適集校注，上海古籍出版社，一九八四年

杜甫撰，朱鶴齡輯注，韓成武、孫微等點校，杜工部詩集輯注，河北大學出版社，二〇〇九年

杜甫撰，趙次公注解，林繼中輯校，杜詩趙次公先後解輯校修訂本，上海古籍出版社，二〇一二年

杜甫撰，蕭滌非、張忠綱等，杜甫全集校注，人民文學出版社，二〇一四年

杜甫撰，張溍注解，聶巧平點校，讀書堂杜工部詩文集注解，齊魯書社，二〇

一四年
杜甫撰，謝思煒校注，杜甫集校注，上海古籍出版社，二〇一六年
杜甫撰，魯訔編次、蔡夢弼會箋，曾祥波整理，新定杜工部草堂詩箋斠證，上海古籍出版社，二〇二一年
岑參撰，陳鐵民、侯忠義校注，岑參集校注，上海古籍出版社，一九八一年
元結撰，聶文鬱注解，元結詩解，陝西人民出版社，一九八四年
韓愈撰，錢仲聯集釋，韓昌黎詩系年集釋，上海古籍出版社，一九八四年
元稹撰，冀勤校點，元稹集，中華書局，一九八二年
白居易撰，朱金城箋校，白居易集箋校，上海古籍出版社，一九八八年
李商隱撰，劉學鍇、余恕誠李商隱詩歌集解，中華書局，一九八八年
王梵志撰，項楚注，王梵志詩校注，上海古籍出版社，一九九一年
王安石著、李壁箋注、高克勤點校，王荆文公詩箋注，上海古籍出版社，二〇一七年

王文誥輯注，蘇軾詩集，中華書局，二〇一二年
蘇軾撰，孔凡禮點校，蘇軾文集，中華書局，一九八六年
黄庭堅撰，黄寶華點校，山谷詩集注，上海古籍出版社，二〇〇三年
黄庭堅撰，鄭永曉整理，黄庭堅全集，江西人民出版社，二〇一一年
陸游撰，錢仲聯校注，劍南詩稿校注，上海古籍出版社，二〇〇五年
劉克莊撰，辛更儒箋校，劉克莊集箋校，中華書局，二〇一一年
劉勰撰，范文瀾注，文心雕龍注，人民文學出版社，一九五八年
鍾嶸撰，曹旭注，詩品集注，上海古籍出版社，一九九四年
日本遍照金剛撰，王利器校注，文鏡秘府論校注，中國社會科學出版社，一九八三年
胡仔編纂，苕溪漁隱叢話，人民文學出版社，一九六二年
何文焕輯，歷代詩話，中華書局，一九八一年
丁福保輯，歷代詩話續編，中華書局，一九八三年

郭紹虞編選、富壽蓀校點，清詩話續編，上海古籍出版社，一九八三年
郭紹虞撰，宋詩話考，中華書局，一九七九年
郭紹虞輯，宋詩話輯佚，中華書局，一九八〇年
王水照編，歷代文話，復旦大學出版社，二〇〇七年
吴曾能改齋漫録，中華書局，一九六〇年
洪邁容齋隨筆，上海古籍出版社，一九七八年
周復俊編，全蜀藝文志，清刻本
周勳初主編、武秀成、姚松等編，唐人軼事彙編，上海古籍出版社，一九九五年
唐人軼事彙編，上海古籍出版社，一九九五年
朱易安、傅璇琮等主編，全宋筆記，大象出版社，二〇〇八年
錢泰吉著，曝書雜記，叢書集成初編，商務印書館，一九三五年
張雲璈撰，選學膠言，叢書集成續編，臺北新文豐出版公司，一九八三年

孫志祖撰，文選考異，叢書集成初編，中華書局，一九八五年
王國維撰，觀堂集林，附別集，中華書局，二〇〇四年
陳寅恪撰、陳美延編，金明館叢稿二編，生活讀書新知三聯書店，二〇〇一年
錢鍾書舊文四篇，上海古籍出版社，一九七九年
錢鍾書管錐編，中華書局，一九七九年
錢鍾書談藝録，生活讀書新知三聯書店，二〇〇一年
許逸民古籍整理釋例，中華書局，二〇一一年
高步瀛撰，曹道衡、沈玉成點校，文選李注義疏，中華書局，一九八五年
黄侃文選平點，上海古籍出版社，一九八五年
駱鴻凱文選學，中華書局，一九八九年
俞紹初、許逸民主編，中外學者文選學論集，中華書局，一九九八年
穆克宏昭明文選研究，人民文學出版社，一九九八年
傅剛文選版本研究，北京大學出版社，二〇〇〇年

李德輝注解，晉唐兩宋行記輯校，遼海出版社，二〇〇九年
慈波文話流變研究，復旦大學出版社，二〇二〇年
雷履平記成都杜甫草堂所藏趙次公杜詩注殘帙，草堂，一九八二年第二期
陳鐵民由新發現的韋濟墓誌看杜甫天寶中的行止，文學遺産，一九九二年第
四期
梅新林杜詩僞王洙注新考，杜甫研究學刊，一九九五年第二期
陳尚君喜讀杜詩趙次公先後解輯校，杜甫研究學刊，一九九六年第二期
莫礪鋒杜詩『僞蘇注』研究，文學遺産，一九九九年第一期
鄧小軍鄧忠臣注杜詩考——鄧注的學術價值及其被改名爲王洙注的原因，
杜甫研究學刊，二〇〇二年第一期

後記

杜甫是生活在公元八世紀大唐帝國由盛轉衰時期飽經憂患的詩人。他的詩歌大多創作於公元七五五年「安史」之亂後。宋代士大夫對杜詩所傾注的熱情，根源於時代文化土壤。宋人經歷了靖康之亂，華夏民族痛失中原，那種國破家亡的切膚之痛，使他們對杜詩中描寫戰爭創傷與社會遭遇的古、近體詩產生了强烈的共鳴。杜甫的忠義之心，不斷地激發宋代士大夫的肝膽之氣。現存所有的杜詩宋注本都出現在南渡以後，是有歷史文化原因的。宋人視杜甫爲異代知音，注杜解杜，延續斯文，寄托對民族生死存亡的思考與延續華夏文化血脈的渴望。

宋刻本新刊校定集注杜詩在近代中國流傳的故事，也是華夏民族一百多年來辛酸屈辱史的縮影。三十年代，瞿鏞鐵琴銅劍樓藏書遞有散出，當時張元濟先生雖無力購買這一宋槧，但仍設法借來製成鉛皮版，後因抗戰事起未能付印。瞿氏藏本爲山陰沈仲濤先生購獲，秘藏於研易樓。在戰亂中，沈仲濤攜書跨越海峽，到了臺灣。一九八一年，大陸經濟文化事業才剛剛邁入正軌，中華書局就啓動這一浩繁的修書工程，用張元濟先生的鉛皮版打樣重新製版影印，以保存宋本真跡。而對岸，一九八〇年，沈仲濤先生在垂老之際，將珍藏了四十年之久的海内孤本新刊校定集注杜詩悉數捐贈臺北故宫博物院。一九八五年，臺北故宫博物院影印發行這一原藏於鐵琴銅劍樓、後藏於研易樓的稀世珍寶，讓天下讀書人共享。從南宋寶慶元年（一二二五）曾噩在廣東五羊覆刻郭知達編本杜集，迄公元一九八五年臺北故宫博物院影印出版，新刊校定集注杜詩經歷了七百六十年之久的流傳歲月，才奇跡般地進入大衆視野，成爲中華古籍傳播史上最經典的案例之一。北京與臺北兩地在大致相同的時間不約而同地影印出版同一種宋槧，從某種意義上説，其價值已超越了古籍出版本身。維繫「斯文」於不墜之努力，海鹽張元濟、山陰沈仲濤，以及北京中華書局、臺北故宫博物院，功莫大焉！

本書的整理前後歷時十年，幾經波折，先後用中華書局與臺北故宫博物院兩種不同的影宋本作底本整理過兩次，實屬無奈。整理本書，一共使用南宋郭知達所編杜集的不同版本計八種。其中臺北故宫博物院影宋本、日本静嘉堂文庫藏宋本、遼寧省圖書館特藏之清刻本，極爲珍貴，異常難求。因此，整理本書的第一大挑戰就是搜集不同版本的郭編杜集。二〇一三年夏啓動整理工作時，我只能用當時儘可能得到的中華書局一九八一年影宋本作底本。不過，我一邊整理，一邊仍在四方各地尋訪藏書，想盡各種辦法請人幫忙複印。複印古籍有限制，一人只能複印一兩卷，若想複印全書，得請托好些人纔有可能將一部古籍複印成完璧。本書漫長的整理過程中，僅就「訪書」、「求書」的好些動人故事就可寫成長篇佳話了。二〇一七年夏，當整理本脱稿時，意外驚喜地搜求到臺北故宫博物院影宋本。看到影印精美、字大遒勁的宋版圖書，恍如隔夢，百感交集。二話没説，立即決定更换底本，推倒重來。几年的辛苦勞動頓時化爲泡影，很心痛。但我没有怨言，只有感恩。能得到臺北故宫博物院影印的鐵琴銅劍樓藏宋本作底本，多麽幸運！面對眼前校勘精細、刻印精良的宋人宋注善本，對學術的莊嚴感與敬畏感油然而生。本書的整理工作不得不繼續延長。不過，功不唐捐。起初以中華書局影宋本爲底本整理時，由於這一底本嚴重漫漶，曾花巨大心思細心地對照諸種版本，進行過全面系統的補訂與校勘。整個過程，累積了數萬字的異文，這些異文成爲第二次整理時撰寫校勘記的主要文獻來源。從這個意義上説，第一次整理爲提高第二次整理工作的質量打下了相當扎實的基礎。

第二次整理工作啓動後不久，二〇一八年仲冬，我受國家公派前往美國高校訪學並任教，本書的整理工作曾一度中斷。從羊城飛往紐約，書稿和幾種重要的郭編本杜集，以及相關書目文獻著作等，精心打包，漂洋過海，伴隨着我來到大洋彼岸。當裝滿書稿的大件行李箱在廣州白雲國際機場的登機櫃檯過磅、被送上行李傳輸帶時，我一直盯着它，祈禱平安抵達。此情此景，不禁讓人聯想當年沈仲濤先生在戰亂時期攜帶鐵琴銅劍樓孤本乘坐輪渡穿越海峽，頓覺異代同慨。

對中國人來説，有説不盡的「三國」，也有道不盡的杜甫。關於杜甫在域外的影響，莫礪鋒先生在百家講壇分享了一個好故事（杜甫的文化意義下集，二〇〇四年)。他説,日本漢學家吉川幸次郎先生一輩子研究杜詩,有很多關於杜甫的著作。吉川先生臨終之前專程到中國來,準備到河南鞏縣(一九九一年更名作鞏義市)杜甫的墓地去拜一拜。吉川爲此專門用白布做了一件長袍,他理解中的唐朝人所穿的禮服應該是那樣子的,準備到了鞏縣杜甫的出生地以後,就穿上這件白衣長袍來行禮。可惜那時候「文革」還没有結束,因爲規定縣級以下的地方外國人是不許去的,鞏縣是河南省的一個縣,去的話必須要介紹信。吉川到了河南的省會鄭州,在那裏停留了好多天提出要求,没得到同意,没能去成,最後吉川很失望地回去了。莫礪鋒先生説這一件小事他就覺得吉川教授這個人很可親,説明杜甫的人性光輝已經照亮到那裏。吉川教授真是對杜甫有「情痴」啊,誰聽到這個故事都會動容的。

全球抗疫期間,英國廣播公司(BBC)推出時長近一小時的最新單集紀録片杜甫:最偉大的中國詩人(*Du Fu: China's Greatest Poet*)。這是杜甫第一次以紀録片的形式詳細地被介紹到全球各地。這一記録片掛在油管(YouTube)兩年來，我一遍遍地看着，同時也留意世界各地人民在「評論區」的數千條中英文留言。試摘兩條以饗讀者：

◇ People love Du Fu because everyone appreciates his charisma in the face of adversity. As a literati, it is supposed to be able to use his talents in prosperity, but flashing in adversity and caring for his homeland and sentient beings in the exile, this is why people like him. This emotion also happened to Qu Yuan during the Warring States Period 2300 years ago. (Jade Phoenix)

人們喜歡杜甫，因爲每個人都欣賞他在逆境中的魅力。作爲一個文人，本應在順境中施展才華，但杜甫在逆境中閃爍發光，在流放中關愛國家和衆生，這就是人們喜歡他的原因。這種情感在兩千三百年前的戰國時期也曾發生在屈原身上。

◇ Chinese poem is really epic, if we can understand it in Chinese, you will feel the history just in front of you.（Dior）

中國詩真是史詩。如果我們能用中文理解它，你會感受到歷史似乎就發生在你面前。

歷史、文明、語言在此交彙。文化有差異性，人情則有共通性。評論區分享的觀點和看法與魯迅和聞一多先生對杜甫的評論有相通之處。

我總覺得陶潛站得稍稍遠一點，李白站得稍稍高一點，這也是時代使然。杜甫似乎不是古人，就好像今天還活在我們堆裏似的。（劉大傑魯迅談古典文學，文藝報，一九五六年第二〇號）

中國有史以來第一個大詩人，四千年文化中最莊嚴、最瓌麗、最永久的一道光彩。（聞一多唐詩雜論杜甫）

詩聖杜甫一千三百年來産生了跨時代、跨國界、跨語際的廣泛影響。他身處亂世，憂國憂民，爲民請命。他的詩描繪山川風物，歌詠人間真善美，具有永恒的價值與意義。

自二〇一八年冬攜帶厚重的臺北故宫博物院影宋本輾轉來到美國，一晃整整四年過去了，這一整理本現在才得以真正定稿。在異國他鄉整理本書期間，偶爾翻一翻案頭放着的史蒂芬・歐文博士(Dr. Stephen Owen)墨緑色的中英雙語版杜甫詩，饒有興趣地欣賞BBC的記録片杜甫，强烈的歷史穿越感撞擊心靈。臺灣流行歌手王傑的英雄淚在耳際縈繞：

熱血在心中沸騰
卻把歲月刻下傷痕
回首天已黄昏
有誰在乎我
英雄淚

歌聲蒼凉悲壯，令人蕩氣迴腸！讀老杜詩，就是這感覺，在英雄淚的旋律中捕捉到了。借着點校整理本書的機會，一部杜詩不知翻了多少遍，分明只讀出了王傑歌聲中的三個字「英雄淚」！「出師未捷身先死，長使英雄淚滿襟」（蜀相），不也正是老杜的夫子自道嗎？

杜詩是中華民族的共同財富，也是中華民族對世界文明的一大貢獻。杜甫屬於中華民族，也屬於整個世界。

聶巧平

二〇二二年十月十九日俄亥俄州哥倫布百花園寓所

聊齋志異會校會注會評本	[清]蒲松齡著　張友鶴輯校
敬業堂詩集	[清]查慎行著　周劭標點
納蘭詞箋注	[清]納蘭性德著　張草紉箋注
方苞集	[清]方苞著　劉季高校點
樊榭山房集	[清]厲鶚著　[清]董兆熊注　陳九思標校
劉大櫆集	[清]劉大櫆著　吴孟復標點
儒林外史彙校彙評(增訂版)	[清]吴敬梓著　李漢秋輯校
小倉山房詩文集	[清]袁枚著　周本淳標校
忠雅堂集校箋	[清]蔣士銓著　邵海清校　李夢生箋
甌北集	[清]趙翼著　李學穎、曹光甫校點
惜抱軒詩文集	[清]姚鼐著　劉季高標校
兩當軒集	[清]黄景仁著　李國章校點
惲敬集	[清]惲敬著　萬陸、謝珊珊、林振岳標校　林振岳集評
茗柯文編	[清]張惠言著　黄立新校點
瓶水齋詩集	[清]舒位著　曹光甫點校
龔自珍全集	[清]龔自珍著　王佩諍校點
龔自珍詩集編年校注	[清]龔自珍著　劉逸生、周錫馥校注
水雲樓詩詞箋注	[清]蔣春霖著　劉勇剛箋注
人境廬詩草箋注	[清]黄遵憲著　錢仲聯箋注
嶺雲海日樓詩鈔	[清]丘逢甲著　丘鑄昌標點

譚元春集	[明]譚元春著　陳杏珍標校
張岱詩文集(增訂本)	[明]張岱著　夏咸淳輯校
陳子龍詩集	[明]陳子龍著 施蟄存、馬祖熙標校
夏完淳集箋校(修訂本)	[明]夏完淳著　白堅箋校
牧齋初學集	[清]錢謙益著　[清]錢曾箋注 錢仲聯標校
牧齋有學集	[清]錢謙益著　[清]錢曾箋注 錢仲聯標校
牧齋雜著	[清]錢謙益著　[清]錢曾箋注 錢仲聯標校
牧齋初學集詩注彙校	[清]錢謙益著　[清]錢曾箋注 卿朝暉輯校
李玉戲曲集	[清]李玉著 陳古虞、陳多、馬聖貴點校
吴梅村全集	[清]吴偉業著　李學穎集評標校
歸莊集	[清]歸莊著
顧亭林詩集彙注	[清]顧炎武著　王蘧常輯注 吴丕績標校
安雅堂全集	[清]宋琬著　馬祖熙標校
吴嘉紀詩箋校	[清]吴嘉紀著　楊積慶箋校
陳維崧集	[清]陳維崧著　陳振鵬標點 李學穎校補
屈大均詩詞編年校箋	[清]屈大均著　陳永正等校箋
秋笳集	[清]吴兆騫撰　麻守中校點
漁洋精華録集釋	[清]王士禛著 李毓芙、牟通、李茂肅整理

渭南文集箋校	[宋]陸游著　朱迎平箋校
范石湖集	[宋]范成大撰　富壽蓀標校
于湖居士文集	[宋]張孝祥著　徐鵬校點
稼軒詞編年箋注(定本)	[宋]辛棄疾撰　鄧廣銘箋注
辛棄疾詞校箋	[宋]辛棄疾著　吴企明校箋
姜白石詞編年箋校	[宋]姜夔著　夏承燾箋校
後村詞箋注	[宋]劉克莊著　錢仲聯箋注
瀛奎律髓彙評	[元]方回選評　李慶甲集評校點
雁門集	[元]薩都拉著 殷孟倫、朱廣祁校點
揭傒斯全集	[元]揭傒斯著　李夢生標校
高青丘集	[明]高啓著　[清]金檀注 徐澄宇、沈北宗校點
唐寅集	[明]唐寅著　周道振、張月尊輯校
文徵明集(增訂本)	[明]文徵明著　周道振輯校
震川先生集	[明]歸有光著　周本淳校點
海浮山堂詞稿	[明]馮惟敏著 凌景埏、謝伯陽標校
滄溟先生集	[明]李攀龍著　包敬第標校
梁辰魚集	[明]梁辰魚著　吴書蔭編集校點
沈璟集	[明]沈璟著　徐朔方輯校
湯顯祖詩文集	[明]湯顯祖著　徐朔方箋校
湯顯祖戲曲集	[明]湯顯祖著　錢南揚校點
白蘇齋類集	[明]袁宗道著　錢伯城校點
袁宏道集箋校	[明]袁宏道著　錢伯城箋校
珂雪齋集	[明]袁中道著　錢伯城點校
隱秀軒集	[明]鍾惺著　李先耕、崔重慶標校

嘉祐集箋注	[宋]蘇洵著　曾棗莊、金成禮箋注
王荆文公詩箋注(修訂版)	[宋]王安石著　[宋]李壁箋注 高克勤點校
王令集	[宋]王令著　沈文倬校點
蘇軾詩集合注	[宋]蘇軾著　[清]馮應榴注 黄任軻、朱懷春校點
東坡樂府箋	[宋]蘇軾著　[清]朱孝臧編年 龍榆生校箋
東坡詞傅幹注校證	[宋]蘇軾著　[宋]傅幹注 劉尚榮校證
欒城集	[宋]蘇轍著　曾棗莊、馬德富校點
山谷詩集注	[宋]黄庭堅著　[宋]任淵、史容、 史季温注　黄寶華點校
山谷詩注續補	[宋]黄庭堅著　陳永正、何澤棠注
山谷詞校注	[宋]黄庭堅著　馬興榮、祝振玉校注
淮海集箋注	[宋]秦觀撰　徐培均箋注
淮海居士長短句箋注	[宋]秦觀著　徐培均箋注
清真集箋注	[宋]周邦彦著　羅忼烈箋注
石門文字禪校注	[宋]釋惠洪撰　周裕鍇校注
石林詞箋注	[宋]葉夢得著　蔣哲倫箋注
樵歌校注	[宋]朱敦儒著　鄧子勉校注
李清照集箋注(修訂本)	[宋]李清照著　徐培均箋注
吕本中詩集箋注	[宋]吕本中著　祝尚書箋注
陳與義集校箋	[宋]陳與義著　白敦仁校箋
蘆川詞箋注	[宋]張元幹著　曹濟平箋注
劍南詩稿校注	[宋]陸游著　錢仲聯校注
放翁詞編年箋注(增訂本)	[宋]陸游著　夏承燾、吴熊和箋注 陶然訂補

劉禹錫集箋證	[唐]劉禹錫著　瞿蜕園箋證
白居易集箋校	[唐]白居易著　朱金城箋校
柳宗元詩箋釋	[唐]柳宗元著　王國安箋釋
柳河東集	[唐]柳宗元著　[宋]廖瑩中輯注
元稹集校注	[唐]元稹著　周相録校注
長江集新校	[唐]賈島著　李嘉言新校
張祜詩集校注	[唐]張祜著　尹占華校注
三家評注李長吉歌詩	[唐]李賀著　[清]王琦等評注 蔣凡校點
樊川文集	[唐]杜牧著　陳允吉校點
樊川詩集注	[唐]杜牧著　[清]馮集梧注
温飛卿詩集箋注	[唐]温庭筠著　[清]曾益等箋注
玉谿生詩集箋注	[唐]李商隱著　[清]馮浩箋注 蔣凡校點
樊南文集	[唐]李商隱著　[清]馮浩詳注 錢振倫、錢振常箋注
皮子文藪	[唐]皮日休著　蕭滌非、鄭慶篤整理
鄭谷詩集箋注	[唐]鄭谷著 嚴壽澂、黄明、趙昌平箋注
韋莊集箋注	[五代]韋莊著　聶安福箋注
李璟李煜詞校注	[南唐]李璟、李煜著　詹安泰校注
張先集編年校注	[宋]張先著　吴熊和、沈松勤校注
二晏詞箋注	[宋]晏殊、晏幾道著　張草紉箋注
乐章集校箋	[宋]柳永著　陶然、姚逸超校箋
梅堯臣集編年校注	[宋]梅堯臣著　朱東潤編年校注
歐陽修詩文集校箋	[宋]歐陽修著　洪本健校箋
歐陽修詞校注	[宋]歐陽修著　胡可先、徐邁校注
蘇舜欽集	[宋]蘇舜欽著　沈文倬校點

蕭繹集校注	[南朝梁]蕭繹著　陳志平、熊清元校注
玉臺新咏彙校	吴冠文、談蓓芳、章培恒彙校
王梵志詩校注(增訂本)	[唐]王梵志著　項楚校注
盧照鄰集箋注	[唐]盧照鄰著　祝尚書箋注
駱臨海集箋注	[唐]駱賓王著　[清]陳熙晉箋注
王子安集注	[唐]王勃著　[清]蔣清翊注
陳子昂集(修訂本)	[唐]陳子昂撰　徐鵬校點
孟浩然詩集箋注(增訂本)	[唐]孟浩然著　佟培基箋注
王右丞集箋注	[唐]王維著　[清]趙殿成箋注
李白集校注	[唐]李白著　瞿蜕園、朱金城校注
高適集校注(修訂本)	[唐]高適著　孫欽善校注
杜詩趙次公先後解輯校	[唐]杜甫著　[宋]趙次公注　林繼中輯校
新刊校定集注杜詩	[唐]杜甫著　[宋]郭知達輯注　聶巧平點校
新定杜工部草堂詩箋斠證	[唐]杜甫著　[宋]魯訔編　[宋]蔡夢弼會箋　曾祥波新定斠證
杜詩鏡銓	[唐]杜甫著　[清]楊倫箋注
錢注杜詩	[唐]杜甫著　[清]錢謙益箋注
杜甫集校注	[唐]杜甫著　謝思煒校注
岑參集校注	[唐]岑參著　陳鐵民、侯忠義校注
戴叔倫詩集校注	[唐]戴叔倫著　蔣寅校注
韋應物集校注(增訂本)	[唐]韋應物著　陶敏、王友勝校注
權德輿詩文集	[唐]權德輿撰　郭廣偉校點
王建詩集校注	[唐]王建著　尹占華校注
韓昌黎詩繫年集釋	[唐]韓愈著　錢仲聯集釋
韓昌黎文集校注	[唐]韓愈著　馬其昶校注　馬茂元整理

《中國古典文學叢書》已出書目

詩經今注	高亨注
楚辭集注	[宋]朱熹撰　黄靈庚點校
楚辭今注	湯炳正、李大明、李誠、熊良智注
司馬相如集校注	[漢]司馬相如著　金國永校注
揚雄集校注	[漢]揚雄著　張震澤校注
張衡詩文集校注	[漢]張衡著　張震澤校注
阮籍集	[魏]阮籍著　李志鈞等校點
陸機集校箋	[晉]陸機著　楊明校箋
陶淵明集校箋(修訂本)	[晉]陶潛著　龔斌校箋
世説新語箋疏(修訂本)	[南朝宋]劉義慶撰　余嘉錫箋疏　周祖謨等整理
世説新語校釋(增訂本)	[南朝宋]劉義慶撰　[南朝梁]劉孝標注　龔斌校釋
鮑參軍集注	[南朝宋]鮑照著　錢仲聯增補集説校
謝宣城集校注	[南朝齊]謝朓著　曹融南校注集説
江文通集校注	[南朝梁]江淹著　丁福林、楊勝朋校注
文心雕龍義證	[南朝梁]劉勰著　詹鍈義證
詩品集注(增訂本)	[梁]鍾嶸著　曹旭集注
文選	[梁]蕭統編　[唐]李善注